2019全国两会

记者会实录

新华社中央新闻采访中心◎编

人民出版社

目录

CONTENTS

全国政协十三届二次会议记者会

李克强总理答中外记者问

（3月15日）

　　十三届全国人大二次会议 15 日上午在人民大会堂举行记者会，国务院总理李克强应大会发言人张业遂的邀请会见中外记者，并回答记者提问。

李克强：坚持激发市场活力，顶住下行压力，保持中国经济稳定

路透社记者：去年中国采取了一系列措施放松货币条件，还加大了减税降费力度，今年中国表示将进一步放宽货币条件，进一步减税降费，还要加大基础设施投资。请问，中国经济面临的问题是否比之前预想得更为严重？如果经济放缓继续持续下去，中国是否会考虑采取更加有力的举措，包括取消房地产限制和降低基准利率等？

李克强：这位记者朋友喜欢单刀直入，那我也开诚布公。中国经济确实遇到了新的下行压力，现在世界经济都在放缓，就在这一个多月期间，几大国际权威机构都在调低世界经济增长的预期。中国适度调低经济增长预期目标，用的是区间调控的方式，既和去年经济增速相衔接，也表明我们不会让经济运行滑出合理区间，可以说给市场发出的是稳定的信号。

去年，在以习近平同志为核心的党中央坚强领导下，以习近平新时代中国特色社会主义思想为指导，全国上下奋力拼搏，在推进供给侧结构性改革的进程中，面对国际贸易保护主义抬头的背景，中国经济实现 6.6% 的增速，的确是来之不易。国内生产总值总量达到 90 万亿元，在这个基础上，今年预计经济增长 6% 至 6.5%，这是高基数、大总量上的增长，可以说本身就是进。

当然，面对新的下行压力，要有有力举措。一种办法是搞量化宽松，超发货币、大幅度提高赤字率，搞所谓"大水漫灌"，一时可能有效，但萝卜快了不洗泥，会带来后遗症，所以不可取。我们还是要坚持通过激发市场活力，来顶住下行压力。前些年，我们也遇到下行压力，采取的就是激发市场活力的措施，因为市场活力增强了，发展的动力必然增强。

现在中国市场主体已经超过 1 亿户,把他们的活力激发出来,这个力量是难以估量的。我们还是要政贵有恒,继续推进减税降费、简政、培育新动能、放宽市场准入、营造公平竞争环境等一系列措施,为市场松绑,为企业腾位,为百姓解忧。把他们的创造力释放出来,我们一定能够保持经济运行在合理区间,而且推动高质量发展。

当然,今年不确定因素不少,我们还要有更多的应对准备,留有政策空间。比如我们今年提高赤字率 0.2 个百分点,达到 2.8%,没有超过国际上所谓 3% 的警戒线。我们还可以运用像存款准备金率、利率等数量型或价格型工具,这不是放松银根,而是让实体经济更有效地得到支持。不管发生什么样的新情况,我们都会立足当前、着眼长远,保持中国经济稳定,保持中国经济长期向好趋势不变,这都是很重要的。中国经济会始终成为世界经济的一个重要"稳定之锚"。

李克强:减税降费不是在预支未来,是在培育未来

《财新周刊》记者:中国政府出台了一系列关于减税降费的举措,不少企业家反映企业税收依然很重,今年政府出台了更大规模的减税降费,请问您认为企业能得到实惠吗?财政可持续吗?

李克强:近几年我们利用营改增等,平均每年给企业减税降费一万亿元,三年三万亿元。应该说,我们减税的规模是比较大的。今年下决心进行更大规模的减税降费,把增值税和基本养老保险单位缴费率降下来,减税降费红利近两万亿元。这可以说是应对当前经济下行压力的一个十分重要的关键性举措。

这样做有利于公平,因为按照规则,各类所有制企业普遍能从减税降费中受惠,而且政策效率很高,一竿子插到底,直达市场主

体。4月1日就要减增值税,5月1日就要降社保费率,全面推开。我看还没有其他办法比这种办法给企业带来的感受更公平、更有效。

今年更大规模的减税降费是一项重大改革和重要抉择。之前我们反复测算,有多种方案,一种就是今后几年每年把增值税率降一个百分点,但在当前情况下企业可能感受不深。所以我们下决心把占增值税总量近60%的制造业等行业的增值税率降低3个百分点,把建筑业等部分行业降1个百分点,其他所有行业也确保只减不增。由于税制的原因,可能在推进过程当中有些行业抵扣少了,税收会有增加,我们也做了认真的准备,对他们加大抵扣的力度,用打补丁的办法,并对所有的中小微企业实行普惠性减税,以此确保所有行业税负只减不增。对基本养老保险单位缴费率,我们还明确,可以从原规定的20%降到16%。

减税是要减收的。我们今年安排财政支出和GDP增长同步,确保民生重点领域、三大攻坚战支出只增不减。那么人们会问钱从哪里来?赤字只提高了0.2个百分点,填不上这个窟窿怎么办?我们的办法是,政府要过紧日子,不仅要压缩政府一般性支出,而且增加特定国有金融机构和央企上缴利润、进入国库,并把长期沉淀的财政资金收回。通过这些举措,我们筹集了1万亿元资金。我们还要求地方政府也要挖潜,把自己的功课做足。对中西部地区,我们将给予适当的转移支付支持。大规模减税降费,是要动政府的存量利益,要割自己的肉。所以我说这是一项刀刃向内、壮士断腕的改革。

刚才记者问,这样做财政可持续吗?我们也是认真算过账的。我们是给制造业等基础行业、给带动就业面最大的中小企业明显减税,这实际上是"放水养鱼"、培育财源。我们前几年在营改增过程中起先也是财政减收的,但后来税基扩大了,财政收入增长了。现在看,我们还要调整国民收入分配结构,这也是一项改革。从趋势看,应该给实体经济、给企业让利,让他们在国民收入分配蛋糕中的比例更大,这样能更多带动就业,让就业人群增加收入。为此,政府就要过紧日子,就要让利,政府的存量利益也要动,得罪人也要动,让利了企业,让利于民,这样财政才更可持续,反过来讲可能就要打问号了。我们这样做,不是在预支未来,恰恰是在培育未来。

现在可以说是真金白银已经备好了,有关部门和各级政府都要去落实,决不能让政策"打白条",更不允许变换花样乱收费来冲击减税降费的成效,要让企业、让市场主体切实感受到更大规模减税降费的实实在在效果。

李克强:中国始终坚持半岛无核化,希望保持半岛的和平稳定

韩国《东亚日报》记者: 朝美领导人河内会晤谈崩之后,外界认为朝鲜有可能正在准备恢复发射火箭,朝鲜半岛局势下一步发展还是存在不确定性,中方对此如何看?中方作为和朝鲜保持战略性沟通和高层来往的邻邦,为了劝和促谈,化解朝美之间的分歧,目前在发挥什么样的建设性作用?

李克强: 半岛问题可以说是错综复杂、由来已久,解决起来不可能一蹴而就。一段时间以来,大家都比较关注朝美领导人河内会晤。会晤后,双方都表示要继续接触。我认为,接触总比不接触好。我们还是要保持耐心,要抓住机遇,特别是当前显现出的积极因素,推动对话,特别是朝美对话,实现大家都希望得到的成果。中国始终坚持半岛无核化,希望保持半岛的和平稳定,这个立场从来没有改变过。解决好半岛问题,不仅对北南双方,对地区、对世界都

有利。

李克强：重点发展社区养老托幼服务，解决"一老一小"民生问题

中国新闻社记者：我们注意到近几年中国政府一直在着力改善民生，但是在民生领域也会听到一些抱怨。明年就要全面建成小康社会了，除了脱贫之外，民生领域我们能有哪些实实在在的期待？政府对解决民生问题究竟是怎么考虑的？

李克强：你问的问题很大，因为民生本身就是天大的事情，要做的事情很多。我们要在发展经济的过程中持续改善民生，抓住民生的一些重点、难点问题，一件一件去做。现在大数据显示，"一老一小"的问题，就是养老服务、托幼服务有困难。这个确实应该引起我们高度重视。

现在中国老龄人口，如果按 60 岁以上算，近 2.5 亿人，65 岁以上有 1.7 亿人，6 岁以下儿童有上亿人，他们的服务问题涉及到绝大多数家庭，但是我们这方面的服务供给是不足的。全面实施"两孩"政策以后，托幼难更突出了。养老机构现在能提供的服务，每百人只有 3 个床位。有的大城市统计，可能要到 90 岁以后才能等到养老床位。我说这句话的意思是，现在我们即便继续加大养老机构、多功能幼儿园发展的力度，也还是跟不上需求增长的速度。怎么办？我到一些地方去调研，发现已经有好的经验，就是重点发展社区养老托幼服务，这样可以做到就近可及、普惠公平，只要安全可靠，大家是欢迎的。所以，我想还是要创新机制，对接群众需求，发挥社会力量作用，加大政府扶持力度。比如说，提供公租房，让那些从事助餐助行、日间照料、康复、老年大学等的社会力量免费使用，还可以给予水电气的费用减免，可以减税免税，因为他们实际上也是帮政府共同解决民生之难。社区工作人员、政府的有

关部门要保障公平准入,把主要精力放在公正监管上,确保这些服务是安全可靠的,对那些违规的要坚决逐出市场,让老人、孩子、家庭都放心安心。老年人能安度晚年,孩子们有幸福的童年,那就有千家万户幸福愉悦的家庭,也可以让青年人或者中青年人有更多的精力去就业创业。当然,民生方面的问题还很多,我们会抓住重点难点,尽力而为、量力而行去解决。

李克强:中美贸易磋商还在进行,希望实现互利共赢

彭博新闻社记者:中美建交40年以来,现在两国关系猜疑和竞争似乎比以往任何时候都严重。您如何看待现在的中美关系,您对中美关系未来的走向持何看法?您能否简单谈及目前中美面临的一些具体的冲突点?比如贸易问题,什么样的贸易协议中方可以接受,什么样的不能接受?在技术问题上,中国政府是否会迫使中国的有关企业帮助其监视他国?

李克强:我认为,中美建交40年来,两国关系可以说是一直向前,取得了丰硕成果。在这个过程中曲折不断、风云变幻,但是向前走的大趋势没有改变,因为中美两国之间有着广泛的共同利益,我们的共同利益是远大于分歧的。中美之间保持稳定的双边关系,不仅有利于双方,也有利于世界。我认为,在曲折中前行、继续前行这个大趋势是不会、也不应该改变的。

当然,中美关系保持总体稳定的同时,一些矛盾纠纷也经常突出地表现出来。一段时间以来,表现比较突出的是中美经贸摩擦。中美双方磋商一直没有停。在去年二十国集团领导人峰会期间,两国元首达成了重要共识,现在双方的磋商还在继续进行。我们希望磋商能有成果,能够实现互利双赢。我相信,这也是世界的期待。

中美作为两大经济体,经过几十年来的发展、合作,可以说已是你中有我、我中有你,想人为地把这两大经济体隔开,那是不现实的,也是不可能的。我们还是应该本着合作比对抗好、相互尊重、平等互利这个原则去推动中美关系,包括经贸关系的发展,这样可以使两国人民从中受惠。对于矛盾和分歧,我们相信,中美两国人民是有智慧、有能力来进行化解管控的,推动符合世界潮流的中美关系保持稳定并且向着健康的方向发展。

你问中国政府有没有要求自己的企业去监视他国,我可以明确地回答你,这样做不符合中国法律,也不是中国行事的方法,现在没有,将来也决不会有。

李克强:政府将继续推进市场化法治化改革,优化营商环境,宽进严管

新华社记者: 2018 年是中国改革开放 40 周年,提出了改革要再出发,现在国内外对中国加快改革有许多新期待。请问今年改革会有什么具体的行动?在优化营商环境方面会有哪些新举措?

李克强: 改革开放 40 年来,中国发展取得了巨大成就,惠及了亿万中国人民。这条路我们会继续走下去,而且应该越走越深入、越宽广。也就是说,我们要继续推进建设社会主义市场经济,继续坚持市场化改革的方向。

政府要坚持推进市场化、法治化的改革,以实际行动、具体举措让改革成果不断显现。政府的改革应该是更好地让市场在配置资源中发挥决定性作用,也就是说要围着市场做文章,不是老给市场下指令、让市场做什么,而是要把市场的活力激发出来。这次我在参加两会的时候,不少代表委员都提出希望继续优化营商环境。给企业好的营商环境、公平的营商环境,市场就会发挥自身的力

量。应该说,我们这几年通过"放管服"改革,营商环境的优化是取得成效的。去年有关国际组织把中国营商环境的排名提升了30多位。但社会上也有呼声,营商环境改善得还不够,还有较大差距。我们要倾听这种呼声,进一步改善营商环境。营商环境好了,市场的活力和社会的创造力就会更大地释放出来。

改善营商环境,还是要放管结合、放管并重。放就是要平等地放,不能搞三六九等。我们减少审批程序、办证办照时间,应该说对各类所有制企业,原则是一视同仁的。现在开办企业拿营业执照的时间,经过几年努力,已经从22天降到了8.5天,今年要力争降到5天,有的地方可以降到3天,目前有的发达国家才1天。我到基层去调研,有不少企业反映,拿到营业执照以后还需要很多证,这是所谓"准入不准营"。我们要采取措施,除了涉及公共安全、特种行业之外,都应该拿到营业执照以后就可以正常经营。政府的监管部门可以加强事中事后监管,在这个过程中,对企业的行为进行甄别辨别,需要发证的发证,不符合资质条件的,该逐出市场就逐出市场。

宽进就要严管。公平的准入,公正的监管,这是鸟之两翼,不可偏废。如果我们监管不到位,那些坑蒙拐骗、侵犯知识产权、假冒伪劣、恶意拖欠款项的行为就有可能肆意妄为。这次两会上我听到一些政协委员反映,他们遇到的是打官司难、讨债难,政府的监管不到位。监管要把规则公开透明,让被监管者知道自己该做什么、不该做什么。监管不能搞选择性监管、任性监管。要形成一种放和管结合的有效的制度性安排。

我可以这么说,减税降费和简政、公平监管,这是我们应对经济下行压力、激发市场活力的两个重要的关键举措,目的是要让中国经济行稳致远,而且活力四射。

李克强:愿意出台更多优惠政策,让台胞享受与大陆同胞同等待遇

东森新闻云记者:今年年初习近平总书记在《告台湾同胞书》发表40周年纪念会上的重要讲话,在两岸引起广泛关注。外界很关注,大陆今年会在促进两岸共同发展和两岸民众福祉等方面具体如何贯彻和落实?

李克强:今年年初,习近平总书记在《告台湾同胞书》发表40周年纪念会上的重要讲话,阐述了我们关于台湾问题的大政方针、原则立场。我们将继续坚持一个中国原则和"九二共识",反对"台独",促进两岸关系和平稳定发展,促进祖国和平统一。

两岸同胞同根相系,我们愿意出台更多的优惠政策,让台湾同胞在大陆不论是投资兴业、就业就学,还是生活居住,都能够享受到和大陆同胞同等待遇。我们已经出台了促进两岸经济文化交流合作的"31条举措",现在的问题是要把这"31条举措"扎扎实实地落到位,而且在这个过程中还应当有新的举措。两岸同胞共享发展机遇、走得越近越亲,两岸关系的发展就会越好越实。我们都希望能够共圆中华民族伟大复兴的梦想。

李克强:就业优先政策首次列入宏观政策

《人民日报》记者:去年以来,一些企业存在裁员的情况,有的内外资企业开始向境外转移。同时也有一些企业反映,他们想招一些合适的技术工人却很难。政府将采取哪些政策措施来推动这些问题的解决?

李克强:在中国现代化进程中,就业会始终是一个巨大的压力。我们每年城镇需就业的新增劳动力1500多万,未来几年不会

减,而且还要给几百万新进城农民工提供打工的机会。今年我们确定要确保新增城镇就业人数在 1100 万人以上,并要力争实现去年的实际规模,也就是 1300 万人以上的就业。所以,我们把就业优先的政策首次和财政政策、货币政策并列为宏观政策。财政和货币政策不管是减税、还是降低实际利率水平等,在很大程度上都是围绕着就业来进行的。有了就业,才会有收入,才会有社会财富的创造。

我们说保持经济运行在合理区间,首先是要保就业,不让经济滑出合理区间,就是不能出现"失业潮"。我们要多措并举,对一些重点人群要继续努力保障他们就业,像大学毕业生、复转军人、转岗职工等。今年的高校毕业生又达 834 万,比去年还多,创历史新高。我们还要确保不出现零就业家庭,对那些吸纳劳动力比较多的企业要给政策优惠支持。我们还要推动创新创业创造,用好大众创业、万众创新平台,提供更多的就业岗位。就业好不好,这本身也是经济好不好的一个重要体现。

政府工作报告主要讲了保障城镇新增就业,这里我想特别强调一下农民工就业。中国现在有 2.8 亿多农民工,而且每年是以百万计的数量在增长。他们是许多产业行业的主力军,农民的收入大部分来自于打工收入。农民工的身后可以说有无数家庭的期待。讲到这里,我就想起几年前到我国东北一个中型城市的建设枢纽工地上去考察,有一个印象至今挥之不去。在寒冷的天气里农民工在施工,其中有一位农民工跟我岁数差不多大,我和他对话,他就希望一条:多加班,多挣钱。我说为什么? 他说他的一个孩子考上了重点大学,他要挣钱使孩子安心学习,并且学习好。我从他的眼神里看到他对下一代、对未来的期待。

我们中华民族几千年生生不息,这40年来有如此巨大变化,教育的确起了巨大支撑作用。所以我们要善待农民工,不仅要给他们提供打工的机会,而且要保障他们应有的所得。现在不时发生农民工被欠薪的问题,我们要立法规,坚决打击那些恶意欠薪的行为,确保农民工打工有机会,而且合法权益得到保障,要看到他们是无数家庭的希望。

李克强:在中欧关系上,应以开放心态看待对方,从合作中妥善化解分歧

埃菲社记者:中美之间的贸易摩擦对中欧关系发展是机遇还是会带来负面影响? 如何看待今年的中欧关系?

李克强:中美贸易摩擦是中美双边的事情,我们不会利用第三方,更不会去损害第三方。中国和欧盟,一个是世界上最大的发展中国家,一个是世界上最大的发达国家联盟。可以说,中欧都是世界多极化的重要一极,中欧关系的发展不仅有利于中欧,也有利于世界。

当然,中欧互为最大的贸易伙伴,我们之间有合作,也有摩擦,过去和现在都存在。但是,我们长期以来积累了化解分歧、摩擦的经验,这些经验我认为还应该继续沿用,其中很重要的就是中欧之间应该增强互信。现在,我们正在推进中欧投资谈判,实际上是想让双向投资更加开放,这样做让双方都受益,当然是要公平地受益。我觉得双方都应该以开放的心态看待对方,在合作中妥善化解分歧,让中欧关系稳步前行。下个月,我要去欧盟总部和欧盟领导人共同举行新一轮中欧领导人会晤。我希望通过本次会晤,双方都从战略的、长远的高度看待中欧关系,都用相互尊重、相互理解、推动合作的心态去促进中欧关系健康稳定发展。

中央广播电视总台央视记者:老百姓看病难看病贵、享受不到

李克强：大病保险制度在世界上是个创举

优质医疗资源的问题比较突出，尤其是那些得了大病的患者，给他们的家庭带去很沉重的负担。在解决这些问题上，政府还有哪些有效举措？

李克强：看病确实是重要的民生问题，尤其大病是民生的痛点。看病贵看病难的问题，在我们国家的确存在。这几年来，我们经过努力，不仅建立了向全民提供基本医疗保障的制度，而且在此基础上，由政府和居民共担，购买大病保险，建立了大病保险的机制，这是可以缓解大病患者特别是困难群众负担的一个重要举措，在世界上也应该是一个创举。

去年我们就听到许多关于抗癌药贵的呼声，我们通过减税等多种办法，让17种抗癌药降价50%以上，而且纳入医保，这让癌症患者特别是困难群众大大减轻了负担。这方面的事情，我们能做的都应该去做。

今年我们还要做两件这方面的事，并且要尽力。一是把高血压、糖尿病等慢性病患者的门诊用药纳入医保，给予50%的报销，这将惠及我国4亿高血压、糖尿病患者。我到基层去调研，有一些人告诉我，他们得了这类慢性病，每天都不能断药，负担很重，有的把养老金相当一部分用来买药，我们要努力解决这方面的问题。二是要降低大病保险的起付线，提升大病保险的报销比例。现在近14亿人都进入大病保险了，要让更多的人、上千万的人能够直接受益，因为我们这个大病保险是有倍数效应的。要看到，我们的医保虽然覆盖全民，但是水平不高，尤其是农民人均年收入不到1.5万元，遇到大病靠自己扛是很难的。所以政府和社会要共同出力，缓解这个民生之痛。没有健康就没有幸福。

新加坡亚洲新闻台记者：今天外商投资法已经全国人大表决

李克强：对外开放是中国的基本国策，中国会继续保持对外开放热土的温度

通过，有的舆论表示担心或质疑，认为这部法律的特别加速通过，大部分只是对美国压力的回应，而且部分法律条款的模糊性也给了中国政府灵活掌握的空间，降低了投资者对实际效力的期望。您对此有何回应？中国政府将推出哪些具体、可落实的政策呢？

李克强：对外开放是中国的基本国策，让中国人民普遍受惠，也有利于世界，我们何乐而不为？开放的措施说出去了，当然要兑现。去年，我们一些重大基础产业放开外资投入的股比，有很多重大项目落地了。我们去年利用外资，仍然是世界上发展中国家中最多的。中国会继续听取各方面的意见，继续保持对外开放热土的温度。

刚刚闭幕的十三届全国人大二次会议通过了外商投资法，这个法是要用法律的手段更好地保护外商投资、吸引外商投资。这个法律也可以说是规范政府行为的，要求政府依法行政，而且政府要根据这个法律的精神出台一系列法规、文件，保护外商权益，比如外商投资企业投诉工作机制等。这是我们下一步要做的很重要的事情，将会推出一系列有关法规和文件，让外商投资法顺利实施。

我们要实行准入前国民待遇加负面清单制度，而且要推出新的负面清单。这个新推出的负面清单会做减法，以后还要逐步做减法，也就是说"非禁即入"的范围会越来越大。还要加强对知识产权的保护，将修改知识产权法，对侵权行为引入惩罚性的赔偿机制，发现一起就要处理一起，要让侵犯知识产权的行为无处可遁。当然，我们也希望外国政府公正地看待中国企业和国外企业双方自愿的合作。总之，今年对外开放的举措我们会不断地推、继续地推。我多次讲过，中国的开放举措，往往不是一揽子推出来的，每年

甚至每个季度都在出,但回过头来看,积累起来就会带来想象不到的巨大变化。

李克强:多策并举,多管齐下,继续降低小微企业融资成本

《光明日报》记者:去年以来,央行几次降准,降低了金融机构的成本,但是企业依然反映融资难融资贵,政策实惠看得见摸不着。在促进金融服务实体经济方面,政府将采取哪些举措?

李克强:服务实体经济,这是金融的天职,但是我们确实面临着实体经济,特别是民营经济、小微企业融资难融资贵的问题。去年我们采取了一系列措施,努力遏制了融资成本上升的势头。我们四次降准,其目的还是通过降低金融机构本身的成本,促进这些资金流向民营经济和小微企业。今年我们要抓住融资难融资贵这个制约经济发展、市场活力的"卡脖子"问题,多策并举、多管齐下,让小微企业融资成本在去年的基础上再降低1个百分点。

我们对外开放是自主的抉择,而且我们要按照竞争中性的原则,对所有外资企业一视同仁地对待,同样,对中国国内各类所有制企业都应该一视同仁。现在在贷款问题上,的确需要清除一些障碍,引导金融机构改善内部管理机制,多跑民营企业、小微企业,为他们降低融资成本、减少不合理的费用出力。小微活,经济才活,就业才多。

当然,我们也时刻注意防范金融风险。对于那些不具备生存条件的"僵尸企业",不会给他们新的贷款,对违法违规的所谓金融行为,该制止的制止,该打击的打击。我们完全可以守住不发生系统性金融风险的底线。加强金融服务和防范金融风险是相辅相成的。

李克强：把中俄经贸规模向翻番的目标推进

俄通社—塔斯社记者：今年是中俄建交70周年，在两国关系发展史上具有里程碑意义。去年中俄双边贸易额历史上首次突破1000亿美元，今年中俄关系和经贸合作会有哪些新的突破？

李克强：中俄互为最大邻邦，中俄保持良好稳定的关系不仅有利于双方，也有利于地区、有利于世界。

今年是中俄建交70周年。70年来，中俄关系走过了不平凡的路，现在可以说是高水平的。我们的政治互信不断增强，人文交流也在不断深化，特别是刚才你提到，去年在世界贸易下行的情况下，中俄之间贸易额突破了1000亿美元的规模，这可以说是一个新的标志。这本身表明，我们之间的合作有很大潜力。下一步，我们还可以拓展领域。我们既可以"抓大"，也可以"推小"，抓大项目、大宗商品贸易，推小微企业，包括跨境电商的合作。既可以"上天"，在航天航空领域合作，也可以"下地"，推地方民间的交流。就是要把能用的十八般武艺都用起来，巩固中俄经贸规模突破1000亿美元的成果，而且向翻番的目标迈进。

李克强：对新业态、新模式要包容审慎

澎湃新闻记者：您一直在强调要大力发展"互联网+"，发展共享经济，但是去年发生了一连串的负面事件。您对此怎么看？下一步政府对规范发展共享经济有什么新的举措？

李克强："互联网+"、共享经济，也可以说是平台经济。它们作为新事物，和任何新事物一样，在发展中总会有利有弊。但是总的看，它们带动了就业，方便了群众，而且推动了相关产业的发展。像电商、快递、移动支付等，大家都有感受，众人做事，集众智、聚众力,众人共享。

对于这些新业态、新模式,不能简单任性,要么不管,要么管死。所以我们这几年一直采用的是包容审慎的原则。包容就是对新的事物,我们已知远远小于未知,要允许它们发展,对发展中出现的问题加以纠正。所谓审慎监管,就是要划出安全的底线,不允许打着"互联网+"、共享经济的招牌搞招摇撞骗。要给创业者提供一个能够成长的空间,给企业一个发展新动能的环境。在这个过程中,我们需要的是公平的准入、公正的监管。新事物在市场力量推动过程中,发展要靠市场,也要在市场竞争中优胜劣汰,政府也要进行公平公正监管。愉快和烦恼总是在成长当中相伴随,我们要做的就是引导他们健康成长。

其实,互联网经济、共享经济、平台经济还有很大发展空间。电商、快递对工业品下乡、农产品进城,可以进一步起到搞活流通的作用。在工业领域,推动工业互联网,可以把那些闲置的资源带动起来,而且促进技术创新。在社会领域,用武之地就更大了,像"互联网+医疗健康"、"+养老助幼"、"+教育",可以联动许多方面,尤其是让偏远地区、农村的群众、家庭、孩子通过互联网能够享受优质的学校、医院,优秀的教师、医生资源,帮助他们解决实际问题。这方面的例子就很多了,我看过不少"互联网+医疗诊断"、"+教育"的实例,这本身就是在释放着市场的活力和社会的创造力。

李克强:高度重视港澳台的投资

香港凤凰卫视记者: 外商投资法当中并没有涉及到港澳台的投资,我想这会让港澳台各界有些不太理解,您刚刚关于对外开放的表述,其中也没有谈到港澳台,这会不会表明中央政府对待港澳台的投资政策会有一些调整呢?

李克强：香港和澳门是中华人民共和国的特别行政区，海峡两岸同属一个中国。我们历来高度重视港澳台的投资，港澳到内地的投资占我们利用境外投资的70%，能不重视吗？我们会进一步发挥港澳作为单独关税区和自由港的作用。我刚才对台湾记者也说了，我们会为台胞来大陆投资兴业创造优惠的条件。

我这里要明确，港澳台投资是可以参照、或者比照适用刚刚通过的外商投资法，而且我们长期以来行之有效的一些制度安排和实际做法还要继续沿用，不仅不会影响而且会有利于吸引港澳台的投资。国务院在制定有关法规或者有关政策性文件的过程中，会认真听取港澳台同胞的意见，切实保护好他们的合法权益，也欢迎有更多的港澳台投资。

李克强：消费和民生是硬币的两面，需要合理的投资规模和消费的增长

《中国日报》记者：从去年开始，国内消费增速出现了持续下滑的态势，但同时我们也看到，有上亿的中国人走出国门到海外去消费。政府将出台什么措施来进一步提振国内消费？

李克强：的确，一段时间以来，我国的消费出现了增速放缓的趋势。消费和民生可以说是一个硬币的两面，我们需要合理的投资规模和消费增长。当然消费需要有收入支撑，但同时也要看到，我们的消费当中确实还存在着不少堵点和障碍，应该去解决。这样有利于消费，也有利于改善民生。

比如，这几年公路运输和出行不断增加，政府工作报告提出，两年内要基本取消省界高速公路收费站，大家都很赞成。这样做有利于解决拥堵问题，也有利于相关产业发展。这个目标我们要确保完成，同时我们要求有关部门力争提前实现。

又比如,网络的提速降费,这几年我们连续在推进,这有利于消费者,也有利于产业的发展。今年要在过去的基础上移动网络流量资费再降低 20%。我让有关方面测算,他们预计要让利 1800 亿元给消费者。我还要求他们必须做到可以"携号转网",这样可以倒逼清理那些不明不白的套餐,让我们的企业改善服务,也促进产业本身提质升级。

再比如,我们今年要再降低一般工商业电价 10%,这不仅让工业企业受惠,商业企业也同样受益。现在电商有上千万家,6 亿多消费用户,电商是 24 小时营业的,我去看过,他们说计算机耗电的费用压力不小,降低电价就可以让利给消费者,也可以促进产业发展,这是一举多得的事情。其实,消费当中还有很多制度性的堵点应当消除,或者说减少,这可以激发消费的潜力、市场的活力、社会的创造力。我们有关方面要眼中有活,做明白人、办贴心事。

李克强:中国坚定不移做地区和世界和平与发展的维护者、贡献者

日本经济新闻社记者:中国是今年中日韩领导人会议主席国,您认为本次会议将重点讨论哪些问题?在当前世界范围内贸易保护主义抬头的背景下,我觉得中日韩自贸区(FTA)也将成为今年会议主题。您认为中日韩 FTA 什么时候能够签署?另外,对中方而言区域全面经济伙伴关系协定(RCEP)和中日韩 FTA 哪一个是优先考虑的选项?

李克强:今年是中日韩领导人会议机制成立 20 周年,中方担任主席国,我们会和日方、韩方共同商讨会议的议题。我认为,议题中应当包括推动中日韩自贸区建设,特别是在当前世界贸易保护主义抬头的大背景下,推动中日韩自贸区建设,达成一个全面、高水平、互惠的协定,对三方都有好处。虽然现在日本和韩国都对中国

有比较大的贸易顺差,但是我们还是愿意进行平等的竞争,让消费者有更多选择。我相信,在这个过程中会实现优势互补,各方得益。至于说中日韩自贸区和 RCEP 哪一个先达成,我想那要看我们各方所做的努力了。不管是哪一个协议能够先达成,中方都乐见其成。

我还想再说一下,中国不仅重视和东北亚国家的关系,比如刚才我回答了韩国记者的提问,表示中国作为负责任大国,会继续在推进朝鲜半岛无核化进程中发挥建设性作用,我们还重视和东南亚、和所有周边国家的合作。我们希望有一个稳定的周边环境,亲诚惠容。我们也愿意把"一带一路"倡议和有关国家的发展战略相对接。中国将坚定不移走和平发展道路,坚定不移做地区和世界和平与发展的维护者、贡献者。

《南方都市报》记者(记者会结束时):今年"五一"还会放小长假吗?

李克强:我们会让有关部门抓紧研究,充分听取大家的意见。

记者会在人民大会堂三楼金色大厅举行,历时约 150 分钟,参加采访的中外记者 1200 余名。

李克强总理答中外记者问完整视频

十三届全国人大二次会议

记 者 会

十三届全国人大二次会议新闻发布会

（3月4日）

十三届全国人大二次会议发言人张业遂

十三届全国人大二次会议于3月4日上午11时15分在人民大会堂新闻发布厅举行新闻发布会，由大会发言人就大会议程和人大工作相关的问题回答中外记者提问。

3月4日上午，十三届全国人大二次会议在人民大会堂新闻发布厅举行新闻发布会，大会发言人张业遂回答中外记者提问

何绍仁:各位记者,大家上午好! 十三届全国人大二次会议新闻发布会现在开始。

刚才大会主席团举行了第一次会议,指定张业遂先生为大会发言人。现在我们就请大会发言人发布大会的议程和有关安排,并就大会的议程和人大有关工作回答大家的提问,有请发言人。

张业遂:各位媒体的朋友、女士们、先生们,大家上午好! 欢迎各位采访十三届全国人大二次会议。今年是新中国成立70周年,是决胜全面建成小康社会的关键之年,即将召开的十三届全国人大二次会议是今年国家政治生活中的一件大事,开好这次大会,对推动2019年的各项工作具有十分重要的意义。

大会将在以习近平同志为核心的党中央坚强领导下,坚持以习近平新时代中国特色社会主义思想为指导,深入贯彻习近平总书记关于坚持和完善人民代表大会制度的重要思想,坚持党的领导、人民当家作主、依法治国有机统一,认真履行宪法和法律赋予的职责,开成一个民主、团结、求实、奋进的大会。

十三届全国人大实有代表2975名,目前已有2956名代表向大会报到。大会的各项准备工作已全部就绪。今天上午大会举行了预备会议,通过了大会议程,选举了由176人组成的大会主席团,选举王晨为大会秘书长。大会将于3月5日上午开幕,3月15日上午闭幕,会期10天半。这次大会共有八项议程,将举行四次全体会议。3月5日上午举行开幕会,听取国务院总理李克强关于政府工作报告、审查计划报告、预算报告。3月8日下午举行第二次全体会议,听取栗战书委员长关于全国人民代表大会常务委员会工作的报告,听取王晨副委员长关于《中华人民共和国外商投资法(草案)》的说明。3月12日上午举行第三次全体会议,听取最高人民法院工作报告、最高人民检察院工作报告。会议期间,各代表团将举行全体会议和小组会议,对上述工作报告和法律草案进行审议。3

月15日上午举行第四次全体会议,表决各项工作报告的决议草案,表决《中华人民共和国外商投资法(草案)》,表决其他有关事项。

大会将深入贯彻落实中央八项规定及实施细则精神,按照厉行节约、勤俭办会的要求,进一步加强和完善会风会纪建设的具体措施,持之以恒,营造风清气正的会风。

大会期间将举行13场记者会,请全国人大专门委员会及常委会工作机构负责人就人大立法工作、监督工作等问题,请国务院有关部委主要负责人就经济社会发展中人民群众关心的热点问题,分别回答中外记者的提问。其中3月6日至7日,国家发展改革委主任、财政部部长、国务院扶贫办主任将分别出席记者会。3月8日上午,外交部部长将就我国的外交政策和对外关系回答提问。3月9日至11日,商务部部长、国资委主任、人民银行行长、科技部部长、市场监管总局局长、生态环境部部长将分别出席记者会。3月12日下午,最高人民法院负责人将出席记者会。3月15日上午大会闭幕后,国务院总理李克强将在人民大会堂三楼金色大厅与中外记者见面并回答问题。

大会将继续组织代表通道集中采访活动,邀请部分代表在人民大会堂中央大厅接受记者的集体采访。大会将继续组织部长通道,邀请列席会议的国务院有关部委主要负责人在人民大会堂北大厅接受媒体的集中采访,解读政府工作报告和相关政策,回应社会关切。上述采访安排及其他采访活动的具体信息,将及时通过大会新闻中心网页和微信公众号等多种方式公布。大会新闻中心还将在相应的全体会议前提供大会主要文件的中外文本,我们将竭诚为记者朋友们的采访提供服务,预祝你们工作顺利!

何绍仁:现在开始提问。

《人民日报》记者:2018年是十三届全国人大及其常委会履职的第一年,制定或修改了一批重要的法律。想请问发言人,去年人大的立法工作有哪些亮点和特点,以及收到了什么样的社会效果?

张业遂:十三届全国人大及其常委会成立以来,紧紧围绕贯彻落实党中央重大决策部署,回应人民群众重大关切,切实履行宪法法律赋予的各项职责,加快立法步伐,实现了本届立法工作的良好开局。去年,十三届人大一次大会审议通过宪法修正案,制定监察法,通过有关重大问题的决定事项4件;常委会制定法律8件,修改法律47件次,通过有关法律问题和重大问题的决定9件。

去年主要的立法工作包括以下几个方面:一是大会通过的宪法修正案,为新时代坚持和发展中国特色社会主义提供有力的宪法保障。大会制定的监察法,对监察委员会的产生、职责、权限等作出明确规定,加强了党对反腐败工作的集中统一领导,构建起集中统一、权威高效的中国特色国家监察体制。

二是制定英雄烈士保护法,彰显国家保护英烈的鲜明导向,推动全社会形成崇尚英烈、捍卫英烈、学习英烈的良好氛围。

三是制定电子商务法,明确电子商务经营者特别是平台经营者的义务与责任,严禁各种误导消费者的行为,规范和保障电子商务健康发展,维护市场秩序和公平竞争。

四是修改农村土地承包法,将所有权、承包权、经营权"三权"分置的重大改革成果用法律的形式确定下来,稳定和完善了农村土地承包关系,给土地承包者和经营者吃下了"定心丸"。

五是对个人所得税法进行第七次修改,确保广大人民群众享受到实实在在的减税福利。实施头3个月,就有超过7000万人的工薪所得无须缴纳个人所得税,减税额度达1000亿元。

六是在整体审议民法典各分编草案的基础上,分编审议了合同编、侵权责任编草案,有关草案广泛征求了公众意见,为2020年完成民法典编纂任务奠定了坚实的基础。

七是制定土壤污染防治法,填补了我国土壤污染防治领域的法律空白,与大气污染防治法、水污染防治法等相关法律构建起立体、严密的生态环境法治网。

还有一个重要方面就是本届常委会采取打包修改法律、作出决定等方式,在深化机构改革等方面发挥了立法规范和保障改革的作用。

美国有线电视新闻记者: 您好,我是美国有线电视新闻 CNN 的记者。大家知道,最近大家关注的热点是美中之间的经贸谈判。但是现在来自美国华盛顿有这样一种似乎越来越强烈的共识,而且是超越民主、共和两党党派斗争的共识,不论经贸谈判的结果如何,美国都应当将中国视为一个战略威胁。我们听到很多美国高官、议员甚至专家说,美中之间不仅仅是在经贸问题上,在军事、安全、人权等各个领域都有越来越大的差异、分歧甚至对立对抗。所以我想问您,您作为一位中国资深的外交官,也担任过中国驻美大使,您觉得中国对美国的定位会不会产生类似的转变?中国将如何应对来自华盛顿这种对华立场政策日趋强劲的挑战?

张业遂: 今年是中美建交 40 周年。40 年来,中美关系总体上保持了稳定,同时取得了历史性的进展。我认为,两国关系保持稳定与发展,给两国人民带来了巨大的利益,同时也有利于促进世界的和平、稳定与发展。那么,事实充分证明,中美合则两利、斗则俱伤,合作是双方最好的选择。

中国对美国的政策是一贯的、明确的。我们致力于同美国实现不冲突不对抗、相互尊重、合作共赢,同时将会坚定地捍卫自身的主权、安全和发展利益。两国在历史文化、社会制度、发展阶段方面确实有很多的不同,存在差异、分歧十分正常,但是这并不必然导致对立、对抗。应该看到,中美两国的利益已经深度地交织,我认为一个冲突对抗的中美关系不符合任何一方的利益,另外,用冷战的旧思维来处理全球化背景下的新问题是肯定没有出路的。

　　关于中美经贸问题,大家都非常地关注,一段时间以来,双方的经贸团队开展了富有成效的密集磋商,在双方共同关心的许多问题上取得了重要阶段性进展,两国和国际社会对此都作出了积极的反应。我认为中美经贸关系的本质是互利共赢的,因此我们希望双方继续抓紧磋商,达成互利双赢的协议。

　　去年12月,习近平主席同特朗普总统在阿根廷成功会晤,双方同意共同推进以协调、合作、稳定为基调的中美关系,为今后一个时期的中美关系指明了方向。当前我认为最重要的事情,就是双方认真落实两国元首达成的重要共识,在拓展合作的基础上管控好分歧,确保两国关系沿着正确的轨道向前发展。

　　凤凰卫视记者:发言人好,凤凰卫视记者提问。我们关注外商投资法,在这次大会上这部法律就要付诸表决。但我们注意到从这部法律第一次经过人大常委会审议到现在才不到三个月,这么快的立法速度,很多人分析说可能是中国史上最快,这是出于怎样的考虑? 同时我们注意到,港澳台"三资"并没有像过去的三个外资法一样被含入其中,那么今后会对港澳台做怎样的制度安排?

　　张业遂:改革开放以来,我国形成了以中外合资经营企业法、外资企业法、中外合作经营企业法,也就是"外资三法"为基础的外商投资法律体系,为扩大对外开放、积极利用外资提供了有效的法律保障。近年来,我国对外开放和利用外资面临新的形势,"外资三法"也难以适应构建开放型经济新体制的需要。制定外商投资法,就是要创新外商投资法律制度,取代"外资三法",成为新时代我国利用外资的基础性法律。

　　外商投资法草案明确规定,我国对外商投资实行准入前国民待遇加负面清单的管理制度,取消逐案审批制管理模式;对于禁止和限制外国投资者投资的领域,将以清单方式明确列出,清单之外充分开放,中外投资将享有同等待遇。这是我国外商投资管理体制的根本性变革,将提高投资环境的开放度、透明度和可预期性,为推动形成全面开放新格局提供更加有力的法律保障。

同时,针对外国投资者普遍关心的征收和补偿、知识产权保护、技术转让等问题,草案都作出明确的保护规定。

香港特别行政区、澳门特别行政区和台湾地区都是中国的一部分,同时港澳台属于单独关税区,来自港澳台的投资既不同于外资,也不完全等同于内资,具有一定的特殊性。实践中,对港澳台投资一直参照外商投资进行管理。制定外商投资法不会改变国家对港澳台投资的法律适用安排,相关制度还将根据实践需要不断修改完善,进一步为港澳台投资提供更加开放、便利的营商和发展环境。

韩国广播电视台记者:发言人您好,我是韩国广播电视台的记者。第二次朝美首脑会晤,双方未能达成协议,那么下一步要实现半岛无核化,您认为最核心的问题是什么?解决这些问题,中国的作用是什么?

张业遂:朝美领导人河内会晤,的确如你所说,没有发表成果文件。但是我们注意到双方都表示进行了深入沟通,而且双方都表明愿意继续进行对话,我们认为这次会晤是建设性的。

大家都知道,朝鲜半岛问题非常复杂、敏感,解决起来不是一件容易的事,也不能期待通过一两次会晤就能够得到解决。而且随着谈判的深入,难免会遇到这样那样的困难。我们认为,关键是坚持政治解决的正确途径,坚持实现半岛无核化、建立半岛和平机制的正确方向。

朝鲜和美国是半岛问题的关键当事方,我们希望朝美双方坚定信念,保持耐心,沿着正确的方向谈下去,谈出新进展。维护半岛和平稳定符合各方的利益。中方致力于实现半岛无核化和建立半岛和平机制,并为此发挥了积极的、建设性的作用。中方将继续以自己的方式做出积极的努力。

新华社记者:刚才您已经介绍了过去一年人大立法工作取得的进展

和成绩,那么请问 2019 年还将制定和修改哪些法律? 我们的立法工作要如何才能更好地回应人民群众所盼所需、解决社会现实问题,给大家带来更多实实在在的利好?

张业遂:2019 年的立法任务的确非常重。党和国家事业的发展、人民群众对美好生活的期待和全面依法治国的要求,对立法工作提出了新课题、新任务。今年,全国人大常委会将坚持科学立法、民主立法、依法立法,着力提高立法的质量,加快立法工作步伐,集中力量落实好党中央确定的重大立法事项,重点是推进四个方面的立法工作。

第一,抓紧制定修改深化市场化改革、扩大高水平开放急需的法律。除外商投资法外,还将修改土地管理法、专利法、证券法,制定资源税法等。做好授权决定和改革决定相关工作,保证重大改革于法有据。

第二,加快保障和改善民生、推进生态文明建设领域的立法。包括抓紧审议民法典各分编草案,继续审议基本医疗卫生与健康促进法草案、疫苗管理法草案和药品管理法修正草案。制定长江保护法,为保护长江提供坚强的法制保障。

第三,加强国家安全、社会治理领域的立法。制定出口管制法、数据安全法、生物安全法等,提高防范和抵御安全风险的能力。制定社区矫正法、退役军人保障法、修改刑法等,为加强和创新社会治理提供法律支撑。

第四,完善国家机构组织有关法律制度。修改全国人民代表大会组织法和议事规则等,完善人民代表大会制度。继续审议法官法、检察官法修订草案。深化司法体制改革。制定政务处分法,健全国家监察体制。

我向大家通报一下,今年的立法计划已经初步拟订,将根据本次大会代表们提出的意见修改完善后及时公布。

彭博社记者:您好,我的问题是关于中国的国防费问题。中国国防费不断上升,在亚太地区一些国家也引发了关切,认为这造成了威胁。还有就是日本等国家对于中国军费的透明度问题表示了关切。我想问一下今年中国国防费的增幅将是多少？中方将会如何回应外界对于缺乏透明度以及增加国防费背后考虑的一些关切？

张业遂：保持国防费的合理适度增长是维护国家安全、适应中国特色军事变革的需要。纵向地看，从 2016 年起，中国的国防费从连续五年两位数增长降到了个位数增长，我想这些比例你们都是非常清楚的。横向比较的话，2018 年中国的国防费占国内生产总值的比例约为 1.3%，而同期一些主要发达国家的国防费占国内生产总值的比例都在 2% 以上。

我想，一个国家是否对其他国家构成军事威胁，关键看这个国家的外交和国防政策，而不是看这个国家的国防费增加了多少。中国始终坚持走和平发展道路，实行防御性的国防政策。中国有限的国防费完全是为了维护国家的主权、安全和领土完整，不会对其他国家构成威胁。

中央广播电视总台中央电视台记者：我们知道，人大除了立法之外还有一项重要的使命就是监督，可以说社会各界和广大群众也对人大的监督工作有非常多的期待。过去这一年也是十三届全国人大及其常委会的开局之年，所以想在这里请问一下发言人，您如何评价十三届全国人大及其常委会在开局之年的监督工作？

张业遂：监督权是宪法法律赋予国家权力机关的一项重要职权。十三届全国人大常委会依法履行监督职责，不断加强和改进监督工作，取得了积极的成效。我想这些积极的成效主要体现在三个方面。

第一个方面，推动落实中央重大决策部署，助力打好三大攻坚战。比如，组织开展了大气污染防治法、海洋环境保护法执法检查，安排听取审议了四个环境保护方面的报告。比如，围绕脱贫攻坚工作安排了专题调研，并听取审议专题调研报告。再比如，听取审议了国务院关于加强国有资产管理情况的报告，围绕地方政府债务情况开展了专题调研。这是第一个方面的工作。

第二个方面，坚持问题导向，努力增强监督的实效。去年开展的大气污染防治法执法检查,敢于动真碰硬,开展随机抽查;召开五级人大代表和群众代表、专家学者的座谈会;推动政府部门和企业负责人学法、用法、普法。执法检查报告不掩饰问题,列举了一批抽查发现的典型案件。还专门加开一次常委会会议,听取审议执法检查报告,对执法检查中发现的涉及 22 家企业的 38 个问题点名曝光,使执法检查的监督实效得到有效的增强。

第三个方面的工作是加强司法监督。全国人大常委会历史上首次对"两高"工作开展了专题询问,这是支持和保障司法改革、促进司法公正的一项具体举措,也是常委会开展监督工作的一次积极探索和实践创新。

新加坡《联合早报》记者:想问一个关于"一带一路"的问题。"一带一路"倡议推出五年多来取得了不少的成效,但是也遇到了一些质疑,被质疑缺乏透明性和可持续性,甚至让一些国家陷入了债务的陷阱。请问中国如何看待这样的关切? 您如何评价"一带一路"过去一年的成果以及它未来的发展前景和它所面对的风险和挑战?

张业遂:"一带一路"是习近平主席提出的重大国际经济合作倡议,致力于通过改善互联互通,为中国与世界经济的增长带来更多的机遇。"一带一路"是对当今多边合作机制的有益补充。

去年是共建"一带一路"取得新的重要进展的一年。67 个国家同中国签署了合作文件。到目前为止,同中国签署合作文件的国家和国际组织的总数已经达到 152 个。各方在互联互通的相关领域进行了密切合作,取得了积极的成果。在一些专业领域还建立了多个多边合作机制。我想这些都表明,"一带一路"倡议顺应了合作共赢的时代潮流。

关于你刚才提到的债务问题,我想"一带一路"坚持的原则是共商、共建、共享,同时也坚持市场化运作的模式,它的目标是实现高质量发展。我想强调,不论是项目选择,还是投融资合作,都是参与方共同作出的决策。

中方高度重视债务的可持续问题,在项目合作上不会强加于人,更不会制造什么陷阱。当然,像其他国际合作倡议一样,"一带一路"实施的过程中也会出现一些困难、问题、风险、挑战。但是随着倡议的实施和不断地总结完善,我相信"一带一路"建设一定会取得更好的发展,给参与国人民带来更多的获得感。

今年4月,第二届"一带一路"国际合作高峰论坛将在北京举行。这是一次进一步凝聚共识、推动合作的重要机遇。相信在各方的共同努力下,这次高峰论坛将取得丰硕的成果。

中国日报社记者:发言人您好,我们关注到美国正在要求一些欧洲国家停止与华为的合作,担心华为会配合中国政府提供相关的信息。我们看到中国的国家情报法也规定,机构、组织和公民在安全问题上要配合政府,这也加剧了各方面的担忧。我想请问全国人大作为最高立法机关,如何回应这种担忧?

张业遂:2017年全国人大常委会通过的国家情报法,是根据中华人民共和国宪法所制定的法律,主要目的是加强和保障中国的国家情报工作,维护中国的国家安全和利益,不是为了侵害他国的安全利益。以立法形式维护国家安全是国际通行做法,包括美欧在内的各国均有类似的法律或规定。那么在这部法律的立法过程中,中国也借鉴了有关国家的实践。

国家情报法不仅规定了组织和公民依法支持、协助和配合国家情报工作的义务,同时也规定了国家情报工作应当依法进行、尊重和保障人权、维护个人和组织合法权益的义务。中国的其他法律对于保障公民和组织的合法权益,包括数据安全和隐私权利等也作了许多规定,这些规定都适用于国家情报工作。我想对这一点应该全面准确地解读,不应该断章取义。

中国一贯鼓励和倡导企业在海外经营中严格遵守当地的法律法规,

从来没有,也不会要求中国企业从事违反当地法律法规的活动。美国政府的一些官员拿国家情报法说事,渲染特定中国企业产品存在所谓安全风险,是以政治手段干预经济行为,违反世贸组织规则,干扰公平竞争的国际市场秩序,是典型的双重标准,既不公正,也不道德。中国政府已多次表达严正立场,我们希望有关国家恪守公平竞争的市场原则,为中国企业投资经营提供公正、非歧视的营商环境。

《法制日报》、法制网记者:发言人您好,我们注意到现在个人信息安全问题是社会各界十分关注的一个焦点,而且立法呼声也很高,所以请问您一下,今年是不是有计划将安排个人信息保护法提交全国人大常委会进行审议?

张业遂:随着网络信息技术和数字经济的快速发展,因个人信息不当收集、滥用、泄露,导致公民权益受到侵害的事件时有发生。通过立法加强个人信息保护已成为保护公民隐私和生命财产安全、规范网络健康有序发展的必然要求。

事实上,我国已经有多部法律、法规、规章涉及个人信息保护。比如刑法、民法总则、消费者权益保护法、网络安全法、电子商务法等,都作出了相关的规定。但是从总体上看,呈现分散立法状态,所以需要根据形势的发展,制定有针对性的专门法律来加以规范,形成合力。全国人大常委会已将制定个人信息保护法列入本届立法规划,相关部门正在抓紧研究和起草,争取早日出台。

封面新闻记者:人工智能引领社会发展是大势所趋,但具有"双刃剑"的作用,请问全国人大常委会对助推人工智能健康发展如何考虑?

张业遂:人工智能是引领新一轮科技革命和产业变革的战略性技术,一些国家已将人工智能上升为国家重大发展战略。同时应当看到,人工智能技术的应用具有不确定性,会给人类社会带来法律关系、道德伦理、社会治理等方面的新挑战。

所以一方面要大力促进人工智能技术的发展和应用,另一方面要加强前瞻性预防和约束引导,确保安全可控。全国人大常委会已将一些与人工智能密切相关的立法项目,如数字安全法、个人信息保护法和修改科学技术进步法等,列入本届五年的立法规划。同时把人工智能方面立法列入抓紧研究项目,围绕相关法律问题进行深入的调查论证,努力使人工智能创新发展,努力为人工智能的创新发展提供有力的法治保障。

何绍仁:谢谢大家,新闻发布会到此结束。

十三届全国人大二次会议新闻发布会

就大力推动经济高质量发展答记者问

（3月6日）

国家发展和改革委员会主任何立峰，副主任宁吉喆、连维良

主持人: 各位记者朋友，大家上午好，欢迎参加十三届全国人大二次会议记者会。本场记者会的主题是大力推动经济高质量发展。我们很高

3月6日，国家发展和改革委员会主任何立峰，副主任宁吉喆、连维良就大力推动经济高质量发展答记者问

兴地邀请到国家发展和改革委员会主任何立峰先生、副主任宁吉喆先生、副主任连维良先生,围绕这一主题回答大家的提问。

首先,有请何主任。

何立峰:首先代表国家发改委,感谢记者和媒体界朋友们长期以来对发展改革工作的关心、支持、帮助和理解。下面,有什么问题需要我们三位回答的,请提问。

新华社记者:我们注意到,2018 年中国 GDP 同比增长 6.6%,今年的政府工作报告提出了 6% 到 6.5% 的增速目标。这是否意味着和去年相比,今年的经济下行压力更大? 应该如何预判今年的经济走势呢?

何立峰:在去年年底的中央经济工作会议上,习近平总书记对当前我国经济形势做了深刻的分析,并且明确提出了今年工作目标、思路和举措。在昨天的政府工作报告中,李克强总理又全面总结了去年的经济工作,分析了当前经济形势和今年要采取的十大举措。我的理解,对于形势的看法就是总体平稳、稳中有变、变中有忧,但是总体趋势还是稳中有进的。

在稳的方面,政府工作报告已经列得非常多了,我个人认为,突出的有几个特点,一是主要经济指标稳定。全年主要经济指标都运行在合理区间,GDP 总量达到 90.03 万亿元。按照年平均汇率计算,大体上相当于 13.6 万亿美元,增长率达到 6.6%,增量约为 1.4 万亿美元,增长幅度在世界前五大经济体中位居首位。在去年经济下行压力大、全球经济波动比较剧烈的情况下,中国能交出这份成绩单,确实是非常不容易的,事非经过不知难。

还有一个突出的稳的特点,就是就业稳。全年城镇新增就业 1361 万人。第三个稳是 1386 万人稳定脱贫。1.4 万亿美元的 GDP 增量、1361 万人的新增就业、1386 万人的脱贫,这三个数字也只有在中国能够实现。另外还有汇率稳、外汇储备稳、物价稳等。

进的方面同样表现很多。首先,党和国家机构改革的力度前所未有,但是进展非常平稳顺畅。供给侧结构性改革取得了新的更大的进展,特别表现在钢铁去产能、煤炭去产能又取得新的进步,提前两年完成了"十三五"去产能的目标任务,并且由此带动了其他相关产业提质增效,对结构调整起到了很大的带动作用。

再一个进的方面,就是营商环境在原有基础上得到了更大的进步和改善,特别是通过大规模的减税降费,通过放管服改革的深入推进,等等,使我们营商环境有了进一步改善,世界银行关于营商环境的国际排名,以北京、上海为评价样板,由第 78 位跃升至第 46 位,一年提高了 32 名,这从一个侧面说明我们的营商环境在不断优化,今年可能会有更大的进步。

当然,世界面临百年未有之大变局,中国经济又深度融入到世界经济中,全球经济的波动,不可避免地会影响到中国的企业特别是制造业企业,叠加我们自己在转型升级过程中深层次的矛盾、困难、问题的集中暴露,使我们在去年包括到目前,还有许多企业面临一些困难,突出表现在比如融资难融资贵、生产经营成本比较高等问题,这些都是变中有忧的反映。

最近,党中央、国务院出台了一系列政策举措,都是针对这些存在的问题、困难,要着力加以解决的政策。相信中国企业经过去年的锤炼,韧性更好、适应能力和应变能力更强,通过这些政策举措的落实,包括昨天政府工作报告中李克强总理提出的十大工作任务汇聚在一起,我相信我们今年还会继续保持良好的发展态势,使国民经济保持平稳、健康、可持续发展。在去年的中国首届进口博览会上,习近平总书记用诗一般的语言说,中国经济是一片大海,狂风骤雨之后它依旧在那儿。我们相信,中国经济一定会继续保持稳中有进的态势,实现今年预定的目标。

《人民日报》海外版记者:年初,宁吉喆副主任在接受采访时称,正在抓紧推进新一批的重大外资项目。我的问题是,能否介绍更多的新情况

新进展？另外,今年还将采取哪些吸引外资的措施?

宁吉喆:你这个问题很重要。外资是中国经济的一个重要组成部分。2018年,在世界跨国投资复苏缓慢、国际贸易关系复杂多变的背景下,中国利用外资再创历史新高,全年实际使用外商直接投资达到了1350亿美元(不含银行、证券、保险领域),增长了3%。同时,新设立的外商投资企业增长了将近70%,总理昨天在政府工作报告中也指出了。所以,我国继续成为跨国投资的热土。

2019年,我们将坚持开放发展理念,坚持对外开放基本国策,坚持发展更高层次的开放型经济,在全面落实准入前国民待遇加负面清单管理制度的同时,还要加上正面鼓励,再加上准入后的国民待遇,为外资构建更好的营商环境。这是什么概念呢? 负面清单加正面鼓励,准入前国民待遇加准入后国民待遇。

一是缩减负面清单。将在农业、采矿业、制造业、服务业领域推出更加开放的措施,允许更多领域实行外资独资经营。目前,已经启动了再次修订外商投资准入负面清单工作,在去年已经较大幅度放宽市场准入的基础上,今年将进一步缩减外商投资准入负面清单,继续在自贸试验区进行扩大开放的先行先试。

二是扩大正面鼓励。今年将发布新的《鼓励外商投资产业目录》,扩大鼓励外商投资的范围,充分发挥外资在传统产业转型升级、新兴产业发展和区域协调发展中的作用。对于鼓励类项目将继续享受进口设备免征关税、工业用地优惠政策,西部地区鼓励类项目继续减按15%征收企业所得税。

三是准入前后都实行国民待遇。我们正会同有关部门和各地方,全面清理外商投资准入负面清单之外领域的对外资单独设置的准入限制,确保市场准入内外资标准一致,这就是对外资实行准入前国民待遇。同时,推进在政府采购、标准制定、产业政策、科技政策、资质许可、注册登记、上市融资等方面给予外资企业公平待遇,这就是对外资实行准入后的国民待遇。

四是促进外商投资便利化。你刚才提到的问题就是要给外资项目以便利的服务,我们正在会同相关部门和地方简化备案等管理程序,开展重大外资项目服务和推进工作。目前,已推出沈阳华晨宝马、上海特斯拉、惠州巴斯夫、惠州中海壳牌、西安三星闪存芯片、嘉善沃克斯锂电池等两批重大外资项目,当然还会有第三批。主要在新能源、先进制造及石化、电子信息等领域,给予用地、用海、用能、规划等支持,加快环评审批进度,以此发挥示范作用,引导各地优化服务,进一步提高投资便利化程度。

五是要依法保护外资权益。十三届全国人大二次会议即将审议的外商投资法草案,确立了外商投资促进和保护制度,明确规定国家依法保护外国投资者和外商投资企业的知识产权,不得利用行政手段强制转让技术,这必将为外商投资权益提供更全面、更有力的法治保障。立法通过后,我们将狠抓遵照执行。

中央广播电视总台央视记者:我的问题是,现在大家都非常关心在外需走弱、国内消费放缓的形势下,中央经济工作会议提出要促进形成强大的国内市场。请问强大的国内市场有哪些维度?我们应该怎么去理解?另外,今年具体有哪些实招?

何立峰:在去年中央经济工作会议上,习近平总书记提出要促进形成强大的国内市场。在昨天的政府工作报告中,李克强总理用专门一个章节讲促进形成强大的国内市场,可见这个问题非常重要。

从我个人理解,中国是拥有近14亿人口的大国,市场主体据不完全统计达1.1亿户,其中有企业3470多万户,这就说明中国有庞大的生产资料消费市场,也有非常庞大的生活资料消费市场。

第一,新产业、新业态、新模式发展是一个增长非常快的市场。2015

年到 2017 年的统计数据表明,经济发展新动能指数年均增幅达到 28%、"三新"经济(新产业、新业态、新模式)增加值占 GDP 的比重已经达到了 15.7%。

第二,传统产业特别是传统制造业改造升级是一个潜力巨大的市场。现在规模以上工业企业总资产超过 110 万亿元,按照正常的设备更新改造升级,本身就是一个非常庞大的市场,再叠加不断快速发展的科技包括互联网等影响,设备更新改造升级的速度还会进一步加快,市场空间是巨大的。

第三,中国新型城镇化正在加快发展。现在全国有 600 多座城市,400 多座是大中城市,其他是小城市。去年常住人口城镇化率达到 59.58%,城镇化率每提高一个百分点,就有近 1400 万人从农村转入城镇,不仅会增加城市公共服务设施投入,也会释放巨大的衣食住行等消费需求,同时为补齐发展短板,加快棚户区改造,加快城区老旧小区改造等,都将进一步释放巨大的潜在市场。

第四,城乡居民消费水平、消费能力、消费意识在不断增强。例如,养老是下一步要大力推动的服务性产业,托幼也是个非常庞大的产业,需求量非常大。现在私人汽车保有量超过两亿辆,还有几亿台冰箱、电视机、洗衣机,等等,每年更新和普及都有巨大的市场。现在家用电器、汽车等新技术发展很快,新产品不断推出,更新的速度还会加快。

为促进形成强大国内市场,在中央经济工作会议之后,国家发改委先后会同相关部门围绕八个重点领域研究制定促进形成强大国内市场的政策措施。发改委还在组织研究鼓励旧汽车旧家电回收、大力发展循环经济的行动方案。促进形成强大国内市场的相关政策措施出台之后,我们将抓紧组织实施。

因此,中国形成强大国内市场有必要也有可能。我们相信,只要认真落实好"巩固、增强、提升、畅通"这八字方针,深入推进供给侧结构性改革,不断提供更多高品质高质量的产品,不断提供高品质高质量的服务,国内市场会越来越强大,必将促进更好地解决新时代社会主要矛盾,促进经济平稳健康可持续发展。

深圳卫视记者:有评论认为,目前中国经济增长乏力,破解困境的根本方法是深化改革开放。请问,今年经济体制改革的着力点在哪里?另外,我们也了解到去年深圳、上海成为国企综合改革示范区,深圳也是民营经济发展最活跃的城市之一,国家发改委对鼓励支持民营企业参与国企混改有什么样的考虑?您希望深圳在这个过程当中发挥怎么样的先行示范作用?

何立峰:谢谢,这个问题请连维良副主任来回答。

连维良:感谢您的提问。改革是最强大的发展动力,习近平总书记在中央经济工作会议上强调,要深化四梁八柱性质的改革,以增强微观主体活力为重点,推动相关改革走深走实。昨天,李克强总理在政府工作报告中明确了深化经济体制改革的具体任务。今年,中央全面深化改革委员会部署国家发展改革委承担的年度重点改革任务近20项,发展改革委将按照党中央、国务院部署,认真抓好落实,具体将围绕"巩固、增强、提升、畅通"这八字方针来展开。

一是围绕"巩固"推进改革。重点是"两个深化、两个推进"。深化投融资体制改革,深化价格改革,推进市场主体退出制度改革,推进国有企业资产负债约束制度改革,以更加有效地降成本、补短板、去产能、去杠杆。

二是围绕"增强"推进改革。重点是"五个加大",加大国有企业混合所有制改革力度,加大支持民营企业改革力度,加大产权保护改革力度,加大激发和保护企业家精神改革力度,加大优化营商环境改革力度。我们将新推出第四批一百家以上新的混改试点,将继续推动甄别、纠正涉产权的冤错案件,将明确企业家参与政策制定的规范化机制,将在全国大中城市和国家级新区全面展开营商环境评价。

三是围绕"提升"推进改革。具体是"三个推进",推进要素市场化改革,提升要素流动性;推进创新创业改革,提升产业链水平;推进服务业改革,提升服务业供给质量。经营性行业的发用电计划将全面放开,增量配电改革试点将向县一级全面延伸,将推进油气管网运营机制改革,使上游的资源类企业实现公平接入、下游用户实现公平享有。研究提出新一轮全面创新改革试验方案,进一步加大服务业扩大市场准入的改革力度。

四是围绕"畅通"推进改革。将着力打通"三个循环",加快建立统一开放、竞争有序的现代市场体系,将全面实施市场准入负面清单制度,打通国内市场和生产主体的循环;破除妨碍劳动力人才社会性流动的体制性障碍,打通经济增长和就业扩大的循环;提升金融体系服务实体经济的能力,打通金融和实体经济的循环。

您特别问到如何支持民营企业参与国有企业的混合所有制改革,概括说就是四句话:打开"进"的大门,提高"改"的质量,保障"在"的权益,畅通"退"的通道。

一是打开"进"的大门,在重点领域混改,鼓励社会资本进入。在完全竞争领域混改,允许社会资本控股。

二是提高"改"的质量。就是围绕"完善治理、强化激励、突出主业、提高效率",推进所有的混改企业能够真正构建起完善的法人治理结构,实现国有资本和各类社会资本优势互补,共同发展。

三是保障"在"的权益,就是平等保护各类股东产权和合法权益,真正做到各类股东按资说话、依股行权。

四是畅通"退"的通道,就是遵循市场化、法治化的原则,既要让各种社会资本能够有序进入,同时也能够依法退出。

深圳是改革开放的先行试验区,为我们国家改革创造了很多先进经验,同样在混改方面,也创造了很多好的经验,尤其是在民营经济发展方面,有很多发展潜力很好的企业。我们也希望,深圳能够在混合所有制改革方面,为全国创造更多先行先试的经验。

彭博新闻社记者:我的问题是关于基础设施投资的。我们都知道,基础设施是中国经济增长中非常重要的一部分,今年对基础设施投资没有作明确的表述。请问基础设施在今年经济中的作用是什么? 另外,民间投资在其中的作用如何发挥? 地方政府层面上,他们如何进一步推动基础设施的建设?

何立峰:基础设施投资一直是我们国家经济建设发展过程当中一个很重要的部分,去年我们全社会固定资产投资增长速度是 5.9%,比较以前年份速度有所下降,这也是由于受全球经济下行压力和我们自己企业在转型升级过程当中各种深层次矛盾、困难、问题集中暴露叠加在一起,在基础设施投资方面的一个反映。我们说这是属于正常的情况。

在整个固定资产投资当中,外商投资占的比重相对比较小一些。其次比较小一点的是政府投资,包括中央预算内投资在内,据不完全统计,各级政府投资总额在去年投资总额当中占比不到 5%,主要是精准用于基础设施、城市公共服务设施和社会民生短板这方面的投入。在这个过程当中,本身形成了一大批巨额的优质资产,而其中一部分优质资产具有流动性,包括地方政府在内,通过用 PPP 的方式等来盘活它,成为新的投资资金来源,并且形成新的资产,实现资金到资产、到资本再到资金、到资产这方面的良性循环。

同时,各级政府的投资,我们是严格防止形成新的债务,严格防止"半拉子"工程。所以我们重点还是精准地用于在建工程,新开工的工程要服从服务于经济社会发展的大局,也是属于精准投资。我们不必要也没有可能去搞"大水漫灌",所以突出的是精准投资,并且实现我们产业政策的精准调控,拉动和撬动社会资本,主要是民间资本在国民经济当中的投资。去年民间投资增长幅度是8.7%,比整个投资增长幅度高了2.8个百分点。整个民间投资占我们固定资产投资的比重已经继续保持在百分之六十几,去年是62%,其中的35%左右是投资于技术设备的改造和制造业的新建。所以制造业的投资占比超过1/3,而且它的增长速度又超过了整个民间投资增长速度0.8个百分点,增长速度是9.5%。所以,我们觉得民间投资跟政府投资紧密地结合在一块儿,形成了我们国家基础设施投资、公共服务设施投资、制造业投资等方面的组合,今后还会继续保持下去。

民间投资我们正在采取一系列措施,一是要降低准入门槛,扩大准入空间。二是帮助民间投资解决客观存在的一些问题,包括融资的问题,各种建设过程当中需要政府部门服务的问题,等等,来促进它平稳健康发展,共同推动我们国家固定资产投资和国民经济发展相适应。

《经济日报》融媒体记者:去年以来,我国社会消费品零售总额同比增速出现了持续放缓,社会上对于这种现象提到了消费疲软以及消费降级。请问您对此有何评论? 另外,刚才何主任回答问题时谈到了汽车和家电的市场潜力很大。我想知道,下一步我们在扩大家电和汽车消费方面会有怎样的政策大礼包?

何立峰:这个问题请宁吉喆副主任来回答。

宁吉喆:这个问题也很重要。消费在国民经济和社会发展中发挥着基础性作用,去年消费的增长对经济增长的贡献已经达到了76.2%,连续六年成为经济增长的第一拉动力。

你刚才说的这个问题,去年社会消费品零售总额增速跟前年相比,确实略有放缓,但仍然增长了9%,这个速度也不算低。而且现在我们社会消费品零售总额当中,很多服务消费的零售额还不在其中。特别要看到,我们的消费总量还是很大的,在整个国民经济当中,刚才何主任说13.6万亿美元的总量当中,消费总量已超过8万亿美元。消费结构是升级的,反映消费结构升级的食品支出占整体消费支出的比重,前年就降到了30%以下,去年是28.4%,达到了较高收入国家的水平。同时,服务消费的支出占的比重已接近50%,这都反映了消费结构的升级。因此,我国消费持续扩大的基本面没有改变,消费转型升级并带动产业转型升级、投资转型升级,乃至整个经济转型升级是大势所趋,长期看好。

关于今年促进消费平稳增长,中央经济工作会议上,习近平总书记有明确的要求,李克强总理在政府工作报告当中,也就推动消费稳定增长提出了一系列的政策要求。今年要从四个方面来促进消费的平稳增长:

一是要落实促进消费的政策。今年1月份,国家发改委联合十个部门印发了《进一步优化供给推动消费平稳增长 促进形成强大国内市场的实施方案(2019年)》,在促进汽车消费、家电消费、绿色消费、信息消费、养老服务、体育赛事等方面出台了一些政策措施,政府工作报告当中提出的一系列政策措施,我们都要持续推动贯彻落实。

二是增强居民的消费能力。多措并举促进城乡居民增收,首先是稳增长保就业促增收,促进居民收入增长与经济增长基本同步。再一个是简政减税降费促增收,使符合个人所得税法减税政策的约8000万纳税人应享尽享优惠。还有一个是补齐公共服务短板促增收,今年财政基本民生投入只增不减,还要推动实施技能人才、新型职业农民、科研人员等重点群体增收激励计划,研究制订居民增收三年行动方案,深化收入分配制度改革。

三是扩大重点领域消费。要促进实物消费升级,推动老旧汽车报废更新,继续执行新能源汽车购置政策,加快开展"5G"商用部署,刚才你提到了家电,绿色家电消费要鼓励支持。促进服务消费扩大,发展壮大旅游产业,扩大文化电影娱乐消费,拓展体育健身健康消费新空间。刚才何主任也提到,要出台实施扶持养老照护服务、婴幼儿照护服务的政策措施,这就是释放满足养老消费、育儿消费、家政服务消费的需要。促进城镇消费提质扩容,加快推进老旧小区适老化改造,大力发展住房租赁市场。促进农村消费普及提高,健全农村流通网络,支持电商快递和优质产品下乡。

四是改善市场消费环境。加强消费者权益保护,强化消费领域企业和个人信用体系建设,加强重要商品质量追溯体系建设,加大对销售假冒伪劣产品行为打击力度,建立健全旅游等领域服务和收费的标准,推动便捷支付方式推广升级,促进线上线下消费融合发展,让群众能够放心消费、便利消费。当然,除了在需求方的政策措施和鼓励引导外,在供给方也要采取有力的措施,顺应市场新变化,多渠道增加优质产品和服务的供给,以供给侧结构性改革发展举措,来满足群众多层次、多样化的消费需求。

《齐鲁晚报》齐鲁壹点记者:刚才宁主任也提到了要促进养老育幼方面的消费,但是在我们采访过程中了解到,在大城市养老院"一床难求",城乡婴幼儿育幼方面的服务还有所短缺。想请问,发改委下一步在养老育幼方面有怎样的政策考虑,来解决这"一老一小"的难题呢?

何立峰:谢谢,这个问题请连维良副主任回答。

连维良:您讲到的"一老一小"问题是最大的民生,我们每个家庭都面临这样的现实问题。刚才何立峰主任在回答促进形成强大国内市场问题时,已经分析了这方面的潜力和要采取的措施。党中央、国务院对城市养老院"一床难求"、托幼托育能力不足等问题高度重视。习近平总书记多次作出重要批示、指示,李克强总理在昨天的政府工作报告中也讲到了许多非常具体的措施。按照党中央、国务院部署,近期,国家发展改革委等18个部门共同推动出台了一个民生领域补短板的行动方案,就是刚才何立峰主任讲到的促进形成强大国内市场的八大措施之一,将通过"增能力、提质量、优结构"等一系列综合措施,加快解决养老育幼这个领域总量不足、质量不优、发展不平衡的问题。

一是增加养老育幼服务能力。政府将加大中央预算内投资,进一步放宽社会资本准入,多措并举增加服务供给。今后三到五年,将大幅度增加各类养老服务床位,通过城企联动等方式,使普惠性养老床位增加100万张以上。实现幼儿园学位能力全覆盖,其中普惠性幼儿园占比达到80%以上。大力发展婴幼儿照护服务,加快支持建设一批示范性托育服务机构。

二是着力提升养老育幼服务质量。老人和孩子们的幸福,全社会都非常关心。人们最关心、最担忧的是养老育幼的服务质量。所以,各相关部门将把提升养老育幼服务质量作为行业监管的重中之重,通过规范服务标准来提高质量,通过加强人才培养培训来提高质量,通过完善支持政策来提高质量,通过加强信用监管来提高质量。

三是不断优化养老育幼服务供给结构。政府在保好基本、兜住底线的基础上,要大力支持非基本养老育幼服务多元化发展,努力满足多层次、多样化需求。在服务对象和内容上,要促进护理型养老床位达到50%以上,医养结合的深度和水平大幅提升,示范性幼儿园和托育机构的比例大幅度提升。在能力布局上,要加大对贫困地区、边远农村的倾斜支持,消除服务盲区。要更多地发挥社区作用,引导优质养老育幼服务机构进社区。大力发展日间照料、康复护理、助行助餐等多元化社区服务,使社区群众能够就近享受更便捷、高质量的养老育幼服务。

凤凰卫视记者:我关注的问题是粤港澳大湾区建设的问题。我们早前看到《粤港澳大湾区规划纲要》已经公布了。今年会采取哪些重大的举措落实这个纲要去推进大湾区的建设?另外,香港和澳门在整个过程中要怎样发挥好自己的作用?

何立峰:2月18日,党中央、国务院正式公布了《粤港澳大湾区规划纲要》,我们正在按照部署抓紧推进"1+N"规划体系、"1+N"政策体系的顶层设计。3月1日,韩正副总理主持召开了粤港澳大湾区建设领导小组第二次全体会议,对今年落实好规划纲要的各项工作进行了全面部署,提出了明确要求。最近,我们领导小组办公室正在抓紧细化具体工作方案,一项一项抓好落实。做好领导小组全体会议布置的各项工作,重点有两大方面:

第一个方面,在创建国际科创中心方面,力度要进一步加大。在硬件建设方面,一个是香港和深圳靠近的河套地区,大体上 3.89 平方公里,要加快规划,主要是深圳方面配合香港方面,时机条件成熟以后推进建设。另一个是横琴,珠海方面要密切配合澳门方面,加快科技创新中心的建设。同时,在广州、深圳到香港、澳门,要建设国际水平的科技创新走廊。除此之外,我们要支持中国科学院创办的香港创新研究院。还有其他一些涉及科技创新方面的重大举措,要继续大力推进。粤港澳大湾区,包括广东大湾区的九个市和香港、澳门,都有比较好的基础,三地密切配合,将产生"1+1+1 远远大于 3"的效果。

第二个方面,重点推进有利于港澳居民进出内地和到内地发展的便利措施。3 月 1 日的会议上已经公布了八项措施,下面成熟一项要公布一项。比如,在跨境车辆进出、人员进出、海关通关便利等方面,特别是有利于港澳青年到大湾区广东这一侧就业创业,要提供更好的便利。对于这些创新型企业的人才,在个人所得税的税收方面,也有一些新的重大举措。要落实好便民措施,造福于港澳居民的民生福祉。同时,极大地提升粤港澳大湾区整体创新水平、经济实力。

中阿卫视记者:我们很关心"一带一路"国际合作,请问 2019 年中国在推动"一带一路"国际合作方面还有哪些新的考虑? 是否会与阿联酋及其他阿拉伯国家开展更多的合作?

何立峰:这个问题请宁吉喆副主任回答。

宁吉喆:你这实际是两个问题,一个是"一带一路"建设,一个是中国和阿拉伯国家在共建"一带一路"框架下的合作。大家都知道,2013 年,习近平主席提出了共建"一带一路"的宏伟倡议。"一带一路"倡议是共商共建共享的倡议,是和平发展的倡议,是经济合作的倡议,是推动构建人类命运共同体的倡议。五年多来,共建"一带一路"已经取得重要进展和显著成效,这主要体现在"五通"上:

一是在政策沟通方面,中方已经与123个国家和29个国际组织签署了171份合作文件,其中既有发展中国家,也有发达国家,还有国际组织,不少发达国家的公司、金融机构,与我们合作共同开拓第三方市场。

二是在设施联通方面,中老铁路、中泰铁路、雅万高铁、匈塞铁路等扎实推进。上上星期,我还到中老铁路去调研,前几天我在北京邀请泰国的交通部长、老挝的交通部长在一起研究中老铁路和中泰铁路的连接问题。瓜达尔港、汉班托塔港、比雷埃夫斯港、哈利法港等进展顺利。到今年2月底,也就是前几天,中欧班列累计开行数量已达到1.4万列,这还不包括中国到中亚地区的班列,前几天也在这方面开了专题会。

三是在贸易畅通方面,过去五年,我国与"一带一路"沿线国家货物贸易总额超过6万亿美元。去年,中方对"一带一路"沿线国家直接投资156亿美元。中白工业园、中国—阿联酋产能合作园区、中埃苏伊士经贸合作区等稳步推进。

四是在资金融通方面,到2018年年底,中国国家开发银行、进出口银行在沿线国家贷款余额约2500亿美元。中国出口信用保险公司在沿线国家累计实现保额6000多亿美元。中方已经与国际货币基金组织联合设立了能力建设中心。

五是在民心相通方面,科技交流、教育合作、文化旅游、绿色发展、对外援助等方面都取得了一系列的成果。

总之,共建"一带一路"不仅促进了沿线国家的经济发展,增加了就业,提供了税收,改善了民生,添置了优质资产,而且促进了相关地区乃至世界经济的复苏和发展。

当前和今后一段时期,"一带一路"建设正在从谋篇布局的"大写意"阶段转向精耕细作的"工笔画"阶段,我们要坚持"三共""五通"的原则,遵循市场导向和国际惯例,发挥企业主体和政府引导作用,促进共建"一带一路"高质量发展。有以下几个方面工作要合作去做:

一是进一步凝聚合作共识。要稳步扩大签署共建"一带一路"合作文件的范围,共同推进合作成果取得早期收获。携手办好将于今年4月下旬在北京召开的第二届"一带一路"国际合作高峰论坛,总结过去合作进展,展望未来合作愿景。

二是扎实推进互联互通建设。既要加强铁路、公路、机场、港口等硬联通,又要推进政策、规则、标准等软联通;既要畅通陆海空"丝绸之路",又要畅通数字"丝绸之路";既要共建基础设施,又要共建经济走廊。

三是持续加强国际产能合作。面向沿线国家和拓展区域的市场需求,深化投资合作,培育优势产业,增强所在国的经济实力。中国与哈萨克斯坦、俄罗斯都已经建立起滚动更新的产能合作清单机制。

四是大力拓展第三方市场合作。在加强与沿线国家两两合作的同时,推进中国、投资所在国和发达经济体及其他经济体企业之间的第三方合作,实现互利共赢。如,中国与法国在亚非一些国家的第三方市场合作,中国与新加坡在东南亚国家的第三方市场合作,中国与日本也在泰国开始合作。

五是不断充实合作内容。推进"一带一路"合作机制、模式、平台以及要素配置等方面的创新,加大对共建"一带一路"民心项目支持的力度,把"一带一路"建设成为和平之路、繁荣之路、开放之路、绿色之路、创新之路、廉洁之路、文明之路。

你关心的中国和阿拉伯国家在"一带一路"框架下的合作,阿拉伯国家始终是中国推进共建"一带一路"合作的友好伙伴,目前中国已经与五个阿拉伯国家,包括阿联酋、阿尔及利亚、沙特、苏丹和埃及签署了产能合作的文件。在与阿联酋合作方面,2015年12月,习近平主席与来访的阿联酋阿布扎比王储穆罕默德殿下就"一带一路"框架下加强中阿各领域务实合作达成重要共识,为中阿务实合作注入强劲动力。去年,习近平主席访问阿联酋。当前,两国在港口、园区、能源、基金等领域的合作快速推进。去年11月,哈利法港集装箱码头二期项目开港仪式和中阿(联酋)产能合作园区第一个大项目也就是汽车轮胎厂开工,我去参加了。

在与沙特合作方面,在习近平主席和萨勒曼国王的引领下,中沙全面战略伙伴关系保持良好发展势头,务实合作成果丰硕。刚刚2月底举行的中沙高委会第三次会议,这是韩正副总理和沙特阿拉伯王储共同主持的会议,中国发改委与沙特能工矿部签署了第二轮中沙产能与投资合作重点项目谅解备忘录,商定了新一轮共18个产能与投资合作的重点项目,总金额近400亿美元。这是滚动更新的,前面第一轮项目有的已经开工了,有的已经建成了。未来我们鼓励中国企业积极参与阿拉伯国家经济建设,也欢迎阿拉伯国家的企业到中国这片投资热土上来创业、兴业。

《中国改革报》、改革网记者:我的问题是,一年一度的"3·15"即将临近,每年"3·15"晚会都会曝光一批假冒伪劣产品和不法黑心商家,但似乎此类失信问题年年严打却屡禁不止。请问发改委作为信用建设牵头部门,将采取哪些有力举措从根本上扭转失信问题高发的态势?

何立峰:这个问题请连维良副主任回答。

连维良:"3·15"晚会作为媒体监督、社会监督的一种生动方式,为全社会诚信体系建设发挥了非常重要的作用。您讲到的失信问题屡禁不止,这正是当前全面加强社会诚信体系建设要着力解决的问题。

党中央、国务院对加强社会信用体系建设高度重视,推动出台了加强诚信体系建设的一系列法律法规、专项规划和政策文件,特别是去年以来,集中部署推动了 19 个领域的失信专项治理,通过加大失信曝光和失信联合惩戒力度,取得了明显效果,大量的失信行为得到纠正。比如,359万名失信被执行人,也就是大家通常说的"老赖",慑于联合惩戒履行了还款义务,各类案件的执行金额超过 4.4 万亿元,清理各类欠税 100 亿元,2018 年全年为农民工讨薪 160 亿元,拖欠农民工工资的案件大幅度下降 40% 以上。

在科研领域全面推行诚信承诺制度,对学术不端人员,在承担项目、评优评奖上一票否决。根据第三方机构的监测,专项治理实施以来,这19 个领域失信案件的发生率大幅下降 60% 以上。当前,全社会对信用建设的关注程度、接受程度、重视程度越来越高,现在所有的企业和个人都有了统一的也是唯一的社会信用代码,全国信用信息共享平台和企业信用信息公示系统已经建立并有效地发挥作用,社会化信用服务机构和从业人员大幅度增长。特别让人感到鼓舞的是,过去一年,各类信用报告的查询和使用量超过 20 亿件次。让"守信者一路绿灯、失信者处处受限"的社会氛围和制度环境正在加快形成。

同时,我们也清醒地看到,当前社会信用体系建设的任务依然十分艰巨,要从根本上扭转失信问题高发的态势需要标本兼治。下一步的措施将突出"三个着力":

一是着力加大失信联合惩戒力度。当前,失信问题高发的一个重要原因是失信成本过低,因此解决的最有效办法就是加大失信联合惩戒,这方面已经形成了一套管用的措施和办法。我们将凝聚社会合力,及时对严重失信行为"亮剑",加大跨地区跨部门的联合惩戒力度,使相关的市场主体不敢失信、不能失信、不愿失信。

二是着力拓展守信联合激励。在加大失信联合惩戒力度的同时,今年将重点完善"让守信者处处受益"的体制机制,让守信有价、让守信有用、让守信有感。大力度地推动信用惠民便企,广泛推广信易贷、信易租、信易游、信易行、信易批这样的信用创新产品和服务,让"诚信"成为每个企业和个人的"可变现资产"。我们在实施守信联合激励和失信联合惩戒的过程中,将把保护个人信息安全作为首要前提,使人们在享受信用服务的同时更加放心、更加安心。

三是要着力构建以信用为核心的新型监管机制。加强信用信息共享平台和信用服务体系建设,强化公共信用评价和社会监督。通过对失信风险较高的市场主体加大抽查比例和频次,真正做到对违法失信者"利剑高悬",对诚信守法者"无事不扰"。通过这一系列措施,使全社会诚信水平有个大的提升。

主持人:谢谢,由于时间关系,再提最后一个问题。

中央广播电视总台央广记者:现在有评论说民营企业在市场准入以及融资方面依然面临着不少的压力和问题。请问在支持民营经济发展过程当中,比如说降低成本以及改善营商环境方面,我们还会推出什么样的新举措?

何立峰:民营经济在我国经济发展中占有非常重要的地位,正在发挥非常重要的作用。有一种"56789"的说法,就是民营经济贡献了中国经济 50% 以上的税收、60% 以上的 GDP、70% 以上的技术创新成果、80% 以上的城镇劳动就业,还有 90% 以上的企业数量,这从一个侧面说明,民营经济在我国经济发展当中的地位和作用是非常突出的。

党中央、国务院历来高度重视民营经济的发展,去年 9 月、10 月,习近平总书记从北到南,从东北一直到广东,先后考察了一大批民营大型企业、中型企业、小型企业,并且主持召开了民营企业座谈会,强调要坚持"两个毫不动摇",并且要为民营企业解决客观存在的一系列困难、矛盾、问题。在昨天的政府工作报告当中,李克强总理用很大的篇幅阐述了一系列的政策,包括十大工作任务和举措当中,大部分都涉及要促进民营经济的发展。我们长期在发展改革委工作,都有深切的体会,最近几年,党中央国务院出台的一系列经济政策措施,实际上是要帮助民营企业解决存在的问题、困难、矛盾。所以,对民营企业的发展,我们是高度重视的。当前民营企业发展确实存在一些困难和问题,下一步,为了进一步促进民营经济、民营企业的发展,要做的工作很多,政府工作报告已经大部分列出来了。我觉得,从发改委的角度,重点要促进三方面的工作。

一是大力促进减税降费政策的落实。前几年每年减税降费规模超过1万亿元,这是空前的。昨天,李克强总理在政府工作报告中提出,今年的减税降费规模要近2万亿元,这在中国经济发展历史上是空前的,制造业等现行16%的增值税税率将降到13%,交通运输业、建筑业等行业现行10%的税率将降到9%,保持6%一档的税率不变,还有其他方面的一些减税降费措施。通过实施这些措施,将进一步激发市场主体的活力,特别是民营企业的活力。

二是要进一步帮助民营企业特别是中小微企业解决融资难融资贵的问题。现在采取了一系列措施,主要是两大方面,一个是解决他们的流动性问题,相关金融部门采取了一系列措施;第二个是解决他们的中长期投资资金短缺问题,报告当中已经讲到了,要帮助包括中小微企业在内的企业解决中长期贷款问题。

三是要进一步营造更好的营商环境。要简化审批,提供优质服务,提供更大的便利,来更好地保护民营企业的合法权益,包括知识产权、合法的财产权和其他的相关权益,促进民营企业能够安心创业、发展。要简化政府审批环节、审批事项,提供更便捷、更优质的服务,使民营经济更好地发展。

总之,我们有信心也有决心,落实好政府工作报告提出的各项工作任务,进一步促进民营经济、民营企业的发展,汇聚成磅礴的力量,和国有企业、外商投资企业一起构成中国经济浩浩荡荡的发展力量,来实现好今年的各项经济社会发展目标任务,保持中国经济稳中向好的发展趋势。

主持人:本场记者会到此结束,谢谢三位嘉宾,谢谢大家。

就大力推动经济高质量发展答记者问

就财税改革和财政工作答记者问

（3月7日）

财政部部长刘昆，副部长程丽华、刘伟

　　主持人：各位记者朋友，大家上午好，欢迎参加十三届全国人大二次会议记者会。本场记者会的主题是财税改革和财政工作。我们很高兴地邀请到财政部部长刘昆先生、副部长程丽华女士、副部长刘伟先生，围绕这一主题回答大家的提问。

3月7日，财政部部长刘昆，副部长程丽华、刘伟就财税改革和财政工作答记者问

刘昆:谢谢主持人。各位记者朋友,大家上午好。今天非常高兴由我和程丽华副部长、刘伟副部长与大家一起交流财税改革和财政工作,并回答大家的提问。

过去的一年,在以习近平同志为核心的党中央坚强领导下,财政部门认真贯彻落实党中央、国务院决策部署,聚力增效实施积极的财政政策,深化财税体制改革,有力促进了经济社会持续健康发展和社会大局稳定,朝着实现全面建成小康社会目标迈出了新的步伐。狠抓预算执行管理,2018年全国一般公共预算收入18.3万亿元,同比增长6.2%,全国一般公共预算支出22.1万亿元,同比增长8.7%。各级财政加大对重点领域的投入力度,支持打好三大攻坚战,深化供给侧结构性改革,财政资金更多向创新驱动、"三农"、民生等领域倾斜。

今年是新中国成立70周年,是全面建成小康社会关键之年。财政部将按照党中央决策部署,统筹推进稳增长、促改革、调结构、惠民生、防风险工作,进一步稳就业、稳金融、稳外贸、稳外资、稳投资、稳预期,更多采取改革的办法,更多运用市场化、法治化手段,在"巩固、增强、提升、畅通"八个字上下功夫,着力促进经济持续健康发展,为全面建成小康社会收官打下决定性基础,以优异成绩庆祝中华人民共和国成立70周年。

受国务院委托,财政部编制了预算报告和预算草案,已经提请十三届全国人大二次会议审议,并请全国政协各位委员提出意见。在这里,我想给大家介绍的是,今年首次分中央和地方列报社会保险基金预算执行情况,加上一般公共预算、政府性基金预算和国有资本经营预算,四本预算全部实现分中央、地方和全国三个层面报告。其中:2019年全国一般公共预算收入19.3万亿元,增长5%,全国一般公共预算支出23.5万亿元,增长6.5%;全国政府性基金预算收入7.8万亿元,增长3.4%,全国政府性基金支出约10万亿元,增长23.9%;全国国有资本经营预算收入3366亿元,增长16.1%,全国国有资本经营预算支出2401亿元,增长11.2%;

全国社会保险基金收入近 8 万亿元,增长 9.7%,全国社会保险基金支出 7.4 万亿元,增长 15%。

下面,我和我的同事愿意回答大家的提问。

新华社记者: 去年,我国减税降费规模约为 1.3 万亿元,今年我国将实施更大规模的减税和更明显的降费。请问具体将从哪些方面入手,在这道减税"大餐"中,"主菜"又是什么?

刘昆: 您问了一个非常好的问题。党的十八大以来,中国持续实施减税降费政策,着力用政府收入的"减法"来换取企业效益的"加法"和市场活力的"乘法"。去年,在落实好年初既定的各项减税降费政策基础上,年中又根据经济形势变化及时出台新的举措,全年减负约 1.3 万亿元,这对于降低企业负担、激发微观主体活力、促进经济增长发挥了重要的作用。

李克强总理在政府工作报告中宣布,今年全年减轻企业税收和社保缴费负担近 2 万亿元,财政部门将会同有关部门和地方精心组织,不折不扣地落实。

减税降费是今年积极财政政策的头等大事,是减轻企业负担、激发市场活力的重大举措,是宏观政策支持稳增长、保就业、调结构的重大举措,具有一举多得的效果。财政部将按照党中央、国务院决策部署,坚持实打实、硬碰硬,普惠性减税和结构性减税并举,重点降低制造业和小微企业税收负担,切实增强企业的获得感。

在减税方面,今年除了实施年初已经明确的对小微企业实施普惠性税收减免,以及全面落实修改后的个人所得税法外,还将进一步深化增值税改革。深化增值税改革是今年减税降费的核心内容,也就是您所说的"主菜"。一方面,注重突出普惠性,将制造业等企业现行 16% 的税率降到 13%,将交通运输业、建筑业等行业现行 10% 的税率降到 9%,确保主要行业税负明显降低。虽然保持 6% 一档的税率不变,但通过采取一系列配套措施,确保所有行业税负只减不增。对适用6%这一档税率的一些行业,会采取加计扣除的方式,让他们的税负只减不增。

另一方面,我们注重与税制改革相衔接。关心增值税改革的朋友都知道,从2017年7月1日增值税税率由17%、13%、11%、6%四档简并到17%、11%、6%三档之后,2018年5月1日起又下调至16%、10%、6%三档,这次又进一步调整到13%、9%、6%三档,将有利于继续推进增值税税率三档并两档。

在降费方面,明显降低企业社保缴费负担,下调城镇职工基本养老保险单位缴费比例,各地可降到16%。继续执行阶段性降低失业和工伤保险费率政策,对劳动密集型企业提高稳岗和社保补贴力度。加快推进养老保险省级统筹改革,继续提高企业职工养老保险基金中央调剂比例,划转部分国有资本充实社保基金,使社保基金可持续,企业与职工同受益。

我想说明的是,关于减税降费,我们公布的预测数是年化的全年预计数,这与当年实际减税降费的数额不一定是完全一致的。举例来说,今年我们实施小微企业普惠性税收减免政策,并规定从1月1日起施行,这项政策年化的全年预计数是2000亿元,当年减税数和全年减税数是一致的。

刚才介绍了,去年增值税降低税率的政策是5月1日出台的,全年预测减负额是4000亿元,但因为是5月1日才实施,所以这8个月的减税规模覆盖全年测算规模的3000亿元,有近1000亿元会在今年形成翘尾影响,也就是说会变成今年的减税额。2019年减税降费措施以减税为主体,大约占7成。减税的份额里又以增值税降率为主体。由于2018年减税措施的翘尾影响会高于2019年减税措施的翘尾影响,2019年减税的实际减负数额,按照我们的测算,会高于公布的年化全年预测数。

中国外文局中国网记者:我们知道,财政资金分配是大家非常关注的问题,财政部门也一直强调"好钢"要用在刀刃上。请问,在今年财政收支矛盾相对突出的情况下,应该如何优化支出结构保障重点领域工作?

刘昆:正如您所说的,今年财政收支平衡压力将比较突出,平衡确实非常困难。我们刚才介绍了减税降费数额近2万亿元,在世界上没有别的国家一年减税额能达到这么高,实际上我们去年的减税已经在国际上很少见,今年的数额更大。

一是解决财政收支平衡问题。要从两方面着手。上次我在接受记者采访时说了,我们要当"铁公鸡",不该花的钱"一毛不拔"。同时,我们也要打好"铁算盘",把该花的钱花好,花在刀刃上。在严格控制一般性支出的同时,加大对重点领域和关键环节的投入力度。另一方面,支持深化供给侧结构性改革,用好工业企业结构调整专项奖补资金,巩固"三去一降一补"成果。综合运用政府投资基金、风险补偿、后补助等手段,引导企业加大科技投入,提升产业链水平,支持增强金融体系服务实体经济能力,推动形成金融和实体经济良性循环。

二是支持打好三大攻坚战。比如,我们准备安排1261亿元中央财政专项扶贫资金,同比增长18.9%,增量将主要用于深度贫困地区。我们还准备安排大气、水、土壤污染防治等方面的资金600亿元,同比增长35.9%,聚焦打赢污染防治攻坚战七大标志性战役。

三是加大重点领域投入力度。增加中央财政农业生产发展资金、农业资源及生态保护补助资金,推动农业高质量发展。我们还准备安排中央本级科技支出3543亿元,同比增长13.4%,支持科技创新和技术攻关。安排了中央基建投资5776亿元,同比增加400亿元,重点支持重大基础设施建设、创新驱动和结构调整,社会事业和社会治理、节能环保与生态建设等重大项目,推动经济持续健康发展。

四是加强基本民生保障。拟安排就业补助资金539亿元,同比增长14.9%;现代职业教育质量提升计划专项资金237亿元,同比增长26.6%;困难群众救助补助资金1467亿元,同比增长5.1%,支持各地开展低保、特困人员救助供养等工作。我们还安排了城镇保障性安居工程专项资金1433亿元,同比增长12.4%;强化民生政策兜底,提高保障和改善民生水平。

五是推动区域均衡发展。较大幅度增加中央对地方转移支付规模,提升区域间基本公共服务均等化水平。我们拟安排中央财政均衡性转移支付1.56万亿元,同比增长10.9%,增强地方财政经费保障能力,还安排县级基本财力保障机制奖补资金2709亿元,同比增长10%,加大对基层财政补助力度。安排老少边穷地区转移支付2489亿元,同比增长14.7%,支持老少边穷地区加快发展。

美国国际市场新闻社记者:今年政府工作报告把赤字率设置为2.8%,比去年仅增加了0.2个百分点。之前市场预期,因为今年的经济下行压力较大,而且又大幅减税降费,财政赤字率可能超过3%。所以,想问2.8%这个赤字率是如何衡量决定的?

刘昆:谢谢您的提问。关于赤字率,实际上预算报告公布之前,经济界和社会舆论已经对这个问题作过很多讨论,也有认为应该提得更高一些,也有认为应该保持,也有认为适度提高赤字率。我们通过认真研究、平衡,最后今年全国财政赤字拟安排2.76万亿元,赤字率预计是2.8%,也就是刚才您所说的增加了0.2个百分点。首先,为什么要适当提高。适当提高财政赤字率,是党中央、国务院综合考虑经济社会发展需要和财政可持续发展因素作出的重大决策部署。一方面,强化逆周期调节,促进经济平稳较快发展;另一方面,也与更大规模减税降费、有效降低企业负担、激发市场主体活力相适应。

您刚才的问题里也提到了0.2这个数字,我觉得您的意思是认为这是偏小的一个数字。我想说一下,中国的财政依托于中国特色社会主义制度,和其他国家有不同的地方。我们今年的赤字安排为什么这样考虑?因为除了适当提高赤字率,中央财政还增加了特定国有金融机构和央企上缴利润,地方财政也将多渠道盘活各类资金和资产。这方面也筹措了一部分资金,可以让我们不用过高地提高赤字率。所以,今年的赤字安排是积极的,也是稳妥的。

从赤字规模看,我国赤字规模从 2016 年的 2.18 万亿元,到 2017 年、2018 年的 2.38 万亿元,到今年的 2.76 万亿元,规模还是持续增加的,今年比去年增加了 3800 亿元,这已经体现了积极财政政策"加力提效"的要求。

从赤字率看,2016 年、2017 年都是 2.9%,2018 年是 2.6%,今年预计是 2.8%,始终控制在国际通用的 3% 控制线以内,和世界主要经济体相比,我国赤字率水平并不高,这个安排综合考虑了财政收支、专项债券等因素,也为今后宏观调控留出了政策空间。

今年我们还将大力压减一般性支出,重点增加对脱贫攻坚、"三农"、结构调整、科技创新、生态环保、民生等领域的投入。刚才我已经介绍了重点投入情况,不该花的钱一分钱不花,该花的钱我们会努力给予保障。

我还想再说一下,中国政府的举债不是用于机构运转、人员工资等经常性支出,而是进行有效投资,形成了可偿还债务的对应资产,这也是和许多国家不同的地方。我们还将继续平衡好稳增长和防风险的关系,在加大减税降费力度和着力保障重点支出的同时,保持财政的可持续发展。

中央广播电视总台国广记者:我的问题想提给程副部长。我们知道今年是打赢脱贫攻坚战的关键一年,请问财政部将会出台哪些具体举措?另外,我们也发现一些地方出现了虚报冒领、挤占挪用扶贫资金的现象。针对这种情况,我们将如何采取措施防止这类现象发生?

程丽华:今年是打赢脱贫攻坚战攻坚克难的关键一年,财政部将继续把脱贫攻坚摆在突出重要位置,全力支持脱贫攻坚决战决胜。

一是加大投入。今年拟安排专项扶贫资金 1261 亿元,同比增长 18.9%,这是连续 4 年保持 200 亿元的增量。同时,调整优化行业扶贫资金投向,进一步强化对贫困地区义务教育、基本医疗、住房安全和饮水安全的投入保障。统筹运用财税政策工具,调动企业、社会积极性,推动形成大扶贫格局。

二是突出重点。扶贫资金进一步向"三区三州"以及其他贫困人口多、贫困发生率高、脱贫难度大的深度贫困地区倾斜,其他相关转移支付和债务限额的分配也继续向贫困地区尤其是深度贫困地区倾斜。

三是加强管理。加快扶贫资金动态监控机制建设,实时动态监控各级各类扶贫资金,对扶贫项目资金实施全过程绩效管理,更好发挥财政投入的脱贫成效。

关于您问到的第二个问题,我们将在不断完善制度和机制的同时,重点采取两个方面的措施:一方面,要全面公开。公开是最好的"防腐剂",我们将全面公开省市县扶贫资金分配结果,乡村两级扶贫项目安排和资金使用情况也一律要公告公示,自觉接受社会各界监督。另一方面,要监督问责。我们将与有关部门协作,对扶贫资金管理使用情况加强监督检查,对违规违纪问题发现一起、处理一起、问责一起、曝光一起,坚决防止扶贫资金被挤占挪用。

人民日报社记者:今年中国经济将置身更加复杂的国内外经济环境中,我们注意到,目前外界对于积极财政政策提振发展信心的期待很高。请问部长,积极财政政策将从哪些方面加力提效,从而更好助力中国经济稳增长?

刘昆:您提的这个问题,也是社会各界普遍关心的问题。

李克强总理在政府工作报告中强调,积极的财政政策要"加力提效",作为财政部门,关键是要做好"加减乘除"这四则运算,其中最重要的是做好"乘法","放水养鱼",用减税降费激发市场主体活力,提高居民消费能力。减税降费是今年积极财政政策的头等大事,我们将实施更大规模的减税和更为明显的降费,更好地引导企业预期和增强市场信心,稳定经济增长。

做好"加法",就是要加大财政支出力度。去年财政支出规模超过了22万亿元。我们将继续适度扩大财政支出规模,拟安排中央一般公共预算支出11.13万亿元,同比增长8.7%,重点增加对脱贫攻坚、"三农"、结构调整、科技创新、生态环保、民生等领域的投入。此外,较大幅度增加地方政府专项债券规模,拟安排地方政府专项债券2.15万亿元,同比增加8000亿元,重点支持重大在建项目建设和补短板。

同时,我们还要做好"减法",节用裕民。坚持政府过紧日子,大力压减一般性支出,严控"三公"经费预算,取消低效无效支出。中央财政带头严格管理部门支出,一般性支出要压减5%以上,"三公"经费再压减3%左右,长期沉淀的资金一律收回。地方财政要比照中央的做法,从严控制行政事业单位开支。把省下的钱重点用于保障民生支出,不断提升老百姓的获得感、幸福感、安全感。从目前我们对各地情况的了解看,压支方面各地的力度还都是很大的,有些超过了5%,中央部门压支也比5%高。

此外,我们还要做好"除法",破除体制机制障碍,全面深化财税体制改革。特别是要全面实施预算绩效管理,将预算绩效管理贯穿预算编制执行全过程,加快预算执行进度,做好预算绩效监控,更好发挥财政资金作用。在预算绩效管理过程中,我们收回了很多低效无效资金,这些资金就能够派上更好的用场,发挥更好的作用。

在这里,我也想强调一下,积极的财政政策加力提效,不是要搞"大水漫灌"式强刺激,也不是要搞政府大包大揽,而是要实施逆周期调节,更好应用市场化、法治化的手段,采取改革的办法,在"巩固、增强、提升、畅通"上下功夫,着力促进中国经济高质量发展。

《经济日报》融媒体记者:我国民营企业大部分是中小企业,他们在稳就业等方面发挥了重要作用。请问今年的财税政策如何支持中小企业发展？

刘伟：总理的政府工作报告里有一句话非常重要，就是把市场主体的活跃度保持住、提上去，是促进经济平稳增长的关键所在。其实有一组数据大家都耳熟能详，我们中小企业贡献了60%以上的GDP、70%以上的科技创新、80%以上的城镇就业，90%以上的企业都是中小企业。所以，关注、重视中小企业发展，对实现"六稳"，特别是稳就业、稳预期十分重要，因为这是国民经济和社会发展的一支生力军。

大家通过我们预算报告可以看出，去年一年财政部门按照党中央、国务院决策部署，在减轻企业税费负担、缓解企业融资难融资贵等方面，做了很多工作，采取了一系列措施。这里面把中小企业的发展作为我们财政着力的重点。今年预算报告里也有体现，我们会"加力"。简单讲是四个方面：

第一，减税降费。刚才刘昆部长已经介绍了一些情况，我聚焦中小企业，除了刚才讲的大家这几天热议的增值税降率，首先对制造业就是个利好。这里对中小企业，除了增值税降率以外，我想说的是年初已经出台的几项政策。首先，是把小型微利企业的认定标准进行了调整，这是非常大的一项政策。大家都讲企业有感没感？我现在想告诉大家，这个政策的调整，让大多数企业有感。像过去小型微利企业的认定标准，比如说工业，就按资产总额3000万元，其他企业1000万元，现在统统把它提高到5000万元，也就是说5000万元以下的都具备认定为小型微利企业的条件。人数，工业企业过去是100人，其他企业80人，现在统统把它认定为300人以下。还有就是应纳税所得额，过去是100万元以下，现在统统提到300万元以下，这覆盖了多少？1798万户企业都纳入了调整范围。也就是说，占全国全部纳税企业总数的95%以上，其中98%是民营企业。调整了以后，关键在于加大所得税的优惠力度，现在应税所得100万元以下的按5%缴纳所得税；100万元到300万元的按10%，还是低于标准税率 15 个点。这种税收优惠是普惠性的。还有,提高增值税小规模纳税人的起征点,原来是 3 万元,现在提到 10 万元。在调整这些政策的同时,我们还规定,地方可以把现在 6 项地方税种减半征收。进一步拓展初创科技型企业的税收优惠政策适用范围,能够扩大尽量扩大。我讲的这些措施,都是直接提高标准、放宽范围,体现普惠并从 1 月 1 日起实施,让大家都能够得到实惠,让企业都能够及早享受政策红利。

第二,在减税降费这些措施以外,就是推动企业解决融资难的问题。融资难、融资贵,大家常常挂在口上。企业讲,难是首要的,贵一点,只要拿到资金就不得了了。所以,财政部门在配合金融部门解决难的问题上,做了这么几件事情:一是安排了 100 亿元资金用于创业担保贷款贴息,范围扩大了,包括农村自主创业的农民,也纳入这个范围,过去仅仅限于城镇。二是提高贷款额度上限,个人创业担保贷款最高额度过去是 10 万元,现在提到 15 万元,小微企业的创业担保贷款过去是 200 万元,现在提到 300 万元,都予以贴息。另外,降低贷款申请条件、放宽担保贴息要求,引导金融机构尽可能往小微企业创业方面去积极投入信贷。再有一点,大家已经知道的,国家已经专门成立了融资担保基金,通过对省里的融资担保机构进行再担保,来给小微企业提供贷款支撑平台,而且再担保费率不超过 0.5%。中央财政专门安排了一笔资金,对各个省市对小微企业收费比较低的政策性担保机构予以奖补。

第三,运用好政府采购政策支持中小企业发展。我们准备和相关部门一道,对现有的一些办法作出调整。比如,通过办法调整,规定政府部门预算中,每年编制采购预算至少留 30% 的额度面向中小企业,提供同样的服务、同样的货物,要面对中小企业,通过设定一定额度来强化这种导向。再有,我们对小微企业参与采购竞争时给予价格扣除政策,让它有竞争能力。还有,我们还拟建立预付款保函制度,如果你有了订单,提供了保函,可以提前预付一部分货款,政府部门预算已经安排了,保单已经有了,他虽然供货还有一个过程,我给你一部分预付款,这个我们正在研究,就是支持中小企业成长起来。

第四,财政部将继续安排相应的资金,支持中小企业"双创"升级。总理的报告里面有,主要是继续安排资金来支持各类"双创"载体,让他们的专业化程度、精细化程度进一步提高,为各地小企业发展提供服务平台。

我们相信,以上措施的落实,中小企业一定会有明显的获得感。当然,获得感不重要,更重要的是能够让我们这些企业有一个良好的政策环境,让他们能够应对挑战,不断创新,最终做大做强。

彭博新闻社记者:我的问题是关于地方政府债务的。在地方政府债务中,有一类债务并不属于财政部确认的地方债,但是地方政府确实对其负有间接偿还义务或救助义务,而且这类债务也对地方财政造成了一定的压力,有一定的风险。请问财政部,这个问题有多大? 下一步考虑运用哪些政策安排来化解这类债务的相关风险?

刘昆:首先,我们一直高度重视政府债务问题。财政要可持续,其中一个重要的内容,就是要做好政府债务的管理和控制。当然,一级政府一级预算,我们对每一级财政的债务都要进行控制。同时,我们必须对可能存在的风险隐患,采取积极措施进行防范化解。

从我国的情况看,目前地方政府债务风险总体是可控的。到去年年末,我国地方政府债务余额是 18.39 万亿元,债务余额和综合财力比例是 76.6%,这个远低于国际通行 100% 到 120% 的警戒线。加上纳入预算管理的中央政府债务余额 14.96 万亿元,全国政府债务余额是 33.35 万亿元,政府债务和 GDP 相比,负债率是 37%,远低于欧盟 60% 的警戒线,也低于主要市场经济国家和新兴市场国家的水平。所以,从这几个数字上看,中国这方面的风险是非常低的。

刚才讲的是余额,现在讲讲限额。2018 年全国政府债务限额是

36.69万亿元,刚才我提到的余额是33.35万亿元。所以,不管是中央还是地方,实际的法定债务余额都低于法定限额。当然,我也不回避,确实有个别地方政府仍然存在在法定限额外通过融资平台公司违法违规或变相举借债务,也就是所谓的政府隐性债务,这方面我们已经采取严格的措施,不允许发生新的隐性债务,同时稳妥化解存量。在不允许发生新的隐性债务方面,我们是非常严格的,我们对各地财政包括融资平台公司进行监控,发现这类情况的,马上进行问责,在全国也问责了不少人。同时,我们是很多金融企业的出资人,也要求他们不能在这方面发生新的政府隐性债务。对于存量债务,已经发生了的,我们要求要稳妥化解。

下一步,我们将按照党中央、国务院部署,严堵违法违规举债的"后门",给地方政府债务戴上"紧箍咒",坚决打好防范化解重大风险的攻坚战。有几个方面工作要做:

一是遏制增量。我们严禁违法违规融资担保行为,严禁以政府投资基金、政府和社会资本合作、政府购买服务等名义变相举债。这三方面的工作,合法合规是可以做的,我们也鼓励这么做,但是不能借这个名义来变相举债。加大了财政约束力度,有效抑制地方不具还款能力的项目上马建设。同时,管控好新增项目融资的金融"闸门",对没有稳定经营性现金流作为还款来源或没有合法合规抵质押物的项目,金融机构不得提供融资。这方面,因为很多国有金融机构,各级政府是出资人,所以我们从出资者的角度对他们提出了要求。

二是化解存量。这方面我们还是坚持中央不救助原则,坚持谁举债谁负责,做到谁家的孩子谁家抱。建立了市场化、法治化债务违约处置机制,依法实现债权人、债务人共担风险,继续整治违法担保,纠正政府投资基金、PPP、政府购买服务中的不规范行为。从目前的情况看,化解存量的状况也是比较好的。

三是推动转型。推动融资平台公司公开透明、合法合规运作,严禁新设融资平台公司,分类推进融资平台公司市场化转型,剥离融资平台公司政府融资职能,坚决制止地方政府将公益性事业单位变成融资平台。因为对债务的管理,预算法有严格的规定,我们现在是严格按照法律进行规范,所以必须推动融资平台公司转型。

四是监督问责。健全了监督问责机制,坚决查处和问责违法违规行为,发现一起、查处一起、问责一起、终身问责、倒查责任,牢牢守住不发生系统性风险的底线。

中央广播电视总台央视记者: 我们注意到部分省份的职工养老金发放出现了困难,有部分省份还有结余,去年出台了中央调剂制度,这个制度目前实施效果怎么样? 下一步我们还有哪些举措?

刘昆: 谢谢您提的这个问题,这是关系民生的大问题。我首先想明确的是,目前社会保险基金的运行情况总体良好,能够确保养老金按时足额发放。

目前,全国社会保险基金整体上是收大于支的,滚存结余规模仍保持不断增长的态势。因为当初社会保险基金的设计是现收现付、部分积累,实际上原来制度设计的目标还是可以实现的。初步统计,去年全国企业职工养老保险基金的收入是 3.6 万亿元,基金支出是 3.2 万亿元,当年结余约 4000 亿元,滚存结余达到了 4.6 万亿元。从数字上看,从全国总体情况看,我认为能够对这个事情有个更清晰的了解。

当然,您提的问题也是现实存在的。我们也关注到,受人口老龄化加剧和人口流动不均衡等因素的影响,再加上此前基金不能在省际之间调剂使用,我国确实有部分省份的基金收支平衡压力比较大。

经党中央、国务院批准,从去年 7 月 1 日起,建立了企业职工基本养老保险基金中央调剂制度,调剂比例从 3% 起步,以后还会逐步提高。我们政策是年中出的,所以去年执行了半年,去年半年调剂额是 2400 多亿元,有 22 个省份从中受益,受益金额 600 多亿元,适度均衡了不同省份间的基金负担,一定程度上缓解了各地基金负担苦乐不均的问题。

养老金是老百姓托付给国家管理的"养命钱"。为了确保各地养老金按时足额发放,我们今年还要采取一些措施:

一是提高调剂比例。要进一步加大调剂力度,将调剂比例提高到3.5%,预计全年中央调剂基金规模将达到6000亿元左右,进一步缓解个别省份基金收支压力。

二是加大补助力度。适当提高退休人员基本养老金水平,拟安排中央财政基本养老金转移支付预算7392亿元,同比增长10.9%,重点向基金收支矛盾较为突出的中西部地区和老工业基地省份倾斜。

三是弥补收支缺口。对于通过中央调剂和中央财政补助后基金仍存在滚存缺口的省份,将按照中央和地方共同负担的原则,弥补基金收支缺口。

四是加快规范养老保险省级统筹。我们将不断巩固现有养老保险省级统筹的成果,并进一步规范有关政策。在此基础上,推动尽快实现养老保险全国统筹。从今年养老保险基金安排情况看,各省份都能够做到平衡。

中国农村杂志社全媒体记者:今年中央一号文件提出,要坚持农业农村优先发展,请问财政将如何体现落实"优先"二字? 财政在支持乡村振兴方面又将有哪些"干货"?

程丽华:党的十九大以来,财政部紧紧围绕支持实施乡村振兴战略,加大投入力度,优化支出结构,创新管理机制,构建完善了财政支持乡村振兴的政策体系和体制机制。去年,全国财政一般公共预算用于农林水的支出迈上了2万亿元的新台阶。

今年,财政部将深入贯彻党中央、国务院决策部署,坚持农业农村优先发展的总方针,继续大力支持深入实施乡村振兴战略,加快推进农业农村现代化。

刚才这位记者问到,今年中央财政有什么措施,有什么"干货",我想有这么几个方面:

一是建立投入保障机制。今年全国一般公共预算拟安排农林水支出约2.2万亿元,同比增长7%。加快落实通过建立土地指标跨省域调剂机制,将土地增值收益更多用于"三农"。

二是完善支持政策体系。支持深化农业供给侧结构性改革,保障国家粮食安全和重要农产品有效供给。支持统筹推进山水林田湖草综合治理,完善以绿色生态为导向的财政支农政策体系。支持农村社会事业发展,促进城乡基本公共服务均等化。

三是着力提升工作成效。完善财政涉农资金使用管理机制,加快建立涉农资金统筹整合长效机制。充分发挥财政资金的引导作用,撬动金融和社会资本更多投向农业农村。切实加强财政涉农资金监管,健全绩效评价制度,提高资金使用效益。

《中国日报》记者:我们一直都比较关心大气污染防治的问题,这两年来,在北京的一个感受就是蓝天白云的日子越来越多了,2018年也有统计数据显示,是近四年以来有蓝天的比例最高的一年。请问在接下来打赢蓝天保卫战方面,中央财政还有哪些具体的措施?

刘昆:您刚才这个问题,说到了我们同样的感受。昨天晚上我回家的时候,看到满天的星斗,确实感到非常的愉悦。当然这个问题我们也做了很认真的研究,刘伟副部长分管这项工作,请他来回答您的问题。

刘伟:像刚才刘昆部长说的,我分管这块工作,我的心情每天随着PM2.5指标在起伏。我也养成了习惯,今天早上我一看,指标到了27,我开心得不得了。前几天上了200,我还跟专业部门的同志通话。

刚才讲到积极财政政策的时候,刘昆部长讲到有保有压。我要跟大家报告的是,三大攻坚战是财政部按照党中央、国务院决策部署必须保障的重点。我给大家报一个账,去年中央财政安排大气污染防治专项资金

200亿元,这是2013年的4倍。我们配合相关部门,主要抓住散煤治理这个"牛鼻子",突出在京津冀这一带,而且治理的面积,按照中央部署,进一步拓展。从一开始试点的13个城市,现在已经到了汾渭平原,已经有35个城市在做。当然,在推进过程中,宜煤则煤,宜电则电,考虑推进工作的节奏,但是在资金的支持上,财政部是予以重点保障的。

除了大力支持大气污染治理,财政部还通过其他专项资金,算起来大致也有400亿元左右,支持清洁能源开发利用、节能减排、新能源汽车推广应用等,这样综合施策,来解决大气的问题。

除了加大投入,机制建设更重要。创新机制就是财政部跟相关部门一道,把歼灭战打下去、把好的天气巩固下去。去年,全国人大常委会对《大气污染防治法》实施情况进行了执法检查,其实反映出了比较多的问题。我特别想跟大家分享一个看法,要打好大气攻坚战,中央财政的投入是非常重要的,但是单靠政府的投入是不够的,还是需要社会各界的参与,我们需要的是企业要落实责任,甚至我们的群众、我们的老百姓都积极地加入进来。全国人大常委会执法检查中也反映出,现在政府承担的环境治理的支出责任偏重,企业的主体责任,也就是市场主体责任还没有完全落实。还有,环保成本的内部化远远不足,中央和地方在财政事权和支出责任划分上也比较模糊。今年在创新机制、完善措施上还要做更多的工作,要把中央和地方财政事权和支出责任划分清楚,中央该承担的责任,要适当往上提,地方该明确的任务,要把它压实。同时,要支持推进环境监测体制改革,探索建立排污权有偿使用和交易制度,完善以奖代补、政府绿色采购等政策,使大气污染防治相关工作真正能够取得实效,行稳致远。

今年中央财政大气污染防治资金在去年200亿元的基础上,再增加安排50亿元,增长25%。刚才刘昆部长已经讲到,今年污染防治方面的资金安排600亿元,也就是说这里的250亿元之外,另外还有350亿元是对水污染防治、土壤污染防治的投入,增长的幅度都是非常大的。我们会按照中央部署,配合相关部门,扎扎实实地推进这方面的工作。

《成都商报》红星新闻记者:请问部长,在经济下行压力下,一些地方财政收入放缓,有些市县为了保工资、保运转、保基本民生,支出压力有些大。请问,为了缓解地方上的这种财政困难,财政部门会有哪些具体措施,让我们这些地方上的紧日子有一个更好的解决方式?

刘昆:您说地方上过紧日子,我们要求地方过紧日子,不是说要求他不发放工资。去年我国经济总体上保持稳中向好的态势,但部分地区受经济结构不合理、新旧动能转换缓慢等影响,确实有些地方保工资、保运转、保基本民生,也就是我们讲的"三保",出现了一些困难。对这方面,我们是高度重视的,在去年年底召开的全国财政工作会议上,我专门做了布置,要求对"三保"给予保障,支持增强基层财政"三保"能力。

财政部近期也就这个问题组织了专项调研,而且对地方财政运行情况的监控也进行了分析。从各地的情况看,基层财政"三保"的情况还是平稳的。我想介绍一下今年预算关于这方面的安排。中央财政在安排今年预算的时候,将保持地方财政的财力作为重点进行了均衡。由于实行更大规模的减税降费,中央财政采取了一系列措施,但中央本级财政收入预测增长数只能达到5.1%。由于中央本级采取了一系列压支措施,中央财政本级支出预计增长数是6.5%,比收入略高一些。而中央对地方的均衡性转移支付增长10.9%,这是两位数的增长率,是相当高的一个数据。中央对地方税收返还和转移支付将达到7.54万亿,增长9%。这方面的资金是向财力薄弱地区、向中西部地区倾斜的,所以就为地方财政特别是中西部地区提供了强有力的财力支撑。

今年基层财政"三保"问题将是我们继续关注的一个重点。考虑到经济面临的下行压力,以及实施的更大规模的减税降费政策,一些地方还是会面对比较大的支出压力。解决这个问题,各级政府都要强化主体责任,县级政府在安排预算时要统筹财力,调整优化支出结构,优先安排"三保"支出,并在预算执行阶段,切实按预算执行。省级政府要加大对下的转移支付力度,分配资金向基层困难地区倾斜。对于中央财政来说,我们将把帮助缓解基层财政困难作为党中央交付的重大政治任务,把支持增强基层"三保"能力作为防范系统性和区域性风险的重要举措来抓。中央财政宁可自己少花钱,也要想办法挤出资金,做好县级基本财力保障工作。刚才我也介绍了,2019年预算对县级基本财力保障的转移支付力度。

在具体措施上,一是全面压实保障责任,督促地方各级政府在安排2019年预算时优先安排"三保"支出。二是突出保障重点地区、困难地区,我们今年将继续安排阶段性财力补助400亿元,将资源能源型和东北地区等困难县作为补助对象,提高困难地区民生政策兜底的能力。三是加大奖补资金投入。今年中央财政拟安排县级基本财力保障奖补资金2709亿元,同比增长10%,支持财政困难地区兜住底线。同时完善资金分配机制,财政越困难,省级财政均衡省内财力越努力,中央安排的转移支付就越多。

从我们整个测算看,在加大了转移支付力度之后,各地的"三保"支出是有财力保障的。相信通过各级财政的共同努力,一定能够缓解部分地区的财政困难,确保党中央、国务院出台的相关政策在基层落实到位。

澎湃新闻记者:我的问题是关于地方政府专项债券的,我们关注到2019年新增了地方政府专项债券发行,持续受到了市场的热捧。请问专项债券发行的情况是怎么样的?还有关于募集的资金,接下来将会用到什么地方,如何确保其发挥实际效益?

刘昆:您对市场的观察了解还是相当仔细的。今年地方政府债券的发行,市场上确实反映很好,一些地方的申购倍数达到了历史新高,个别地方达到了几十倍,而且整个发行利率在下行,高的时候比以往同期下行了几十个基点,这两天有一些回调,但总体利率水平还是处于比较低的水平。

正如您关注到的,按照党中央、国务院决策部署,并经全国人大常委会授权,财政部提前下达了部分 2019 年新增地方政府债务限额,刚才讲了,平均投标倍数超过 20 倍。

和往年相比,今年的专项债券发行工作有三个特点:一是发行早。以往是 5 月才启动发行,今年提早了 4—5 个月。为什么以往是 5 月呢?因为现在开人大会,等人大批准之后,我们才会下达指标,最后时间就要到 5 月。今年我们专门向全国人大常委会作了报告,经全国人大常委会批准,可以提前下达一部分限额,所以这个发行时间就提前了。截至 2 月末,全国地方政府新增专项债券累计发行 3078 亿元。二是成本低。1 月各地发行的新增债券平均利率较 2018 年平均发行利率下降约 55 个基点。三是期限长。各地发行新增债券平均期限是 7 年,较 2018 年平均发行期限增加了 1 年,实现债券期限和项目期限相匹配,避免不必要的偿债压力。

总体上看,目前发行情况是好的。这些资金用在什么地方呢?重点还是支持重大在建项目和补短板。一是支持打好三大攻坚战。尤其是"三区三州"等深度贫困地区脱贫攻坚项目、污染防治项目。二是支持重大发展战略。比如,雄安新区建设、长江经济带发展、"一带一路"建设、粤港澳大湾区,等等。三是支持重大项目建设。包括棚户区改造、铁路和公路等交通基础设施、重大水利设施、乡村振兴等公益性项目建设,并将重点支持在建项目续建。

为确保专项债券尽快发挥效益,我们将督促各地提前做好发债融资的准备工作,加快债券资金的拨付,尽快形成实物工作量,更好发挥专项债券对当前稳投资、促消费、补短板的重要作用。从目前各地发行情况看,债券发行之后,在国库的停留只有几天时间,就马上投入使用,所以对稳投资、促消费、补短板的作用还是十分明显的。

主持人：谢谢，本场记者会到此结束，谢谢三位嘉宾，谢谢大家。

就财税改革和财政工作答记者问

就攻坚克难、坚决打赢
脱贫攻坚战答记者问

（3 月 7 日）

国务院扶贫开发领导小组办公室主任刘永富

主持人：各位记者朋友，大家上午好，欢迎参加十三届全国人大二次会议记者会。本场记者会的主题是攻坚克难、坚决打赢脱贫攻坚战。我

3 月 7 日，国务院扶贫开发领导小组办公室主任刘永富就攻坚克难、坚决打赢脱贫攻坚战答记者问

们很高兴地邀请到国务院扶贫开发领导小组办公室主任刘永富先生,围绕这一主题回答大家的提问。首先,有请刘永富主任。

刘永富:尊敬的各位记者朋友,上午好! 今天是 3 月 7 日,两会已经进行了四天,这是我第三次在这个地方和记者朋友们见面,向大家报告脱贫攻坚的情况,非常高兴。我看有很多女记者,去年是女记者提问时我表示了节日的问候,今年我有新的进步,先向各位女记者、女同胞表示"三八妇女节"的节日问候。

大家对脱贫攻坚都非常关心和支持,每次都有很多朋友来到记者会,平时也对脱贫攻坚工作做了很多宣传,我表示感谢。我先介绍一些情况。

党的十八大以来,我国精准扶贫已经实施了六年,脱贫攻坚战已经打了三年,情况到底怎么样? 我想给大家一个总体的印象。两句话:第一句话,脱贫攻坚取得了显著成就。我国贫困人口从 2012 年的 9899 万人减少到 2018 年的 1660 万人,6 年时间减少了 8000 多万人,连续 6 年平均每年减贫 1300 多万人。特别是东部 9 省市已经有 8 个省市没有国家标准下的贫困人口了,即北京、天津、上海、江苏、浙江、广东、福建、山东,只有辽宁还有几万人。从贫困县来说,有 832 个贫困县,2016 年摘帽 28 个县,2017 年摘帽 125 个县,2018 年将要摘帽 280 个县左右,目前各省正在进行评估,很快就会宣布。这样下来,832 个贫困县有一半的县摘帽了。2013 年有建档立卡贫困村 12.8 万个,2018 年年底还剩 2.6 万个贫困村。这是按照中央确定的目标:现行标准下贫困人口全部脱贫,贫困县全部摘帽,消除区域性整体贫困,可以说贫困人口已经做到了 85% 左右脱贫,贫困村 80% 左右退出,贫困县超过 50% 摘帽。今年再努力一年,攻坚克难,再减少贫困人口 1000 万人以上,再摘帽 300 个县左右,那么到明年就会剩 600 万人以下的贫困人口和 60 个左右的贫困县。这是从直接减贫成果来说的。

实际上还有许多间接的情况。首先,脱贫攻坚大大改善了贫困地区基础设施和公共服务,不仅贫困人口受了益,所有农村的农民都一起共享了这些成果。其次,我们通过脱贫攻坚还倒逼了产业发展、生态改善,培养了大批农村干部,锻炼了大批党政机关、国有企事业单位干部。另外,我们基层干部的工作作风有了转变,工作能力有了提高,农村治理水平有了提升,这些都是涉及长远发展的,也是国家的宝贵财富。

第二句话,我们对全面打赢脱贫攻坚战充满信心。脱贫攻坚战的实践证明,我们发挥中国共产党领导的政治优势和社会主义制度优势,五级书记抓扶贫,加强对脱贫攻坚工作的领导。通过六年精准扶贫、三年攻坚战,积累了许多工作经验,政策措施更加完备。另外,我们还有新的措施,大规模的投入、大量人员的帮扶,坚持目标标准,坚持问题导向,坚持严格的考核评估,所以我们充满信心。特别是以习近平同志为核心的党中央高度重视脱贫攻坚,习近平总书记亲自抓。党的十八大以来,每年都要开专题会议进行工作部署。党的十九大以来,每个月都对脱贫攻坚工作作出重要指示批示,即使在今年大年三十和正月初一这么重要的节日,习近平总书记还对脱贫攻坚作出了重要批示。我们作为脱贫攻坚的专责部门,深感责任重大、使命光荣、压力山大、动力十足,当然也信心满满。有这样坚强的领导,我们坚信脱贫攻坚任务目标能够圆满完成。

在这里,同时我也要说明一下,这次脱贫攻坚战解决的是中国千百年来没有解决的绝对贫困问题,并不是说绝对贫困问题解决完了,中国就没有贫困了,相对贫困还会长期存在。中国仍然是世界上最大的发展中国家,这个地位并没有改变。我们发展不充分不平衡,特别是三大差距还是比较明显的,这是我国经济社会发展的一个基本特征,人民日益增长的美好生活需求与不平衡不充分发展之间的矛盾,仍然是我国经济社会发展的主要矛盾。所以,减贫在中国还是一项长期的任务。

我先简要向大家介绍这些总体情况。下面,我愿意也非常高兴回答大家就脱贫攻坚方面提出的问题。

新华社记者：正如发言人刚才提到的,六年来我国脱贫攻坚取得了显著成效,连续6年减贫超过千万人口,脱贫攻坚战剩下的两年时间内还将有约400个贫困县要脱贫摘帽。请问,在这样如此大规模的减贫速度下,未来的脱贫质量如何保证? 正如政府工作报告提出的,确保脱贫有实效、可持续,经得起历史检验。

刘永富：脱贫攻坚时间紧迫、任务艰巨,但不能因为时间紧迫、任务艰巨,我们就不顾质量。脱贫质量确实是个大问题,各个方面都比较关注,有的同志可能会提出,会不会有些假脱贫? 这次脱贫攻坚的目标任务是明确的,我们的工作要求也是严格的,扶贫工作必须务实,措施必须扎实,结果必须真实,这是基本的要求,目标任务不能靠宣布完成,要实实在在地做出来。

我们对脱贫是有严格标准和程序的。贫困县、贫困村的退出,就是你的绝对贫困人口数量,中部地区要降到2%以下,西部地区降到3%以下。贫困户的脱贫,要做到2020年时收入达到4000元左右,并且做到不愁吃、不愁穿,基本医疗、义务教育、住房安全有保障,我们讲"一二三",一个收入、两个不愁、三个保障,必须要达到这个标准才能申请退出、宣布退出,没有达到是不行的。另外,我们是有程序的,贫困县的退出是由县里提出申请,市里初核,省里核查,核查完之后宣布,国家再去抽查,要抽查20%的县,抽查不合格的要退回来。贫困户也是要村里提出、本人认可。所以,第一有标准,第二有程序,第三有严格的考核评估,有信息系统的监控来保证。

我跟大家报告,目前已经宣布了两批。2016年宣布了28个贫困县脱贫摘帽,2017年宣布了125个贫困县脱贫摘帽,这153个县宣布退出以后,目前社会反映是良好的,社会是认可的,群众是满意的。我们第三方评估调查的贫困户、脱贫户和农户,90%以上是满意的、认可的。

《农民日报》全媒体记者：2019年是脱贫攻坚的关键之年,如何全力推进决战决胜深度贫困地区成为社会关注焦点。请问,在下一阶段的工作当中,我们有什么重要部署?

刘永富:脱贫攻坚战还有两年,2020 年年底到现在还有 20 个月,确实任务很重,我们做好今年的工作尤其重要,做好了,为明年的工作打下一个更加坚实的基础,既完成任务,又保证质量。

在面上,今年要对照"两不愁三保障"的标准,在义务教育、基本医疗、住房安全和安全饮水这四个方面,在全国进行一次摸底清理,把存在的问题找出来,建档立卡,记在账上,逐项、逐户、逐人对账销号,防止出现遗漏。

在点上,聚焦深度贫困地区,特别是"三区三州"。到去年年底,有两个"一百",一是贫困人口 3 万人以上的县有 111 个,二是贫困发生率在 10%以上的县有 98 个,这两个"一百"就是攻坚克难、攻城拔寨的"寨子",这是坚中之坚,我们要盯着这些地区加大投入、加大帮扶力度,还要落实好深度贫困地区脱贫攻坚实施方案。

第三方面,就是坚持问题导向,对中央脱贫攻坚专项巡视发现的问题和考核评估发现的问题,以及各个方面发现的问题,包括媒体监督发现的问题,进行认真整改,通过问题整改推进工作。

《中国扶贫》杂志记者:现在社会对脱贫攻坚的关注度越来越高,同时也出现了这样一类现象,脱贫攻坚是个筐,什么问题都往里装,农村里发生什么事情都与脱贫攻坚挂起钩来,乱贴"扶贫"标签。对于这类现象,刘主任您作何评价? 下一步有什么应对的举措吗?

刘永富:这类情况确实有,虽然不是特别多,确实是有,用你们的话说叫"蹭热点",因为中央重视,社会都重视、都参与、都做这件事情,大家都往上靠,想做事的往上靠,想引起注意的也往上靠。但是对这类问题,我们还是要有个正确的态度。总体上、主流上,大家做扶贫,还是真实的,认认真真地办事情。但是确实有些人打着扶贫的旗号办自己的事,甚至借机敛财,搞一些其他的事情,有些地方借机举债,这些情况都是有的,要坚决进行纠正。特别是打着扶贫的旗号去敛财、违法乱纪的,要发现一起、查处一起。

农视网记者:政府工作报告中提出,2018 年易地扶贫搬迁 280 万人,这对扶贫工作有了很大的推进。但同时,易地搬迁的贫困群众换了一个新的环境之后,需要找到新工作。请问刘主任,在帮助他们在新环境中就业的问题上是怎样考虑的? 有什么举措?

刘永富:今年搬迁 280 万人,是什么意思呢?"十三五"期间,我们要易地搬迁 1000 万建档立卡贫困人口,这个任务在今年要全部完成。我们没有推到 2020 年,因为搬迁了并不等于就脱贫了,所以要有一点时间,搬迁群众要谋生路、生活。不搬肯定不行,在那个地方不具备基本的生存条件,还会破坏生态环境,年年扶、年年贫,一不扶又返贫。但是搬了,又有搬了的问题,这么大一批数量的搬迁,是个系统工程。从老百姓来说,他有个适应的过程。比如他在山里住着,烧柴,从 10 月一直烧到来年的 5 月,火塘不停。现在一搬到城里来,哪有那么多柴烧啊,也不能烧了,变成楼房了;包括做饭,用煤的都少了,用电、用气,用气他有恐惧感,用电磁炉,他们还不熟悉,还得适应。再比方说,他在山里上厕所,就是旱厕,回归自然的。搬到楼房里去了,不冲掉不行,他一冲一按,一毛钱、几分钱就没了,支出就比以前多了。所以,生活习惯、思想观念,包括一些生活技能都在变。更主要的是搬到新房子后,你的收入从哪里来? 生活怎么解决? 这确实是个非常重要的事情,我们都很重视。

首先,我们搬迁是有规划的。往哪个地方搬,不能一搬了之,搬了以后怎么生活要研究,要有计划。但是计划毕竟是计划,还有个实施的问题,所以有个过程。我们现在要做的,无非是两条:第一条,因地制宜地发展产业。第二条,培训务工。当然,搬迁以后老人看病、小孩上学很方便了,即使出去打工,也节省了路上的路程,所以好处还是很多的。但是,要出去务工，要就地发展产业，还是有个过程的。我们也有一些措施，比如东西部扶贫协作，沿海的省份富裕了，就要按照"两个大局"的战略构想，支持西部。我们在西部省和东部省搞一个劳务协作，西部劳动力往东部送的时候，要多送贫困人口，有的是免费培训，有的是免费提供路费，有的是过去了以后稳岗，把贫困人口作为重点，尤其把易地搬迁群众作为重点，这是送出去一部分到东部去。

第二，在当地留下一部分搞扶贫车间。县城的一些企业，像90年代沿海的"三来一补"一样，在村里面建一些扶贫车间，让这些贫困人口在家门口就近就地打工。现在全国有3万多个扶贫车间，有200多万人在里面就业，其中贫困人口接近100万，这样又解决一部分。我们现在盖的小区，一楼二楼这些商品房都预留出来了，搞扶贫车间。像西藏拉萨有个"三有村"——"有房子、有产业、有健康"，搬了几百户过去，建了三个股份制企业，一个养奶牛，一个养鸡，一个搞种植，而且都是股份制，盈利还比较好，有这样成功的做法。当然，搬一千万人这个问题，包括同步的还有大几百万人，怎么长期稳住，对我们还是一个考验，这个任务还是很繁重的，是个长期的任务，不指望一搬过去就所有问题都解决了。但是，我们还是有办法的，有问题我们慢慢解决。当然也不能太慢了，还得抓紧，那边等着吃饭呢。

中央广播电视总台央视记者：我们注意到这两年，扶贫领域考核监督在不断强化，就像您刚才也提到了，包括中央的脱贫攻坚专项巡视，还有一年一度的脱贫攻坚成效考核等工作，通过这些考核和监督，我们主要发现了哪些重点问题？整改的情况又是怎么样的？

刘永富：这次脱贫攻坚要实行最严格的考核评估制度。大家想一想，中西部22个省的省委书记、省长向中央签署脱贫攻坚责任书，立下军令状，这是党的十八大以来唯一一项由党政一把手向中央立军令状的工作。对脱贫攻坚进行专项巡视，也是到目前为止党中央唯一一次对一项工作、一个领域进行专项巡视。所以,这两个唯一和实行最严格的考核评估制度,都表示了中国脱贫攻坚的坚强决心和坚定信心,表示了脱贫攻坚是必须完成的硬任务。脱贫攻坚六大体系里面有监督考核体系,现在又增加了中央专项巡视。

中央专项巡视主要发现了四大类问题:一是政治责任落实不到位;二是贯彻精准方略不到位;三是形式主义、官僚主义问题突出;四是深度贫困问题突出。中央专项巡视是政治巡视,重点抓党委、政府和党政一把手的责任,抓有关部门党组、党委和主要负责人的责任。现在各地、各部门都制订了方案,正在整改之中,4月底前要向中央提交报告。

我们一年一度的考核工作,有省际交叉考核、第三方评估、记者暗访、绩效考核这四项,再加上脱贫攻坚民主监督以及对平时发现的各类问题,都要汇在一起,每年都要把这些问题通报给地方进行整改。目前实地考核已经结束,正在汇总问题。这个主要是查责任落实、政策落实、工作落实的情况,确实还有落实不到位的,要查贫困识别是不是准确,帮扶是不是精准,退出是不是保证了质量,群众满意度到底怎么样,资金管理使用到底怎么样。对这类问题,每年都要进行整改,今年我们又有新的措施,就是把考核整改和巡视整改结合起来,这是今年的一个特点。

第二个特点,要求不能在问题清单反馈地方整改以后层层搞督查。国务院扶贫开发领导小组已经明确,问题反馈以后,三个月之内,中央部门和省市县不要再去搞层层的督查考核。现在发现的问题还是比较多的,每年全国都要整改几万个问题,处分四五千人,当然也提拔若干人,表扬若干人。对考核好的,不仅要通报表扬,还要给予资金奖励,严管厚爱相结合,鼓励鞭策相结合。

新加坡《联合早报》记者:今年是实现全面小康和打赢脱贫攻坚战的冲刺年,可是近来中国经济面对下行压力,而中美贸易战也带来了一些影响。请问,实现上述目标的进度是否会被拖慢?

刘永富：我可以明确地告诉您，不会影响，也不会拖到 2021 年。中美贸易战好像没有这么严重吧？有一点摩擦也是很正常的。反正我们是不希望打贸易战，但是贸易中间有一些摩擦、有一些问题也是正常的，通过谈判、协商来解决，中美两国国家元首都亲自出马，现在正在紧锣密鼓地进行磋商，我们希望问题得到解决，也相信问题会得到解决。

你要说一点影响都没有，那也不实事求是。首先，贸易摩擦多了，对两国经济的发展会有影响。经济发展是脱贫攻坚的物质基础，经济发展有了影响，那对脱贫攻坚也就会有影响。现在主要的影响在什么方面呢？一些企业的工作岗位可能会减少，会影响一部分贫困人口的务工。但是对这类影响，我们可以采取其他的办法来弥补。现在脱贫攻坚的办法多得很，不在沿海务工，我们可以就地发展产业。所以，我们会把这些影响降到最低的限度，就是必须完成脱贫攻坚任务，不能让它影响到我们任务的完成。你要相信，我们中国有这个能力，也是有这个办法，我们办法还是多多的。

成都广播电视台神鸟资讯记者：我的问题是关于扶贫金融的，今年政府工作报告中提出要加强扶贫力量、加大资金投入。想问一下刘主任，今年在金融扶贫方面有哪些工作部署？为了更好地推进金融扶贫，您和金融机构、金融监管部门将会加强哪些沟通？

刘永富：金融扶贫在这次脱贫攻坚中占有非常重要的地位，可以说是生力军。中国以前的扶贫投入，在党的十八大以前，扶贫资金是很少的，而且主要是财政资金投入，金融资金很少。

现在金融服务脱贫攻坚工作做得很好，我们有扶贫小额信贷、扶贫再贷款，还有扶贫金融债，每年都会有过万亿金融资金投向贫困地区和脱贫攻坚直接相关的一些项目。我们对建档立卡贫困户搞产业缺启动资金的，给扶贫小额信贷支持，5 万元以下、三年以内、免担保、免抵押，金融机构按基准利率放贷，县建风险基金，扶贫资金全额贴息。我们做了多少呢？2014 年制定政策，2015 年放贷 1100 亿，2016 年放贷 1700 亿，2017

年放贷1500亿,2018年近1000亿,加上今年已经累计放贷5500亿,现在已经按期还贷2600多亿。我们的易地扶贫搬迁,金融机构发放了1000多亿中长期贷款。金融部门是生力军,是立了大功的。

当然,在这里面,我们也要注意一些问题,就是防止有些地方打着扶贫的旗号变相举债。还要防范化解金融风险,像扶贫小额信贷,去年最多的时候,逾期有30多个亿,我们很快采取措施,加强监测,逾期率从百分之一点几降到现在的0.4%,应该说资产质量很好。脱贫攻坚要防范化解金融风险,因为"三大攻坚战"都是互相促进的。当然,我们也希望金融部门继续坚持这个好的做法,在防范金融风险的情况下,进一步加大对脱贫攻坚的支持力度,特别是要向深度贫困地区倾斜,要向产业扶贫项目倾斜,要向易地扶贫搬迁倾斜,在基础设施建设、产业发展等方面给予更多的支持。

中央广播电视总台央广记者:我关注的是关于扶贫领域的作风问题。在我们的采访过程中,有贫困群众反映,个别扶贫干部存在着优亲厚友的行为,甚至搞形式主义、形象工程。所以想请问刘主任,在今年对扶贫领域的腐败和作风的问题上,将如何"重拳"出击?

刘永富:我们对优亲厚友的、弄虚作假的、搞形象工程的、搞形式主义和官僚主义的,已经重拳出击了,这几年查了不少案子,也处理了不少人。处理人、查案子不是目的,目的是要完成脱贫攻坚任务。防治这些问题,要搞清楚他为什么能够优亲厚友,为什么能弄虚作假,为什么形式主义、官僚主义能过关? 要从制度上考虑,做好顶层设计。

对谁是贫困户有严格的标准和程序,符合条件的进行建档立卡,对致贫原因是什么、谁来帮他、采取什么措施、帮得怎么样、是不是脱贫了、脱贫了以后怎么样,都要进行记录和跟踪。即使脱贫了也要跟踪。所以,建档立卡系统既是脱贫攻坚的档案,也是我们查处各种问题的依据。像第三方评估、省际交叉考核,查的数据都是从这个库里抽出来的。如果搞弄虚作假,我们可以通过建档立卡系统和实地考察看看是不是这么回事。

如果是这么回事,就记一笔账,最后要处理的。所以,想搞弄虚作假就要掂量掂量了。但是,弄虚作假仍然会有,最近也查了一些村、一些户识别得不准。主要原因是有的村基层组织是软弱涣散的,还以为跟原来一样,想怎么整就怎么整。现在不行了!这是建档立卡。资金项目管理要公开公平公正。比如,我们现在资金很多,以前是挤占挪用,现在违规的资金从 2013 年的 15% 降到去年的 1%,大量资金有的趴在账上,不敢用了。我们搞项目库,按照脱贫攻坚的规划,按照当地产业资源禀赋和产业特点能做什么,我们先把项目找出来,等钱来了以后,就从项目库里选,经过论证,这里面的猫腻就会少。再一个,到村、乡镇一级的项目资金的使用要公示和公告,要群众监督,当然这是制度上的设计,建档立卡、建项目库、公示公告。即使是这样,仍然会有一些顶风作案、违法乱纪的。最后我们就是一招,轻微的纠正,严重违纪违规的就处理、处分。比如有的地方,低保吃回扣,危房改造搞猫腻,判刑的都有,这不是重拳出击吗?我们还要继续保持这种威慑力量,谁要想动扶贫这个奶酪,或者败坏脱贫攻坚的名声,我们也要严肃处理,不能让他得好处。

河南报业全媒体《大河报》记者:2017 年,兰考县率先实现脱贫,我们连续三年跟拍了兰考县张庄村闫春光的脱贫故事,今年我们去回访的时候发现,闫春光去年靠着卖小磨香油赚了二十多万元,实现了小康。但是记者发现,他还没有开网店。请问刘主任,我们在技术扶贫尤其是发挥"互联网+"的作用,助推脱贫攻坚战有何安排?

刘永富:兰考和井冈山是 2016 年脱贫,2017 年宣布的。脱贫后,他们在继续做巩固的工作。张庄我去过,脱贫之前去过一次,脱贫之后又去过一次,相隔两年,变化比较大。我有两个感觉:第一,张庄没有大拆大建,农村那些房子修一修、整一整,就地整得干干净净,很有品位,你们可以去看;第二,没有见着闲人,大家都在干事,都在干活。

我觉得,村里应该有互联网,应该有电商,兰考这方面还是可以的。

如果没有,是可以通过扶持开办电商的,他们还可以去陇南学习。确实像你说的,现在做扶贫要利用信息技术,利用"互联网+"来做,要坐上时代的快车。这方面我们已经有典型案例,2014 年开始,在甘肃陇南开展电商扶贫示范市试点,甘肃陇南是甘肃省交通最不发达的地方,和四川交界,2013 年时有 80 多万贫困人口,现在还有小 20 万。甘肃陇南的贫困人口通过"电商+扶贫",2015 年人均增收 430 元,2016 年人均增收 620 元,2017 年人均增收 710 元,2018 年人均增收 810 元。非贫困人口增收比这个还要多。通过电商解决买难卖难的问题,甘肃陇南的农特产品现在没有卖不出去的了。老百姓转变了观念,靠自己的劳动来致富,市场要守信,要有质量,要有品牌的意识,要有现代化的手段。

我们在全国搭建了一个平台,中国扶贫志愿服务促进会建了一个社会扶贫网,现在注册人数 4000 多万,贫困人口有什么需求,经过管理员发布,在网上实现对接。到目前为止,快两年时间,发布了 400 多万个需求,对接成功 300 多万个,还是挺有成效的。下一步,准备把贫困地区的名特优、绿色有机产品,比如说青藏高原的青稞、牦牛,南疆的大枣、核桃卖到城里去,青稞降血糖,牦牛肉营养美味,新疆的核桃、大枣品质好,农民增收,城市人买到合适的产品,通过电商,压缩中间环节,两全其美。

主持人:由于时间关系,本场记者会到此结束,谢谢刘主任、谢谢各位记者。

就攻坚克难、坚决打赢脱贫攻坚战答记者问

就中国外交政策和
对外关系答中外记者问

（3月8日）

国务委员兼外交部长王毅

2019 年 3 月 8 日，十三届全国人大二次会议在两会新闻中心举行记者会，邀请国务委员兼外交部长王毅就中国外交政策和对外关系回答中外记者提问。

3月8日，国务委员兼外交部长王毅就中国外交政策和对外关系答中外记者问

王毅：各位记者朋友,大家上午好! 很高兴又在一年一度的两会期间同大家见面。首先,我还是要再次向在场的女士和所有女同胞们致以节日的祝福。过去一年,面对纷繁复杂的国际形势,中国外交在以习近平同志为核心的党中央坚强领导下,保持定力,与时俱进,又取得了新的重要成就。今天,我愿尽可能全面地介绍中国的外交政策,进一步增进中国与世界的相互了解。现在,我愿回答大家的提问。

《人民日报》记者：今年是新中国成立70周年。您认为新中国外交70年来最重要的成就和经验是什么? 这在当前形势下有何重要意义?

王毅：今年是新中国成立70周年。70年来,在中国共产党坚强正确领导下,中国人民团结奋斗,砥砺前行,取得了举世瞩目的巨大成就;中国外交开拓进取,攻坚克难,走过了波澜壮阔的历史征程。正如习近平总书记指出,我国日益走近世界舞台中央。

中国外交的辉煌成就,首先归功于党的领导。这是中国外交最根本的政治保障。70年来,中国共产党与时俱进,不断丰富发展具有中国特色的外交理论体系,形成了一系列优良传统和鲜明特色。独立自主是中国外交的基石,天下为公是中国外交的胸怀,公平正义是中国外交的坚守,互利共赢是中国外交的追求,服务发展是中国外交的使命,外交为民是中国外交的宗旨。2018年,中央外事工作会议确立了习近平外交思想的指导地位,这是新中国外交理论建设具有划时代意义的重大成果,为进入新时代的中国外交提供了根本遵循,也为探索解决当今世界各种复杂问题指明了方向。

当今世界正处于百年未有之大变局。中国外交正站在新的历史起点。我们将在以习近平同志为核心的党中央领导下,全面贯彻落实习近平外交思想,不忘初心,牢记使命,坚持和平发展道路,践行合作共赢理念,维护现有国际体系,承担更多国际责任,既为实现民族复兴创造更为有利的外部条件,又为维护世界和平、促进人类进步作出新的更大贡献。

韩联社记者：朝美领导人第二次会晤未取得成果，半岛局势再次变得复杂难测。对于朝鲜半岛无核化和建立半岛和平机制，今年中方将发挥怎样的作用？

王毅：朝美领导人河内会晤是政治解决半岛核问题进程中的重要一步。双方能够克服障碍，再次聚首，面对面坦诚交换意见，这本身就是积极进展，就值得充分肯定。国际社会应当鼓励朝美双方保持耐心，沿着推进半岛无核化、建立半岛和平机制的正确方向继续前行。只要对话不停，方向不变，半岛无核化的目标最终一定会得以实现。当然，半岛核问题延宕几十年，各种矛盾错综复杂，解决起来不可能一蹴而就。各方对此应有理性预期，不应从一开始就设置过高的门槛，也不应单方面提出不切实际的要求。解决问题的关键是，各方都要跳出历史的局限，打破互不信任的魔咒。解决问题的途径是，共同制定出实现半岛无核化和建立和平机制的总体路线图，在此基础上，按照分阶段、同步走思路，明确每个阶段相互联系、相互促进的具体措施，在各方同意的监督机制下，由易到难，循序推进。

中国在朝鲜半岛问题上始终坚持无核化目标，坚持对话协商解决问题，坚持维护半岛和平稳定，我们已经为此努力了20多年，中国的作用不可替代。下一步，中方将与各方一道，朝着既定目标继续作出我们的贡献。

中阿卫视记者：今年中方将举办第二届"一带一路"国际合作高峰论坛。您能否介绍有多少国家的领导人将出席？中方对本届论坛有何期待？

王毅：在各方热切期盼下，第二届"一带一路"国际合作高峰论坛将于4月下旬在北京举办。这是今年中国最重要的主场外交，也将是又一次全球瞩目的国际盛会。届时，习近平主席将出席高峰论坛开幕式并发表主旨演讲，全程主持领导人圆桌峰会。此外，还将举行高级别会议、分论坛和工商活动等系列活动。

第二届论坛有三个鲜明特点：一是规格更高，预定出席的外国国家元首和政府首脑人数将明显超过首届论坛。二是规模更大，届时将有来自100多个国家的数千名各界代表与会。三是活动更丰富，将举办12场推动务实合作的分论坛，还将首次举办企业家大会，为工商界对接合作搭建平台。

本届高峰论坛的主题是"共建'一带一路'，开创美好未来"，核心是推动"一带一路"合作实现高质量发展。我们期待同各方深入交换意见，共商合作大计：

我们将同各方就高质量发展汇聚共识，坚持共商共建共享的原则，倡导开放透明包容的理念，追求绿色环保可持续的发展。

我们将与各国进一步对接发展战略，打造新一批重点合作项目，推动落实联合国2030年可持续发展议程，在深化合作的过程中更加重视民生的改善。

我们将以共赢理念为指引，以互联互通为主线，以增添共同发展动力为目标，打造更紧密的伙伴关系。

我们将坚持开放合作，支持经济全球化，维护多边主义，携手构建开放型世界经济。

正如习近平主席所说，共建"一带一路"倡议源于中国，但机会和成果属于世界。我们期待并相信，第二届高峰论坛一定会圆满成功，成为共建"一带一路"进程中一座新的里程碑。

凤凰卫视记者：我们都很关心孟晚舟案。很多舆论都认为在这件事情上，很明显美国在对中国的高技术企业进行打压。您怎么看？

王毅：只要秉持客观公正立场都不难看出，最近针对中国特定企业和个人的行为根本不是什么单纯的司法案件，而是蓄意的政治打压。对此，我们已经并将继续采取一切必要措施，坚决维护中国企业和公民的正当合法权益,这是中国政府义不容辞的职责。同时,我们也支持相关企业和个人拿起法律武器来维护自身权益,不当"沉默的羔羊"。

公道自在人心,正义终将到来。我们今天要维护的,不仅仅是一个企业的权益,而是一个国家、一个民族的正当发展权利,更是世界上所有希望提高自身科技发展水平国家的应有权利。我们希望各方都能够遵守规则,摒弃偏见,共同为各国企业营造一个公平竞争的市场环境,共同为各国人士提供一个安全可靠的交往环境。

安莎社记者:欧中都是多边主义和自由贸易的坚定支持者,同时双方也存在分歧。您认为欧中应该如何巩固双边关系和互信?

王毅:我们始终把欧洲放在中国对外关系的重要位置,始终支持欧洲一体化进程和欧盟的团结自强。本月下旬,习近平主席今年首次出访就选择了欧洲,充分体现了中国对欧洲的支持。

中欧关系当前总体向好,双方之间的共识远多于分歧。特别是面对充满不确定性的国际形势,中欧双方在维护多边主义、反对单边主义和保护主义等方面有着一致立场和共同诉求。另一方面,中欧关系也不时受到一些干扰和影响。我们希望与欧方加强对话沟通,妥善加以管控和处理。独立自主历来是欧洲的传统。我们相信,作为国际上的主要力量之一,欧洲一定会从自身的根本和长远利益出发,保持对华政策的独立性、稳定性和积极性,与中方一道深化各领域互利合作,共同为捍卫国际规则、维护世界和平作出贡献。

中央广播电视总台央视记者:今年是中美建交40周年,您认为中美做到"四十不惑"了吗?您如何定义当前的中美关系?

王毅:中美建交40周年是我们双方总结过去、规划未来的重要年头。40年来,中美关系风雨兼程,既取得了历史性进展,也面临着新的挑战。过去的经验归结到一条,就是合则两利、斗则俱伤。尽管今天国际局势和中美两国都已发生了很大变化,但这条启示仍是金科玉律,需要双方坚持和维护,从而保持"不惑"的定力。今后的道路也已明确,就是共同推进以协调、合作、稳定为基调的中美关系。这是中美两国元首达成的重要共识,也应当成为两国各界的最大公约数和共同努力的方向。

中美之间在开展合作的同时,也会出现一些竞争,这是国际关系的正常现象,关键取决于我们如何看待和处理。一味放大竞争,就会挤压合作的空间。聚焦扩大合作,才符合中美共同利益,也是两国对世界承担的责任。我们希望美方摒弃零和思维,同中方相向而行,在深化合作的进程中形成良性竞争,在各自发展的同时实现互利双赢。

今日俄罗斯国际通讯社记者:今年中俄将庆祝建交70周年。请问今年中俄关系和双边合作有什么亮点?某些国家将莫斯科和北京之间的紧密关系视为威胁,您如何回应?

王毅:今年是中俄建交70周年。两国关系走过极不平凡的历程。正是在这种磨砺和考验中,中俄关系日臻稳定、成熟,并且找到了一条正确的相处之道。双方政治上彼此信任,经济上互利合作,国际事务中相互支持,成为当今大国关系的典范,既为两国人民带来巨大福祉,又为地区与世界和平稳定作出了重要贡献。

2019年,中俄双方将以建交70周年为契机,推动两国全面战略协作伙伴关系迈上新的台阶。

高层往来方面,普京总统将应习近平主席的邀请来华出席第二届"一带一路"国际合作高峰论坛,习近平主席也准备应邀对俄罗斯进行国事访问。相信在两国元首共同引领下,中俄关系将迈入新的时代。

互利合作方面,去年中俄双边贸易额历史性突破了1000亿美元。今年两国务实合作将迎来丰收之年,标志性项目就是"一管两桥"的落成。中俄东线天然气管道这一"世纪工程"将于年内通气;两国边境首座公路桥——黑河公路桥将合龙通车,首座铁路桥——同江铁路大桥也将建成。此外,我们还将继续推动"一带一路"同欧亚经济联盟深入对接,激发两国务实合作的内生动力,在巩固能源等传统领域合作的同时,开拓高科技、农业、电子商务、金融等新增长点,推动合作提质升级,助力两国发展,造福两国人民。

国际事务中,中俄作为两个世界大国和安理会常任理事国,肩负着重要职责和使命。我们在几乎所有重大问题上都保持着密切沟通,持有相同或相近立场。新的一年,中俄将进一步加强战略协作,坚定维护《联合国宪章》宗旨和原则,坚定维护国际战略安全。只要中俄站在一起,世界就多一分和平,多一分安全,多一分稳定。

新华社记者: 在保护主义和单边主义影响国际合作背景下,中方正日益成为多边主义和国际合作的带头人。中方未来将如何维护多边主义?

王毅: 这几年,单边主义和保护主义不断抬头,时而来势汹汹。但令人欣慰的是,面对这股逆流,越来越多的国家公开站出来予以抵制和反对。大家都意识到,身处全球化时代,彼此命运相连,休戚与共,需要的是团队精神,而不是各行其是;是同舟共济,而不是独善其身。坚持多边主义已经成为国际社会的广泛共识。中方始终认为,多边主义是现有国际秩序的基石。只有坚持多边主义,国际关系才能逐渐实现民主化,国际格局才能逐步走向多极化。我们将高举构建人类命运共同体的旗帜,继续站在历史前进的正确方向一边,站在世界大多数国家的共同利益一边,与各国一道,本着多边主义的理念,坚定维护以联合国为核心的国际体系,坚定维护以国际法为基础的国际秩序。

路透社记者: 现在美国内有人对中国有越来越多的疑虑,摩擦和冲突增多。您是否认为中美两国正在走向冲突?如何避免这种情况?

王毅: 中美关系历来合作与摩擦并存,但合作始终大于分歧。近段时间,两国间的问题和矛盾确有所增多。但历史地看,这一现象并不代表中美关系发展的大趋势。我们对中美关系的未来仍然秉持积极的预期,相信两国人民也是如此。我们认为,中美两国不会也不应走向对抗,重拾冷战旧思维违背时代潮流,没有出路,更不得人心。

中美两国的利益已经高度融合。去年中美双边贸易额超过 6300 亿美元,双向投资存量超过 2400 亿美元,人员往来超过 500 万人次。美国几乎所有大公司在中国都有业务,所有的州与中国都有合作。个别人声称要让中美"脱钩",这显然是不现实的。与中国"脱钩",就是与机遇"脱钩",与未来"脱钩"。某种意义上,也是与世界"脱钩"。

合作仍是中美关系的主流。这既是两国领导人的共同认知,也是双方各界有识之士的一致共识。最近中美经贸磋商取得实质性进展,得到两国各界以及国际社会的欢迎。这表明,只要坚持相互尊重,致力于平等协商,任何难题都能够找到双方都可接受的解决办法。

《中国日报》记者:一段时间以来,对"一带一路"建设有不少质疑和指责,如"债务陷阱论""地缘政治工具论"等。您对此如何回应?

王毅:"一带一路"倡议提出 6 年来,已经成为世界上规模最大的合作平台和最受欢迎的公共产品。目前已有 123 个国家和 29 个国际组织签署了共建"一带一路"合作文件,明确投出了信任票和支持票。

"一带一路"始终坚持共商共建共享的黄金法则,给各方带来的是满满的发展机遇。通过"一带一路"合作,东非有了第一条高速公路,马尔代夫有了第一座跨海大桥,白俄罗斯第一次有了自己的轿车制造业,哈萨克斯坦第一次有了出海通道,东南亚正在施工建设高速铁路,中欧班列成为亚欧大陆上距离最长的合作纽带。在肯尼亚,被称为"世纪工程"的蒙内铁路建成通车,累计为当地创造了近 5 万个工作岗位,拉动经济增长 1.5 个百分点。在乌兹别克斯坦,中国工人和当地人民一道,用 900 天时间建成 19 公里长的隧道,使偏远地区的人民坐火车仅用 900 秒就能穿越崇山峻岭。大量的事实证明,"一带一路"不是债务的"陷阱",而是惠民的"馅饼";不是地缘政治工具,而是共同发展机遇。参与"一带一路"建设,加快了各国的发展进程,改善了沿线的民生需求,开辟了互利共赢的前景。

当然,任何新生事物的发展,都有一个成长的过程。我们欢迎各方在积极参与的同时,随时提出建设性意见,真正把共商共建共享落到实处。我们相信,在大家共同努力下,共建"一带一路"一定能使古老的丝绸之路在新时代焕发出勃勃生机,为不同民族和不同国家携手构建人类命运共同体注入强劲动力。

加纳广播公司记者:同西方相比,非洲国家对中国发展模式的认同更多,对参与"一带一路"建设也更加积极。中方对进一步发展中非关系有何设想?

王毅:中非友好源远流长,双方始终是命运相连、荣辱与共的好兄弟。当前,中国同非洲国家关系处于历史上最好时期,中非互利合作继续走在国际对非合作的前列。

中非合作经过几十年辛勤浇灌,已经成长为参天大树,任何势力都无法撼动。下一步我们将全面落实中非合作论坛北京峰会"八大行动",不断深化共建"一带一路"合作,抓住这两大机遇,打造更加紧密的中非命运共同体。

中非合作越来越成功,也招来一些指责和抹黑。但中非双方高度信任,中非友谊历经考验,中非合作的成果也已遍布非洲大陆。我们看到,不少非洲国家领导人和各界有识之士都主动站出来批驳所谓"债务陷阱论""新殖民论"等谬论。这充分说明,任何不实之词在非洲都没有市场。

中非合作从来都是开放的,非洲发展也需要国际社会的更多投入,我们愿意发挥中非合作的标杆作用,带动更多的国家关注非洲、重视非洲、投入非洲,发挥各自优势,真正形成合力,共同致力于非洲的和平与发展。

巴基斯坦通讯社记者:近日,巴印关系紧张升级,并有可能危及南亚地区和平稳定。作为邻国和重要国家,中方对此持何立场?

王毅:最近发生的事态让世界的目光再次聚焦巴印关系。中方从一开始就强调,要冷静克制,防止事态升级;要查明真相,对话解决问题。在此过程中,各国的主权和领土完整应得到充分尊重。本着上述原则,中方积极劝和促谈,为缓解紧张局势发挥了建设性作用。近几天,巴印双方都释放了避免形势恶化、协商解决问题的意愿,我们对此表示欢迎。

巴印两国是搬不走的邻居。两国人民共享数千年的南亚次大陆文明,共同面临稳定、发展和繁荣的重要机遇。我们希望双方和睦相处、互帮互助、携手前行。中方衷心希望巴印双方化危为机,相向而行,尽快翻过这一页,寻找到两国关系的根本和长远改善之道。以对话代替对抗,以善意化解分歧,以合作共创未来。

俄罗斯塔斯社记者:去年美国政府决定从阿富汗撤军。目前国际社会特别关注阿富汗和平和解进程。中方是否会填补美国留下的真空?

王毅:阿富汗局势当前正处于关键阶段,和平曙光再现的同时,风险和挑战也在积聚。推进和平比挑起冲突更需要勇气。我们呼吁阿富汗各方以国家和民族大义为重,抓住国内政治和解的重大机遇,以对话解纷争,化干戈为玉帛,携手推开通向和平的大门。我们呼吁国际社会坚定支持"阿人主导、阿人所有"的和解进程,从旁发挥建设性作用,形成促谈的合力。

阿富汗不存在需要填补的真空,因为这块土地属于阿富汗人民。今年是阿富汗独立100周年。我们衷心希望这个饱经磨难的国家能够凤凰涅槃、浴火重生,从此把命运掌握在自己手中,迎来真正的独立与持久的和平。阿富汗不应再成为大国竞技场,不应再承受连绵的冲突和战火。作为阿富汗的邻居和朋友,中国将在尊重阿富汗人民意愿和需求前提下,继续为推动阿富汗的和解与重建作出力所能及的贡献。

《环球时报》记者:中方如何看待委内瑞拉当前局势?一些拉美国家同中国建交引发美方强烈反应。在此背景下,中方对中拉关系发展有何看法?

王毅：对于最近拉美局势发生的一些新变化，我想强调中方的两点原则立场：

第一，拉美国家的主权和独立应当得到尊重。这是国际法的基本准则。任何国家的内部事务都应由本国人民自己作出决定，外部的干涉和制裁只会加剧局势紧张，只会使丛林法则再度横行。历史上这样的教训已经够多了，不应再重蹈覆辙。每一个国家的主权、独立都是宝贵的，都应得到同样的珍惜和爱护。中方愿继续支持委内瑞拉朝野各方通过和平对话寻求政治解决方案，保持国家的稳定和人民的安全。

第二，拉美国家同中国发展正常关系的权利应当得到尊重。一个中国原则是公认的国际关系准则，也是世界上绝大多数国家接受、认同和践行的普遍共识。拉美国家在这个基础上与中国建立和发展关系，顺应历史发展大势和时代进步潮流，是符合自身根本和长远利益的正确选择，不应受到任何无端的干涉和指责。

近年来，中国同拉美国家关系取得了很大发展。中拉之间的合作是建立在平等互利基础上的南南合作，不针对第三方，也无意动谁的奶酪。新的一年，我们将在中拉论坛、共建"一带一路"等既有机制下继续推进与拉美国家合作，推动中拉全面合作伙伴关系迈上新台阶。

彭博社记者：去年，中国外交官与加拿大、瑞典等国都发生了摩擦。为什么中国外交表现得如此强硬？

王毅：咄咄逼人从来不是中国的传统，国强必霸压根不是我们的选择。同时，和其他国家一样，中国也要维护自己的正当合法权益，更不会容忍国家主权和尊严遭到侵害。一旦出现这样的情况，任何中国外交官，不管身处何地，都会坚定地表明我们的立场。

作为绵延5000年而未中断的文明，中国可以说是世界上最具连续性和可预测性的国家。与不同文明相互尊重、与世界各国和平共处、与国际社会合作共赢始终是我们坚持的信念和追求的目标。中国必将走向强大，但不会更加强硬；中国崇尚独立自主，但不会独断专行；中国当然要坚定维权，但不会谋求霸权。不管发展到什么程度，中国都会根据事情本身的是非曲直作出公正判断，都将坚持在国际法框架下依法行事。

澎湃新闻记者：去年以来，习近平主席与金正恩委员长四次会晤，掀开两国关系新篇章。中方对今后中朝关系发展有何展望？

王毅：在过去不到一年时间里，习近平总书记与金正恩委员长四次会晤，创下了中朝建交70年以来前所未有的纪录，将载入中朝关系史册。在两国最高领导人的共同引领推动下，中朝传统友谊焕发出勃勃生机，两国关系也由此掀开新的时代篇章。

中朝传统友谊由两国老一辈领导人亲手缔造和培育，是我们双方共同的宝贵财富，不应也不会受一时一事的影响。今年正值中朝建交70周年，对两国关系具有承前启后、继往开来的重大意义。传承和发展中朝传统友好，符合双方共同利益，也是中方的坚定选择。我们将全力支持朝方走符合本国国情的发展道路，在社会主义建设事业中不断取得新的进展；我们将全力支持朝方实施新的国家战略，集中力量发展经济和改善民生；我们将全力支持朝方坚持半岛无核化大方向，在实现无核化进程中解决自身正当关切。总之，我们愿同朝方携手共创新时代的中朝关系，维护好两国人民的根本利益，维护好半岛问题的政治解决进程，维护好地区的和平与稳定。

印度报业托拉斯记者：去年，印中两国领导人举行武汉非正式会晤，印中关系得到实质提升。中方希望如何塑造印中关系？

王毅：2018年在中印关系史上具有重要意义。习近平主席同莫迪总理举行历史性的武汉会晤，开创了中印高层交往的新模式，增进了两国领导人的互信和友谊，也明确了中印关系未来的大方向。这个大方向就是，作为拥有27亿人口的两大文明古国，作为两大发展中国家和两大邻国，我们应当互为实现各自梦想的合作伙伴，互为发展本国经济的重要机遇，携手为亚洲的振兴与繁荣作出应有贡献。一年来,中印两国政府部门在落实两国领导人共识方面取得了不少成果。现在的关键,是如何把两国领导人的战略共识扩展为两国社会各界的共同认知,转化为两国人民的自觉行动。为此,中方愿同印方一道,全面加强务实合作,特别是人文交流,让中印友好合作像长江和恒河一样奔涌向前,为两国关系发展注入强劲持久的动力。

深圳卫视记者:过去一年,领事工作更加接地气、得民心。今年在领事服务方面,外交部还会给人民群众带来哪些"礼包"?

王毅:近年来,越来越多中国人走出国门,大家最关心两件事,一是安全,二是便利。为此,我们正在积极构建海外中国平安体系,让大家海外旅行更加安心、顺心。过去一年,外交部和驻外使领馆处理了8万多起领事保护案件,平均每6分钟就要处理一起。12308领保热线接听了37万通来电,比2017年翻了一番。我们还实现了海外中国公民申办护照"只跑一次",建成了领事信息服务新媒体矩阵。目前给予中国游客免签或落地签待遇的国家和地区已达到72个,中国护照的"含金量"不断提高。

2019年,我们将继续推出护民、便民、惠民领事新举措。一是优化升级12308手机APP,开通掌上"服务大厅",增加新的预约、查验功能。二是在驻外使领馆逐步开通移动支付,提供更多"指尖上的领事服务"。三是加快推进领事保护与协助工作立法,实现领保工作法制化、规范化,更好地依法维护中国公民的正当权益。

新加坡《联合早报》记者:中国去年表示要在3年内谈成"南海行为准则"(COC),目前COC谈判进程会否加速?有人认为COC磋商过程不透明,您如何回应?

王毅:近年来南海局势经过了一个由乱向好的过程。事实证明,直接当事国通过谈判解决具体争议、中国和东盟国家共同维护地区稳定这一"双轨思路"是解决南海问题的正道。当前,"南海行为准则"的磋商进程不断加快,"路线图"已经非常明确。中方主动提出 2021 年前达成"准则"的目标,展现了我们的诚意和担当。"准则"是《南海各方行为宣言》的升级版,将会更好适应这一地区的需求,更有效规范各方的行为,更有力维护南海的航行安全与自由,为中国和东盟各国间增进互信、管控分歧、促进合作、维护稳定发挥应有作用。中方将同东盟国家一道,保持定力,排除干扰,在协商一致基础上不断加快磋商进程。我们会保持必要的透明度,适时对外公布进展情况。

南海局势事关地区稳定,"准则"磋商受到外界关注也是正常的。我们欢迎善意的建议,但反对别有用心的炒作和干预。南海和平稳定的钥匙应当掌握在地区国家自己手中,"南海行为准则"应当由地区国家共同制定、共同遵守并共同承担责任。

朝日新闻记者:中日关系最近得到了很大改善,当然也还存在一些问题,大家都非常期待习主席今年 6 月出席大阪 G20 峰会并访日。您对此怎么看?

王毅:去年以来,在双方共同努力下,中日关系重回正轨,呈现出改善发展的良好势头,这完全符合中日两国人民的共同利益。事实表明,只要日方客观理性看待中国的发展,切实遵循迄今达成的各项政治原则,中日关系就能够排除障碍和干扰,迎来稳定和光明的前景。与此同时,中日合作的潜力也就能够得到充分发掘,开辟更为广阔的合作空间。

当然,中日关系的改善还只是刚刚起步。接下来应该做的是"知行合一"。真正做到诚实对待历史,客观认识现实,积极开创未来,以脚踏实地的行动沿着正确的方向坚定不移地向前走。相信通过双方共同努力,筑牢政治基础,深化互利合作,增进民间友好,中日关系就能进入一个稳定发展期,各领域交流会越来越频繁,高层交往自然也会水到渠成。

中新社记者:您能否介绍过去一年外交部在服务国内发展方面做了哪些工作?今年还有什么新的设想?

王毅：中国仍然是一个发展中国家，服务国内发展是中国外交的重要使命。近年来，我们着力打造外交服务发展的三大平台：一是以主场外交为平台，提升各主办城市的国际知名度和发展格局。二是以共建"一带一路"为平台，支持各地方同沿线国家开展交流合作。三是以外交部省区市全球推介活动为平台，重点协助中西部地区扩大对外开放。

今年我们将按照中央的统一部署，进一步做好服务国内发展这篇大文章。我们将以"新时代中国，70年成就"为主题，办好2019年省区市全球推介，助力更多地方走向世界。我们将按照"办好一个会，搞活一座城"的思路，支持地方打造国际活动品牌。我们将积极牵线搭桥，鼓励企业继续有序"走出去"，切实维护好他们的正当权益。我们将办好外交外事知识"进党校""进高校""进企业"系列活动，主动上门做好信息服务。

记者会历时2小时，600多名中外记者参加。

就中国外交政策和对外关系答中外记者问

就人大立法工作答记者问

（3月9日）

全国人大农业与农村委员会主任委员陈锡文、全国人大财政经济委员会副主任委员乌日图、全国人大常委会法制工作委员会副主任刘俊臣、全国人大常委会法制工作委员会副主任许安标、全国人大环境与资源保护委员会委员程立峰

十三届全国人大二次会议新闻中心副主任、主持人钟雪泉：各位记者朋友，大家上午好。欢迎参加十三届全国人大二次会议记者会。本场记者会的主题是人大立法工作。

今天我们很高兴地邀请到全国人大农业与农村委员会主任委员陈锡文先生、全国人大财政经济委员会副主任委员乌日图先生、全国人大常委会法制工作委员会副主任刘俊臣先生、全国人大常委会法制工作委员会副主任许安标先生、全国人大环境与资源保护委员会委员程立峰先生。现在请记者提问。

《法制日报》全媒体记者：我们关注到现在全面依法治国已经进入到一个新的时期，人民群众对我们立法工作有很多新的期待，但是一些新的问题不断出现，比如像基因编辑，某些网站会自动推荐一些低俗信息，所以立法呼声很高。对于这种新的问题、新的现象，作为国家最高立法机关，在这个新的时期会怎样进一步加强和改善立法工作？

许安标：我来回答这个问题。昨天，我们和大家一样，聆听了栗战书

十三届全国人大二次会议
记者会
Press Conference for the Second Session of the 13th National People's Congress

3月9日,全国人大农业与农村委员会主任委员陈锡文(中)、全国人大财政经济委员会副主任委员乌日图(右三)、全国人大常委会法制工作委员会副主任刘俊臣(左三)、全国人大常委会法制工作委员会副主任许安标(左二)、全国人大环境与资源保护委员会委员程立峰(右二)就人大立法工作答记者问

委员长的工作报告,栗战书委员长在工作报告中对过去一年全国人大常委会的工作进行了全面的回顾、总结。过去一年,在以习近平同志为核心的党中央坚强领导下,全国人大常委会的立法和监督等各项工作都取得了新的进展,其中立法工作扎实推进,制定了8件法律、修改法律47件次,做出有关法律问题决定和重大问题决定9件。我们也大致比较了一下,这是人大换届以后第一年立法成果最多的一年。

到目前为止,现行有效法律总共271件,我国的法律体系得到进一步的完善。全国人大常委会在抓紧抓好具体工作的同时,对本届立法工作进行了统筹谋划,在深入调查研究、广泛征求意见的基础上,编制了五年立法规划,规划提出了116件立法项目,其中需要新制定的是48件、修改68件。这里面有两类,一类是在本届任期内条件比较成熟、争取完成的有 69 件,二类是在本届内要抓紧工作、尽量争取提请审议的有 47 件。同时还安排了若干第三类项目,是立法条件尚不完全具备、需要继续研究论证的项目。这样一个立法任务的提出,主要是基于以习近平新时代中国特色社会主义思想为指导,立足于在更高层次、更高水平、更高质量上完善中国特色社会主义法律体系,贯彻落实党中央的重大决策,坚持以问题为导向,紧扣实践需求,突出重点,区分轻重缓急,提出这样一个立法目标和任务。

至于你所说的立法工作面对很多新情况、新问题,要进一步加强和改进新时代立法工作,在编制立法规划的时候,对这个问题进行了深入的研究。第一是坚持党中央对立法工作的集中统一领导,确保立法工作正确的政治方向。第二是立法要与改革决策相衔接,立法要主动适应经济社会发展的需要。第三是立法要坚持以人民为中心,让更多的法治成果惠及人民。第四是坚持价值引领,将社会主义核心价值观融入立法。第五是要坚持科学立法、民主立法、依法立法,着力提高立法质量。第六是立、改、废、释等多种手段并举,使我们的法律体系更加具备协调性、系统性、完备性。第七是坚持以宪法为依据进行立法,维护宪法的权威和尊严。这是对加强和改进新时代的立法工作提出的要求。

一分部署,九分落实,2018 年 9 月,全国人大常委会专门召开了立法工作会议,栗战书委员长作了重要的讲话,对贯彻落实五年立法规划,加强和改进新时代立法工作提出了明确要求,我们要深入学习贯彻习近平总书记关于全面依法治国的新理念、新思想、新战略,将党的领导贯穿到立法工作的全过程和各方面,充分发挥全国人大常委会在立法工作中的主导作用,勇于担当、善于作为,加快立法工作步伐,不断提高立法的质量和效率。

凤凰卫视记者:请问陈锡文先生,去年 12 月全国人大常委会完成了农村土地承包法的修法,当前的重点有哪些? 我们也关注到当中设定的农地经营权什么时候会扩展到农村的建设用地？在流转的范围内是否会突破农户所在集体的限制，甚至是城乡的限制？

陈锡文：我国农村现在还有2亿多农民的家庭，承包着集体经济组织的土地，所以农村土地承包法是一部关系亿万农民切身利益的法律。去年年底，全国人大常委会审议通过了土地承包法的修正案，这次修改主要出于三点考虑。

第一，农村改革已经40年了，农业农村情况、环境都发生了很多变化，特别是大家看到，城镇化的推进、工业化的推进，越来越多的农民开始流动，外出务工经商，伴随着土地经营权的流转、规模经营的发展以及各种各样的新型农业经营主体的发展，针对这样一些情况，对土地的流转有必要进行一定的法律规范。

第二，根据广大农民群众的要求，中央对保障农民承包土地的权益提出了一系列明确的政策，比如，顺应农民要求保留土地的承包权、流转土地的经营权这样的意愿，中央提出了要实行农村土地所有权、承包权、经营权的三权分置，要让农民的承包权能够进一步更加落实。

第三，这些年来，在土地承包方面各地也遇到了一些新情况、新问题，对解决这些问题和矛盾各地有自己的经验和创造，这些经验应该逐步上升为政策，如果再成熟的话再转化为法律，基于这几个原因，对农村土地承包法进行了修改。

这次修改的最重要的内容，我想大家都已经关注到了，就是把中央提出的农村土地过去的所有权与承包经营权两权分离，变成所有权、承包权和经营权的三权分置，就是承包集体土地的农户经营权可以自己来使用，也可以流转给别人，但是流转了承包土地经营权以后，承包农户和集体签订的原来土地承包关系并不改变，也就是说，承包农户流转了土地经营权之后，他仍然享有集体土地的承包权，这一条不改变。

这是这次法律修改的一个最重要的内容。它不仅仅对承包农户的权益给予了足够的保护,同时也对流转土地经营权的各种新型经营主体流转了经营权之后,他们的权益也在法律中得到了足够的保护。这样可能就会更加有利于促进土地适度规模经营的发展,推进农业现代化进一步向前发展。

这次法律修改大家还注意到有两个问题比较强调的,一是稳定土地承包关系并长久不变,这在法律中得到了明确的表达,让农民更加踏实了。而且法律还明确规定,在农村土地二轮承包到期以后要继续延长30年,这在党的十九大报告中已经明确了,所以这次在法律中明确规定下来。这样给农民吃了一颗长效的"定心丸"。在十九大时习近平总书记曾经讲过,为什么二轮承包之后再延长30年,因为二轮承包结束以后,再延长30年的话,大概是在二〇五几年,在那个时候和我们建成社会主义现代化强国这个目标的时间节点是非常吻合的。到了那个时候,显然我们的农村土地经营还有很多新问题。所以总书记说,到那个时候我们再来研究新的土地政策。

至少从现在开始到2050年这一段时间,我想农民兄弟都可以很踏实,二轮农村土地承包经营权是通过确权登记颁证的办法发给农民"铁证",让农民踏踏实实。二轮承包结束以后再延长30年,这一点可以让农民也让社会各方面都放心。第二,法律中体现的一个重点,就是现在各地都在推进城镇化,农民进城的规模越来越大,进城落户以后的农民土地承包经营权怎么办,这次这个法律给予了非常明确的回答。明确提到了不能对进城落户的农民设置这样一个前提,就是不能要求他必须退出承包经营权才能进城落户。在承包期内是不是退出土地承包经营权由农民自己作主。法律明确规定,进城落户的农民对承包期内的土地,引导支持农户按照自愿有偿原则在本集体经济组织内部转让土地承包经营权,农户可以自愿退出,也可以采取把经营权流转给其他经营主体经营的方式。这样的话,我想对于农民来说更加进退有路,特别是进城落户的时候更加减少了其后顾之忧。

这个法律的修改,我想主要在于这些方面,但实际还有很多具体的条款,大家可以进一步研究。当前,我想非常重要的工作就是要让农民了解这个法律的修改都有哪些重要的内容,尤其是土地流转之后会出现一些新的情况,比如流转了的土地可不可以再次流转,就是我租了你的地可不可以把租来的地再去租给别人,还有租来的土地可不可以拿到金融机构融资担保?法律都是允许的。但是,都有一个重要的前提,以流转方式获得的土地经营权要流转给别人或者到金融机构去融资担保,法律是允许的,但前提必须明确原承包户要书面同意,他不同意不行。从这一条角度来说,也是保护承包农户权益一个非常重要的内容。像这样的内容应该广泛地向农民进行解释和宣传,让他了解自己的权益,怎么维护自己的权益。同时要抓紧完成,我们已经搞了几年的农村土地承包经营权确权登记颁证工作,根据主管部门掌握的情况看,到今年年底全国农村土地承包经营和确权登记颁证工作可以基本都完成。

第三,抓紧制定一些配套的法律法规和相关的制度。比如允许流转来的土地经营权在承包户同意以后到金融机构融资担保。到金融机构融资担保有些什么条件?有些什么限制?有些什么保障?国务院有关部门要抓紧制定相关的制度才可以。

第四,认真研究二轮承包到期以后延长承包期,现在二轮承包起点的时间各地有差别的,所以从现在看大概还有七八年、八九年的时间,二轮承包到期以后,延长30年这个工作到底怎么做,还要进一步去细化、落实。

从法律看,我简单介绍这些,刚才你还提到流转的土地承包经营权是不是可以搞建设或者农村的建设用地可不可以流转到市场?我想这两件事,第一,法律写得很清楚,承包土地经营权只能用于农业经营,这要实行用途管制,农地转变为非农地要经过严格的审批程序。所以,流转的承包土地的经营权是不能作为建设用地去从事非农建设的,这是历来如此,不会改变的。第二,至于农村集体组织已经获得了建设用地的使用权,只要符合规划和用途管制,都是取得建设用地经营权的时候就是依法取得的,不是非法取得的,国家正在进行试点,在33个县级行政单位推进依法取得符合规划和用途管制的农村集体经营性建设用地进入市场和国有土地享有同等权利的试验正在进行,大家也看到人大常委会已经第一次审议过初审过了土地管理法,这里面已经涉及这个内容了,还要等待试验的进一步推进,争取把这个法律进行修改和完善之后,那时候才能确定农村的集体经营性建设用地进入市场,让它正式入法。正式入法以后,33个试点地区经验和成果才可以在全国推广。

《新京报》记者:财经立法非常重要,管好老百姓的"钱袋子"、提升政府的治理能力、聚力高质量发展。请问按照立法规划的要求,目前财经立法的进展如何? 对此,财经委提出了什么样的举措? 今年财经委将制定和修改哪些重要的财经法律?

乌日图:《新京报》的记者朋友以及各位在座的媒体朋友,大家上午好。非常高兴有这样一个机会,和媒体的各位朋友们来共同分享在过去一年全国人大财经立法的工作。按照十三届全国人大常委会立法规划的要求,正如刚才许主任讲的,在一、二类立法项目的一共116件当中,有36件立法项目是由财经委负责起草或者联系起草单位并进行初步审议的。

去年以来,财经委组织起草的电子商务法以及联系审议个人所得税法(修改)、车辆购置税法、耕地占用税法等四部法律,已经经过常委会审议通过。由财经委组织起草的证券法以及联系审议资源税法、外商投资法等三部法律,现在已提请常委会审议。其余的29件立法项目正在按照计划进行,可见立法任务还是很重的。

本届全国人大以来,财经委深入学习习近平总书记关于全面依法治国的新理念、新思想、新战略。紧跟党中央的新部署和新要求,努力探索适应新时代财经立法工作要求的新机制和新举措,在这里,重点向各位介绍两个方面的问题。

第一,认真贯彻党中央的决策和部署,在完善社会主义市场经济法律制度上下功夫。按照常委会的要求,财经委提出了关于完善社会主义市场经济法律制度的意见和建议,从健全市场机制、完善宏观调控、推动经济转型、扩大对外开放、加强产权保护等方面提出了完善相关法律制度的意见和建议。比如为了落实中央进一步扩大对外开放的要求,去年以来,财经委积极推动外商投资法的起草工作,加快草案的初步审议。大家都知道昨天下午已经提请大会审议了。同时积极推动出口管制法等一些促进对外开放的立法。在完善市场机制和加强宏观调控方面,财经委推动税收征收管理法、企业破产法、审计法等法律的修改,加快落实税收法定原则。为了落实中央关于金融支持实体经济的政策,财经委扎实推进证券法修改和期货法的起草工作。此外,按照年度立法计划的要求,我们还将积极推动海上交通安全法(修改)、军民融合发展法、电信法等一批财经法律的立法工作。

第二,发挥人大立法的主导作用,进一步探索完善立法工作的新机制。一是根据立法法的相关规定和常委会的要求,财经委拟从今年开始对法律实施情况开展评估工作。为了积极稳妥地推进这项工作,今年准备先选择五部法律,即铁路法、企业破产法、产品质量法、中小企业促进法、招标投标法,采取自评估、第三方评估和委托评估等多种方式开展评估工作。通过这样的试点,总结经验,逐步使评估工作成为立法程序的一个重要环节,使评估的成果成为法律立改废释的重要依据。

二是要完善立法的联系机制,实行台账管理,要完善提前介入,变被动了解为主动参与,加强与起草单位的联系沟通和协作配合。对列入十三届全国人大常委会立法规划以及年度立法计划的财经立法项目实行台账管理制度,也就是要按照任务、时间、组织、责任四落实的要求,区别不同的项目,按季、按月掌握立法工作的进程,及时了解在立法过程当中的一些重点和难点问题,督促有关部门加快立法工作,努力完成年度立法任务。各位媒体的朋友们,制定法律不仅仅是立法机构的事,也是全社会的责任,所以我们希望通过媒体更广泛地听取和了解社会各界对经济立法的意见和建议。感谢媒体朋友们对全国人大财经委工作的支持,希望你们继续关注财经立法工作。

中国国际电台记者:我的问题是提给环资委程立峰委员的。我们都知道环境方面的立法一直以来是全国人大常委会立法工作的重中之重。有一部法律大家非常关注,就是长江保护法,我知道它已经纳入到了2019年全国人大常委会立法工作计划当中。这两天我和一些委员、代表讨论,他们也非常关注这部法律的立法进程,并且提出了一些意见。请问目前这部法律的立法工作如何?因为它确实涉及了很多比较复杂的问题,您觉得最大的挑战有哪几个方面?

程立峰:在十三届全国人大常委会立法规划中,由环资委承担相应任务的立法一共有15项。环资委坚决贯彻党中央关于新时代立法的决策部署,认真落实栗战书委员长在立法工作会议上的讲话要求,注重调查研究、主动提前介入,积极开展牵头起草、联系审议和研究论证工作。您刚才提到的长江保护法,就是由环资委负责牵头起草和提请审议的立法任务之一。习近平总书记高度重视长江经济带高质量发展以及长江生态保护和修复工作,提出生态优先、绿色发展和共抓大保护、不搞大开发的总体要求,并对制定长江保护法提出明确指示。全国人大常委会坚决贯彻习近平总书记关于长江保护的重要指示精神,将长江保护法列为十三届全国人大常委会立法规划的一类项目,并且纳入2019年全国人大常委会立法工作计划中。

栗战书委员长高度重视长江保护立法工作,多次做出重要批示。昨天在常委会工作报告中,明确要求长江保护法等立法调研、起草都要抓紧工作,确保如期完成。沈跃跃副委员长、丁仲礼副委员长要求环资委认真贯彻党中央的指示精神,并多次指导和参加长江保护法立法的工作。一年来,我们主要做了以下几方面的工作:

第一,开展调研,召开立法座谈会,广泛听取意见和建议。我们赴重庆、湖北、上海、江苏、广东、青海等地开展实地调研,召开了上中下游等所有长江流域19个省市的区域座谈会,听取长江流域19个地方人大、政府及其有关部门,19个省市的有关全国人大代表和地方人大代表,以及专家、企业、企业家、基层执法人员各个方面对制定长江保护法的意见建议。同时,在北京也多次召开了立法座谈会,听取国务院各个部门、各方面专家对长江保护法的立法意见和建议。

第二,我们在任务、时间、组织责任上做到"四落实",成立了由全国人大环资委、法工委和国务院各部门,最高人民法院、最高人民检察院共同组成的长江保护法立法工作领导小组,制定了长江保护法立法工作方案,这个工作方案明确了立法指导思想、基本原则和工作程序、工作责任以及立法的时间表、路线图。我们已经召开了领导小组的第一次会议,进一步学习了习近平总书记在两次推动长江经济带发展座谈会上的重要讲话精神,通过了长江保护法的工作方案。

第三,组织开展法律草案的起草。我们已经成立了由领导小组各成员单位共同参加法律草案起草工作专班,将在进一步开展调查研究、广泛听取意见的基础上,抓紧开展法律草案的起草工作,力争按期完成,向全国人大常委会提请审议的任务,落实好新时代立法工作的新要求。

中国外文局中国网记者:我们想请问,为什么要制定关于外商投资的专门法律? 如果这部法律获得通过,将会给境外投资者带来哪些好处?

刘俊臣:刚才有位记者提到房地产税立法的问题,昨天下午全体会议上,栗战书委员长在人大常委会的工作报告中对房地产税立法工作提出了要求,按照人大常委会立法规划,现在有关方面正在研究起草房地产税法的草案,相关工作正在稳步推进。这是第一个问题。

刚才这位记者提的外商投资为什么要制定专门法律,有什么利好。可能大家已经看到了昨天王晨副委员长在全体会议上对立法的说明,这里面有一个很全面的介绍。我想,在改革开放 40 年后的第一个春天,全国人民代表大会审议外商投资法草案,表明中国将改革开放进行到底的决心和意志意义重大、影响深远,所以刚才讲到的"利好"这两个字,我觉得确是利好、重大利好。法治是最好的营商环境,改革开放初期,我们制定了"外资三法",对引进外资发挥了重要的保障、规范作用,几十年过去了,当时的"外资三法"已经不能完全适应形势的发展变化,为了适应新时代构建开放型经济体制的需要,非常有必要制定一部统一的新的外商投资领域的基础性法律。所以,制定外商投资法应该说是我们进一步扩大开放的必然要求,是落实党中央的决策部署,构建新型的外资管理体制,统一内外资法律的必然要求,这是一个大的立法背景。

根据新形势、新要求,制定一部新的外商投资法取代"外资三法",应该说可以预期,一定会发挥法治固根本、稳预期、立长远的保障作用,必将把我国对外开放提高到一个新的水平。我觉得可以从几个方面来看:一是从这部法律的定位来看,王晨副委员长昨天讲了,外商投资法是外商投资领域的基础性法律。何为基础性法律呢? 我理解是起统领作用的,起龙头作用的,这部法律重点是要确立我国外商投资新的法律制度的基本框架、基本规则、基本规范,建立起我国新的外商投资管理制度的四梁八柱,这是它的意义所在。这部法通过以后,肯定还会起草相应的配套法规规章,这样就能够稳定预期,建立起公开、透明、可预期的法治环境。

二是从主要内容来看或者从核心条款来看,现在的外商投资法草案最关键的内容,就是在国民待遇的问题上规定了外商投资准入前国民待遇加负面清单这个新型的管理制度,通常国际领域说的国民待遇一般都是准入以后享受国民待遇,现在的外商投资法草案规定叫准入前国民待遇,就是在外资准入阶段,除了负面清单规定的领域之外,在其他领域给外商投资者以国民待遇。标准的说法,就是外商投资法草案里叫作在外资准入阶段对外国投资者及其投资给予不低于本国投资者及其投资的待遇。这就是把国民待遇从准入以后调整迁延到准入阶段,这就是高水平投资的自由化便利化。

三是从立法宗旨来看,从主基调这个角度来看,外商投资法草案突出的是什么呢?是促进、是保护。所以这一部法律是一部外商投资的促进法、保护法,突出了积极扩大对外开放,促进外商投资的主基调,这是它的特点。针对目前外商投资领域存在的一些问题,这部法律草案都有呼应,里面有很多具体条款,比如要强调外商投资政策的公开透明、强调外商投资企业可以平等参与竞争、强调地方政府要守约践诺。举一个例子,比如地方政府制定有关外商投资的政策性文件,法律草案里有明确的要求,第一是可以制定促进便利化的措施,比如"放管服"。第二是遵守法定的程序、法定的权限。第三是制定以后要遵守,政策性承诺要遵守。可以预期新的外商投资法对外商投资来说,对改革开放来说是一个重大的利好,能够进一步将我国的对外开放提高到一个新的水平。

新华社记者:近年来去南极旅游的人越来越多了,相信给南极的环境保护带来更多的挑战。十三届全国人大常委会已经把南极活动与环境保护法列入立法规划。请问这个立法的重点和难点在哪儿?

程立峰:首先,还是谢谢媒体朋友对环境资源领域立法的关注,也希望今后更加支持关注和参与全国人大环资委的各项工作。

党中央高度重视南极事务,习近平总书记多次就南极事务作出重要指示,明确提出要认识南极、利用南极、保护南极,全国人大常委会坚决贯彻党中央决策部署,将南极立法列入十三届全国人大常委会立法规划,也是一类项目,交由全国人大环资委牵头起草和提请审议。我国是南极条约的协商国,在南极国际事务中发挥重要作用,随着我国南极事务的不断深入发展,我国有责任将南极条约体系的原则要求转化为国内法,明晰部门的职责,规范相关主体的活动,提升南极活动能力建设,以推动我国南极事务进一步发展。全国人大环资委正在按照立法规划的要求,积极开展立法调研和制度论证,抓紧法律草案的起草工作,力争按照要求完成法律草案起草和提请审议工作。

《财新周刊》财新网记者:我想提问给全国人大财经委副主任乌日图先生。主任您好,我们注意到昨天人大常委会工作报告强调,今年要落实税收法定原则,那么我想请问您,一年来落实税收法定原则取得了哪些进展? 现在距离2020年完成税收法定原则只有不到两年的时间,今年有哪些具体的措施来推进这项改革,尤其我们注意到在常委会工作报告中提出,今年要制定房地产税法,大家都非常关注这一项立法。请问这项立法基本思路和框架是什么? 草案什么时候提交审议?

乌日图:落实税收法定原则是党中央部署的一项重要的立法工作,按照这一原则,新开征的税种应当通过全国人大及其常委会制定相应的税收法律,现行的税收条例要通过修改上升为法律。

截至目前,全国人大常委会已制定了环境保护税法、烟叶税法、船舶吨税法、耕地占用税法、车辆购置税法,修改了企业所得税法和个人所得税法,同时对资源税法草案进行了初次审议。下一步,财经委将按照全国人大常委会立法规划和年度立法计划的要求,督促有关部门抓紧增值税法、消费税法、房地产税法、关税法、城市维护建设税法、契税法、印花税法、税收征收管理法(修改)等法律草案的起草,做好法律草案的初步审议,确保按时完成落实税收法定原则的立法任务。

房地产税法由全国人大常委会预算工作委员会会同财政部组织起草。目前,相关部门正在完善法律草案、重要问题的论证等方面的工作,待条件成熟时提请全国人大常委会初次审议。

中央广播电视总台央视记者:我们都知道,在过去的一年中,全国人大常委会通过了很多与改革密切相关的法律决定。请问立法是如何保障推进全面深化改革的?

许安标:去年是改革开放40周年,40年来,立法和改革相伴而行、同频共振,相互促进发展。但是在不同时期立法和改革表现关系和特点不一样,改革开放初期,立法的空白点很多,立法主要是确认改革的成果。随着中国特色社会主义法律体系的形成,重大的改革举措往往都涉及法律规定。

党的十八大以来,坚持重大改革于法有据,立法和改革决策相衔接,在法治的轨道上推进改革,在改革的进程中完善法治。应该说,成功处理了法治和改革的关系。十三届全国人大常委会产生以来,继续坚持这样一个成功的做法,以法治支持和保障改革。怎么支持和保障呢?

一是将改革涉及的立法项目作为立法工作的重点积极推进,立法规划、立法工作计划将全面深化改革的立法项目都是做出一个开放性的规定,所谓开放性的规定,就是只要提出来,就适时安排审议,改革涉及制定法律、修改法律、废止法律或者需要做出有关决定的适时安排审议。

二是及时制定修改法律,巩固确认改革成果。经过改革实践证明是可行的、可复制的、可推广的,及时制定法律,或者是修改法律,更好的来坚持执行。比如去年修改了公务员法,总结了公务员职务与职级并行改革的成果。修改了法院组织法、检察院组织法、刑事诉讼法,总结了司法体制改革的成果。刚才陈主任回答了农村土地承包法修改的问题,也是总结农村集体土地三权分置改革试点的成果,制定的人民陪审员法也是总结了人民陪审员制度改革的成果。

三是通过授权或者做出有关的决定来支持和保障改革。对一些改革事项立法的条件还不成熟,但是这个改革要推进,怎么办? 由全国人大常委会做出授权决定,或者有关的改革决定,在局部推行积累经验,成熟了再上升为法律。

党的十八大以来，全国人大常委会先后做出此类决定有将近 30 件。过去一年全国人大常委会就做出了《关于国务院机构改革涉及行政法规规定的行政机关职责调整问题的决定》《关于中国海警局履行海上维权执法职权的决定》，确保有关机构职责调整，在有关法律修改之前，平稳过渡、无缝衔接。

四是将改革涉及的单项法律修改纳入立法的快车道。有时候改革涉及的法律不是涉及了整部法律，只是涉及法律里面的某一个条款，我们就把这一类涉及改革的相同的、相似的、相关的规定，采取打包的方式一起来修改，而且加快立法进程，一般一次审议通过。去年，全国人大常委会在修改的 47 部法律当中大体有 40 件是采取这种方式来修改的。比如修改野生动物保护法等十五部法律的决定，关于修改国境卫生检疫法等六部法律的决定，通过这样一些灵活、多样的形式来支持、保障和推进改革。

《成都商报》红星新闻记者：我的问题是关于民法典。民法典的编纂关系到每一个人，民法典各分编从去年开始进入全国人大常委会审议程序，其中包括广受关注的婚姻家庭篇。今年两会的时候有全国人大代表建议提出，夫妻债务"共债共签"的问题应该在民法典的修订中有所体现。那么法工委如何考虑这些建议的？民法典其他分编的进展如何？

刘俊臣：民法典是社会生活的百科全书，经济社会活动的行动指南和行为规范，关系到每一个人、每一个家庭、每一个企业，所以社会各界给与广泛的关注。民法典的编纂是党中央确定的重大立法任务，是我国法治建设的一座里程碑。因为它的条文非常多、内容非常丰富，按照工作安排，整个民法典编纂的工作思路是两步走，第一步先出台民法总则，这个工作已经完成了，在 2017 年 3 月，十二届全国人大五次会议已经通过，为民法典的编纂奠定了坚实的基础。第二步要完成民法典各个分编的编纂工作，最后已经出台了民法总则和人大常委会审议修改完善的各个分编，把它合起来，编纂成一部完整的民法典。按照工作方案，最终准备提请

2020 年 3 月召开的十三届全国人大三次会议审议。

向大家通报,这项工作正在扎实、顺利、稳步地推进。一是去年的 8 月份,将民法典各个分编的草案作为一个整体,已经提请全国人大常委会进行了初次审议。二是各个分编再次审议的工作。我们确定了拆分各个分编,分成若干个单元,陆续提请常委会审议的工作思路。目前合同编、侵权责任编,这两编在去年 12 月份已经进行了再审。其他的各个分编今年将陆续提请全国人大常委会再次审议。这是整个进展情况。

在民法典编纂过程中,因为涉及千家万户,所以社会关注,我们坚持开门立法,广泛征求社会各界的意见。我这里有一个统计数据,去年我们通过中国人大网公开征求意见,到截止日期共收到 437000 余条,我们对所有的意见进行梳理、归类、研究,有很多意见都已经吸收采纳了。对社会比较关注的,群众呼声比较高的一些问题,包括一些热点问题也有所回应。比如刚才这位记者朋友提到的夫妻债务问题,这在前几年是一个热点问题,产生了很多纠纷,后来最高法院出台了司法解释,平息了有关争议和热点,因为这一司法解释出台的时间不长,所以还需要进一步观察实践效果,对这个问题再做深入的研究。还有比如自甘风险问题,你自愿参加了一个比较危险的体育活动项目,结果出了意外,这种情况下,责任怎么确定,有关当事人什么责任,组织者什么责任,怎么来解决?还有前一段时间出现了乘客抢方向盘、霸座的问题,这些问题不一定全都是民法的问题,可能涉及刑法、行政法的问题。但是从民法的角度,比如从承运人、乘客的权利义务角度、侵权责任的角度应该有所回应。总之,按照科学立法、民主立法、依法立法的要求,我们要积极做好草案的修改工作,确保民法典的编纂如期完成。

人民日报社记者:去年全国人大常委会通过了耕地占用税法,有人认为这是向种地的农民进行征税,增加了农民负担,请问对这种观点该怎么看?

陈锡文：你刚才谈到这样一个认识，就是耕地占用税法加重农民负担，这个理解完全是一个误解，主要有两点：一是耕地占用税的征收对象是占用耕地进行建筑物、构筑物和其他非农建设的单位和个人，是占用耕地进行建设的单位和个人。这里面特别强调，农民进行农田水利基础设施建设不交耕地占用税，农民依法取得的宅基地，在符合当地标准的范围内进行建设，减半征收耕地占用税，所以从这个角度讲，是为了保护农村的耕地和农民的利益而制定的法律。

二是这部法律是刚通过的，但是对于耕地占用征收税费的这件事情，改革开放以来很早就施行了。像刚才乌日图同志介绍到的，我们正在进行一系列落实税收法定的重大立法，耕地占用税法虽然去年刚通过，但是是在原有的耕地占用税条例的基础上上升为法律的。所以刚才讲到制定这个法律是为了对种地的农民征税，这是一个很大的误解。

南方报业全媒体《南方都市报》记者：这两年农村返乡创业挺火的，不知道经常往农村跑的陈锡文主任是否关注？我们了解到全国人大正牵头起草乡村振兴促进法，请问这部法律将如何通过立法促进乡村振兴？

陈锡文：你刚才讲到农村的新产业、新业态不断的发展，这确实是乡村产业兴旺的一种表现。但中央提出的乡村振兴战略，产业兴旺只是目标的一个方面，中央提出的乡村振兴是五句话，产业兴旺、生态宜居、乡风文明、治理有效、生活富裕。党的十九大提出实施乡村振兴战略以后，中央进行了一系列部署，特别是在 2017 年的中央农村工作会议和 2018 年的中共中央一号文件都明确提出，要制定乡村振兴法。去年 3 月，十三届人大一次会议后，成立了十三届人大农业农村委员会，中央把牵头制定这部法律的责任落到了全国人大农委会。农委进行了一系列调查研究，向人大常委会领导作了汇报之后，征求了各方面的意见，也征得了中央的同意，最后明确这部法律名称叫"乡村振兴促进法"。

现在，时间正好过去了一年，在全国人大常委会领导下，农委会根据党中央的一系列部署和要求,根据总书记关于乡村振兴的一系列重要论述,根据党中央、国务院已经出台的实施乡村振兴战略规划的第一个五年规划在各地落实情况,在这个基础上,召开了一系列座谈会,同时分别到十几个省进行关于乡村振兴问题的专题调研,广泛听取了地方人大农委会对制定乡村振兴促进法的意见和建议。现在这项工作正在顺利进行中,这部法律的起草领导小组和工作专班都已经成立,正在积极推进。

经过一年多的时间,我们在大会后可以提出一个初稿,在 2019 年内能够形成一个比较成熟的征求意见稿,向中共中央和国务院各有关单位、向地方人大和专家学者们再广泛地征求意见,在再次征求意见并修改的基础上,我们力争在 2020 年把这个法律草案提交全国人大常委会审议。

这部法律还刚刚在起草当中,还没有比较成熟的条款,我想大概至少包括这么几个方面的内容:一是要把中共中央关于实施乡村振兴战略的总的目标、任务、要求、原则体现好。二是要在中国进一步推进现代化的进程中处理好城乡关系,进一步让乡村振兴这个战略落到实处的一些重大的原则、指导思想和方针,要贯彻好。比如中央提出了要坚持农业农村优先发展的方针,这个我想大家都知道,党的十九大报告,讲到优先的地方大概只有 3 个,一个是教育要优先发展,一个是要实施就业优先的战略,一个是坚持农业农村优先发展。这个优先怎么体现? 在农业农村优先发展的要求怎么体现,这个法律要加以规范。

党的十九大报告中明确提出,要重塑工农城乡关系,要健全城乡融合发展的体制机制,建立新型的工农城乡关系。到底怎么体现,具体的要求在法律上怎么体现,通过立法要把这些东西明确下来,也要和以前行之有效的政策和法规有效衔接,保持重大指导思想的连续性和稳定性。三是去年中共中央、国务院发出了关于实施乡村振兴战略的第一个五年规划,从 2018 年到 2022 年的规划,这个规划发出之后,各地都在积极地学习、领会、贯彻落实。据我了解,省区市一级的乡村振兴规划大体都已经拟定完毕,大部分都已经公布发表了,个别的正在审议之中,也会很快发表,大概一半以上的地级市已经完成了规划,40%左右的县级单位也已经完成了县级单位的规划,估计省、地、县这三级行政单位的乡村振兴规划在今年年内可以全部完成,同时正在启动包括乡镇、村的振兴规划。这个过程应该说是为我们制定乡村振兴的促进法提供实践经验的一个很好的过程。所以,起草组和其他的各个部委的有关同志会在这一段抓紧到地方了解各地贯彻落实中央提出的乡村振兴战略以及实施五年规划的情况,把他们所创造的新鲜经验能够吸纳到这个法律中来,把地方创造的行之有效的经验逐步上升为法律。

这部法律叫促进法,当然重心就在于促进,但是大家都知道,在推进工业化、城镇化的过程中,乡村在很多地方在一定程度上是受到了损害的。比如耕地不断流失和减少,生态环境不断受到破坏等这些问题。所以在乡村振兴的过程中,我们不仅要有促进的政策、促进的法律、促进的制度,同时也要有相应的约束。比如对违法违规占用耕地,擅自破坏生态红线和永久性基本农田保护红线的行为,对于引进严重污染农村环境的产业,对于有毒有害农业投入品的使用,等等,都要进行必要的限制以及加强管理。这样的话,才能确保在整体上实行产业兴旺、生态宜居、乡风文明、治理有效、生活富裕的乡村振兴的总目标和总要求。

钟雪泉:谢谢。因为时间关系,本场记者会到此结束。

就人大立法工作答记者问

就促进形成强大国内市场、
推动全方位对外开放答记者问

（3月9日）

商务部部长钟山、副部长兼国际贸易谈判副代表王受文、副部长钱克明

主持人：各位记者朋友，大家上午好，欢迎参加十三届全国人大二次

3月9日，商务部部长钟山（中）、副部长兼国际贸易谈判副代表王受文（右二）、副部长钱克明（左二）就促进形成强大国内市场、推动全方位对外开放答记者问

会议记者会，本场记者会的主题是促进形成强大国内市场、推动全方位对外开放。今天，我们很高兴地邀请到商务部部长钟山先生、副部长兼国际贸易谈判副代表王受文先生、副部长钱克明先生，围绕这一主题回答大家的提问。

首先，我们有请钟部长。

钟山：各位媒体朋友，大家上午好！首先，我代表商务部，感谢各位朋友对商务工作的关心、帮助和支持。2018 年，在以习近平同志为核心的党中央坚强领导下，商务部认真贯彻落实党的十九大精神，商务改革发展取得积极成效。今年，我们将以习近平新时代中国特色社会主义思想为指导，贯彻新发展理念，落实高质量发展要求，促进形成强大国内市场，推动全方位对外开放，以优异成绩庆祝新中国成立 70 周年。

下面，我和我的同事愿意回答大家的问题。

中央广播电视总台央广记者：我们注意到，今年的政府工作报告提出促进形成强大国内市场，持续释放内需潜力，去年我国社会消费品零售总额突破了 38 万亿元，实现了 9% 的增速。请问，您如何看待去年略有放缓的消费增速？另外，今年在促消费领域还会有哪些新的举措出台？

钟山：您刚才是一题两问，第一问是去年我国消费增速有所回落的问题。第二问是今年怎么促进消费发展。我先回答您的第一个问题。

我国已经是消费大国，去年社会消费品零售总额达到了 38.1 万亿元人民币，增长了 9%，增速回落了 1.2 个百分点。但是，我们社会消费品零售总额增量达到了 3.2 万亿元人民币，相当于 1998 年全年的社会消费品零售总额。更重要的是，我国消费结构在不断优化。表现在：服务消费增长快于商品消费。去年，我国服务消费占比已经提高到 49.5%，差不多50% 了；农村消费增长快于城市消费，增速高出 1.3 个百分点。消费质量进一步提高，个性化、多元化、定制化消费已经成为新的趋势。消费对经济增长的贡献也进一步增大，去年消费对国民经济增长贡献率达到

76.2%,继续成为经济增长第一拉动力。所以说,去年社会消费品零售增速是符合我国当前发展阶段的,也是符合高质量发展要求的。

下面,我回答你第二个问题,关于促进消费的问题。习近平总书记在中央经济工作会议上指出,要促进形成强大国内市场。李克强总理在今年的政府工作报告中也提出了要求。今年商务部在促进消费方面要抓三件事情。

第一,提升城市消费,促进消费升级。具体来说,要办好两件事情:一件是改造提升一批步行街,把步行街打造成为消费高质量发展的平台;另一件是优化便利店布局,鼓励便利店品牌化、连锁化发展,让消费者更方便、更放心。

第二,扩大乡村消费,推动"农产品进城、工业品下乡"。要发挥好商务工作联通内外、贯通城乡、对接产销的优势。通过农产品进城,提高农民收入,增强消费能力。通过工业品下乡,让农民能够买到质优价廉的工业品。通过电子商务进农村,连接城乡市场,畅通流通渠道。2018年,全国农村网络零售额达到1.37万亿元,同比增长30.4%。我们认为,农村消费还有很大的潜力。同时,我们还要开展城乡高效配送专项行动,打通"农产品进城、工业品下乡"的"最后一公里"。

第三,发展服务消费,优化服务供给。服务消费是新的增长点,但还存在不少短板。现在,文化、旅游、体育等已经成为消费热点,还有定制消费、网络消费等都是消费的新增长点。我们要让这些热点更热、亮点更亮。同时,要着力补短板。现在看来,养老服务是个明显的短板。我国人口老龄化在加快,据有关方面统计,现在我们每年大概要增加800多万老龄人口,为这些老龄人口提供养老服务,是有很大挑战的。比如说,全国老龄人口的床位每年短缺200多万个。再一个短板,就是城市里家政服务,尤其是大中城市雇保姆难、雇保姆贵,要雇一个好的保姆、满意的保姆很不容易。出现这个情况的主要原因是什么呢?是供给和需求不匹配的问题。其实,我国农村还有很丰富的劳动力资源,但进城很难,没有专业,没有门路。所以是"两难":雇家政人员难,到城里找工作难。2018 年,商务部开展了"百城万村"行动,组织 109 个城市与一万多个村对接,进行家政人员培训。过去一年,我们帮助农村 10 多万劳动力进城就业,这样既增加了农民的收入,又减轻了城市家庭的负担。下一步,我们还要继续把这项工作做好,更好地满足人民美好生活的需要。

中国国际电视台 CGTN 记者:中美贸易摩擦已经持续了一年,但是我们看到 2018 年中国外贸进出口总值却创历史新高,首破 30 万亿元,同比增长了 9.7%。请问您如何评价去年我国的外贸情况? 同时,我们看到李克强总理在政府工作报告中指出,2019 年中国外贸要稳中提质。我们知道,虽然现在中美两国的关税措施虽然没有升级,但是加征的关税依然存在,请问在这样的情况下,稳中提质的工作目标如何实现? 您对 2019 年中国的外贸预期是怎样的?

钟山:去年,像您所说的,外贸形势是非常复杂严峻的,不确定、不稳定因素很多。在党中央、国务院的坚强领导下,我国的外贸实现了规模扩大、质量提高,取得了很好的成效。去年我国进出口总额达到 4.62 万亿美元,创历史新高,全年外贸增量就达到 5100 多亿美元。我也看了一下全球的外贸总额排名,我们的增量相当于全球第二十大贸易国全年的总量。除了规模扩大之外,更重要的是质量提高。特别是高新技术产品出口增长很快,已经占全国外贸出口的 30%。我国第一贸易大国地位更加巩固,贸易强国建设进程在不断加快。

今年,我们将按照政府工作报告提出的"稳中提质"的要求,重点做好三项工作。

一是稳规模。要稳住现在发展的规模,稳住我们的市场。首先是要稳政策,落实好中央稳外贸政策措施,比如说出口信保、融资信贷、贸易便利化等等,切实为外贸企业减负增效。同时要稳主体。我这里说的"主体"是外贸经营主体,我们通常说的是国有企业、外资企业、民营企业,要稳住它们,给它们营造好的环境,增强各类企业的发展信心,激发市场主体的活力。在这里,我要特别强调一下民营企业,民营企业已经成为我国对外贸易的主力军。我说它们是主力军,主要是两个方面,第一个是民营企业所占的份额,去年民营企业占全国外贸出口的比重已经达到48%;第二个是民营企业的外贸质量在明显提高。我们要进一步支持民营企业的发展,发挥他们更大的作用。还有要稳市场,有市场才有贸易,要加强"一带一路"国际合作,优化国际市场布局,巩固传统市场,不断开拓新兴市场。2018年新兴市场占外贸整体的57.7%,比上年提高了1.3个百分点,新兴市场潜力很大。

二是提质量。我国外贸总体上仍然是大而未强,重点要鼓励高技术、高质量、高附加值产品出口,提升在全球价值链中的地位。其实这方面的工作,我们国家是富有成效的。5年前,我国乘用车特别是小型客车出口数量少、价格低,经过5年的努力,现在有明显的进步。5年前,我们每辆小型客车平均单价是8000美元,现在已经超过1.2万美元。我们还有一些企业获得国家相关技术、质量认证,而且是免检进入。还有一些企业获得了国际质量大奖。同时,我们要积极扩大进口,优化进口结构,进一步满足国内市场的需求。

三是转动力。习近平总书记强调,创新是引领发展的第一动力,外贸发展根本上要靠创新。我们要支持企业技术创新、制度创新、管理创新,把这些创新优势转化为出口的竞争优势。我们还要鼓励发展贸易新业态、新模式,不断培育外贸竞争新优势,推动我国外贸实现由大到强的跨越。

彭博新闻社记者:我的问题提给王受文副部长。中国是否接受渐进式地取消关税作为协议的一部分?中国是否会接受美国的执行机制?即根据中国落实协议的情况来决定是否取消关税,或中国执行情况不好就加征关税？中国是否要把取消所有加征的关税作为协议的一部分，或者在协议中表明双方均不能够采取报复措施？您对中美经贸磋商的下一步怎么看？在明天或者本月的晚些时候能够达成协议吗？

王受文：我们都看到，相互加征关税对任何方面都没有好处。从美国最近两天公布的统计数字可以看到，美国对全球的出口增长了7%以上，但是对中国的出口却下降了7%。今年1、2月的统计数字也表明，我们同美国的进出口贸易下降了19.9%。所以，相互加征关税可以说对工人不利、对农民不利、对出口企业不利、对制造企业不利，它损害了投资者的信心，减缓了企业做出投资决策。可以说，相互加征关税，损害了美国的利益，损害了中国的利益，损害了世界的利益。

去年12月1日，中美两国元首在阿根廷达成了一个重要共识，即双方要加紧磋商，达成一个协议，方向就是共同取消相互加征的额外关税，而且停止增加新的关税。对于两国元首达成的这个重要共识，两国经贸团队正在全力落实。去年12月1日到今天，在三个多月时间内，双方经贸团队已经举行了三轮高级别磋商，这些磋商可以说在一些重要问题上都取得了实质性进展。现在，双方经贸团队正在继续全力进行沟通、磋商，就是要按照两国元首确定的磋商原则和方向，达成一个协议，取消所有相互加征的关税，使中美双边贸易能够回到正常的轨道上来。

您刚刚问到实施机制的事，钟部长前几天已经回答了这个问题。我可以告诉大家的是，任何实施机制必须是双向的、公平的、平等的。您问到下一步中美经贸磋商的前景如何，我感觉是有希望的。首先，中美两国元首已经达成了重要共识，确定了原则和方向，就是要全部取消相互加征的关税。我还感到有希望的是，双方经贸磋商团队在全力落实两国元首达成的共识。我刚刚提到，在三个多月的时间内，已经进行了三轮磋商。今年春节假期结束后的第一天，中美双方就在北京进行磋商。北京磋商之后不到三天，中国代表团又去华盛顿进行磋商。在华盛顿磋商的时候，有一天华盛顿下大雪,美国政府"关门",但是双方团队还在继续沟通磋商。原来计划的高级别磋商只谈两天,后来加到了四天。磋商过程中,大家中午吃盒饭。我可以告诉大家一个细节,刘鹤副总理和莱特希泽都是从外面买来的盒饭,刘副总理吃的是牛肉汉堡,莱特希泽吃的是茄子、鸡丁。在整个磋商过程中,有咖啡、有茶,但是他们两位没有喝咖啡、没有喝茶,喝的都是白开水,这就是要找共同点。整个周末都在磋商,包括现在双方经贸团队都在夜以继日地沟通,在磋商文本。这是我觉得有希望的第二点。

最重要的是,中美达成一个互利双赢的协议,符合美国的利益,符合中国的利益,符合世界的期待。

中央广播电视总台央视记者:社会各界都高度关注建设海南全岛自贸试验区和探索建设中国特色自由贸易港。请问商务部如何推进这项工作?

钟山:去年4月,习近平总书记在庆祝海南建省办经济特区30周年大会上宣布,支持海南全岛建设自由贸易试验区,支持海南逐步探索、稳步推进中国特色自由贸易港建设,这是党中央确定的重大战略,是新时代改革开放的重大举措。

去年10月,党中央、国务院批准了海南自贸试验区的总体方案。这个方案有几个特点:一是全岛整体开放。开放的面积达到3.54万平方公里,是全国最大的自贸试验区。建设这个自贸试验区,要以高水平的开放推进高质量的发展。二是全省协同改革。自贸试验区与行政区划一起,将整合全省范围内的各种资源,改革将更加系统、更加协调。三是全方位试点。一二三产业全覆盖,不同区域协调联动,陆海统筹推进,可以形成多元的试点经验。从现在来看,这个总体方案实施是顺利的,像海南的种业、金融领域已对外开放,旅游入境免签去年就新增了33个国家,已经形成了首批8项制度创新成果。去年,海南外贸增长21%,外资增长113%,

成效是好的。

今年，要认真贯彻落实习近平总书记的重要指示精神，坚持新发展理念，坚持高质量发展，我们要全力推动自由贸易试验区的建设和提出探索自贸港建设的政策和制度体系。

在自贸试验区方面，重点是全力推动总体方案的落实。一是进一步扩大国际航运、旅游、专业服务等领域的开放。二是支持医疗健康、国际会展等产业加快发展，吸引更多创新主体。三是在贸易投资便利化、政府监管等方面，赋予海南自贸试验区更大改革自主权。建设海南自贸试验区，我们要始终坚持新发展理念，决不能以牺牲环境为代价。

在探索建设中国特色自由贸易港方面，我们将按照习近平总书记分步骤、分阶段建设的要求，研究提出自由贸易港的政策和制度体系。自由贸易港是当今世界最高水平的开放形态，海南建设自由贸易港，要突出中国特色，符合中国国情，符合海南发展定位，同时也要学习借鉴国际自由贸易港的先进经营方式和管理方法。

海南自由贸易试验区的建设已经全面展开。欢迎大家到海南投资兴业，也欢迎媒体朋友到海南走一走、看一看，感受一下海南的新变化。

《香港商报》记者：我想问一个关于"一带一路"的问题。有观点认为，"一带一路"建设加重了沿线国家的债务压力，是只有利于中国的"单行道"。请问，商务部今年会推出什么样的措施来继续推动"一带一路"建设的发展？此外，澳门作为中国和葡语国家的交流平台，请问在"一带一路"建设上，可以发挥怎样的作用？

钱克明："一带一路"是一个中国方案，同时也是国际公共产品。"一带一路"倡议提出5年多来，我们始终秉持一个精神、一个原则，积极推进"五通"。一个精神，就是和平合作、开放包容、互学互鉴、互利共赢的丝路精神。一个原则，就是共商共建共享原则。"五通"，就是政策沟通、设施联通、贸易畅通、资金融通和民心相通。5年多来，我们已经和150多个国家和国际组织签署了合作文件,一大批合作项目落地见效,既有力地促进了相关国家的经济社会发展,也给当地普通民众带来了实实在在的好处,受到了普遍欢迎。这些成绩都是有目共睹的。所以说,"'一带一路'只有中国受益"这个观点罔顾事实,根本站不住脚。

刚才您谈到债务问题,我想债务问题要从以下几个方面来看。

一是从历史上看,国际上债务问题是个老问题,有些国家债务上升,这是长期积累的结果,这都有统计数据。比如,最近大家关注的巴基斯坦,它的外债里有 42% 是从多边机构借的,中国债务在里面仅仅占 10% 左右。在很多国家都是这样,总体上看也是这样的水平。

二是从现实需求看,目前世界上特别是发展中国家基础设施建设需要大量资金。我看到亚洲开发银行有个报告,预计到 2030 年亚洲地区每年基础设施投资大概需要 1.7 万亿美元,目前只能满足一半左右。非洲开发银行也有个报告,估计非洲每年需要基础设施投资大概 1300 亿—1700 亿美元,目前只能满足 1/3 左右。可见,发展中国家在推动经济发展过程中需要大量的投资。

三是从实际效果看,中国提出"一带一路"倡议 5 年多来,推动了发展中国家一大批港口、机场、公路、铁路等基础设施建设,进行了大量产能方面的合作,促进了当地经济发展,也给老百姓带来实实在在的好处。

四是从常识看,只有需要钱的,才愿意借款;从贷方来说,只有关系好、资金比较安全的,才愿意贷款。第三方老在操心借贷双方的事,我觉得没有必要。

这是我关于债务问题的一些看法。

下一步,商务部在推动"一带一路"建设方面,主要抓五个方面的工作:

一是建设各方都受益的项目。我们将聚焦产业投资、基础设施互联互通,做优做精一批综合效益好、带动作用大的重大项目,改善当地基础设施条件,帮助发展中国家更好地参与全球分工,推动经济发展,提升发展能力。同时,实施一批改善民生的项目,增加当地老百姓的获得感。

二是建好境外经贸合作区。境外经贸合作区是中国与相关国家产业合作的重要平台,我们将支持升级改造一批,同时新建一批境外经贸合作区,加快当地经济和社会发展。

三是开展更多的贸易投资促进活动。我们将办好各类大型展会,面向"一带一路"相关国家加大招商招展力度,提供更多便利条件。去年11月在上海举办了首届中国国际进口博览会,效果非常好,"一带一路"相关国家积极参与。我们还将举办一些特色突出的贸易投资促进平台,为相关国家的企业创造更多商机。

四是加快发展"丝路电商"。电子商务作为一个新业态,这几年在推动国际贸易方面起到非常积极的作用,跨境电商潜力非常大。下一步,我们将打造"网上丝路",发展"丝路电商",充分利用现代信息技术,扩大与相关国家的经贸往来。

五是推进自由贸易区建设。一方面,我们愿意跟更多有意愿的国家商谈,建设新的自贸区;同时,推动现有的一些自贸区升级,进一步提高区域贸易投资自由化和便利化水平,形成"一带一路"大市场。

刚才您提到澳门怎么参与"一带一路"建设。澳门兼具"一国"和"两制"的优势,是中国对外开放的一个重要窗口,是粤港澳大湾区的重要组成部分,地理位置非常独特,旅游休闲资源比较丰富,也是中西文化交流的重要平台,华人华侨众多,而且与葡语国家联系非常广泛。所有这些因素都构成了澳门在"一带一路"建设中的独特优势,而且也与"一带一路"的"五通"高度契合。值得一提的是,中葡商贸合作服务平台已经先后纳入国家"十二五"、"十三五"规划,以及刚刚发布的《粤港澳大湾区发展规划纲要》中,充分体现了中央政府对澳门中葡平台建设的高度重视和大力支持。

近年来,在中央政府的大力支持下,澳门充分发挥自身语言、文化的独特优势,以中国—葡语国家经贸合作论坛为依托,积极打造中葡商贸合作服务平台,取得了非常好的效果。这个论坛已经成为葡语国家对接"一带一路"的重要平台,不仅有力推动了中国和葡语国家的经贸合作,也提升了澳门的国际地位和国际影响力。

下一步,我们将继续支持澳门强化与葡语国家的联系,以共商共建共享为引领,发挥好澳门的平台作用,推动澳门成为葡语国家深入参与"一带一路"建设的桥梁,让澳门和葡语国家成为"一带一路"建设的参与者、共建者和受益者。

《中国日报》记者:各位部长好,我们知道外商投资法即将上会审议,该法将从哪些方面进一步提升和改善我国的营商环境?具体实施细则时间表是怎样的?另外,您将如何判断今年我国吸收外资的能力,会从哪些行业发力?

王受文:去年11月,习近平总书记在首届进博会主旨演讲中指出,中国将加快出台外商投资法规,全面实施外资准入前国民待遇加负面清单管理制度,营造国际一流营商环境。习近平总书记的重要讲话,深刻阐述了制定出台外商投资法对改善投资环境的重大意义和积极作用。

现在全国人大正在审议外商投资法,之前外商投资法(草案)已在网上公开征求意见。我认为,外商投资法至少在以下几个方面进一步优化了中国的投资环境:

第一,外商投资法确立了对外资的准入前国民待遇加负面清单的管理制度。这就意味着,对外资来说,中国的投资环境更加开放、稳定和透明。以前我们对外资的管理是"逐案审批",外资企业到中国来投资的每一项都要政府部门一个一个来审批,批准了就可以设立,不批准就不能设立。党的十八大之后我们进行了改革,现在把这个改革的成果体现在外商投资法里面,以法律的形式固定下来。具体的做法就是对所有的外资准入项目分类,在负面清单里面的需要进行审批,负面清单之外的,就享受和国内企业同样的待遇,企业只要到市场监督管理总局备案,到地方的分支机构注册就可以了。这样的话,哪些需要审批,哪些不需要审批是透明的,这个单子是要对全国公布的,是稳定的。负面清单越来越小,现在负面清单里只有 48 项是需要审批或者禁止外资进入的,其他的都是只要注册备案就可以的,所以它是开放的,为外商的投资环境提供了重要的法律保障。

第二,外商投资法一个很大的特点是确定了外资在中国进行公平竞争的环境。外资企业到中国后,有时候会感觉到与中国内资企业相比,存在不公平竞争的地方,比如有时候他们抱怨,政府采购他们不能完全参与,中国制定的有关商品标准、服务标准、行业标准,外资企业也不能完全参与;他们有时候还抱怨说,中国的内资企业享受到了一些优惠政策,外资企业享受不到。现在外商投资法就确定了,凡是对内资企业适用的所有优惠政策,外资企业全部能够享受,外资企业和内资企业具有完全相同的参与标准制定的权利,外资可以与内资一样公平参与政府采购的竞争。所以,外商投资法确定了一个公平竞争的环境。

第三,外商投资法进一步加强了对外资企业权益的保护。习近平总书记多次强调,我们利用外资政策"三个不会变",其中一个就是"对外商投资企业合法权益的保护不会变"。外商投资法强调了对外资企业知识产权的保护。有的外资企业说,它们到中国来投资,有些政府部门利用行政权力对它们施压,要求把技术转给当地企业。外商投资法明确规定,企业的技术合作基于商业原则、基于自愿原则,政府部门不得利用行政权力来干预。对外资企业的利润汇回,比如它要撤资了,或者是利润很多要汇回,外汇自由出入,外商投资法对此也给予了保障。对于外资企业在某个地方投资,遇到了"新官不理旧账"这个事情,外商投资法也做出了规定。地方政府对外资企业所做出的承诺必须履行,如果由于一些公共政策的目的,要对外资企业予以征收,征收也必须给予公平的补偿。所以在这些方方面面,外商投资法都给予了规定,使得外资企业在中国投资的利益得到了保护。所以,外商投资法出台将会对中国的投资环境有大大改善。

关于吸引外资的前景。根据联合国贸发会议的统计,去年全球跨国投资下降了19%,但是中国吸引外资还增长了1.3%。就今年而言,钟山部长在全国商务工作会议上已经提出了我们利用外资的一些措施,党中央、国务院对利用外资也非常重视,出台了稳外资的系列政策。所以,尽管全球跨国资本的流动在减少,尽管各国在吸引外资方面的竞争加剧,尽管我们现在也遇到了劳动力成本上涨带来的竞争优势弱化,但中国有庞大的市场优势,中国经济稳定增长,中国劳动力素质不断提高,以及中国稳定的投资环境,特别是外商投资法出台以后,将提供更优的外资环境。我认为,我们今年的吸收利用外资仍然能够稳定规模、提升质量、优化结构。

《经济日报》融媒体记者: *我的问题是,去年首届进博会可以说是惊艳了全世界,成为中国对外开放的里程碑。现在大家对第二届进博会充满了期待,能否介绍一下现在的筹备情况,以及和首届进博会相比会有哪些不同的地方?*

钟山:中国国际进口博览会,是习近平总书记亲自谋划、亲自提出、亲自部署、亲自推动的。首届进博会取得了圆满成功。我给大家介绍几个方面:

第一,展览规模大。展览面积达到30万平方米,我们两次扩大规模,仍然是"一展难求"。首届进博会有172个国家地区和国际组织参加,充分体现了中国市场的强大吸引力。

第二,展览档次高。参展的世界500强和行业龙头企业有220多家,在展览期间有300多个新产品、新技术首次亮相、首次发布。在国际上评价博览会,通常会看首发产品多不多。首届进博会是全球博览会中首发新产品最多的之一。

第三,展览效果好。参展商、采购商等 80 多万人到会。在进博会期间,工业品、农产品、服务等七大板块都有成交,成交额达到 578 亿美元。我听一个参展商讲,他们把直升机送来参展,当时根本没有想到能成交,结果有 15 架直升机成交,喜出望外。还有一些医疗器械也是一样,比如最小的心脏起搏器,参展过程中就有很多医院表示非常愿意引进。现在这个小的心脏起搏器已经进入中国医院了,这也是厂商没想到的。还有一些农产品,也很有意思。比如,拉美有个国家的咖啡过去没有进入中国市场,参展商说这是拉美最好的咖啡,要寻找客户,进博会就帮他们对接,结果找到一家客户,这个参展商说我有 5 万美元的咖啡可以卖给你,结果买家说,那么少啊,我希望签 50 万美元订单。这说明国内市场是非常巨大的。

首届进博会是中国为维护多边贸易体制、支持经济全球化搭建的一个公共平台,也是国际公共产品,是推动我国经济高质量发展、满足企业发展进步和人民美好生活需要的一个有效载体。首届进博会在全球产生了广泛影响,得到了国内外高度赞誉,也被评为 2018 年度中国十大新闻。

习近平总书记在首届进博会上强调,进博会"不仅要年年办下去,而且要办出水平、办出成效,越办越好"。我们将认真贯彻落实,全力做好第二届进博会的各项筹备工作。

一是规模更大。今年展览面积计划是 33 万平方米,从报名的情况看,估计会有更多国家、更多企业参加。有些展位已经爆满了,比如说健康板块,现在都已经百分之百满了,还有一些板块的报名进展也是非常快。

二是质量更高。第二届进博会将会有更多的新产品、新技术、新服务,展览内容、形式也将更加丰富。

三是服务更优。我们将为参展商、采购商组织更多的配套活动,提供更加专业的服务。

四是成效更好。可以预期,第二届进博会会有更多的商机,更多的成交量,消费者也会有更多的选择。我们的目的是让参会的各方都有更大的获得感。同时,在进博会期间,我们还将举办第二届虹桥国际经济论坛,邀请更多的全球政、商、学、研各界知名人士参加。

在座的新闻界记者朋友们,很多人去年可能都去了进博会,为我们的进博会作了充分的报道,在这里我要感谢大家。同时,我也欢迎今天在座的、不在座的新闻媒体去进博会体验一下,有个亲身的感受。去年到现场的新闻媒体接近 4000 人,希望今年的进博会有更多的记者朋友参加。有关第二届进博会的资料和情况介绍,如果记者朋友们有兴趣,可以到发布厅入口处领取。

中央广电总台国广记者:我们注意到近期中国企业在海外经营投资的时候所面临的风险和困难有所增多,请问商务部对此怎么看?另外,我们在帮助中国企业"走出去"方面又有什么样的考虑?

钱克明:我们注意到,近年来一些国家加严了对外国投资的安全审查,给中国企业"走出去"造成了一定的困扰。商务部也接到很多中资企业的反映,我们正密切跟踪,全面评估。

大家知道,我们一贯坚决反对任何形式的保护主义,更不希望看到安全措施被滥用,给正常的投资设置障碍。我们也愿意与有关国家一道,共同为投资者营造公开、透明、便利的营商环境,推动建设开放型世界经济。

当前,中国对外投资已经成为拉动全球对外直接投资的重要引擎,2018 年中国对外直接投资 1300 亿美元,规模稳居世界前列。同时,我们对外投资的质量和效益也有大幅度提升,其中制造业对外投资占比不断提高。大家知道,2015 年、2016 年我国企业去国外买足球俱乐部、买宾馆的特别多,但是后来采取了一些措施,现在我们制造业对外投资比例大幅上升,2018 年中国对外投资为东道国创造就业 170 万人,贡献税收近 400

亿美元,效果非常好。

谈到下一步的工作,主要是通过三个方面来引导企业对外理性投资。

一是搭平台。刚才我们提到的境外经贸合作区,作为中国和有关国家投资合作的一个重要平台和载体,我们想升级提升一批,同时在海外新建一批境外经贸合作区,特别是在"一带一路"沿线国家。

二是强能力。加强对对外投资企业的培训,提高国际化投资和运营的能力。我国已经进入了"引进来"和"走出去"并重的阶段,但是中国企业国际化运营能力还有待提高。下一步,我们在投资政策、合规经营、企业社会责任等方面加强培训,同时也鼓励企业相互抱团,优势互补,集群式"走出去",提高综合竞争能力。

三是防风险。我们主要抓了两件事,下一步要进一步加强。一个是对外投资合作国别(地区)指南,现在已有近170个国家和地区的国别指南,我们每隔一段时间都更新完善各个国家和地区的投资政策、投资环境,包括投资风险。另外,我们还建了一个对外投资联络服务平台,这个服务平台除了有关国家的投资环境以外,还对投资的风险进行分析和预警。所以下一步,我们想通过这三个方面,来引导中国企业理性、有序地"走出去"。

《日本经济新闻》记者:我的问题是关于构建自由贸易区的。李克强总理在政府工作报告中表明"推进区域全面经济伙伴关系协定、中日韩自由贸易区谈判"。请问,具体来说怎样推进这些协议的谈判?期待什么样的成果?

王受文:去年11月,在首届中国国际进口博览会上,习近平主席的重要讲话中强调,中国愿推动早日达成区域全面经济伙伴关系协定,加速推动中日韩自由贸易区谈判进程。刚刚您也提到,李克强总理在政府工作报告中再次提到了这两个非常重要的谈判,这表明中国政府对这两个谈判高度重视,也体现了中国政府对这两个谈判非常积极的支持态度。就

RCEP 而言,16 个成员国占到全球人口的 48%,占到全球 GDP 和全球贸易总额的 30% 左右,这是一个有重要意义的协定。16 个成员国的目标就是要达成一个全面的、高质量的、互惠的、现代化的自由贸易协定。对这个自由贸易协定的谈判,不只是中国高度重视,另外 15 个国家也高度重视。在去年 11 月新加坡召开的 RCEP 领导人会议上,领导人达成了一致,作出一个声明,表明了 RCEP 谈判已经进入最后阶段,要求进一步努力,早日达成这个自由贸易协定。

中国对 RCEP 谈判可以说是非常重视,我们特别支持东盟在 RCEP 谈判中的主导地位。东盟各国为 RCEP 谈判付出了巨大努力,也极为重视。今年的主席国是泰国,泰国表示今年要召开五次部长级会议、六到七次技术级谈判会议。中国积极支持今年泰国作为主席国,进一步推动 RCEP 谈判取得进展。我们已经表明,中国今年 7 月将召开一个技术级谈判会议,邀请另外 15 个成员国的谈判人员来中国谈判,这些技术级谈判人员加在一起有 700 多人,可以说是个规模很大的谈判。谈判涉及货物贸易、服务贸易和投资三大领域的准入,中国积极推动各方在这三个领域早日达成一致。在规则领域中,有 15 个章节,现在已经完成了 7 个章节的谈判,中方将继续推动剩下章节的谈判。

至于中日韩自由贸易区谈判,中方也高度重视。去年,中日韩领导人会议也表明要加速推进中日韩三国自贸协定谈判。三方确定的目标就是中日韩要达成具有自身独特价值的自贸协定,在货物、服务和投资三大市场准入领域都要超过 RCEP,是个 RCEP+的协定。去年 12 月,中日韩三方谈判的牵头人在北京举行了最新一次谈判,大家达成一致意见,今年要加速谈判频率。去年是开了两次,今年要召开三次中日韩谈判牵头人会议,下一轮的谈判很快将在日本召开。中方也期待着与日本、韩国方面一起努力,来加速推动中日韩的谈判,使谈判早日结束,为区域经济一体化、贸易投资自由化做出努力。

凤凰卫视记者：我们的问题是关于世贸组织的改革，这也是国际社会非常关注的一个热点。我们知道，之前二十国集团布宜诺斯艾利斯峰会也是明确"要对世贸组织进行必要的改革"，请问中方在这一问题上的立场是什么？下一步有什么打算？

钟山：世贸组织是全球经济治理的重要支柱。中国坚定维护多边贸易体制，支持对世贸组织进行必要改革。但是改革不能推倒重来，而是要通过改革加以完善，增强世贸组织的权威性和有效性。

中方提出了世贸组织改革的三项原则和五点主张。

三项原则：第一项原则，要维护多边贸易体制的核心价值。这个核心价值最重要的是非歧视和开放，非歧视就是要坚持最惠国待遇和国民待遇，开放就是不得随意限制贸易。第二项原则，保障发展中成员的发展利益。也就是赋予发展中成员灵活性和政策空间。第三项原则，遵循协商一致的决策机制。这个决策机制就是不能强国大国说了算，要广泛地听取各成员的意见。

五点主张：一是维护多边贸易体制的主渠道地位。不能以"新名词"、"新表述"偷换概念，削弱多边贸易体制的权威性。二是优先处理危及世贸组织生存的关键问题。从目前的情况看，最关键的是上诉机构成员遴选问题。上诉机构是多边贸易规则的"牙齿"，上诉机构的裁决具有强制的执行力，所以上诉机构对世贸组织至关重要。三是解决贸易规则的公平问题和回应时代需要。现行规则是二十多年前建立的，现在很多新的贸易方式、贸易模式当时都没有，比如说电子商务、投资便利化等，所以要与时俱进，加以完善。四是保证发展中成员特殊与差别的待遇。就是要正视全球发展的差距，维护发展中成员的发展权。五是要尊重成员各自的发展模式，坚持多边贸易体制的包容性，不能把某一种模式强加于人。

下一步，我们将按照习近平总书记关于"积极参与世贸组织改革"的重要指示精神,加强与各成员沟通合作,共同推动世贸组织改革,更好地发挥世贸组织在全球经济治理中的重要支柱作用,共同推动经济全球化,构建人类命运共同体。

《齐鲁晚报》齐鲁壹点记者:精准脱贫作为三大攻坚战之一,一直备受关注,而今年更是打赢脱贫攻坚战攻坚克难的关键一年。请问,商务部围绕扶贫攻坚开展了哪些工作? 接下来还会有哪些扶贫措施?

钱克明:大家想到脱贫攻坚可能就想到工业扶贫、农业扶贫、教育扶贫,但是中国有句古话叫无商不富,商务工作在扶贫当中能够发挥很大的作用。去年,钟山部长带领我们进行系统梳理,提出了五项商务扶贫举措,实施效果非常不错。

一是电商扶贫。刚才主持人告诉我,昨天在代表通道有三个人大代表专门说到电商扶贫,说在湖南、贵州、甘肃,电商扶贫效果非常不错。我也听到了同事告诉我,在湖南城步县当地养了一种鸡,叫"战斗鸡",白天在树林当中奔跑觅食,晚上就飞到树上去了,这个鸡很厉害,肉非常香。还有,当地有一种梨,也非常香甜,叫"苗香梨",味道非常不错。当时都藏在深山当中,没人知道,老百姓卖不掉。后来商务部通过电子商务进农村综合示范,在那儿搞了一个点。所以,现在当地老百姓的鸡、梨,还有其他土特产都不愁卖,增收效果非常好。

二是家政扶贫。刚才钟部长谈到,城市居民想找家政服务、想找保姆非常难,但是农村有非常丰富的劳动力出不来,我们在这方面做了很多工作,效果都很不错,出来一个人能带动一家人致富,一年收入好几万。

三是对外劳务扶贫。去年有近一百万人在海外务工,一个人至少一年收入 10 万元以上。我知道有些国家,像以色列,在那里劳务一年收入 40 万元,就是一个人出去就 40 万元。对外劳务带动的扶贫效果非常不错。

当然,我们还有产业扶贫、边贸扶贫。边境一般都是偏远地区,我去年根据钟山部长的要求,专门到边境地区去调研边贸发展,边境小额贸易对促进当地农民增收效果也非常不错。

下一步,我们将继续围绕这五个方面,深入做好有关工作。

一是在电商扶贫方面。去年我们电商扶贫,贫困县的覆盖率已经达到了88.6%。今年是打赢脱贫攻坚战的关键一年。我们将聚焦"三区三州",这都是集中连片的贫困地区,力争实现所有具备条件的国家级贫困县电子商务进农村综合示范全覆盖。同时,也帮助这些贫困县加强电子商务人才培训,现在看来,电子商务人才在北京不是问题,但是在偏远地区是个问题,下一步,我们将把这个短板补上。

二是家政扶贫。刚才钟山部长谈到,我们将继续深化"百城万村"家政扶贫,109个城市和一万个村的对接,推广家政扶贫可复制的经验,扩大家政劳务输出的基地建设。

三是对外劳务扶贫方面。我们将推动百家企业与贫困地区对接,在外承包工程的、搞建设的企业和贫困地区结对子,扩大农村特别是贫困地区劳务输出人员的比例。同时,完善对外劳务合作服务平台,加强外派劳务人员的技能培训。一些贫困偏远地区的劳务人员的技能也是短板,我们要和相关企业合作,加强培训。

四是在产业扶贫方面。我们将组织产销对接,推动企业与贫困地区建立长期稳定的产销关系。同时,也发挥广交会作用,商务部这几年都为贫困地区提供免费展位,效果非常不错。下一步,我们将继续做好这个工作。

五是在边贸扶贫方面。我们将按照新时代对外开放的总体布局,加大西部地区开放力度。我们将完善边贸政策,帮助边境地区贫困群众增收,同时也组织东部国家级经开区,对口帮扶边境经济合作区和跨境经济合作区,增强当地自主发展能力。

新华社记者:钟部长,不知道您平时多久逛一次街。我们发现在政府工作报告中提到了步行街建设,我们知道这项工作是商务部非常重视的一项工作。作为部长,您认为中国步行街以后要朝什么方向发展?商务部又将作出怎样的部署和引导?

钟山:去年,我们在全国启动了11条步行街改造提升试点,这些城市现在都在有序地推进。您刚才问到,我作为商务部部长平时有没有机会去看看商业?从我的工作来说,每年会有若干次去全国各地看看当地的商店,但平时我没有时间,很少去商店消费。春节前,我去了王府井步行街,我的本意,一是看看城市节日供应情况,二是看看北京王府井步行街的改造提升进展情况。看了以后,我很满意,市场供应非常充裕,很好。同时,我听了北京市步行街改造的一些考虑以及进展情况,也很满意。北京市已经完成了步行街"1+3"的规划方案,"1"是总体规划,"3"就是街区环境、业态布局和交通网络规划,北京王府井步行街的改造提升工作正在有序展开。

今年,我们要认真落实好政府工作报告的要求,高起点规划,高标准改造,高水平运营,扎实抓好首批步行街试点工作。下一步,我们有四件事情要做:

一是优化街区环境。我们将推动各试点街区加强整体规划,主街要突出,辅街要配套。街区周边的交通路网要完整,卫生、绿化等标准要提高,打造更加美丽舒适、富有特色的街区风貌。

二是提高商业质量。要丰富步行街业态,吸引更多国内国外知名品牌入驻。国际大品牌很多,有些在步行街有了、有些还没有。中国有中华老字号,在步行街里面也是有些有、有些没有,将来我们要吸引更多知名品牌入驻步行街。除了商品以外,步行街要提升购物、餐饮这些传统消费。同时,我们还要发展体验式、互动式的新兴消费,增强休闲娱乐功能,更好满足消费者个性化、多元化需求。

三是打造智慧街区。我们要着力推动数字化、智能化,加快推广应用

5G 技术。加强信息服务平台建设,加快线上线下融合。对年轻人来说,去街区停车难,这里特别考虑了增强停车出行服务、解决停车难的问题。我们还要增强移动支付等智能服务,希望在街上消费、娱乐,你不用拿钱包,拿手机就行,无论是吃的、穿的、用的还是玩的,都可以用手机支付,甚至刷一下脸就行了,让大家能消费得更加便捷、更加智能。当然,今天有许多外国朋友,你们不用担心,如果没有移动支付,用现金、用信用卡,也一样可以在那里消费。

四是增强文化底蕴。步行街要保护好文化设施和人文景观,特别是一些历史名胜古迹都要保护好。我们要促进商业与旅游、文化的融合发展,更好地传承中国传统文化,更好地展现城市地域风情,让来步行街的人既有物质的收获,也有精神的享受。

我们改造提升的步行街,要既有中国特色、地方特点,又体现国际化水平。我想象中的步行街,应该是环境非常优美,商业非常繁华,文化气息非常浓厚,是城市的一张亮丽名片。

我们将按照习近平总书记在党的十九大报告中提出的,坚持以人民为中心的发展思想,把步行街改造好、提升好,打造成促进消费升级的平台,推动经济高质量发展的载体、扩大对外开放的窗口。

主持人:本场记者会到此结束。

就促进形成强大国内市场、推动全方位对外开放答记者问

就国有企业改革发展答记者问

（3月9日）

国务院国资委主任肖亚庆，副主任翁杰明，秘书长、新闻发言人彭华岗

主持人： 各位记者朋友，大家下午好，欢迎参加十三届全国人大二次

3月9日，国务院国资委主任肖亚庆，副主任翁杰明，秘书长、新闻发言人彭华岗就国有企业改革发展答记者问

会议的记者会,本场记者会的主题是国有企业改革发展。我们很高兴地邀请到国务院国资委主任肖亚庆先生、副主任翁杰明先生、秘书长、新闻发言人彭华岗先生,他们三位将围绕这一主题回答大家的提问。首先有请肖亚庆先生。

肖亚庆:各位记者朋友们,大家下午好,非常感谢大家对国企国资的关心、关注。

大家都知道,2019年是中华人民共和国成立70周年,是全面建成小康社会、实现第一个百年目标的关键之年,做好国企国资改革工作十分重要。我们要以习近平新时代中国特色社会主义思想为指导,全面贯彻落实党的十九大和十九届二中、三中全会、中央经济工作会议和全国两会精神,认真落实李克强总理所作的政府工作报告提出的各项要求,主动作为,迎难而上,把国有企业改革发展各项工作搞好,为全面保持经济健康发展作出新的贡献。

下面,我和我的同事们愿意回答大家的问题。

《经济日报》融媒体记者:近期,包括世界银行在内的一些机构下调了经济增长的预期,还有一些国际经济组织认为经济增长的不确定性因素正在增大,但是我们从现场拿到的一些材料中看到,去年中央企业的一些经营业绩非常好、非常出色。请问,今年中央企业是否会继续保持这种良好的态势,在这个过程中会遇到什么样的挑战? 面对这些挑战,如何去应对?

肖亚庆:2018年是全面贯彻落实党的十九大精神的开局之年,国资委和中央企业以习近平新时代中国特色社会主义思想为指引,全面贯彻落实党中央、国务院的战略部署,2018年各方面工作取得了新的进展,应该说开局之年开局良好,主要表现在这样几个方面:

基础供应在稳步增长。我们看,石油成品油的销售量增长了4.4%,天然气消费量增长了12.2%,发电量和售电量增长超过9%,航空运输总量同比增长 9.2%。

从效益指标来看,去年中央企业实现销售收入 29.1 万亿元,实现净利润 1.2 万亿元,增长了 15.7%,运营质量也在不断提升,我们的百元利润率、销售利润率比去年同期都有一个增长。

再从负债率来看,降杠杆的情况,去年平均负债率下降了 0.6 个百分点。社会贡献也持续增加,大家都知道,去年中央企业在通信领域里落实提速降费,在电力企业降低发电成本,降低电价,这两项加起来就有 2800 亿元,所以这些也是对社会做的贡献。

我刚刚拿到 1—2 月的情况,也跟大家报告一下。今年 1—2 月,营业收入增长了 3.9%,1—2 月利润增长了 15.3%。从实物量来看,1—2 月成品油销量同比增长 9.6%,天然气销量同比增长 7.4%,售电量同比增长 5.4%,航空运输周转总量同比增长 8.6%,水运总周转量同比增长 12.9%。所以,从 1—2 月的这些数字来看,经济向上的潜力还是很大的。

做好 2019 年工作,习近平总书记在去年年底的中央经济工作会议上,深刻分析了今年的形势,提出了今年工作的大政方针,作出了全面部署。李克强总理在政府工作报告中提出了工作要求。我们要认真贯彻落实好。总的来讲,做到"一个确保"、"六个强化"。

"一个确保",就是要确保今年各中央企业所制定的积极进取的目标得以实现。

"六个强化",一要强化实业主业,不断提升中央企业实业主业的发展质量。二要强化改革落地,不断增强企业的发展活力和发展后劲。三要强化自主创新,推动制造业加快升级。四要强化管理提升,努力向世界一流水平迈进。五要强化风险管控,要根据情况的变化做好沙盘推演和压力测试。六要强化职能转变。

当然,中央企业发展也会面临很多风险和挑战。经济有涨有落,行业有好有坏,企业有生有死,是个必然的规律。当然大家也常说,年年难过年年过，年年过得都不错。从我报告的一些数字来看，我觉得中国的市场潜力很大，中国经济的潜力很大，中央企业和国有企业改革发展的潜力也很大，关键是要做好我们自己的事情，这样我们就一定能在 2019 年以最好的业绩迎接中华人民共和国成立 70 周年。

《人民日报》记者：对国企改革，社会的关注度和期望值都很高，请问目前国企改革的进展情况如何？下一步，改革的重点和突破口在哪儿？

肖亚庆：应该说，党的十八大以来，习近平总书记对国企国资改革作出了一系列重要指示，多次主持召开会议，研究国企国资改革工作，作出了一系列重要的安排，为深化国有企业改革提供了根本的遵循。国资委和中央企业认真贯彻落实党中央、国务院的决策部署，落实"1+N"系列文件提出的各项改革要求，深入推进各项改革措施落地落实。应该说，通过国有企业改革，解决了长期想解决而没有解决的一些改革难题。

比如说，公司制的改制全面完成，公司治理结构进一步优化。83 家中央企业建立了规范的董事会，15035 户中央企业所属的二、三级单位都建立了规范的董事会。各省国资委也加大了改革力度，省属国资委这一块超过 90% 的企业建立了规范董事会，落实董事会职权，经理层任期制和契约化管理也在进一步推进，职业经理人制度、中长期激励这些试点工作也在有序推进。

另外一方面，结构调整、布局优化成效是非常显著的。去年完成了中核集团和中核建、武汉邮科院和电信科研院四家两对中央企业的重组。同时，从中央企业来看，压减法人数量 12829 户，压减的比例达到了 24.6%，这是历史上没有过的。

混合所有制改革有序推进，上市公司已经成为中央企业运营的主体。中央企业资产的 65%、营业收入的 61%、利润总额来源的 88% 都在上市公司。从混改来看，2018 年一年，央企和地方企业又新增了 2880 户混合所有制改革的企业。

剥离企业办社会职能也取得了决定性突破,去年全国国有企业689个所办的消防机构、1744个教育机构完成了分类处置,"三供一业"的正式协议签约率超过了99%,共有5022万户成功完成了分离。在改革过程中,我们也特别注意保持稳定和增强职工的获得感。

国资监管的职能也持续改进,以管资本为主已经成为国资监管的重要导向。

同时,我们还始终坚持党的领导,加强党的建设,为国企改革发展提供了坚强的政治保证。

2019年,我们要以供给侧结构性改革为主线,围绕推动实现高质量发展,加快培育具有全球竞争力的世界一流企业。重点在这么几个方面:一是着力改革国有资本授权经营体制,加快向管资本转变。要出台2019年的监管清单,主要是明晰边界,理顺关系,下放权力。二是着力推动国有资本投资运营公司的试点。三是着力推进混合所有制改革和股权多元化。四是着力推进董事会建设和经理层任期制的契约化。五是着力多措并举,强化正向激励。最近国资委已经出台了新的考核办法,正在落实之中。

2019年是国企改革的攻坚年,我们将在前期工作基础上,进一步深入总结一批典型经验,在全国推而广之。

《华尔街日报》记者:在中国与美国进行贸易谈判过程中,一个重要的问题是美方认为中方给国企的不公平优势,国资委领导跟商务部和中国贸易官员在这个问题上进行了什么样的讨论?在减少国家对国企的参与上,国资委能做出什么承诺,来帮助贸易谈判得到更多进展?

肖亚庆:国有企业和其他企业一样,都是市场竞争的主体。从国有企业和中央企业来看,我们没有制度性的特殊安排给国有企业额外补助,是按照市场规则、市场化的改革方向来进一步推进的。

我们对于中美贸易谈判也非常关注,期望有一个好的发展环境,也期望中美两个这么大的贸易经济体能够有个好的结果。从中央企业和国有企业来看,我们和包括美国企业在内的世界上很多著名企业都有这样那样的贸易往来和投资往来,我们的海外朋友们也期望有一个好的投资环境。所以,我们很乐意看到贸易争端能够进一步减少,创造一个好的企业发展环境和经营环境。

我们认为合作是竞争的重要前提。我们和各类所有制企业以及国外的企业都有良好的合作。合作反过来也使得中国的企业特别是中国的国有企业乃至中央企业进一步深化改革,进一步提高发展质量,也进一步加强管理。所以,这种共赢的局面是我们未来期望看到的。国有企业、中央企业也会进一步扩大开放,寻求更多的合作机会,使得在开放合作中建立市场主体地位,而这种发展过程、方向肯定是市场化和国际化的。

《中国证券报》全媒体记者:我们注意到,今年1月国资委公布了包括航天科技、中国石油、国家电网等在内的10家企业作为创建世界一流的示范企业,请问肖主任,如何理解"示范"的含义?国资委会采取哪些措施推动示范企业建设?下一步会不会扩大示范企业的范围?

肖亚庆:我想请翁杰明副主任回答您的问题。

翁杰明:大家知道,党的十九大提出了要培育具有全球竞争力的世界一流企业。国资委推出航天科技、中国石油、国网公司等10家企业作为创建世界一流的示范企业,这本身就是落实党的十九大精神的一个重要举措。世界一流企业的标准是个综合的标准,跟大家熟悉的世界500强以营收规模排序的标准是有所不同的。如果纯粹按营收标准来看,我们这10家企业大部分都是世界500强,像国网公司,像中国石油,都还排在世界500强的前列,我们央企也有48家进入世界500强。

但是,我们深深地感到,需要按照中央要求的做强做优做大三者相统一的原则来打造世界一流企业。在这方面,我们深感中央企业差距还是比较大的。所以,设置示范企业就是希望这10家企业能够在中国企业成为世界一流企业的过程当中,发挥引领示范作用。那么我们希望他们能够达到什么样的状态?最起码应该是三个方面。

第一,在创新驱动方面进入领先行列。具体来讲,我们希望这些企业在国资资源的分配方面成为领军企业,在推动本行业的全球技术发展方面能够成为领军企业,在行业的自身推进过程当中,也有重要的话语权。

第二,希望他们在高质量发展方面能够进入前列。过去我们确实比较关注营收规模,下一步这些企业要更多地去关注它的净资产收益率、营收利润率、研发投入、增加值等。这样不仅在营收规模方面能够领先,而且在质量和效益方面能够领先。

第三,希望他们在践行新发展理念方面能够进入前列。因为世界一流企业毕竟要在世界范围内去发展,所以他们一定要成为履行共商共建共享这种发展理念的典范企业,也要成为遵守法律、做任何事情都要合规守信的典范企业,也要成为能够履行社会责任的典范企业。

从国资委的角度,下一步应该怎么推进,实际上有几个"进一步":一是进一步推进他们走市场化的路子。世界一流企业,一定是遵循市场化的规则,而不靠别的力量来进行推进。二是进一步要求他们用量化的指标来确定追求的目标,对标世界本领域五家到十家企业,通过对比,取长补短,实现"比、学、赶、超"的局面。三是进一步要求他们一定要突出主业。世界一流企业一定是主业突出、在主业方面具有充分竞争力的企业。四是进一步要求放活和管好。要给他们创造一个良好的环境,要在投资、自主决策、工资总额、股权激励方面放权,但同时也要加强事中事后的监管,使之真正有一个自我发展的良好环境。

至于刚才说到的会不会是动态的,毫无疑问,我们的认识是不断发展的,下一步是按照动态管理的方式来推进世界一流企业的示范进程。

中央广播电视总台央视记者:中央经济工作会议和今年的政府工作报告都强调了供给侧结构性改革要在"巩固、增强、提升、畅通"方面下功夫,对于这八字方针,2019年国有企业该怎么干呢?

肖亚庆:习近平总书记在中央经济工作会议上发表重要讲话,在深刻分析国内外经济形势的基础上,提出了"巩固、增强、提升、畅通"八字方针。我想这八字方针是当前和今后一个时期供给侧结构性改革管总的指导性方针。中央企业贯彻落实这八字方针,就是要巩固和扩大"三去一降一补"的成果,持续推进瘦身健体、提质增效,建立健全市场化经营机制,增强活力,提高效率,提升创新发展的能力。同时还要调整优化布局结构,促进各类要素合理流动,推动国有资本做强做优做大,更好地发挥国有企业在供给侧结构性改革当中的作用。具体看有这样四个方面:

第一,要加快创新驱动发展。贯彻新发展理念,加大科技创新的投入力度,不断增强自主创新的能力。同时还要推进产业升级,大力发展前瞻性、战略性产业。

第二,要做强做精主业和实业。中央企业一定要突出主业、突出实业,要进一步明确企业的发展目标和战略定位,严控非主业投资,来推动各类要素向实业集中、向主业集中,不断提升核心竞争力和盈利能力。

第三,要优化国有资本布局。加大结构调整力度,积极稳妥地推进装备制造、造船、化工等领域的战略性重组,持续推动电力、有色、钢铁、海工设备、环保等领域的专业化整合,扎实推进区域资源的整合,稳步开展国际化经营,不断提高资源的配置效率。

第四,要强化管理提高效率。中央企业、国有企业强化管理是个永恒的主题。今年贯彻落实好这八字方针,在强化管理上一定要下大的功夫,比如说在内控体系建设上,要在针对性、有效性、完整性上下功夫,使得企业在发展过程中能够质量更优、效益更好。

日本共同社记者:我的问题跟《华尔街日报》记者的问题类似,虽然刚才肖主任说中国没有制度性的安排给国有企业额外补助,但是国际社会依然担心中国对国有企业有隐性的优惠政策,那么请问中国怎样对国际社会解释对国有企业的优惠政策？

肖亚庆：谢谢您的问题，看来您和《华尔街日报》关心的是一类问题。

我刚才已经讲了，国有企业是独立的市场主体，自主经营、自负盈亏、自担风险、自我约束、自我发展，这是我们始终的方针。我们讲，国有企业与其他所有制企业同样参与市场竞争，同样受到法律保护。

关于你刚才谈到的补贴问题，我们也特别对中央企业进行过梳理。可以讲，中国的法律法规没有专门针对中国国有企业补贴的规定，中央企业也没有基于所有制的补贴，就是没有只给中央企业、国有企业而不给别的企业。我们国家也正在清理，在规范各种补贴。我觉得，这将有利于为各类不同所有制、不同规模的企业营造公平竞争的环境和条件，有利于提高企业的竞争力。

我不知道你去没去过中国国有企业和中央企业，欢迎你和《华尔街日报》的朋友有机会到我们国有企业和中央企业来考察参观，随时欢迎。

中央广播电视总台国广记者：我们注意到，近年来，中国大型国有企业也参与建设了很多"一带一路"相关国家的重大项目，其中大多数进展比较顺利，但是也有项目因为各种原因受阻，同时一些项目的经济效益可能还没有显现出来，这些情况也受到外界的一些质疑。请问该怎么看待这些问题？

肖亚庆："一带一路"倡议自提出以来，得到了越来越多国家和地区的响应。我们中央企业和国有企业在"一带一路"实践当中也深切感到，"一带一路"倡议得到了国际上越来越多企业的响应，也得到了越来越多所在国家和地区人民群众的欢迎。所以中央企业坚决响应"一带一路"的号召，也是中央企业自身市场化发展的必由之路。在"一带一路"建设中有不少的项目、工程，也有不少的合作机会，这些项目的实施、这些工程的落地，都为当地社会发展和改善就业提供了很多帮助。昨天王毅国务委员在这里举了很多"一带一路"的例子，都是非常成功的，我就不重复了。我们也看到，很多项目正在发挥或即将发挥越来越大的效应。

当然，投资肯定会有风险，国有企业和中央企业也不能保证每个项目都是成功的、有很好的回报。但是到目前为止，我们看到的所有"一带一路"项目都是积极的、有效的，正在日益发挥着越来越重要的作用。

下一步，我们在"一带一路"建设当中还是要遵守国际通行的规则，特别是遵守项目工程所在地法律法规的要求，不断地把项目变成高质量项目，使得"一带一路"能走深走实，能够有个长远的回报。

中国外文局中国网记者：中央经济工作会议强调，国资委要从管企业向管资本转变，今年的政府工作报告也提出要加强和完善国有资产监管。请问，国资委在转向管资本方面取得了哪些进展？下一步还有哪些工作打算？

肖亚庆：谢谢您的问题，这个问题请翁杰明副主任来回答。

翁杰明：中央经济工作会议上，习近平总书记提出要加快实现从管企业向管资本转变，履行好出资人的职责。从管企业向管资本转变，核心要义就是出资人要对所出资的资本进行负责，主要应该是关注国有资本的布局、国有资本的运营、国有资本的收益，至于具体的经营事务由企业依法自行履职。当然，出资人作为监管部门，一定要防止国有资产的流失。

近些年来，按照中央部署，国资委履行以管资本为主的职责，采取了一系列措施。比如说在调整职能方面，明确取消、下放、授权了 43 项职能，在制度建设方面推出了 27 项制度，同时还不断完善监管方式。应该说，为中央企业近些年稳定的、科学的、快速的发展提供了有力的支持和帮助。

下一步，按照中央的要求，也就是从管企业转为管资本，我们要进一步加大履职力度，具体是：

第一，坚持加大授权放权力度，要围绕改革国有资本授权经营体制的方案要求，就像刚才肖亚庆主任讲的，我们要出台 2019 年国资委的授权放权清单,让我们的企业有切实的获得感。

第二,因为职能有了进一步要求,所以对履职权力、履职方式也要进一步优化,对清单当中的权力要做进一步完善和修正。

第三,坚持不断优化监管方式,除了常态化的监管以外,也要注重通过建立横向到边、纵向到底的国资国企在线监管系统,对央企不仅是集团的层面,也包括各级子企业的层面的整个运营能够进行全方位的监管,通过信息化提升监管方式的智能化。当然,这种监管也还需要打好"组合拳"。

总之,要按照新的要求履职,使国有资本保值增值,使我们的国有企业特别是中央企业不断地做强做优做大。

中国新闻社记者:我们注意到国资委刚刚公布了《中央企业负责人经营业绩考核办法》,突出了高质量发展的考核要求。请问,应该如何衡量考核中央企业的高质量发展? 怎么样才能引导、指导中央企业更好地实现高质量发展?

肖亚庆:谢谢您的问题,我想请我们秘书长、新闻发言人彭华岗同志来回答您的问题。

彭华岗:刚刚出台的《中央企业负责人经营业绩考核办法》,是我们前不久刚刚修订出台的。这个《办法》原来就有的,最大的特点就是贯彻落实新的发展理念,推动高质量发展。应该说,这次修订后变化还是不小的。具体来讲,更加突出了四个方面的考核:

一是更加突出了效率效益的考核。对商业类企业,除了保留原来的经济增加值和国有资产保值增值率的指标以外,年度的考核指标用净利润代替了原来的利润总额,任期的考核指标用全员劳动生产率代替了原来的总资产周转率,这种变化是为了更好地衡量生产要素投入产出的效率。

二是更加突出了创新驱动的考核。对工业类企业和科技进步要求比较高的企业,突出考核科研投入、产出以及科研成果转化,把研发投入视同利润,引导企业建立研发投入的稳定增长机制。对科研创新取得的重大成果,在考核当中也予以加分。

三是更加突出了实业主业的考核。按照供给侧结构性改革的要求,加强压缩管理层级、减少法人户数、剥离企业办社会职能这些指标的考核,把去产能的任务纳入业绩的责任书里面。另外,"一企一策"地确定企业负债率的考核,引导企业严控非主业投资和经营业务,聚焦实业,做强主业。

四是更加突出了服务保障的考核。对于承担政府采购重大专项任务的商业类企业,加强了重点保障任务的考核。对公益类企业,把社会效益放在首位,重点考核产品服务质量和保障能力。

这个新的考核办法从今年开始全面实施,应该说对中央企业加快实现高质量发展一定会起到一个重要的指挥棒作用。

湖北广播电视台融媒体新闻中心记者:中央企业在"瘦身健体"、提质增效、处置"僵尸企业"、治理困难企业、剥离企业办社会职能和解决历史遗留问题等方面目前取得了哪些成效? 下一步将在哪些行业产业进一步加快工作力度? 另外,我注意到肖亚庆主任上个月在亚布力论坛上再次提到欢迎民营企业等参与中央企业改革发展。其实,我在 2017 年的时候向您提过关于民营企业如何参与国企改革的问题。所以,我特别关心在您看来,民企和央企之间有什么样的广阔合作空间? 另外在今年这样一个关键之年,我们会有什么样的一些措施去鼓励合作? 目前有没有可以参考的案例?

肖亚庆:2018 年中央企业在提质增效、"瘦身健体"方面取得了不少新的成绩,有这样几个方面。

一是降本增效的效果十分明显。大力压缩一般性管理费用和其他开支,工业企业的成本费用率大幅下降,而百元营业收入的利润率进一步上升,成本费用利润率的比例提高了 0.4 个百分点。因为总量很大,所以 0.4 这个数也是很大的。

二是"处僵治困"的总体工作基本完成。超过了 1900 户的"僵尸企业"和特困企业得到了有效处置和出清,纳入专项工作范围的企业全部完成了整治工作,比 2015 年减亏了 2000 多亿元。

三是化解过剩产能的年度目标任务得到完成。2018 年,中央企业共化解煤炭过剩产能 1260 多万吨,整合煤炭产能 1 亿吨,淘汰落后煤电产能 670 万千瓦。国家能源集团、华润集团、诚通、中煤和国新五家企业共同设立专项基金,也在探索市场化的整合煤炭资源的方式。

四是压减工作持续推进。到去年年底,中央企业累计减少法人户数达到 24.6%,管理层级也进一步压缩。如果你注意观察,中央企业特别是集团总部的管理人员大幅度减少。

五是"三供一业"进展非常顺利。"三供一业"这个事情是个"老大难"问题,在各省市、自治区、直辖市的帮助下,特别是湖北省的大力支持下,"三供一业"和市政社区管理的分离移交、教育医疗机构的深化改革总体进度已经完成了超过 90%。我刚才也讲了,包括消防、厂办大集体的剥离,这些都得到了各地党委和政府的大力支持。所以,下一步我们要巩固成果,提升质量,进一步加大退出力度。

刚才您也谈到了第二个问题,关于中央企业和民营企业之间的关系。首先我觉得,这两种都是企业,中央企业、民营企业都是企业,我们都在市场竞争中不断地发展壮大。通过这种竞争,使得我们供给质量不断提升,使得市场不断拓展,越来越大。所以中央企业要和包括民营企业在内的各类所有制企业加强合作,加强战略协同。我们混合所有制就是一种方式,但是不仅限于此,我们还有产业链上下游的合作,还有"走出去"的"一带一路"项目上的合作,这些都可以成为中央企业和其他企业合作的领域、合作的方面。所以我们期望中央企业的发展,也期待着民营企业不断发展壮大,这样使得我们的经济基础更加牢固。

海南广播电视总台融媒体记者:海南正在积极推进自由贸易试验区中国特色自由贸易港的建设。请问肖主任,国有企业如何更好地参与海南自贸区港的建设? 在哪些领域和项目上会有何作为?

肖亚庆:海南自由贸易试验区和海南自由贸易港的建设是中央确定的重大战略,我们坚决拥护,坚决贯彻落实。

我也多次去海南,看到海南省委省政府贯彻落实中央决策、贯彻落实习近平总书记视察海南的重要讲话精神,态度坚决,措施有力,现在很多方面已见到了可喜的成效。

中央企业一直认真贯彻落实习近平总书记的重要讲话精神,贯彻落实中央的重大决策,按照党中央、国务院的战略部署,不断加强和海南省在各个方面的战略合作,包括您刚才讲的投资项目,也包括一些民生项目,更包括未来长期发展的战略性项目的合作。这既是中央企业市场化的一个选择,更是因为他们看到了海南未来战略发展的机遇。他们是助力海南的发展,更是在寻找自己未来长远发展的战略机会。所以作为国资委,我们支持中央企业进一步加强同海南在各方面的合作。我想,随着工作的深入推进和进一步展开,必将结出更多的硕果。

《经济参考报》记者:肖主任,今年国资委在防范化解重大风险方面有什么样的安排? 其次,今年政府工作报告提出要深化电力、油气、铁路等领域的改革,不知道这方面国资委会有什么样的安排?

肖亚庆:防范化解重大风险是我们今年的重要任务之一。刚才我也讲到了,中央企业的负债率这些年来稳定之中有所下降,但是由于市场外部环境的变化和企业自身管理的问题,各种各样的风险也会出现。所以,防范化解重大风险:

第一,要全面扫描排查,做到心中有数,各个中央企业都在根据自己的行业特点、业务特点进行排查,把风险化解在苗头之中,化解在未然之中。

第二,要突出重点,抓住首要。我们企业处在各个行业,各个行业不一样,有的行业可能负债率降一些是当前重要的任务,但有的行业很好,发展势头很好。比如说我们通信行业,现在 5G 的发展势头非常好,他们可能要多投资一点,这样也是企业的自主行为,也是行业发展的规律。所以,防范风险不是一刀切,不是一边齐。每个企业要根据自己的特点,抓住这些重要的机会。

第三,防范风险是个永久的话题,但是更是一个制度建设的根本,重要的基础在于制度建设。所以我们中央企业要在化解风险,特别是汲取教训、举一反三上下功夫,把我们的制度建设得更加扎实,特别是内控体系在针对性、完整性和有效性上下功夫,使得中央企业的发展是持续健康的发展。

刚才您谈到油气领域的改革,这是个重点的改革方向。今年要以管道公司的组建为契机,深化油气领域的改革。中央企业这三家油气公司,如果加上中化,从事油气的公司是"3+1",他们都在加大勘探力度,加大找气找油的工作力度,也在加大和海外企业的合作力度,通过国际合作,通过"走出去",通过自身不断努力,深化油气领域的改革,以提供良好可靠的油气保证。

香港大公文汇传媒集团记者:刚刚肖主任已经介绍了,在混合所有制改革方面去年已经取得了不少的成绩。能否请您透露一下,下一步混改可能在哪些领域取得新的突破?

肖亚庆:混合所有制改革是国有企业改革的突破口。我们在过去的一年,在这方面已经取得了很多突破。下一步,我们要贯彻落实党中央、国务院的决策部署,进一步在混合所有制工作上积极稳妥地加以推进。

2019 年,按照中央经济工作会议精神和政府工作报告的总体要求,要加大分类推进混合所有制改革。商业一类的国有企业,国有资本投资公司、国有资本运营公司，刚才杰明副主任讲的创建世界一流示范企业，这些企业都要加大混合所有制的改革力度。我们去年推出的"双百"改革试点企业也要积极推进混合所有制改革。

另外，扩大重点领域的混合所有制改革。第四批会有一百多家混合所有制的企业，在重点领域要进一步推出。

更重要的是，要深化混合所有制改革的内涵，更加注重混改的质量和效果。我看最近在两会讨论期间，不少代表就这个问题提了很好的意见和建议。既有国有企业，也有民营企业，希望深化混合所有制内涵，发挥国有企业的优势、也发挥民营企业的优势，这两个优势组合起来，形成一个新的优势，在这方面要进一步做好工作，使得我们真正做到各取所长，共同发展。

大家关心混合所有制，但是混合所有制只是改革的方式之一，不是私有化，也不可能"一混了之"、"一混就灵"。

所以，混合所有制改革要在实践中进一步总结经验，在实践中也会有这样那样的问题，要不断地纠正这些问题，使得混合所有制积极稳妥地推进，使得混合所有制企业能够健康持续地发展。

《中国冶金报》记者：还是关于混改的问题。刚才您也说到，2019 年国家将推出第四批一百家以上的混改企业，请问第四批名单什么时候公布？前三批混改试点取得了哪些成绩？我们都认为，混改最大的思想障碍可能就是被贴上了"国进民退"或者"国退民进"的政治标签，请问国资委将会采取哪些具体的措施帮助各方消除这个思想障碍？

肖亚庆：首先我想，"国进民退"这个观点，或者"国退民进"这个观点，在逻辑上和实践上来讲都是不正确的。改革开放四十年来，最初的时候，国有企业很多是一家供全国、全国靠一家，通过不断地改革，民营企业不断发展壮大。所以要深刻认识到"两个毫不动摇"是我们的根本国策、经济基础。

　　在发展当中,在国有企业之间有竞争,而且很激烈、很残酷。民营企业之间也有竞争,也很激烈、很残酷。国内企业、国外企业之间也有竞争,所以竞争是市场的普遍法则。那么,正是在这种竞争中,使得我们的企业不断发展壮大;正是在竞争中,使得我们企业的水平不断地提升;也正是在这种竞争中,给我们的市场提供了更好的、更方便的、价格更低的各种产品和服务。所以我觉得,竞争是永远的。在一定时期内,在某个领域,就每个企业来讲可能有好有坏,可能会有差别,这也是正常的。

　　在原有前三批混合所有制试点的基础上,应该说从混合所有制的方式、股权的比例、治理结构上参与的深度和融合的程度,都做了很好的探索和尝试,这里面既保证了民营企业进入的利益,也要保证国有资产不流失,保证国有资产的保值增值。这些看起来是矛盾,实际上在实践当中需要探索,进一步规范混合所有制的各种行为和操作方式。所以,为什么是第四批,为什么要积极稳妥,我想根本原因就在于此。它是一种新的办法,是一种新的尝试。我刚才也讲了,中央企业的65%在上市公司,业务总量的61%在上市公司,它本身就是一个各种混合体制所有制的存在。我想,第一是要大力推动。第二是要发现问题、解决问题。第三是要给这种改革探索创造一个宽松的环境,使得不断地通过混合所有制,各类所有制企业融合发展、共同发展。

　　中国改革报社记者:总理在政府工作报告中105次提到"改革"二字,还特别强调要加大改革力度,增强发展动力,深化国资国企的改革,特别强调在"巩固、增强、提升、畅通"八字上狠下功夫,刚才前面也讲到了很多的目标任务。我的问题是,你将如何带领你的团队,确保这些目标和任务的实现? 用什么样的手段和方式?

　　肖亚庆:我刚才在开篇当中讲过,习近平新时代中国特色社会主义思想为中国国有企业改革发展指明了方向,提供了根本遵循。您讲李克强总理在政府工作报告当中,105次提到了"改革",这足见国有企业的改革任务十分艰巨,也十分重要。所以我们在未来的工作当中,一定要落实好政府工作报告提出的各项要求。

深化国有企业改革,这几十年来一直是经济体制改革的中心环节,也是大家孜孜以求、不断探索的一项重要工作。正是由于它是中心环节,它重要,所以我们在改革中也确实做了很多的努力、很多的探索。我想,我们只要按照党中央、国务院确定的大政方针,特别是中央已经明确的"1+N"系列文件的各项要求,我们改革就一定能够成功。

我们的中央企业和国有企业要紧密地结合自身的实际,结合企业自身所处的行业和业务的实际情况,结合国际上形势的变化和发展的趋势来深化改革。同时,我们特别要注意,这些改革根本性的是市场化和商业化的改革,使得我们的企业特别是国有企业和中央企业要在市场竞争中不断发展壮大,不断提高自己。从过去几十年的改革实践来看,改革确实使得我们企业做优做强做大,得到了进一步提升。

随着中国经济的发展,我们改革任务会越来越重。发展出题目,改革作文章。所以改革的任务依然很重,我们要在改革的路上永不停步、永远向前,使得我们的企业真正能够培养出很多具有全球竞争力的世界一流企业。

主持人:谢谢各位,由于时间关系,本次记者会到此结束,谢谢各位记者朋友,也谢谢肖主任。

就国有企业改革发展答记者问

就金融改革与发展答记者问

（3月10日）

中国人民银行行长易纲,副行长陈雨露,副行长、国家外汇管理局局长潘功胜,副行长范一飞

主持人:各位记者朋友,大家上午好! 欢迎参加十三届全国人大二次

3月10日,中国人民银行行长易纲(左三),副行长陈雨露(右三),副行长、国家外汇管理局局长潘功胜(左二),副行长范一飞(右二)就金融改革与发展答记者问

会议记者会,本场记者会的主题是金融改革与发展。我们很高兴地邀请到中国人民银行行长易纲先生、副行长陈雨露先生、副行长、国家外汇管理局局长潘功胜先生、副行长范一飞先生共同回答大家提出的问题。

下面,有请易行长。

易纲: 各位记者朋友,女士们、先生们,大家上午好!2018 年以来,人民银行以习近平新时代中国特色社会主义思想为指导,认真贯彻落实党中央、国务院决策部署,实施稳健的货币政策,为供给侧结构性改革和高质量发展提供了适宜的货币金融环境。

大家知道,在过去的一年,我们面临了多年来少有的严峻复杂形势,外部有美联储持续加息和中美贸易摩擦带来的不确定性,国内有经济周期结构性问题叠加,还有强化监管、规范地方政府债务等"几碰头",导致社会信用收缩,小微企业、民营企业融资难融资贵问题比较突出,经济下行压力加大。

针对经济金融运行出现的趋势性变化,在国务院金融委统筹领导下,人民银行及时预调,主动作为。一是五次降低了存款准备金率,一共 3.5 个百分点,保证了流动性合理充裕,实现了货币信贷和社会融资规模的合理增长。二是引导利率下行。2019 年 2 月末,十年期国债收益率比去年年初下降了 70 多个基点,贷款利率也有所下行。三是以市场化法治化方式疏通货币政策传导机制。大家知道,有个"三箭齐发",也就是说在贷款投放和支持民营企业债券发行、研究创设民营企业股权融资工具方面加大了政策力度,金融部门对小微和民营企业的支持力度明显加大。四是兼顾内外平衡,保持人民币汇率在合理均衡水平上的基本稳定,国际收支更趋平衡,外汇储备保持在 3 万亿美元以上。五是有效稳定宏观杠杆率,管好社会总信用和货币的总闸门,把握好稳增长和防风险之间的关系,实现了广义货币(M2)和社会融资规模增速与 GDP 的名义增速大体上相匹配。

2018 年年末,我国宏观杠杆率总水平为 249.4%,比 2017 年年末下降了 1.5 个百分点。以上我说的五个方面,如果仔细推敲,多半是两难或者多难的局面。所以,我们必须在两难多难中寻求平衡。

展望 2019 年,内外部的环境正在发生新的变化,中美经贸谈判取得了阶段性进展,美联储加息预期明显弱化,明确金融监管和地方政府债务管理的政策稳定了市场预期。当然,世界经济形势仍然错综复杂,全球经济还有一定的下行压力,我国经济金融风险挑战依然比较多。人民银行将按照党中央、国务院要求,继续实施稳健的货币政策,防范和化解金融风险,更好地服务实体经济,推动高质量发展。

这是我的一个开场白。另外,今天早上 9 点人民银行披露了 2 月份的金融数字。2 月末,我们广义货币(M2)同比增长 8%,社会融资规模存量同比增长 10.1%,保持了平稳增长。大家知道,1 月份社融增速相对高一些,这明显是季节因素。所以,我们要把前两个月的数综合起来看。前两个月人民币贷款新增 4.1 万亿,同比多增了 3748 亿元,社融新增 5.3 万亿元,同比多增了 1.05 万亿元,社融增速连续两个月高于 2018 年年底的数。社融持续下滑的态势得到了初步遏制,为 2019 年经济金融开局提供了保障。

中央广播电视总台央视记者:我的问题是提给易纲行长的。您刚才提到,从 2018 年以来人民银行多次下调了存款准备金率,特别是今年 1 月份,连续两次下调了 0.5 个百分点,向市场释放了大量的资金。我也注意到,今年的政府工作报告中提到要稳健的货币政策,要松紧适度,这个表述与去年相比少了"保持中性"四个字,我不知道这些信息是否意味着今年的货币政策将会偏向宽松呢?

易纲:稳健的货币政策是一个内容非常丰富的政策取向。我们现在强调稳健的货币政策,你说和以前比较,这次我们没有提"中性",更简洁,但实际上稳健货币政策的内涵没有变。主要稳健的货币政策要体现逆周期的调节,同时货币政策在总量上要松紧适度。今年的松紧适度,就是要把广义货币(M2)和社会融资规模的增速大体上和名义 GDP 的增速保持一致,这就是个松紧适度的概念。另外,要求我们在结构上更加优化,也就是进一步加强对小微企业和民营企业的支持。最后,这个稳健的货币政策还要兼顾内外平衡,因为中国的经济已经深度融入世界经济,所以我们考虑货币政策的时候,当然要以国内的经济形势为主来考虑,但同时要兼顾国际和中国在全球经济关系中的地位和我们外向型经济的方面。

所以,在考虑货币政策的时候,比如 1 月的数据出来,大家觉得这个数据比较好,所以我在这儿提醒大家,一定要把货币信贷的数据拉长一些看,在一个时点上也不能看一个数据,要看许多数的加权平均;在一个时间序列上,也不要看一个时点,而是要看一个时间序列的移动平均,这样就可以比较全面地来判断稳健的货币政策的内涵。

彭博新闻社记者:我们的问题是关于人民币汇率的。我们知道,这个问题也出现在了中美经贸磋商中,我想问一下,双方是否已经达成了初步共识? 达成的共识和 20 国集团达成的不通过针对个别国家的货币来实现贸易上的优势这一点有什么样的不同? 另外,美国要求中国保持人民币汇率稳定,以及披露人民银行可能对远期期货市场的干预措施有一个要求,您对此怎么看?

易纲:中美在刚刚结束的第七轮贸易磋商谈判过程中,确实就汇率问题进行了讨论。实际上汇率问题一直是 G20、国际货币基金组织等双边和多边平台的重要问题,长期以来都有讨论。中美之间在汇率问题上的讨论由来已久,也不是第一次。比如说,在以前的中美战略与经济对话、中美全面经济对话的框架下,都对汇率问题进行过讨论。

这次我们讨论的许多重要问题,我在这里可以给大家举几个例子。比如说,第一,我们双方讨论了如何尊重对方的货币当局在决定货币政策自主权。第二,我们讨论了双方都应该坚持市场决定的汇率制度这样一个原则。第三,我们讨论了双方都应该遵守历次 G20 峰会的承诺,比如说不搞竞争性贬值、不将汇率用于竞争性目的。并且双方就外汇市场保持密切沟通。第四,我们也讨论了双方都应该按照国际货币基金组织的数据透明度标准来承诺披露数据等这些重要问题。双方在许多关键和重要问题上达成了共识。

《日本经济新闻》记者:最新的社会融资数据显示,1 月贷款增加了3.2 万亿,与去年同期相比增幅比较大。同时我们看到,主要增加的是短期贷款和票据融资,有些人认为,这有可能造成资金的空转和套利行为,一些领导人也对此表示担忧,请问您对此有哪些看法?

易纲:关于 1 月的广义货币(M2)和社融的数据,大家有很多的讨论,特别是对贷款结构,其中票据贴现又增加得比较多,并且和结构性存款之间会不会套利的问题,有些朋友说这可能是金融体系内一个空转。我们对这个事还是高度重视,而且把整个结构性存款有多少、票据贴现有多少、票据贴现的利率和结构性存款利率的利差有多大等问题,结合全国的数字都进行了分析。我们的结论是,首先 1 月的数据增长比较快,这里面有季节性因素,我还是希望大家和刚刚公布的 2 月数据合在一起来看。实际上,光是 1、2 月合在一起也不行,因为今年 2 月和阴历正月重合比较多,所以数据还要反映在 3 月,3 月的数据也有影响,所以大家要更全面地把 1、2、3 月的数据综合起来看。

我简单回答你的问题,我们仔细研究了结构性存款利率和票据贴现的利率,以及中央银行对票据的再贴现利率,总的来说没有大规模的空转或者套利,有少数个别银行、个别客户这些个别现象,我不排除是存在的,但是如果看平均值,看整个发生时间的长度,整个票据贴现还是支持实体经济了,主要支持的还是小微企业和民营企业。

潘行长要补充一下。

潘功胜：刚才这个问题，易行长作了比较全面的回答。在1月发布的数字当中，票据融资的数字有所增加，主要是支持了实体经济，尤其是中小企业，通过票据融资显著降低了成本。因为票据融资的期限比较短，它的特点是期限短、便利性高、流动性强，所以一般是中小企业的重要融资渠道。前一段时间票据贴现利率的持续下行，企业通过票据融资的意愿增强。这位记者刚才提到的问题，我们也做了广泛的调研和充分分析，关于票据融资和结构性存款之间是否存在套利行为，正如易行长刚才所讲的，可能只是个别的行为，结构性存款利率和票据融资利率的空间也是非常有限的，不是普遍的现象，也不是票据融资增加的主要原因。

人民银行作为票据融资市场监管的部门之一，下一步，第一是要加强票据融资利率和资本市场利率之间的联动和传导，对于可能存在的套利和资金空转保持警惕，及时采取措施。第二是要引导金融机构加强内部管理，完善业务考核，发挥票据对实体经济的支持作用，防止有关行为的扭曲和风险的累积。

人民日报社记者：李克强总理在政府工作报告中提出，今年国有大型商业银行小微企业贷款要增长30%以上。请问，央行接下来将出台哪些政策来确保这一目标的实现？如何进一步疏通货币政策的传导，让更多的小微企业也能够享受到政策带来的福利？

潘功胜：谢谢你的问题。关于小微企业融资难和融资贵的问题，是社会各界普遍关注的一个问题，党中央、国务院对这个问题也高度重视。去年当这个问题有点显现的时候，人民银行按照"几家抬"的思路，长短结合，综合施策，缓解民营企业和小微企业融资难、融资贵的问题。包括在货币政策方面，我们进行逆周期调节，实行结构性货币政策调节工具；在各方政策合力方面，银监会强化监管考核机制；在财税政策支持方面，财政部也出台了一系列支持小微企业、民营企业融资的税收方面的激励政策；在金融机构内部，也加大了政策安排和资源安排。同时，人民银行也牵头发挥债券市场作用,实施了民营企业债券融资支持工具,修复民营企业融资功能。从实际效果来看,应该说民营企业和小微企业融资状况有了一些边际的改善。所反映出来的贷款数据,如贷款的增长、贷款的覆盖面都有大幅度上升,小微企业贷款利率大幅度下降。去年10月我们推出债券市场融资支持工具后,对于改善市场上民营企业和小微企业融资氛围,提升他们风险偏好,改善整个社会融资环境,应该说发挥了很好的作用。

小微企业融资难融资贵问题是世界性难题,是非常复杂的综合性问题。人民银行今年在这方面要进一步加大工作力度。一是在货币政策方面,要加大逆周期调节,保持流动性合理充裕,同时运用结构性货币政策工具,引导金融机构加大支持。二是完善普惠服务体系,大银行要转变金融服务理念和服务机制,下沉金融重心。李克强总理在政府工作报告中提出了一个明确的量化目标,大型商业银行的普惠小微金融增长今年要达到30%。一些中小型银行要专注于小微和"三农"。同时,要督导金融机构优化内部资源配置和政策安排,加大尽职免责落实力度。提高金融科技服务水平,提升客户获取能力、风险防控能力和信贷投放能力。三是继续发挥"几家抬"的合力,包括金融监管方面的政策和财税方面的政策。四是发挥多层次资本市场作用,包括继续发挥好债券市场融资工具的支持作用,支持优质的民营企业不断扩大债券融资规模,同时发展资本市场,建立一个多层次的资本市场。五是优化金融生态环境。

此外,在支持小微企业和民营企业融资过程中,要注重市场规律,坚持精准支持,选择那些符合国家产业发展方向、主业相对集中于实体经济、技术先进、产品有市场、暂时遇到困难的民营企业进行重点支持,防止盲目支持、突击放贷,增强对未来金融风险的防控能力。

对于民营企业和小微企业的融资难融资贵问题,尤其是小微企业融资难融资贵问题,是个长期的、综合的问题,需要各方面共同努力,需要我们常抓不懈,久久为功。

路透社记者:在政府工作报告当中,李总理也提到了要尽可能帮助小微企业以及其他民企来克服融资难、融资贵的问题,另外也提到央行可能会对实际利率进行改革。能否介绍一下有关情况和措施,以及未来可能会成为基准利率的是什么指标?

易纲:我们也在学习李克强总理的政府工作报告,刚才这位朋友提出了如何降低实际利率水平,还有运用准备金率和利率,来引导金融机构投放贷款支持实体经济这样一个非常重要的话题。我们首先看如何降低实际利率水平,简单地说,实际利率等于名义利率减去通货膨胀率。如果我们假定通货膨胀率还比较稳定,我们先不讨论通货膨胀率,只讨论如何降低名义利率。我们看去年货币政策的取向,实际上我们一直在降低无风险利率。无风险利率是名义利率当中一个比较重要的组成部分,比如说7天的回购利率,在过去一年多的时间里有明显的降低。通常我们把十年期国债利率作为一个基准,去年,十年期国债利率下行了70多个基点,也就是说,从4%的水平,到现在差不多是3.15%的水平。这个无风险利率的下降,显然有利于降低名义利率。李克强总理在报告中所说的降低实际利率水平主要指的是小微企业、民营企业实际感受的融资成本比较高的问题。在小微企业和民营企业实际感受的融资成本,特别是贷款利率里面,除了无风险利率,主要是风险溢价比较高造成的,所以这个贷款的实际利率还偏高,主要是怎么解决风险溢价比较高的问题。

我给大家举一个例子,我们去年大力支持了普惠金融口径的小微企业贷款,贷款增长是非常高的。但是普惠金融口径单户授信在一千万元以下的小微企业的贷款,不良率是在6.2%左右。人民银行、银保监会和其他有关部门的大样本统计,这个口径将近10万亿元的贷款,不良率是比较高的,不良率会反映在风险溢价上。所以我们要解决如何降低风险溢价的问题。要解决这个问题,主要是两个途径。第一个途径是利率市场化改革。我们要通过改革来消除利率决定过程中的一些垄断性因素，更加准确地进行风险定价，通过更充分的竞争，使得风险溢价降低。第二个途径是供给侧结构性改革。它可以提高信息的透明度，完善破产制度，提高法律执行效率，还有降低费率，这些供给侧结构性改革都可以降低实际的交易成本，也会使得风险溢价降低。所以我们会非常努力地以改革来促进实际利率的降低。

关于存款准备金率的问题，李克强总理要求适时运用存款准备金率、利率等数量和价格手段，引导金融机构扩大信贷投放，降低贷款成本。去年以来，人民银行五次降低存款准备金率共 3.5 个百分点，这个力度是比较大的。经过一段时间的降低，现在的存款准备金率将来会逐步向三档比较清晰的框架来完成目标。也就是说，大型银行为第一档，中型银行为第二档，小型银行特别是县域的农村信用社、农商行为最低的一档。现在我们在逐步简化，使得存款准备金率有个更加清晰透明的框架。

从国际比较而言，我们的存款准备金率在国际比较中是中等的，不算特别高也不算特别低，朋友们在讨论这个问题时都说发达国家的存款准备金率特别低，就 1%、2%，我们还有很大的空间。其实，在这一轮国际金融危机以后，现在发达国家的法定存款准备金率是比较低的，但是它的超额存款准备金率比较高。比如说美国的法定存款准备金率加上超额存款准备金率一共有 12% 的水平，欧洲也是 12%，日本更高，日本法定存款准备金加上超额存款准备金有 20% 多，这就是他们总准备金率的水平。

中国目前情况下，我刚才说有三档，三档准备金率加权平均的法定存款准备金率目前是 11%，我们银行清算用的超额准备金率只有 1% 左右。所以，我们银行的总准备金率也就是 12% 左右，实际上跟发达国家的总的准备金率差不多，而且这个比率要远低于日本的比率。大家知道，发展中国家有个发展阶段的问题，在这个阶段，一定的法定存款准备金率还是合适的、必要的。所以，我们通过准备金率下调，在中国目前的情况下，应该说还有一定的空间,但是这个空间比起前几年已经小多了。我们在考虑这个问题的同时,还要考虑最优的资源配置,还有防范风险的问题。综合考虑这些问题,我们就可以进一步落实李克强总理报告中提出的这个任务。

《新京报》记者:当前,金融科技受到广泛关注。请问,未来央行在加强金融科技的规范和管理方面有哪些考虑?

范一飞:近年来,金融科技的快速兴起为金融发展持续提供了创新的活力。党的十九大也明确要求加快建设实体经济、科技创新、现代金融、人力资源协同发展的产业体系,金融科技必将迎来大有可为的发展机遇。人民银行认真落实党中央、国务院的决策部署,加强了金融科技发展规划与监管体系建设,引导科技在金融领域合理运用,不断提升服务实体经济和防范金融风险的能力。

去年年底,我们又会同发改委等部门,在北京、上海、广东等 10 个省市启动了金融科技应用试点,重点围绕以下四个方面为金融科技服务实体经济、提升分析计划能力提供实践经验和相关经营借鉴。

一是加强金融科技应用,助力疏解民营小微企业融资难融资贵的问题。针对银企信息不对称、风险识别不精准、融资成本高等痛点,探索利用神经网络、移动互联网等技术,优化信贷流程和客户评价模型,降低信贷业务成本,提升信贷服务效率,推动融资审批更加自动化、产品营销更加网络化、风险识别更加智能化。

二是做好顶层信息基础设施建设,提升金融惠民服务水平。针对信息系统多头连接、资金流与信息流割裂等问题,运用人工智能、开发 API 等技术,推动金融与民生领域信息系统总对总互联互通,实现金融在主要公共服务领域全覆盖,助力"最多跑一次"改革,增加人民群众的获得感。

三是推动数据资源融合运用,增强金融服务实体经济能力。针对实体经济供需不足、群众办事难等问题,利用安全多方计算、标记化等技术,加强数据整合与深度运用,提升数据洞察能力,引导金融资源配置到金融发展的关键领域和薄弱环节,推动金融更好地服务实体经济。

四是强化监管科技应用,提高金融风险甄别、防范和化解能力。针对金融风险隐蔽性高、传染性强、传播快等问题,建立了中国特色金融风险科技管理机制,研发基于机器学习、数据挖掘等技术的监管平台和工具,提升风险探视感知和计划能力,增强金融监管的专业性、统一性和穿透性。

下一步,人民银行将坚持寓监管于服务,以监管促发展,总结试点成功经验,加快出台金融科技发展规划,持续健全金融科技监管体系,推动金融科技在"守正、安全、普惠、开放"的道路上行稳致远,不断提升金融服务实体经济能力,使科技创新成果更好地惠及民生。

《金融时报》记者:我的问题也是关于金融科技。我们知道,自从经过人行批准建立了百行征信公司以来,差不多已有将近一年的时间了,能否介绍一下它目前的发展业务情况?它具体将于什么时间开始征信?目前有8个公司已经向它开始提供数据,能否介绍一下这些公司数据的使用情况,还有您对这些公司和百行征信合作目前的情况是怎么样的评价?

陈雨露:你刚才谈到的征信体系问题,确实是由人民银行负责建设的。古人说得好,"人无信不立,业无信不兴"。所以,人民银行牵头的征信体系建设,主要功能就是通过信用信息的共享,来优化营商环境,警示信用风险,降低国家发展的成本。目前我们的征信体系是"政府+市场"双轮驱动的发展模式,政府这只手主要是人民银行征信中心负责的国家信用信息基础数据库,这个数据库的建设大家看到了,已经接入了3500多家银行和其他金融机构的信用信息数据,9.9亿自然人的信用信息,还有2600多万户的企业和其他法人组织的信用信息。目前每天查询这个系统的有555万人次个人信用报告,30万人次的企业信用报告,所以应当说这是政府这只手在发挥着重要作用。

另外我们看到,还有市场驱动的征信服务这只手。目前在市场上,我们已经有125家企业征信机构,还有97家信用评级机构,这些机构80%以上都是民营资本投资兴办的。从2017年以来,为了满足互联网金融领域里面的信息共享需求,还有个人征信的有效供给,人民银行批准了我国首个市场化的个人征信机构,也就是刚才这位记者朋友提到的"百行征信有限公司",它的股东发起人全部都是民营资本。经过一年多的筹备,目前"百行征信"已经签约接入了600多家机构的信用信息。在这里面,今年1月已经正式推出了个人信用报告等3项征信服务产品,应当说实现了一个良好的开局。

能够有这样一个顺利的开局,8家主发起机构,还有互联网金融协会的会员们,都给了很大的帮助。他们不仅积极参与公司的决策,积极配合数据库的建设,同时也对未来我们征信产品怎么能够实现高质量发展在不断提出新的建议。所以我们希望包括"百行征信"在内的市场化的这些征信机构,能够在创新能力方面、在竞争能力方面快速提升,让市场征信服务这个轮子能够越来越强、越来越大,为我们金融基础设施的高质量发展助推我国高质量发展做出更大的贡献。

《中国日报》记者:我们看到,从国际收支波动来看,我国目前国际收支情况已经发生了明显的变化,大额双顺差现在正在减少,未来还有可能出现逆差。请问,这会对我国目前外汇市场和外汇管理政策有怎样的影响?随着金融改革开放的扩大,未来如何管理外汇市场的波动?

潘功胜:2018年,我国整体国际收支是基本平衡的,但是在国际收支结构方面,发生了一些特征性变化。首先,经常账户方面,我们观察一个国家国际收支结构变化,要拉长一个时间段。在过去十年,我国经常账户更加平衡。2007年,我国经常账户顺差占GDP的比重是9.9%,2018年,我国经常账户顺差占GDP的比重大概是0.4%。所以,从一个长周期来看,经常账户更加趋平衡是我国国内经济再平衡的结果,是我国经济结构优化的客观反映,是经济转型发展进入的一个必然阶段,同时也是我国居民收入提高、财富增长的一个必然结果。

往后看,我们认为,我国经常账户会保持在一个基本平衡的合理区间。一方面,我国制造业具有成熟的基础设施、完备的产业链和大量的技术工人,加上正在推动转型升级以及出口市场多元化等,我国货物贸易具有较强的国际竞争力;另一方面,在服务贸易方面,服务贸易逆差增速在收窄。随着我国国内服务业质量的提升,以及我国生态环境和教育水平等软实力的提升,我国服务贸易逆差变动将会逐渐走向平稳。这是观察我国国际收支结构的一个层面。

观察我国国际收支结构变化的另外一个层面,就是资本项目。资本项目中一个重要的项目是直接投资。随着我国产业的转型升级,服务业对外开放,我国仍然有比较大的潜力来吸引外商直接投资。资本项目中第二个很重要的项目,就是关于金融市场证券投资领域的开放。这些年,随着我国金融市场的对外开放,我国股票市场和债券市场对境外资本有很强的吸引力。但是,现在仍然处在开放的早期,开放程度仍然不高。我国股票市场上境外投资者持有占比大概是 2.7%,过去两年我国债券市场发展很快,但是境外投资者持有占比大概是 2.3%。所以,这一块占比不高。但是,随着我国金融市场进一步对外开放、我国股票市场和债券市场纳入主要国际指数,未来几年,这一块还会增长很快。

综合分析,我国收支结构在未来仍然会呈现一个基本平衡的状态。另外,人民银行、外汇局将不断推动汇率形成机制改革,保持人民币汇率弹性,发挥人民币汇率在调节国际收支中的作用。

你问题的后半部分讲到,随着我国金融市场的开放,面临的跨境冲击和跨境风险会不会更大一些。我想,应该会。在推动金融市场开放的过程中,我们要不断完善跨境资本流动风险的管理,建立宏观审慎和微观市场监管的双层管理框架。

《华尔街日报》记者：刚才易行长提到了要继续保持人民币汇率在合理均衡区间的稳定，请问保持汇率稳定的目标会不会影响到人民银行货币政策的独立性？也就是说，在必要的情况下，如果要宽松货币来稳增长的话，会不会受到稳汇率这个目标的牵制？还有一个问题，您在去年的博鳌论坛上给出一个金融行业开放的时间表，请问这个时间表会不会受到中美贸易谈判进展的影响，或者会加快或者有其他的变化？

易纲：关于人民币汇率，我们是要保持人民币汇率在合理均衡水平上的基本稳定，但是我们汇率的形成机制是一个以市场供求为基础，参考一揽子汇率进行调节，有管理的浮动汇率。实际上，随着中国社会主义市场经济的不断完善，以市场供求为基础，市场决定汇率，在整个汇率形成机制里面所占的比重越来越大，也就是说，市场要在配置资源中起决定性的作用，我们汇率是朝着市场方向走的。

刚才你说到如何以市场供求为基础，要维持汇率稳定，这里面有矛盾，会不会影响货币政策？在过去这些年的实践中，我们都比较好地解决了这个问题。首先，我们考虑货币政策要以国内为主，实际上，我们考虑货币政策的时候，主要是价格和数量这些变量，汇率在国内的考虑里面应当是不占重要地位的。我们在国内的货币政策上，比如说存款准备金率、利率多高，都是以国内的经济形势和发展趋势为主考虑的。

同时，这个过程中有个汇率形成机制对整个经济变量发生影响的问题。在这个问题中，我们要处理好这样几个问题。一是坚持市场供求为基础的汇率形成机制，它是市场决定的。中央银行已经基本上退出了对汇率市场的日常干预。汇率市场的波动和一定程度上的弹性，对整个经济是有好处的。我们说一个弹性的汇率，实际上对宏观经济和刚才这位朋友问的国际收支调节起一个自动稳定器的作用。比如说去年，我们说汇率稳定不稳定呢？应该说汇率还是相当稳定的，2018年人民币对美元最强的时候达到了6.28，最弱的时候达到了6.97，这样一个波动的范围，从高点到低点大概是11%。如果算波动率的话,去年人民币对美元的波动率是4.2%。这个波动率相对于欧元兑美元的波动率、英镑兑美元的波动率,我们的波动率还偏小。欧元的波动率大概是7%,英镑的波动率8%左右,我们只有4%。这反映了什么呢?反映了我们的汇率还是相对稳定的。但同时,这个汇率稳定不代表说汇率只能盯死了不动,汇率必须要有个弹性,有个灵活的汇率形成机制,才能起到我说的自动稳定器的作用。我们在这儿强调,我们绝不会把汇率用于竞争的目的,也不会用汇率来提高中国的出口,或者进行贸易摩擦工具的考虑,我们承诺绝对不这样做的。这是回答了你第一个问题。

你刚才提的第二个问题是开放的时间表。去年习主席在博鳌做了重要的讲话,习主席的讲话中提出,要推动中国对外开放这个重大措施的落地,习主席要求宜早不宜迟,宜快不宜慢,我们要坚定不移地落实这个时间表。去年4月,在博鳌我代表中国宣布了一个时间表,这个时间表对于11项具体措施的开放都有具体的时间。如果你现在回过头来看这11项措施,大部分措施已经落地了。其中有些有重要的进展,比如说标普公司已经获得了进入中国信用评级市场的准入,比如美国运通的筹备申请已经获得批准等。

我们说对外的经贸摩擦,应当比较理性地看待,金融业对外开放的时间表是由中国改革开放需要所决定的,这样我们受到的干扰就会比较少。我们相信,中国金融市场的开放对中国有利,对世界有利,所以我们会坚定不移地按照这个时间表来推进。

《财经》杂志记者:易纲行长,去年,美国政府指责中国操纵汇率,推动人民币贬值,来获得竞争优势,对此央行有哪些回应?今年人民币汇率整体走势将可能受到哪些因素的影响比较大?

易纲:这个问题,实际上我刚才已经有所涉及。在我们对外贸易中,在G20或者国际货币基金组织、世界银行的年会等各种场合,大家都有过谈论和有益的讨论。中国在保持人民币汇率在合理均衡水平上的基本稳定的努力和成果，是受到全世界公认的，大家有目共睹。

从 2015 年开始，人民币由于受到各种外部因素的影响和国内因素交织在一起，人民币在过去四年多的时间里，确实是有贬值的压力。但是中国面对这个贬值压力，还是千方百计地保持人民币汇率在合理均衡水平上的基本稳定。为此，在这个过程中，中国外汇储备减少了 1 万亿美元，也就是说这个努力全世界都看得非常清楚，我们和主要贸易伙伴在磋商过程中，还有专家讨论的过程中，大家对这个问题是有目共睹的。包括美国财政部的汇率评估报告，一年有两次，你们可以查过去这一段时间，这么多次汇率评估报告，关于操纵汇率的标准和数据的讨论，我觉得可以回答你的问题。

就人民币汇率走势而言，经过这么多年市场机制的不断形成和完善，我们企业对人民币汇率弹性越来越习惯了，老百姓对这个弹性也很习惯了，市场上应对风险的对冲工具也越来越多。比如说我们的衍生产品、套期保值、远期等工具，对企业或者对各种需要的群体，都越来越完备。刚才功胜同志说，我们的股票市场和债券市场越来越开放。在开放的过程中，外国投资者要投资到中国市场，也要对它投资的头寸进行套期保值。这些工具都越来越方便，交易量也越来越大，成本也相对变得比较适度。所以我就说，这样一个市场建设和中国开放的总的形势，会使得人民币汇率更加向市场决定的改革方向不断迈进。而且随着市场工具的增多和完善，人们的预期也越来越稳。比如看最近这一轮，人民币汇率从去年到现在，人民币 6.72 元等于 1 美元，这个过程中反映了市场越来越成熟，预期也越来越稳。

所以我相信，今年展望未来的话，人民币汇率会在市场决定的机制下，变成一个非常有吸引力的、可自由使用的货币，中国的老百姓、中国的企业和全世界的投资者将对人民币越来越有信心。

《上海证券报》记者： 观察中国债券市场的发展，去年有两个方面的特征十分明显：一个是债券市场对外开放进展很快；另一个是债券市场违约现象增加较多。请问，您如何看待2019年债券市场的发展？

潘功胜： 近年来，中国债券市场发展速度很快，在服务实体经济、提高直接融资比重、支持供给侧结构性改革方面，发挥了非常重要的作用。到去年年末，我国债券市场总的余额是86万亿，在全球债券市场规模中排在第三位。去年，公司信用类债券占整个社会融资规模的比重是13%，成为企业仅次于信贷市场的第二大融资渠道。在过去两年中，我国债券市场有两个明显的特征，一是关于中国债券市场的对外开放，这方面的步伐是比较快的。我们为了方便境外投资者在中国市场发行熊猫债和境外投资者投资交易中国的债券，完善了多项政策安排，包括投资渠道、税收、会计制度、资金汇兑、风险对冲等。

彭博已经宣布，在4月1号要把中国的债券市场纳入彭博巴克莱的综合债券指数，其他一些债券指数的供应商也在积极评估，像富时罗素公司。目前，熊猫债发行了大概2000多亿，境外投资者投资中国债券市场的总量大概是1.8万亿，去年一年差不多增加了将近6000亿。

总体来说，我国债券市场对外开放步伐很快，但总体水平不高，未来的潜力还是比较大的。正如我刚才所讲的，境外投资者持有中国的债券占比大概只有2.3%。

在下一步工作中，债券市场一个主要的工作是继续稳妥推进债券市场的对外开放，为境外投资者投资和交易中国的债券创造一个更加方便的良好市场环境。这里面会有很多具体举措，因为时间的关系，我就不一一列举了。

第二个问题，你提到关于债券市场违约的问题。2018年债券市场违约的确有所增加，但是违约企业的行业分布和区域分布是比较分散的，整个违约率也不高。到去年年底，中国债券市场违约金额占整个市场的比例是0.79%。大家知道,不良贷款比例是1.89%。在国际上,穆迪公司也曾经发布过去几年国际债券市场的违约水平,它发布的数字是1.12到2.15之间。整体来说,中国债券市场违约水平并不是很高。

那么怎么看这个问题? 我们在前几年讨论中国债券市场的时候,这方面的诟病比较多的,包括你们记者,是说中国债券市场存在严重的刚性兑付,不能形成一个有效的价格,投资者的风险偏好、价格不能得到有效的区分,所以妨碍了资源的有效配置,这是前几年诟病比较多的。现在,有一些违约是正常现象,它有利于打破刚性兑付,纠正了债券市场的扭曲,有利于形成正常的投资文化、正常的价格,有利于债券市场的资源配置。

所以,2019年债券市场的风险问题,也是我们债券市场工作的一个重点。我们要按照市场化和法治化原则,管控好债券市场的违约强度,完善违约债券处置市场和违约债券的处置制度。这方面我们有很多工作要做,也有很多条,因为时间关系,我在这里也没法跟大家一一列举。所以,在债券市场工作中,扩大开放,管控风险,是我们2019年债券市场工作的两项重点工作,我们争取做得比去年更好。

《中国金融时报》中国金融新闻网记者: 我们知道金融业综合统计也是一项重要的金融基础设施,去年国务院也发文要求人民银行牵头推进金融业综合统计工作,请问现在的进展情况如何? 下一步我们的工作重点是什么?

陈雨露: 刚才金融时报问的问题比较专业。关于金融业综合统计,为了让大家更加明白地了解这个问题,刚才有位记者朋友问了我关于征信的问题,这两个实际上都是讲如何解决金融信息的不对称问题。在征信领域里面,主要解决的是微观金融决策上的信息怎么能够更充分,就是银行金融机构在发放贷款的时候,要求企业、要求到银行里面借钱买房子的这些人,你要把你的信用报告拿来,我要充分了解你的还款能力。当然现在征信很多都用到了社会领域,我们看到很多女孩儿找男朋友,未来的岳母说,你得把人民银行的征信报告拿来看看。人民银行现在征信中心的报告,大家查询的时候,个人查询前两次都是不收费的,在网上查你简版的个人信用报告也是不收费的。我不知道在座有多少人查过自己的个人信用报告,大家有空可以到网上查一查,看看自己的信用状况到底是什么样的。

金融业综合统计,实际上主要解决的是宏观金融决策的信息不对称问题。它要求把所有的金融机构、所有的金融活动、所有的国家金融基础设施都要统计在内。这样可以为防范化解系统性金融风险,更好地服务实体经济,推动金融体制改革,包括金融供给侧结构性改革,来提供数据和信息的充分支持。所以党中央、国务院非常重视金融业的综合统计工作,大家注意到,最近习总书记在十九届中央政治局集体学习的时候,又强调了一定要做好金融业综合统计工作,健全及时反映风险波动的信息系统。

为了落实好党中央、国务院的指示,人民银行在各有关部门的大力支持下,在金融业综合统计这项工作上,已经有了一个良好的开局。简单来说,主要做了这样三大项工作:

一是完成了资产管理产品统计的全覆盖。现在我们已经能够按月统计资产管理产品,已经全面摸清了并且能够动态监测影子银行里面极其复杂的资产管理产品的情况,底数摸清楚了。也就是说,我们国家资产管理产品目前的总量、结构、对实体经济支持的力度,包括产品之间相互嵌套的关系,还有风险状况,基本上现在有个家底,能摸清楚了。这对于在金融关键领域打好防范化解风险的攻坚战是个很大的支持。

二是要更加完整地测算宏观杠杆率。总理在政府工作报告中也特别强调,要继续保持宏观杠杆率的稳定,所以现在宏观杠杆率总体水平的测算也越来越科学。宏观杠杆率还要反映它的结构,不同经济部门、政府、企业、居民、部门的结构性特征。包括不同的金融工具的杠杆水平,包括不同地区,也都统计出来,更好地为我们结构性去杠杆,让它有据可依。

三是服务国家战略,强化金融专项统计。比如说金融精准扶贫贷款的统计、绿色金融的统计,还有普惠金融的统计等。

下一步我们重点做好的工作是将在系统重要性金融机构还有金融控股公司统计上取得新的进展和新的突破,以此来尽早地构建起我们国家金融基础数据库,为整个金融基础设施的高质量发展做出贡献。

中央广播电视总台国广记者:我的问题是关于移动支付的。在去年11月的时候,李克强总理在一次国际会议上曾经提到,移动支付绝大多数的受益者是小企业和个人。我们也注意到,去年央行在全国很多城市推广了一些移动支付的便民应用。我想请问,具体的情况是怎么样的,下一步还有什么计划?另外,我们还想知道,在全国绝大多数农村地区,这样的应用会不会得到推广?

范一飞:人民银行协调了商业银行、中国银联等各方,从2017年开始在全国推行了移动支付便民工程。2018年,这个便民工程服务范围进一步扩大到全国100个主要城市,并且取得了重大突破。通过便民工程,银行业统一的APP"云闪付"初步建成,移动支付产品体系更趋多样化,现在已经覆盖公交、地铁、菜市场、超市等十大便民场景,应用规模大幅增长,人民群众的支付服务需求得到较好的满足。2018年,商业银行共办理移动支付业务605.3亿笔,金额达到277.4万亿元,分别比上年增长了61.2%和36.7%。同时,港澳版的"云闪付"也已经顺利地推出,有效满足了粤港澳大湾区建设的需求。

下一步,人民银行将围绕服务民生改善,持续优化支付服务供给结构、提高支付服务供给水平,更好地满足人民群众对安全、便捷支付的需求。第一,就是100个示范城市。今年,我们要把便民工程扩大到全国范围,包括县域及以下地区,来推动城乡支付服务融合发展,加快农村支付服务环境建设提档升级,更好地服务农村经济社会发展。同时,要继续稳妥推进粤港澳大湾区跨境支付的便利化措施,既顺应大湾区消费者的现实金融服务需求,又为移动支付跨境使用积累经验。

第二,继续推动移动支付在衣食住行多领域广覆盖,将交通领域作为重点建设场景来抓,以移动支付助力交通领域降低社会成本,保障资金安全,提升出行体验。我们各个地方的人民银行都可以结合实际,在其他领域,如医疗健康、高校园区等,再选择两到三个便民场景加快建设。

第三,要在积极推进移动支付服务创新的同时,加强交易监测和风险识别,保障支付业务安全,保护用户的合法权益。在延伸推广的时候,要做好现金支付以及移动支付相关产品的宣传和安全教育,培养正确的支付习惯,有效地防范风险。

新加坡《联合早报》记者:易行长,想再问多一个关于汇率的问题。刚才你也谈到中美在最新一轮的贸易磋商当中讨论了很多关于汇率的问题,想问一下中国有没有在汇率问题上,在贸易磋商当中作出任何的让步?

易纲:我觉得我们的讨论是非常有意义的,而且中国的汇率形成机制符合我们在 G20 和所有其他重要国际场合上的承诺。这些年来,汇率形成机制在朝着市场方向改革和不断完善方面迈出了实质性的步伐。所以,当我和我的美国同事在讨论这些问题时,我在前面给你举出了一些讨论的重要领域和内容。我们认为,中国的汇率形成机制是市场决定的,在这方面,市场的感觉、企业的感觉越来越清晰,而且人民币是朝着一个可自由使用货币的方向发展的。我们的货币形成机制实际上也是跟资本项目的可兑换和跨境风险防范联系在一起的。比如说我们的老百姓将出国留学、出国旅游,用汇会越来越方便。我们的企业在做贸易时,贸易结算、进口出口会越来越方便,我们进口和出口的核销完全都取消了。比如在投资方面,ODI 和 FDI 会越来越方便。再进一步,就是我们金融市场的开放,中国的股市、债市和其他金融市场都逐步要向全世界开放。再往前走一步,就是我们的衍生产品和对冲工具将来也会越来越完善。如果你考虑所有这些的话,你会感到,在汇率形成机制的讨论中及对中国未来市场方向和市场建设过程中,我们的共识会越来越多,信心会越来越足。

主持人:谢谢,本场记者会到此结束,谢谢四位嘉宾,谢谢大家。

就金融改革与发展答记者问

就人大监督工作答记者问

（3 月 10 日）

全国人大监察和司法委员会副主任委员徐显明、全国人大财政经济委员会副主任委员尹中卿、全国人大教育科学文化卫生委员会副主任委员吴恒、全国人大环境与资源保护委员会副主任委员窦树华、全国人大常委会预算工作委员会副主任朱明春

十三届全国人大二次会议新闻中心副主任、主持人韩林宏：各位记者朋友，大家下午好。欢迎参加十三届全国人大二次会议记者会。本场记者会的主题是人大监督工作。我们很高兴地邀请到全国人大监察和司法委员会副主任委员徐显明先生，全国人大财政经济委员会副主任委员尹中卿先生，全国人大教育科学文化卫生委员会副主任委员吴恒先生，全国人大环境与资源保护委员会副主任委员窦树华先生，全国人大常委会预算工作委员会副主任朱明春先生。请他们回答人大监督工作相关的问题。

中央广播电视总台国广记者：去年全国人大常委会开展的大气污染防治法执法检查力度很大，曝光了一批问题，社会反响强烈。请问窦树华副主任委员，您全程参与了这次执法检查，能不能给我们讲讲你们是怎么进行明察暗访的？您个人有哪些感受？

窦树华：感谢媒体对全国人大常委会生态环境保护监督工作的关注和支持。坚决打好污染防治攻坚战是党的十九大做出的重要战略部署，

　　3月10日,全国人大监察和司法委员会副主任委员徐显明、全国人大财政经济委员会副主任委员尹中卿、全国人大教育科学文化卫生委员会副主任委员吴恒、全国人大环境与资源保护委员会副主任委员窦树华、全国人大常委会预算工作委员会副主任朱明春就人大监督工作答记者问

　　新的一届全国人大常委会筑牢"四个意识",坚决做到"两个维护",深入学习贯彻习近平生态文明思想,坚决贯彻落实党中央生态文明建设的战略部署,认真履行宪法赋予的职责,把生态环境领域的监督作为人大监督工作的重点。2018年全国人大常委会开展了大气污染防治法执法检查,开展了海洋环境保护法执法检查,听取了国务院关于2017年度环境状况和环境目标完成情况的报告、检查固体废物污染环境防治法的执法检查报告和审议意见处理情况的报告。

　　经党中央批准,全国人大常委会专门加开了一次会议,听取大气污染防治法的执法检查报告,开展了专题询问,并作出了《关于全面加强生态环境保护　依法推动打好污染防治攻坚战的决议》。全国人大常委会坚持以法律武器治理污染,用法治力量保护生态环境,为依法助力打好污染防治攻坚战作出了积极贡献。

大家知道,打好污染攻坚战的重中之重是打赢蓝天保卫战,还老百姓蓝天白云、繁星闪烁。十三届全国人大常委会把大气污染防治法执法检查作为重中之重,目的就是通过执法检查贯彻落实党中央生态环境保护的决策部署,推动大气污染防治法的贯彻实施,解决老百姓关心的突出的环境问题。这次执法检查由栗战书委员长担任组长,检查的时候是栗战书委员长、王晨副委员长、沈跃跃副委员长、丁仲礼副委员长分别带领四个组深入八个省区进行检查,同时委托其他23个省区市人大常委会对本行政区内法律实施情况进行自查,实现了执法检查对全国31个省区市的全覆盖。可以说,这次执法检查力度之大、规格之高、效果之好是过去少有的。我参加了对三个省的现场检查,一个是陕西、一个是河北、一个是山东,我感觉到有四个突出的特点:

一是深入学习贯彻习近平生态文明思想,贯彻落实党中央生态文明的战略部署。栗战书委员长,王晨、沈跃跃、丁仲礼副委员长等常委会领导同志所到之地带头宣传习近平生态文明思想,号召地方共同行动起来,坚决贯彻党中央决策部署。二是严格依法办事,严格检查、严格监督,依照法定职责、限定法律范围,遵守法定程序、紧扣法律检查,督促政府依法尽职尽责,避免粗、宽、松、软的问题。三是坚持问题导向,敢于动真格的,敢于碰硬。对重点地区、重点领域、重点行业存在的问题进行检查,为了深入地查找问题、开展随机检查,举一反三,推动整改。四是创新方式,增强实效。扎实开展了随机抽查,还有问卷调查,召开五级人大代表、专家学者、基层执法人员座谈会,倾听民意、集中民智等,打出了人大监督工作的"组合拳",取得了实实在在的成效,提供了人大监督工作的经典范本。

刚才记者问的抽查的做法,这次执法检查一共对12个城市38家企业和工地进行了随机抽查,主要做法有五点:第一个是组成权威的检查班子、检查小组,主要由常委会委员和人大代表当成员,生态环境部门、地方人大的同志,还有生态环境部环境督查局的同志配合检查小组工作。第二个是选准抽查地点,根据生态环境部门提供的线索,来选定存在问题的单位进行抽查。第三个是现场抽查,不打招呼,直奔现场,也不通知当地政府,到现场之后,直接查找重点问题,取证发现问题,由生态环保执法部门现场认定违法行为。第四个是依法处理问题,人大检查的时候不直接处理问题,对现场发现的问题请生态环保执法部门来认定,有的当场责令企业整改,有的向当地政府交办整改,有的交给中央环保督查"回头看"督促整改。第五个是运用好检查结果,对检查的问题以"解剖麻雀"的方式深入进行分析,并且在起草人大常委会报告的时候认真研究吸收这些问题的分析结果,提出针对性意见和建议,推动法律制度的落实。

从现在来看,随机抽查确实达到了找准问题、抓住问题、解决问题的效果,到目前22个单位企业查找的38个问题都依法得到了解决。从常委会大气污染防治法执法检查的情况来看,从检查审议、专题询问、做出决议一直到今年2月国务院对执法检查报告及审议意见的整改落实情况进行反馈,整个过程可以看出,全国人大常委会大气污染防治法执法检查对打好污染防治攻坚战、打赢蓝天保卫战起到了积极的推动作用。

《中国日报》记者:我们注意到去年国务院首次向全国人大常委会全口径报告了国有资产管理情况,这也是国有资产家底首次在全国人民面前亮相。请问预工委的朱主任,全国人大为此做了哪些工作?您认为这项监督工作发挥了什么样的作用?今年准备做哪些工作?

朱明春:建立国务院向全国人大常委会报告国有资产管理情况制度是党中央加强人大国有资产监督职能的一项重要举措。这项决策是2017年年底中央发文进行的。去年是全国人大贯彻这一决策、建立这项制度的开局之年,在全国人大及各方面共同努力下,这项工作开局良好,取得了很好的效果,归纳起来主要是两个方面的工作。

第一,在全国铺开了这项工作。我们会同国务院、财政部、国资委、自然资源部、审计署等有关部门,一起召开了全国性的会议进行动员和部署,栗战书委员长亲自做出重要批示,王晨副委员长亲自到会作了重要讲话。截至目前,全国有31个省(区、市)全部都建立了相关的报告制度,并且开展了报告工作。

第二,全国人大常委会在去年10月常委会会议上听取和审议了国务院关于国有资产管理情况的综合报告和关于金融企业国有资产的专项报告。这是中华人民共和国成立以来首次报了一个全口径的明白账。综合报告重在反映全面情况,专项报告更多聚焦金融企业国有资产的突出问题,这种综合报告和专项报告结合的模式,在全国人大常委会层面是率先进行的,全国也是按照这种方式进行。

从工作的实际情况来看,我们国家的国有资产数量非常大,情况很复杂,类别也很多,要交出这么一本账确实不容易,全国人大常委会跟国务院有关方面建立了分工和工作联系制度,我们也制定了落实中央意见的实施意见,克服了大量的困难,这些困难主要是刚才讲的,类别很多、分布很广,管理分散,不是由一个部门管。所以交出这份账本,应该说也很不容易,但是综合报告基本上覆盖了企业国有资产包括金融类和非金融类的,也覆盖了行政事业性单位的资产和自然资源。当然我在这里也要说明一下,由于国有资产类别不同,有的是以价值量计算,像自然资源只能以实物量来报,企业会计和行政事业单位的会计、政府会计标准也不一样,这些数字不能简单地加总。我们做这项工作的出发点就是要向全国人大常委会报告出明白账,做到账实相符、账账相符、有账可查。这项工作是党中央加强人大国有资产监督职能的重要决策部署,是加强国有资产管理和治理的重要基础性工作,对于管好、用好国有资产,更好地造福人民,使得国有资产更好地安全有效运行是非常重要的。因为最好的监督就是要公开、透明,要依法进行报告、依法公开,让人民能够监督。

我想,通过常委会去年一年来的开局性工作,有很多是创新性的工作,取得了良好的成效,这个成效主要体现在两个方面:一是把全口径、全覆盖的账报出来,晒出了我们的家底,使国有资产在阳光下运行。二是摸清了问题,形成了共识,增强了责任。通过开展监督调研工作,也通过督促国务院有关方面加强对国有资产家底的排查,我们现在主要的问题就是国有资产的底数掌握得还不够清晰和准确。另外,布局管理和监督方面还不够规范和合理。国有资产还不同程度存在着运行低效,甚至还有流失的问题。通过常委会的审议,大家对问题形成了共识,对于改革也增强了动力、增强了责任。

下一步,我们这项工作要达到党中央提出的全面规范、公开透明、监督有力的目标,还需要不断地进行努力,第一项工作是要进一步抓整改环节,10月已经听取和审议了国务院关于国有资产的综合报告,也包括金融国有资产的专项报告,常委会对金融国有资产也进行了专题调研并且向大会提交了调研报告,这个报告对金融国有资产的功能、定位、布局,金融国有企业如何更好地加强防范金融风险、服务实体经济,更好地深化国有资本治理结构等都提出了很好的意见和建议,也指出了很多的问题。所以,我们下一步就是抓整改,落实常委会在审议意见中提出的要求和问题,认真地梳理、督促国务院部门进行整改。

这项工作国务院今年4月还要向常委会提交进行整改工作的报告。第二项工作,我们已经和有关部门一起制定了国有资产报告工作的五年工作规划,现在正在按程序报批。这五年我们每年都是一个综合报告和一个专项报告,去年已经报告了金融国有资产,今年预计进行行政事业性国有资产的专项工作报告,再往后还有非金融企业国有资产、自然资源类国有资产,我们都要进行报告,要逐步拓展开来做到全覆盖,真正把国有资产的监督工作做好。

《检察日报》、《检察日报》融媒体中心记者:请问徐显明副主任委员,去年全国人大常委会听取和审议了"两高"专项工作报告,并首次对"两高"专项工作进行专题询问,请问为何在听取专项工作报告之后还要开展专题询问,为做好这次专题询问工作,全国人大监察和司法委员会做了哪些工作? 有哪些亮点和经验值得总结?

徐显明:专题询问是人大和常委会行使监督权的一种重要方式。长期以来,常委会主要是听取和审议有关专项报告,对"两高"的工作进行监督。去年在这个基础上第一次开展了专题询问,有这样几个考虑。

第一,回应人民群众的关切。像执行难问题是审判工作中比较薄弱的环节,像对民事审判工作进行检察监督,对人民检察院来说也相对薄弱。但是这两项工作人民群众都非常关注,所以回应人民的关切,这是第一个考虑。

第二,进一步加大对司法工作的监督力度。这是全国人大常委会加强司法监督工作的一次积极探索和实践创新,也是贯彻党中央决策部署,支持和保障司法改革、促进司法公正的一项重要举措。

为了协助常委会做好这次专题询问,监察和司法委员会做了大量的工作,概括起来有几个方面:一是加强与"两高"的沟通和协调,畅通联系渠道,及时向"两高"说明专题询问的工作要求,帮助他们制订工作方案,听取有关专项工作报告起草情况的汇报,并对报告提出修改意见和建议。二是征求社会各方面的意见。我们函请中国企业联合会、中华全国律师协会、中国国际经济贸易仲裁委员会、中国青年报四家单位协助开展了问卷调查,收集企业、律师、仲裁员、社会公众对法院执行工作的评价和建议。三是深入开展了实地调研。我本人参加了四个省份的调研。监察和司法委员会形成了专题调研报告,在常委会召开的时候,把这个专题报告印发常委会,供常委会听取和审议"两高"的报告参考。在常委会第六次会议上,周强院长、张军检察长以及公安部、司法部、财政部等有关部门的负责人到会回答询问,引起了社会各界广泛的关注,专题询问取得了较好的效果。

中央广播电视总台央视记者:去年的 12 月下旬,全国人大常委会听取和审议了国务院关于发展海洋经济、加快建设海洋强国工作情况的报告,全国人大财经委专门就此展开了专题调研。所以我想请问一下尹中卿副主任委员,为什么会针对这样的题目展开专题调研,在调研的过程当中都发现了哪些问题?提出了哪些建议?

尹中卿:海洋是生命的摇篮,风雨的故乡,资源的宝库和交通的要道。按照海洋法公约,我们国家管辖的海洋面积超过 300 万平方公里,相当于陆地国土面积的 1/3,除此之外,还有大洋、深海、极地可以开发利用。目前我们国家的陆地面积开发强度已经很高了,所以关心海洋、认识海洋、走向海洋、开发海洋、经略海洋已经成为我们在新时期、新时代开拓发展新空间、孕育经济新产业、打造增长新引擎、构建可持续发展新屏障的必由之路。所以我们去年选择了发展海洋经济、加快建设海洋强国来听取工作报告、开展专题调研。从专题调研情况来看,目前发展海洋经济面临四个突出的问题。

一是经略海洋的认识有待深化,目前很多地方发展海洋经济的重点主要是在沿岸、在领海、在近海,对于走向远海、走入深海、走向大洋的重视远远不够。二是海洋传统产业过多过滥,但海洋的新兴产业、战略性产业、高科技产业发展远远不够,所以海洋经济结构调整和产业升级面临十分繁重的任务。三是海洋产业发展方式粗放,特别是科技基础和支撑能力有待提高。四是海洋生态环境压力比较大,近海污染情况比较严重,生物资源衰减状况没有得到根本好转。我们党和国家对发展海洋经济十分重视,党的十八大报告提出要发展海洋经济,党的十九大报告也提出要加快建设海洋强国。

在我们这个调研中,在常委会分组审议国务院专项工作报告中,大家对发展海洋经济、加快建设海洋强国提出了很多建议，概括起来主要有五个方面：第一是科学用海。希望我们国家加强顶层设计，强化涉海的综合管理，完善海洋法律法规体系，统筹近岸、近海发展，合理开发岸线、滩涂、浅海、岛礁资源，兼顾深海、远洋和极地来建设海洋强国。第二是产业兴海。加快海洋产业的转型升级和结构调整，促进陆地与海洋资源互补、产业互动，实现协调发展。第三是科技强海。通过海洋科技创新，大力发展海洋装备，强化涉海的基础设施建设，实现高质量发展。第四是生态护海。把开发利用与管理、保护摆在相同的位置，有效地降低陆源入海的污染负荷，强化海洋的生态环境保护，实现人海和谐可持续发展。第五是开放活海。构建全方位的海洋合作体系，更好地保护领海、掌控近海、进入深海、走向远洋直至南极、北极，发展海洋经济，维护海洋权益，保护海洋安全。

中国教育电视台、中国教育网络电视台记者：我的问题请问吴恒副主任委员。去年，全国人大常委会听取和审议了《国务院关于推进城乡义务教育一体化发展 提高农村义务教育水平工作情况的报告》，请问在推进城乡义务教育一体化发展和提高农村义务教育水平方面，您认为目前存在的主要问题有哪些？有什么好的解决办法吗？

吴恒：谢谢这位记者对义务教育的关注。我们都知道，义务教育是个人成长、家庭幸福、民族振兴、国家发展的大事，也是党中央高度关注的大事。今天我们国家的义务教育已经发生了翻天覆地的变化，现在到广大的乡村去看，最好的房子就是学校。我们还可以看到，哪里有国旗升起的地方，哪里就一定有学校，或者一定就是学校。另一方面，随着社会主义市场经济的推进以及城镇化的推进、农民收入的增加，新农村的建设、乡村振兴，确实也给义务教育的发展带来了一些新的问题或者挑战。我们现在所看到比较多的，也是媒体的朋友经常报道的，一个是"挤"，一个是"弱"，义务教育初中和小学，农村比较弱，城镇比较挤。城镇的小学、初中出现大班额,有一些农村学校学生的人数比较少,教学力量也比较弱。

因此,党中央明确提出,我们要加快和推进城乡义务教育一体化,也就是在县域范围之内,我们对位于城镇的中小学和位于农村的中小学的发展有相同的要求和同样的发展水平。所以,2018年全国人大常委会在选择义务教育作为监督事项的时候,主题就是关于推进义务教育城乡一体化发展。按照常委会的工作安排,在常委会听取国务院专项报告之前,教科文卫委员会从5月到6月,密集地安排了到辽宁、重庆、贵州3次对城乡义务教育发展情况的调研,而且是由常委会领导,也就是艾力更·依明巴海副委员长亲自带队调研。

通过调研我们感觉到,有这样几个方面的问题摆在当前城乡义务教育一体化面前。一是农村学校的基础设施建设问题,也就是我们讲的两类学校,寄宿制学校和小规模学校。小规模学校是在校生人数比较少,比如少于50人的学校,这两类学校的建设在一些地方还不尽如人意。二是乡村教师队伍建设问题。虽然国家出台了很多政策,也有较大的投入,但是也还存在着许多短板或者不足。三是在投入方面有一些地方政府的职责还没有完全到位。我们知道义务教育法明确规定,义务教育是以县为主管理的,县市包括省各级人民政府对义务教育、对辖区内的义务教育都有投入支持发展的重要责任。可以这么说,我们通过调研看到,义务教育的短板在农村,农村的义务教育短板在教师队伍。

教师队伍特别是乡村教师队伍还存在如下几个问题:作为短板来说,一是待遇比较低,像教师收入和财政补助还比较低。二是他们应有的职称或者职务的晋升还不尽如人意。三是乡村教师的生活条件比起城镇的教师来说要差很多。这些原因造成乡村教师职业吸引力比较弱。这是从硬件方面来说。从软件方面来说,就是乡村教师队伍的素质,这是乡村义务教育教师队伍建设的短板。

我给大家举一个例子,我和一些乡村教师座谈的时候,有一位乡村教师很感慨地对我说,他很羡慕城里的老师能够通过网络跟家长进行互动,包括给家长布置作业,使得家庭教育和学校教育能够很好地有机融合。而他在农村,当然我去的那个地方是比较偏僻一些的国家级贫困县。他说我们这个地方还没有通网络,他也很苦闷,没有办法跟家长来进行这样的一种家庭教育和学校教育有机的融合。这位老师反映的情况是我们农村义务教育所面临的一个现实,但是另外一个方面,从教师的素质来看,也应该感觉到乡村教师队伍素质的提升刻不容缓。也就是说,这个老师缺乏进一步思考,乡村的中小学有哪些方面是城里的中小学所不具备的优势?我们将这些优势发挥得如何?开发得如何?在把这些乡村的优势用于启迪孩子的思路、启迪他们的创新并反映到校本教材等方面,他们做得如何?这也是乡村教师素质亟待提升的问题。

刚才这位记者朋友提到的下一步措施,我们将按照常委会领导的要求,抓紧对国务院就这个专项审议报告意见所提出的情况、所提出的整改意见进行跟踪、调研,并督促这些措施落实到位。比如对于两类学校的建设,比如对于教师队伍素质的提升,比如对于县域范围内教师的交流力度的实施,等等。相信通过各级政府进一步提高认识,通过我们进一步的督查,义务教育的城乡一体化均衡发展,县域范围内的均衡发展,明天一定会比今天更好。

《光明日报》全媒体记者:近年来,有关部门查处了一些统计数据造假的问题,引发了社会广泛关注。去年全国人大常委会开展了统计法执法检查,请问尹中卿副主任委员,这次检查发现了哪些突出问题?如何加以解决?

尹中卿:全国人大常委会对统计法的执法检查十分重视,全国人大财经委具体承担了这次执法检查的组织工作。我们分了三个组,先后去6个省进行了执法检查,同时还委托了7个省区市进行自查。从执法检查情况来看,各地各部门也反映,目前统计法实施中还存在着一些不足和问题。大家反映比较多的主要集中在五个方面。

第一，整个社会的法治意识，也就是统计的法制意识不强，统计造假、弄虚作假屡禁不止。一些地方搞攀比、争位次，在源头上对数据弄虚作假，虚报、瞒报、漏报。这些年地方 GDP 总量大于全国核算，统计数据有水分，导致统计数据的公信度受到了怀疑，这是一个比较突出的问题。

第二，一些基层单位和企业包括公民、居民住户反映，填报的统计报表多、指标繁、频次多。统计报表多乱，数出多门，加重了基层特别是地方基层政府和企业的负担。

第三，部门统计的标准、方法、口径和数据不一致，出现了数据打架，形成了"数据孤岛"，也有"数据烟囱"，统计信息共享推进缓慢。

第四，对统计违法违纪行为追究不到位。对统计的违法行为处罚偏轻。

第五，统计体系滞后于新时代高质量发展的需要。我们很多统计制表还是在原来计划经济条件下确定的，但是经过 40 年改革开放和市场经济的发展，统计指标体系改革进展比较慢，所以现在统计指标反映经济建设的多，反映社会发展的少；反映总量速度的多，反映结构调整、质量效益这些指标的少，对于一些新出现的问题，像新技术、新产业、新业态、新模式这"四新"，还缺乏比较准确的统计。去年 6 月，全国人大常委会听取和审议了统计法执法检查报告，国务院及其有关部门对这次执法检查所发现的问题高度重视，认真研究整改。去年 12 月，国家统计局向全国人大常委会提交了关于落实全国人大常委会统计法执法检查报告及其审议意见的报告。从这半年多的整改情况来看，通过这次执法检查，我认为在推动六个突出问题的解决方面取得了积极进展。

一是推动挤干统计数据水分，各个地方、各级政府对前些年积累的一些统计数据的水分进行挤压，特别通过执法检查督促各级政府解决统计数据失真的问题，从制度上来解决瞒报、漏报、虚报、误报、重报、迟报等问题,切实提高统计数据的质量,让它真实、可靠。

二是推动查处统计违法案件。督促有关部门和地方落实对数据造假、弄虚作假责任人一票否决制,加大统计违法案件的通报、曝光、查处的力度,全面排查、专项整治以数谋私、数字腐败的问题,从根本上解决"数据出官"、"官出数据"的问题。

三是推进国民经济核算改革。组织实施地区生产总值统一核算,从今年开始在全国进行,由国家统计局对各个省区市的地区生产总值进行统一核算,停止对各个地方生产总值总量和速度进行排名这种做法,探索编制全国资产负债表、全国和各个省区市的自然资源资产负债表,完善考核评价机制,推动树立正确政绩观。

四是推动完善统计指标体系。督促发布调查失业率指标、"三新"经济增加值数据、经济新动能发展指数。研究建立绿色发展统计、网上零售统计、新金融统计、服务消费统计、产业园区统计、战略性新兴产业统计等,积极构建推动高质量发展的统计体系。

五是推动改进工作方法。为了减轻基层、企业和居民住户的负担,清理国家、部门和地方的统计调查项目,解决统计报表既多又乱的问题,探索利用互联网、大数据、云计算等方式,加强抽样调查、丰富统计方法、减少层层填报、健全统计基础资料。规范数据提供与使用,共享数据库建设,完善统计数据的共享制度。

六是推动法律法规的立改废释。统计法修改已列入十三届全国人大常委会立法规划,有关工作正在稳步推进。全国人口普查条例、民间统计调查条例等与统计法配套法规的制定和修改也正在研究推进。

中央广播电视总台央广记者:我的问题提给徐显明主任。全国人大监察司法委员会成立以来,在涉监察方面做了哪些工作?另外,我们也注意到监察法中有这样的表述,各级监察委员会要接受本级人大及其常委会的监督。所以请问徐主任,下一步人大对监察机关的监督有什么样的考虑?

徐显明:全国人大监察和司法委员会是去年3月成立的,到今年正好一年的时间。一年来,在人大对监察机关的监督方面,这个委员会主要做了四个方面的工作。

第一,开展了监察体制改革和监察法实施情况的调研。监察法实施之前,中央决定在北京、山西、浙江三个地方进行监察体制改革试点,他们的经验上升到了监察法当中,所以我们调研的时候先到这三个试点的地方去,看看他们在监察法实施以后做了哪些工作,又有了哪些新的经验。同时,对没有开展试点的内蒙古、河北,还有改革开放前沿的广东等省份进行了调研,了解国家监察体制改革的最新进展和监察法实施情况,并提出有关工作的意见和建议。

第二,提前介入政务处分法、监察官法等立法工作,推动完善监察法配套法律。监察法是监察体制改革方面的基础性法律,还需要制定有关法律,推动形成制度体系。由监察法衍生出来的政务处分法、监察官法正在制定,我们这个委员会提前介入了这两个法的制定工作。

第三,加强同国家监察委员会及其派驻机构的沟通和协调。我们这个委员会成立以后,调整和充实了内设机构,设置了专门的监察室。监察室多次与国家监察委员会有关部门座谈,建立起工作沟通机制。

第四,加强与地方人大对口委员会的工作联系,了解地方人大监察监督工作开展的情况,加强工作指导。主要做了两项工作:一是对各省的相关委员会负责同志进行工作培训,沟通情况,学习监察法,提高履职能力。二是召开座谈会交流工作经验。

按照常委会工作安排,今年有两项重点工作:一是推进政务处分法、监察官法立法工作。这两个立法项目已经列入十三届全国人大常委会立法规划,我们这个委员会将继续提前介入这两部法律的起草工作,配合国家监察委员会和常委会立法工作机构,做好审议前的准备工作。二是协助常委会开展监察体制改革和监察法实施情况的专题调研。围绕贯彻落实习近平总书记在十九届中央纪委三次全会上的重要讲话精神,重点调研监察法实施过程中的新情况、新问题,推动执纪与执法相贯通,有效衔接司法,也就是推动"纪法贯通、法法衔接"。以上是今年要做的两项重点工作。

你刚才提的问题还涉及全国人大常委会、监察司法委员会今后的一些工作,根据宪法和监察法的有关规定,监察机关对产生它的人大负责,接受人大监督。我们将根据宪法和监察法的规定,在党中央的统一领导下,按照全国人大常委会提出的"寓支持于监督之中"的工作理念,依法有序推进有关人大监督监察工作。

《中国青年报》、中青在线、中国青年网记者:有一个问题提给朱明春副主任。去年,中共中央办公厅出台了《关于人大预算审查监督重点向支出预算和政策拓展的指导意见》,请问这项改革意味着什么? 另外,全国人大做了哪些工作,还有哪些新举措?

朱明春:人大预算审查监督重点向支出预算和政策拓展,是党中央加强人大预决算审查监督的一项重要决策部署。实施这项改革的重要意义,听起来可能很专业,实际我给你一解释就比较清楚了。过去人大预算审查监督的重点更多体现在赤字规模和预算收支平衡状态上,也就是说关注更多的是钱够不够花,别把"钱袋子"花超了。现在党中央要求审查监督重点向支出预算和政策拓展,就是要更多地关注钱是怎么花的,怎么能够花得更好、更有效。这就是你说的意味着什么。我想强调最核心、最关键的一点,这项重要改革是党中央对人大加强预决算审查监督工作提出的新的要求,是在新时代更好发挥财政资金作用,确保推进高质量发展和解决经济社会主要矛盾,对人大及其常委会的监督工作提出的新的要求,是非常有意义的。从全国人大去年一年的工作来看,贯彻落实这项重要改革举措,我把它归纳为四个方面。

第一,对标党中央的决策部署,把党中央的决策部署落实到预算中去。预算审查监督的重点向支出预算和政策拓展,主要的依据就是党中央的决策部署。比如像去年中央经济工作会议提出,积极财政政策要加力提效,要实施更大规模的减税降费,要实质性地降低增值税率。我们在具体审查的过程中,特别是在前期与国务院有关部门的沟通中,人大常委会预算工委也好,财经委也好,反复与国务院有关部门沟通,督促落实党中央决策精神,把大规模减税降费的方案做实、做明,向全国人大提交。所以,我们就是要对标党中央的决策特别是要贯彻新发展理念,推动实施高质量发展战略,深化供给侧结构性改革,全力支持打好三大攻坚战,坚持以人民为中心的发展思想,确保民生重点支出,要坚守好社会保障的底线,等等。这些都是我们在预算审查的过程中非常关注和要重点做好的工作。

第二,有效发挥人大代表的作用,反映民意、汇聚民智,体现以人民为中心的发展思想。去年我们建立了预算审查联系代表机制,经过各个代表团的推荐和审核批准,确定了153位有一定专业背景的人大代表,作为我们重点联系的代表,在代表大会召开前,请其中的部分代表更加深入地参与预算审查工作。在预算执行过程中,我们也将邀请这些代表参加有关活动。这些代表在平时,应当更主动地去收集各方面的意见,并汇集到预决算审查监督的过程中来。

第三,今年在财经委员会对预算进行初步审查过程中,在以往进行全面审查的同时,我们今年新安排了专题审议,拓展了预算审查的深度。这是今年的一个新做法。今年专题审议题目是扶贫攻坚,政策措施和资金安排情况,取得了良好效果。

第四,加强重点领域的财政专项资金监督工作。这项工作全国人大常委会已经连续进行了多年,每年一个重点领域,从科技、水利、教育、医疗卫生一个个排下来,形成了制度性的安排。今年监督工作计划安排的是生态环保资金的分配和使用情况,要听取国务院专项工作报告并开展专题调研,进行重点监督。这也是助力打好三大攻坚战的一项具体措施。

下一步,围绕党中央明确提出人大要对政府预算实施全口径审查、全过程监管的任务要求,进一步开展工作,把预算审查工作做细、做实、做到位。所谓全口径审查,就不仅是只专注一般公共预算,还要关注国有资本经营预算、政府性基金预算、社会保险基金预算,要做到全口径审查。大家知道,过去对一般公共预算关注多一些,对其他三本预算关注相对少一些。第二个方面,今年向全国人大二次会议报送的部门预算已经有104家,比去年增加了19家,除了涉密单位以外全报送了。在过去的审查中,我们对政府预算审查的要多一些或者花的力气大一些,对部门预算限于人力关注的相对少一些。按照全口径审查要求,就要把这些都审到位。全过程监管,就意味着我们要对政府提交的预算草案和预算执行结果从事后监督为主,进一步向预算编制的"事前"和预算执行的"事中"监督这两个环节延伸,做到事前、事中、事后各环节紧密衔接、相互贯通。

主要是要做这样几个方面的工作:一是听取预算执行情况的报告。这是每年都要进行的,主要是督促有关部门落实大会预算决议以及财经委预算审查结果报告中提出的各项意见建议。二是加大对预算执行过程的监督。我们现在建立了预算联网监督系统,能够通过实时在线及时发现问题,督促有关部门解决执行中的问题。三是加强对重点领域财政资金的专项监督,每年围绕一个重点领域的资金使用情况开展监督,不断把这项工作做得更扎实,提高监督的深度和实效。四是进一步加强对审计查出问题整改情况的跟踪监督。常委会每年都要听取和审议国务院关于审计查出问题整改情况的报告。经过以上这些工作的开展,就形成了一个全链条、全过程的监管。

《法制日报》全媒体记者:前面窦树华副主任委员介绍了全国人大常委会去年对大气污染防治法执法检查工作的情况,这次执法检查规格很高,力度也很大。我们想了解一下围绕打好污染防治攻坚战,今年全国人大将开展哪些监督工作? 力度是否还会更大?

窦树华:感谢《法制日报》长期以来对于全国人大生态环境监督工作的支持。刚才,我说了去年的工作,今年全国人大常委会将进一步深入学习贯彻习近平生态文明思想,保持加强生态文明建设的战略定力,继续把依法助力打好污染防治攻坚战作为今年监督工作的重点,推动生态环境方面的法律制度有效实施,以法律的武器治理污染,用法治的力量保护青山绿水、蓝天碧海。全国人大常委会将开展水污染防治法实施情况的执法检查,并进行专题询问。还要开展可再生能源法执法检查,还将听取审议国务院关于 2018 年度环境状况和年度环境保护目标完成情况的报告,同预工委联合听取财政生态环境保护资金分配和使用情况的报告,环资委还开展土壤污染防治法的实施情况的调研。

今年监督工作的重中之重,是开展水污染防治法执法检查,就是依法助力打好碧水保卫战。大家知道,水污染防治法 2017 年重新进行了修改,2008 年 1 月 1 日实施。实施一年后,我们开展这部法的执法检查,就是要检查新修改的法律一年来实施情况如何,重点检查饮用水安全保障制度实施情况,还有水污染防治的标准、规划、监督管理制度实施的情况,以及重点流域、重点湖泊、重点区域治污的措施、法律责任落实的情况。现在这个方案正在拟定之中,计划今年的 4—6 月开展检查,8 月常委会听取执法检查的报告,并开展专题询问。我们要按照习近平总书记最新的指示精神,要保持加强生态文明建设的战略定力,不动摇、不松劲、不开口子,坚持问题导向,发扬钉钉子精神,久久为功,持续发力。坚决依法保护好良好生态环境这样一个最普惠的民生福祉,努力增强人民的获得感、幸福感、安全感。刚才说的力度,按照现在我们方案的要求,常委会领导的要求,高规格、全覆盖、动真格、敢碰硬、强措施、求实效。按照栗战书委员长的要求,"要通过不断创新完善工作方式方法,使人大的监督更有力度、更具权威",我们计划从 7 个方面采取措施继续加大工作力度。

第一,探索试行第三方评估。为了增强执法检查的科学性、专业性,环资委已经委托了中国工程院进行水污染防治法实施情况的评估研究,提供评估研究报告,为全国人大常委会执法检查提供有力的支撑。

第二,倾听民意,集中民智。继续采取落实大气污染防治法的做法,召开五级人大代表、有关专家、基层的执法人员和企业代表座谈会,深入基层、深入一线、深入实际,全面、准确、深入地了解法律实施的情况。

第三,继续开展法律基本知识的问卷调查。对检查组所到地方的政府负责人和企业负责人现场进行问卷调查,以此推动法律的学习、宣传、贯彻落实。

第四,实地检查与随机抽查相结合,坚持问题导向、深入调查研究,查找突出问题,督促当地政府、相关部门和有关企业举一反三,立行立改,对典型问题要进行点名曝光。

第五,召开委托自查省份座谈会。全国人大常委会的执法检查一般就是四个组,由常委会领导同志带队,到 8 个省区市进行检查,其余的 23 个省区市委托省级人大常委会进行自查。过去的做法就是省人大常委会交一个书面报告。为了促进自查工作的深入,这次常委会领导要亲自主持召开 23 个自查省份人大常委会的座谈会,听取他们自查情况的报告,上下联动,推动省级人大常委会自查工作提质增效。

第六,监督工作与立法工作相结合。比如,现在全国人大常委会正在推动长江保护法的立法工作。这次水污染防治法执法检查特别要对长江流域的问题集中收集,听取意见,以此推动长江保护法的立法进程,增强监督实效。

第七,法律监督与舆论监督相结合。大家知道执法检查的过程就是普及法律、宣传法律的过程,我们要组织新闻媒体对执法检查全过程深入报道,推动各级国家机关增强贯彻法律的自觉性、主动性,引导公众来履行法定的环保义务,从而形成全社会共同参与的良好风尚,把建设美丽中国化成全民的自觉行动。

在此,欢迎各媒体积极参与人大的生态环境保护监督工作的报道,我们环资委机关的同志们一定给大家做好服务。

《人民日报》、人民网记者:我的问题提给朱明春主任。地方政府隐性债务与金融风险防控有非常紧密的关系,近年来全国人大常委会对地方政府的举债行为进行了监督,同时开展了相关调研工作,请问地方政府隐性债务的规模到底有多大? 全国人大对地方政府隐性债务的监督和风险防控有何举措?

朱明春:2014 年修改后的预算法给地方政府举借债务打开了前门,我们现在对地方政府债务实行的是余额限额管理,预算法有明确规定。前几天可能记者朋友们注意到刘昆部长回答过关于政府债务问题,无论是中央政府还是地方政府的负债率和债务率都是在可控的范围内,低于国际上公认的警戒线。地方政府在限额内依法举借的债务实现了全部纳入预算管理和公开透明,风险是可控的。

但是你刚才提到的隐性债务,确实在一些地方风险比较大,大家也比较关注,其中一个原因就在于这一块底数不是特别清楚。所谓地方政府隐性债务就是在法定限额之外,一些地方政府通过融资平台公司,或者政府和社会资本合作(PPP),或者政府购买服务这样一些方式,直接或者承诺以财政资金来偿还等方式举借的债务。

按照党中央的统一部署,对地方政府隐性债务去年开展了摸底,全国的数据还在统计之中,其中有的数据,国务院有关部门还要进行甄别。从去年全国人大常委会组织对地方政府隐性债务开展的专题调研情况来看,我们去年调研不少地方,一些地方的隐性债务规模比较大,增长也比较快,有些地方隐性债务情况要高于法定限额内债务,有些地方风险还是比较突出的。去年,党中央、国务院对防范化解地方政府隐性债务风险做出了重要部署,各级政府积极贯彻落实,隐性债务的增长势头得到了遏制,化解存量的工作也在稳妥有序地开展。

近年来,全国人大常委会对地方政府债务问题高度关注,2015 年常委会就安排了听取和审议国务院关于规范地方政府债务管理情况的专项工作报告,常委会也提出了很多具体的审议意见,还进行了整改。去年我们又对隐性债务进行了专题调研。通过这些工作,要督促国务院有关部门进一步摸清地方政府隐性债务的底数和产生的原因,完善相关的管理制度。

新华网记者:我的问题提给吴恒副主任委员。去年全国人大常委会开展了传染病防治法的执法检查,社会各方面都很关注,请问法律实施中的突出问题是什么?如何进一步推进这部法律的实施?

吴恒:传染病防治是一个医学问题,但是也是一个很重要的社会问题,它跟我们的社会管理、每一个人的行为举止,以及生活生产的方式密切相关,而且如果一旦恶性传染病爆发流行,对于正常的社会生活秩序、对于人的生命的安全都将产生巨大的威胁,历史上包括我们国家都发生过类似的惨况,所以全国人大常委会高度重视传染病的防治,以传染病防治法执法检查的方式来切入这个重大的社会问题。2018 年,由王晨、陈竺、艾力更·依明巴海、蔡达峰四位副委员长带队,到 8 个省市自治区开展了传染病防治法的执法检查,结合常委会组成人员的审议,我们认为,在当前我们国家传染病防治工作中有几个突出的问题。

第一,传染病控制的能力与相应的机构职责承担匹配性还不够,具体来说,传染病的防控基础设施还跟不上。举一个例子,我们有一些传染病是通过呼吸道传播的,如果对于传染病患者,就是说他已经是传染病的患者,如果不能对他在社会上的流动性做一个很好的规约,他事实上就是一个传染源。再加上是通过呼吸道传播的,这样跟他接触后被感染的几率就会大大提升。我们设想,这些传染病患者在社会上的行为,就造成了这个传染病流行的可能性加大。而一个最好的做法，就是要对他们进行有效的治疗，其中包括让他们能够到专门诊治传染病的医院进行诊治。我们在调查中看到有一些地方，比如结核病，那里的患者人数居高不下，其中一个很重要的原因就是当地缺乏相应的收治传染病患者的专门的医疗机构，这是一个突出问题。

第二，作为传染病是一个医疗技术问题，因此需要有专门的队伍，而我们现在面临一个很突出的问题，就是这支专门的队伍不太稳定，特别是基层的。这里面有待遇方面的问题，比如同样是医学院校毕业的，只不过这一个是学公共卫生的，那一个是学医疗的，那么这一个在医院工作，那一个在疾控部门工作，现在收入的差距是比较大的。这也使得常委会的领导和参加执法检查的人员感到有些忧虑，就是我们基层的县、市这两级的疾控中心的技术人员，很多技术骨干都有流失。

第三，传染病的早发现是防治传染病的关键环节。医院是传染病防控的一个很重要的阵地，也就是所谓的哨点。自"非典"以来，我们各级医院都设有发热门诊、肠道门诊，医生通过这些病人捕捉可能传染病的信号，向疾控部门提出建议，实施有效的防控，我们称之为"哨点"。我想很多记者朋友也经常到医院走一走，可能也发现有一些医院的发热门诊形同虚设，再加上我们一些医生或者认识水平不够，或者这方面的义务能力还有些欠缺，所以早发现的情况我们感到比较担忧。

第四，人畜共患的传染病。应该说，人畜共患传染病也是传统型的，比如狂犬病自古有之，比如包虫病也不是近期发生的。但是人畜共患传染病由于我们在动物防御工作上扎的网不够坚实，再加上我们一些人的行为不够规范，所以这块有所上升。人畜共患的传染病，以狂犬病为例，现在社会上喜欢养狗的人士越来越多，有些年狂犬病造成的发生率和病死率占到法定传染病的将近一半。我前面说了，传染病和我们每一个人的行为举止有关系，那些喜欢养狗的人士可能忘记了或者没有这个意识去给狗打预防针,所以就有可能造成狂犬病,导致在一定程度上在一些地方的狂犬病发生率有所抬头。

第五,新发传染病。应该说现在传染病防治形势比较严峻的一个表现就是传统的传染病和新发传染病交织在一起,比如大家多熟知的禽流感,禽流感病毒不断在变异,还有很多新发的传染病。这是我们看到的一些突出问题。针对记者问到将采取什么样的措施,首先很高兴地看到国务院高度重视传染病的防控工作,国务院在给全国人大常委会就传染病防治执法检查审议意见的回复中,关于整改的措施举措里面,有7个方面23条,应该说都是比较具体、比较实在的。举一个例子,我们知道传染病防治法里面讲得很清楚,政府要主导,而政府的主导里面有一条很重要的就是加大投入,我看到在今年人大会正在审的财政预算里面,传染病防治经费有大幅的增加。如果这样一个预算的草案大会通过以后,至少在2019年传染病防治所需要的经费,也就是我们防治传染病的能力将会大幅度地提升。

因此,我想这样来回答这位记者的关切,也就是我们专门委员会,我们教科文卫委员会将在全国人大常委会的领导下,加大对传染病防治法审议意见落实情况的跟踪督查,使得这7个方面23条具体的措施件件落实到位,不至于落空,我们将在今年的适当时间安排若干次的跟踪调研来检查落实的情况。这是一个方面。

第二个方面,加大立法的速度和对一些法律进行实时的修改。比如大家都很关注的,我们人大常委会在去年已经把疫苗管理法纳入审议了,所以我们教科文卫委员会要和宪法委员会、法工委合作,加快这部法律的制定,让它尽快实施。

第三个方面,对传染病防治相关的法律进行修改,比如有代表提出议案,关于口岸的检疫能力的法律,我们确实面临一个问题,就是有很多传染病是输入性的,在我们960万平方公里已经绝迹的,但是从口岸、从国外带进来了,所以扎好这个笼子,守好我们的国门,特别是关于传染病的把控,这部法律是至关重要的。

第四个方面,对传染病防治法本身要进一步完善。传染病防治法对于传染病患者行为的规范有所要求,如果传染病患者的一些行为超出规定的要求,公安部门可以进行制止,但是应该说这些规定还相对比较弱。比如我们现在看到有一些艾滋病患者,怀着对社会报复的心理恶意在传播艾滋病病毒,这就需要我们进一步加大有关法律的力度,给我们的执法人员更多的法律武器,使得恶性传染病得到更好的防控。我想就谈这么几点。

中新社记者:我的问题提给预算工委的朱明春副主任。我注意到就财政资金的分配和使用情况听取国务院专项工作报告已经成为全国人大常委会监督工作的固定动作,去年12月,全国人大常委会第七次会议听取和审议了国务院关于财政医疗卫生资金分配和使用情况的报告,并且开展了专题询问。请问,为什么选择医疗资金作为专项工作报告内容并且开展专题询问?

朱明春:我注意到你用了"固定动作"这个词,说明你对这项工作还是比较关注和比较熟悉的。正像我前面所说到的,常委会每年就重点领域的财政资金开展专项监督,你回顾一下前些年的情况就可以看到,这些领域都是一些非常重要的事关国计民生的重要领域。

2018年常委会就财政的医疗卫生领域的资金分配和使用情况听取了国务院的专项工作报告,并且开展了大联组的专题询问。选择这个领域就是因为它是一个非常重要的民生领域。总书记强调,没有全民健康就没有全面小康,要把人民健康放在优先发展的战略地位。党的十九大报告也提出,要实施健康中国战略。所以,最近这些年来,应该说财政在医疗卫生这个领域的投入总的来说还是增长比较快的,到2018年我注意到这一次报出来的预算执行数约是15700亿,连续最近五六年年增长

11%多一些,占一般公共预算支出的比重7%以上。财政资金在促进医疗卫生体制改革、推动医疗卫生事业建设等方面应该说发挥了非常重要的作用,也取得了一些成绩,有很大的进步。但是总的来看,我们国家财政医疗卫生资金的投入力度和所占的比重如果横向来比较的话,在国际上来说,我们还是有一定的差距。反映到实际生活中,人民群众对解决看病难、看病贵这个问题,总的感觉还是不够到位。特别是在去年调研中注意到像公立医院向公益性回归,需要财政给予支撑。我们基层医疗能力建设特别是中西部基层的这一块还是一个薄弱环节。对于疾病防控,刚才吴恒副主任委员提到的传染病防治,这方面的投入就是我们讲的如何以预防为主和向"治未病"转变,因为这样能够花小钱办大事。我们注意到这些方面还是有很多的短板。同时财政在投入的保障机制、资金的分配使用方式以及预算管理特别是财政资金的绩效上,还是有很大的提升空间的。我们去年和财经委、教科文卫委一起开展了这项专题调研,并且向常委会提交了调研报告,对这一方面的工作也提出了一些重要的意见和建议。它的目标就是有的常委会组成人员提到的,寓支持于监督之中,促进国务院有关部门把这项工作做得更好。

韩林宏:本场记者会到此结束。谢谢各位嘉宾。谢谢各位记者朋友。

就人大监督工作答记者问

就加快建设创新型国家答记者问

（3月11日）

科技部部长王志刚、副部长李萌、战略规划司司长许倞、政策法规与创新体系建设司司长贺德方、资源配置与管理司司长张晓原

主持人：各位记者朋友们，大家早上好！欢迎参加十三届全国人大二次会议记者会。本场记者会的主题是加快建设创新型国家。今天，我们

3月11日，科技部部长王志刚等就加快建设创新型国家答记者问

高兴地邀请到了科技部部长王志刚先生、副部长李萌先生、战略规划司司长许倞先生、政策法规与创新体系建设司司长贺德方先生、资源配置与管理司司长张晓原先生，共同回答和这一主题相关的问题。

下面，首先有请王志刚部长。

王志刚：女士们、先生们，各位媒体朋友们，大家好，我是科技部王志刚，很高兴在全国两会期间与大家见面，就媒体朋友关心的科技创新这个话题和大家作个交流。首先，我代表科技部对各位媒体朋友长期以来对中国科技创新的关心、关注、支持、理解与帮助，表示衷心的感谢！

过去一年，在以习近平同志为核心的党中央坚强领导下，按照党中央、国务院决策部署，我国科技战线迎难而上，奋力开拓，科技事业在建设创新国家历史征程上又迈出了坚实的步伐，涌现出一批以体细胞克隆猴、散裂中子源为代表的重大原创成果，港珠澳大桥、高铁、5G等一大批重大科技攻关为国家经济社会发展提供了新的动力。雾霾防治、肿瘤重大诊疗设备、原创抗阿尔茨海默症新药等一批先进技术应用不断提升民生福祉。同时，改进项目评审、机构评估、人才评价，破除"四唯"，扩大科技人员自主权，为科研人员松绑减负等一批务实改革举措落地生效。

科技创新在支撑高质量发展、保障改善民生、维护国家重大安全等方面发挥了至关重要的作用。下一步，面向世界科技前沿，面向经济社会发展的主战场，面向国家重大战略意志和战略需求，应该说科技工作任重道远。我们将坚持以习近平新时代中国特色社会主义思想为指导，深入实施创新驱动发展战略，系统谋划科技创新长远布局，强化创新体系和创新能力建设，加大科技对外开放的合作力度，积极营造良好的创新创业环境，充分激发调动广大人员的创新积极性。

我们欢迎各位媒体朋友更加关注中国科技改革发展。我也非常珍惜这次与媒体交流的机会，并愿意就媒体关心的科技创新方面有关问题回答大家的提问。

《澳门日报》记者：请问科技创新如何助力粤港澳大湾区建设？澳门在粤港澳大湾区国际科创中心创建中发挥怎样的作用，扮演怎样的角色？

王志刚：确实，粤港澳大湾区建设是国家重大发展战略。科技创新在粤港澳大湾区的整个战略规划和建设布局中具有非常重要的地位和作用。澳门科技力量是国家科技力量的重要组成部分，在整个大湾区科技创新发展方面，我们把香港、澳门的科技力量统筹起来，与内地科技力量一起，来建设好大湾区。最近，我和崔世安特首在科技部见了面，双方准备就科创方面的工作，把内地和澳门之间的关系建立起来、机制建立起来。同时就国家所需、澳门所长，大湾区建设的规划所涉及的科技创新方面的内容进行对接，充分发挥澳门在大湾区建设中的重要作用。

同时，我们在澳门科技创新发展方面已经做了很多工作，包括科技计划对澳门开放、科研经费过境使用、在澳门建设四个国家重点实验室等。这次和崔世安特首见面以后，我们准备就澳门转型发展，在结构调整方面，以及在大湾区建设方面，科技如何发挥作用，内地和澳门科技的优势怎么能够结合起来，发挥 1+1>2 的作用，聚焦大湾区建设。同时也在国家整体创新体系建设和创新能力方面，把澳门作为一个重要的力量用好、合作好。

人民日报社记者：按照规划，中国将在 2020 年进入创新型国家行列，现在距离目标实现还有不到两年时间。请问，按照创新型国家标准，目前中国在哪些方面已经提前达标？又有哪些方面需要继续冲刺攻坚？

王志刚：创新型国家是整个中国"三步走"非常重要的内容。按照党的十九大报告部署，中国"三步走"是 2020 年全面建成小康社会，2035 年要基本实现现代化，2050 年要成为现代化强国。科技创新也有"三步走"战略，到 2020 年进入创新型国家行列，到 2035 年左右进入创新型国家前列，到 2050 年要成为世界科技强国。就是说，中国的现代化进程必须把科技创新摆在核心位置，作为重要支撑和引领力量，也作为发展的重要动力。

到 2020 年要进入创新型国家,这是个非常重要的时刻,也是个重大的任务。什么叫做进入创新型国家? 可能要有一个基本的界定。在今年科技部召开的全国科技工作会议上,我们对创新型国家进行了一个描述,即科技实力和创新能力要走在世界前列。具体来讲,应该从定性和定量两方面来看这个事情。从定量来讲,去年我们国家按照世界知识产权组织排名,综合科技创新排在第 17 位,到 2020 年按照原定目标大概会在 15 位左右。另外,我们的科技贡献率要达到 60%,去年达到了 58.5%。同时,还有一些定量指标,比如说研发投入、论文数、专利数、高新区等方面的指标,去年都有不俗的表现。

另外,还有一些定性指标。进入创新型国家,就看你经济发展战略的制定是不是把科技创新作为核心要素,发展的动力是不是更多地依靠科技创新,劳动主体是不是更多具备科技创新能力和精湛的技能,国家竞争力和综合国力是不是更多地用科技创新能力和水平来衡量,是不是有一大批高水平的高校、企业、研究院所,以及一大批高水平的科技创新人才。科技合作是不是成为国与国合作的一个重要内容,同时全民科学素质是不是有个较大的提高。这些是定性指标。

当然,现在讲到进入创新型国家,我们还是有短板的。比如说,在基础研究方面,特别是对于从 0 到 1 的颠覆性技术和基础理论、基本研究方法的探索,我们现在还有不足,这是需要补的地方。第二,我们的创新生态、科研生态还有这样那样不尽如人意的地方,需要进一步完善。从科技部来讲,我们要做的事情,就是更多地、紧紧地依靠广大科技人员,更好地去倾听和服务我们的大学、科研机构、企业和社会一切愿意参与科技创新活动的人,他们是我们服务的主要对象。政府的工作是要更好地把法律、政策、环境以及在科技资源配置方面,能够真正解决科技人员在科研活动中间、创新活动中间的所需。特别是法律政策,各个创新主体,每个创新人员,不管高校也好、企业也好、研究院所也好,再著名、体量再大、水平再高,不可能制定法律,不可能制定政策。而科技部作为中央政府的一个部门,和相关部门一起通过一定程序制定相关政策,构建环境生态。这是我们政府必须做好,而且不能缺位的一项工作。

另外,我们还要注重激励与约束并重,信任与监督并重。当然,我们是以信任为基础,以激励为基础,同时要加强学风作风建设,弘扬科学家精神和操守,使得全社会特别是科技界有一个崇尚科学、养成科学习惯、具有良好科学素质,并且能够一心向学的状态,这样剩下的事情是科学家自己的事情。我们要创造环境,我们要一批队伍,他们的活动结果是由他们来决定,我们更多的是提供支撑、提供环境、提供保障,为他们排忧解难。

《科技日报》记者:部长您好,今年两会期间,很多代表委员反映,我国的基础研究投入和原创能力不足,我国基础研究投入占比长期徘徊在5%左右。请问在中央财政加大支持的基础上,科技部将如何继续撬动企业和地方对于基础研究投入的积极性?同时科技部将采取哪些措施,啃下增强原创能力的"硬骨头"?

王志刚:基础研究确实是整个科技创新的总源头,虽然现在大家对所谓基础研究、技术创新,到成果转化、产业化,这样一个线性的模式有不同的看法,但是总的来讲,一切科学技术的源头还是基础研究,也就是人们对自己、对自然的一种认识、总结,以及用什么方法来认识和探索自然、探索自身。我们对基础研究应该要给予足够重视,否则科技创新就没有源头了。

第二,对中国科技界来讲,基础研究的能力和产出是我们的一个短板。目标导向和问题导向促使我们必须把基础研究作为一个重点,在整个科技创新的总布局中要着重布局,这是整个科技界的呼声,也是我们整个国家战略在科技方面的重点,是我们必须做好的。我们对基础研究、应用基础研究、技术创新要有统筹,因为基础研究往往不是研究的终点,论文本身也不是这个成果的句号。

第三,党中央、国务院高度重视基础研究。去年国务院专门出台了加强基础研究的意见,这是新中国成立以来,以国务院文件形式第一次就加强基础研究作出全面部署。这说明在新时代,在中国到了高质量发展,要建立现代化经济体系,更多依靠创新驱动,把科技摆在核心位置的阶段,基础研究的地位就显得更加突出。

刚才你提到5%的问题,这个问题科技界也不断在提,我在一些场合也做了回答。这其中有几个方面的问题。我们经常拿中美基础研究投入作对比,美国在15%左右、中国在5%左右。我们要承认,确实美国在基础研究方面投入很大,并且产出也是世界第一。就基础研究经费投入来说,美国是联邦政府、地方政府、企业和社会力量都在投,中国的5%基本上是中央财政投的,地方财政和企业投得很少。但现在我们已经看到了好的势头,在中央财政持续加大投入的同时,我们的企业特别是一些高新技术企业,以及把科技创新作为企业持续发展的能力和竞争力的企业,现在都开始把基础研究作为重点了,包括对数学的投入,包括对其他基础学科的投入。他们选了一批人,不是直接对着技术、不是直接对着产品设计,而是从源头上来探索相关领域的方法、原理,以及在理论上有哪些突破,在实践中有哪些创新。

另外,也要看到,各国统计口径还是有些差别,所以仅仅用数字本身还不能反映问题的全部。科研经费统计包含哪些,不包含哪些,各国还是有一些差异的。中国加强基础研究是坚定不移的,今后会继续加大投入力度。

你刚才提到,怎么样动员企业、动员社会各界重视基础研究、投入基础研究、参与基础研究,这个问题科技部要思考好、回答好,并且向中央、向相关方面提出我们的建议。这是我们的本职工作,我们会向前推进。

新华社记者：推动国家高科技创新发展，必须要解决高科技水平供给不足的问题。有代表委员认为，促进科技成果转化法在落实方面存在一定的问题。请问，科技部在推动促进科技成果转化方面有哪些考虑？未来如何打造国家强有力的科技创新体系，破解科技成果转化难的问题？

王志刚：确实，推动高科技发展，提高发展能力和水平，这是整个科技界和社会各界要持续做的功课，科技部当然要把这个问题回答好。刚才你讲到科技成果转化，这是我们的既定方针。习近平总书记提到科技要"三个面向"：面向世界科技前沿，面向经济社会发展主战场，面向国家重大需求、重大战略。在这样"三个面向"推进过程中，科技成果转化是其中的应有之义，必须做好的一门课。

党的十九大提出要求，比如说要建设现代化经济体系，第一是实体经济，第二是科技创新，第三是人才，第四是金融。所以，科技成果转化在每一块上都有关系。实体经济，怎样能够把高科技实体经济作为发展重点，更可持续，更有竞争力。当然，科技创新本身是这样的，人才是创新的主体，金融也需要创新。另外，高质量发展、可持续发展，要求我们把环境做好，把人类共同面临的一些挑战应对好，这都需要科技创新。同时，科技成果转化要素很多，如何摆位？我们考虑把科技成果本身作为一个充分条件，把政策、法律、金融、政府服务、产业界参与、社会各界支持等方面，作为一个必要条件。也就是说，如果没有这个充分条件，我们的颠覆性产业就出不来。所以，颠覆性产业的充分条件是科技创新、科技成果出现，后面那些是必要条件。

所以，我们在把握科技成果转化方面，首先得出成果，在成果方面也要区分它的成熟度。一种状态是，仅仅是一个想法，或仅仅是实验室里刚开始讨论的想法，它本身是一些假设，而没有印证，或者印证之后还不能转化；还有一种已经到了转化的时候，能不能有转化的合适主体，也就是所谓的技术成熟度，我们把握的时候，作为手上有成果的和承接成果的，都要注意这个事情,一定是可转化的。

另外,是市场机制,一定是市场机制来促进转化。成果的拥有者、成果的承接者,这两个是主体;政府主要是完善政策,搭建平台,做好服务。在这点上要跟大家说一下,确实这些年我们更加重视科技成果转化,全国人大专门修订了科技成果转化法,应该说这个成果转化法的含金量很高,在各国科技成果转化方面的法律,中国这部法律应该是最优惠和最贴近科技人员科技成果转化实际的一部好法。2017 年,高校科研机构 2700 多家,转让各项科技成果 35.4 万项,增长了近 60%,合同额达到了 751.76 亿元,同比增长 27.5%。我们看到,一部好的法律对于促进科技成果转化是非常重要的,同时也看到,这部法律确实是贴近中国实际,符合科技成果拥有方和承接方两方的意愿。

下一步,我们还要把科技成果转化这件事当成重点。一是国家技术转移体系、技术转移基地、技术转移主体,以及技术转移服务等方面的工作要做好。二是推动符合技术成果转化的国有资产评价、管理的制度建设。因为它更多的是无形资产,不是像土地、房地产一样的实物资产。包括最近的科创板,目的也是推进科技型企业的发展,中间有很多也是科技成果转化的内容,也是把无形资产、把能力作为重点,而不是把资金流、把交易额当作重点,这些都是为了促进成果转化。同时,科技金融结合也非常重要。如果科技是充分条件,金融就是必要条件。我们知道,论证一个数学题,充要条件都成立,这个数学题就证明结束了。

上海人民广播电台记者:平时采访科研人员的时候,我们常常听到这样的苦恼,科研是探索未知的,可是申请预算的时候,却要把一年甚至几年之后的事安排得明明白白,到了具体用钱的时候,打酱油的钱又不能拿去买醋。所以,今年的政府工作报告首次提出科研经费包干制改革试点。请问,这次改革的具体内容是什么? 从什么时候开始? 会在哪些领域有突破?

王志刚：刚才你提到了科研的不确定性、未知性，以及预算要求的具体化，这个矛盾确实是存在。主要是出发点不同，科技人员按照科研规律，特别是基础研究、前沿探索，路线的不确定性，方法也是多路径性等。但是作为管理者，总希望能够有一个确定的管理方法。这两个之间的矛盾始终存在，也不光中国存在，其他国家也都不同程度地存在。但是，怎么理解这件事情？我们在科研管理方面，特别是经费管理方面，怎么改进工作。

第一，以信任为前提。我们对广大科技人员给予充分信任。另外，在政策制定上，激励是导向。但是信任为前提，不能没有监督；激励为前提，总还是要有约束。如果只有信任没有监督，只有激励没有约束，我们大家设想一下，是不是又走到另外一面了？现在矛盾的主要方面是有些要求不太合理，带来了一些让科研人员无所适从的事情。所以，我们改革的重点就是怎样以激励、信任为出发点改进管理。

第二，包干制本身来讲还是个手段。总理报告中讲，在基础研究领域进行一些包干制试点，这还是一种手段。我自己也搞过科研，我看到这个包干制，可能第一个想到的是一种责任，信任越大，实际上责任越大，授权越多，责任也是越大，压力越大。所以，在这一点上，我们理解的时候，不是有钱就撒开了用，自己要掂量一下，自己能不能被信任？

作为政府来讲，实际上是要把包干制跟"放管服"结合起来。它是一种"放"，但是"放"不等于不管，只是管的方式、管的理念会发生变化。所以，在这一点上，政府也要研究，科技部当然要首先研究这件事情。为什么讲第一是在基础研究领域，第二是做些试点。试点本身也是要有些范围，有个对象，因为这是新的。这个范围，可能在一些基础研究定额补助项目等方面先试，已经选了 60 多家在进行试点。同时，在试点过程中，我们要看被选的试点单位过去是不是确实在科研管理方面很规范、在科研成效方面很显著，科研队伍特别是带头人是不是专注搞科研，并且是有科学精神、科研操守,有良好的口碑,这是前提。我们会和相关部门一起做好这项工作。

另外,这里面自由探索可能多一些,在基础研究方面,自由探索为主,但是也有一些目标导向、任务导向。技术创新方面以任务导向、目标导向为主,也有自由探索的内容,要不然怎么有技术发明呢? 所以,这里有很多关系要处理好,这样的试点,我们将按照总理在政府工作报告中提出的要求做方案,并且征求科技界的意见,最后形成一个试点方案。在试点中把它不断推进、不断完善,最后变成一种新的科研经费和项目的管理方式,通过改革来激发我们的创新主体、科研人员有更大的积极性,有更大的自由度,有更多的获得感。

山东广播电视台、齐鲁网、闪电新闻记者:政府工作报告中指出,要在科技体制改革举措落地见效上下功夫,绝不让改革政策停留在口头上、纸面上。请问,科技部接下来将会有哪些硬招实招,简除烦苛,让科研人员不再为编制以及身份,还有日常中的填表报销所累,可以让他们一心一意地攻主业,搞创新?

王志刚:过去的一年,或者再往前追溯,科技体制改革在中央全面深化改革的总盘子里面是摆在非常重要的位置。所以,我们通过这些年不断地去研究国际科技发展大势,要认真研究中国科技一些特色,我们自己怎么发展,我们走什么道路。此外,还要研究现在所处的阶段,包括全球,包括中国进入新时代,这个阶段有什么特点,来确定我们科技发展的目标、科技发展的任务及重点。当然我们知道,科技是面对生产力,改革对着生产关系,生产力决定生产关系,生产关系服从并且能动于生产力。所以习近平总书记多次讲,科技创新、体制机制创新两个轮子一起转,也就是生产力、生产关系在科技领域的关系要处理好。

我们在科技体制改革这一块,主要是围绕人来开展。我们知道,整个科研活动、创新活动,人是主体,是一群有知识、有技能、有科学精神、有科学方法、养成科学习惯、愿意终生追求科学和创新的这样一批人的活动，这是重点。所以我们围绕人来展开改革，让这批人能够潜心从事科技和创新活动。去年我们推动了"三评"改革。科技人才怎么评？科研机构、企业、研究院所怎么评？科研项目怎么评？科技部持续做了很多年，跟相关部门一起，使得评价更科学。

怎么让科研人员有更好的科研环境，比如说"帽子"、牌子、报销、填表等方面有很多困扰。所以科技部和相关部门一起开展减轻科研人员负担七项行动，使得改革的"最后一公里"能够落地。感谢你们媒体，最近在各项简政放权改革成果措施落地方面，我们推进这七项活动的落地获得了 94 以上的高分，按照 85 以上算优秀的话，你们给我们打了优秀，感谢你们，这是媒体的评价。也就是说，我们这项工作做到点子上了，大家关注，所以才会有评价。如果大家都不关注，就不可能去评价，可能作为科技部来讲，就没有把问题抓准。学问学问，学着问问题是第一步，也是最难的一步，说明我们还是把问题找到了。第二，回答这个问题方面，你们给了我们 94 分，说明我们做得还是基本对路了。当然，整个科研人员的获得感还不仅仅在此，烦恼也不仅仅在此，所以我们会更好地做这方面工作。

另外还有个问题，文件下了，政策发了，一些措施也都明确了，但是知晓度不够高，特别是像现在平面媒体、网络媒体都非常发达的时代，传播好像还显得慢一点，这个慢可能是因为我们宣传的方法、宣传的力度还不够，有些人还不知道。实际上一项政策的落地，从科技部到各个大学、到研究院所、到企业应该怎么落实，是一个自上而下的链条。同时，如果我是科研人员，我也会找我的所长、校长，你看现在国家都有这个政策了，我们学校准备怎么办？这就是自下而上的。总的来讲，我们想用多种方式，使大家知晓政策，知晓是能够落实的前提。

另外，还有政策的协同。有的政策和政策之间可能有点打架，或者有的改了有的还没改。这件事我们正在和相关部门一起梳理,有些可能要改动一些既定的政策,使它们能够一致起来,这样就不会让我们的大学、科研院所、企业的领导,不会让科研一线的人员无所适从,按照这个是对的,按照那个又不对了。现在有些部门已经开始做了,把政策一致起来。近期,通过跟这些校长、教授们的交谈中间发现是有效果的。同时,我们也会把加强指导和检查督促结合起来,哪些方面可能对政策的理解需要进一步阐述,哪些在执行方面需要加以指导,需要部门担责任的,我们要担起来。但同时,也要推动政策的落实,这样才使得我们科技人员能够真正享受到政策,不唯身份、不唯编制,这些又涉及事业单位改革的事情,因为很多研究院所、高校都是事业单位。但是我们在科技项目、资金的支持和服务方面,已经打破了事业企业之分、身份之分,我们的国家重点实验室,既有在大学、科研院所的,也有在企业的,项目大家都可以申请。所以这一点上,参与国家科技项目方面,如果还有在身份、编制方面受影响的,大家提出来,我们会认真研究,把问题解决。总的来讲,全社会每个成员只要愿意去参与科研、参与创新,我们都会尽量把渠道疏通好。

新加坡《海峡时报》记者:中方宣布会高度注重科技发展,给予更多资金支持。王部长,我的问题是这笔资金会投入什么方面和领域? 政府又会有什么新的发展方向和决策?

王志刚:确实,中国高度重视科技创新,科技投入是衡量一个国家科技创新水平、能力的重要指标。从创新指数来讲,一个国家的科技投入是重要指标之一,投入产出,符合物理的能量守恒。中国的政府、中国的企业、社会各界,都把科技投入作为预算的一个重要方面。中国这些年在科技投入方面增长的速度是比较快的,规模居世界第二位,当然跟美国相比,还有很大的差距。美国投入是世界第一,它的产出和投入是正相关的,中国这些年的成就也是和政府投入、社会各界投入,特别是企业投入加大的趋势是一致的。

这笔资金的投入领域,大的方面还是投入到不同的科学技术、高科技产业这些领域,当然还要投入到国家创新体系建设、创新能力建设,比如说像实验室、实验平台、工程中心等也会投入。当然,还有一些投入是比较少的,关于政策方面的研究、一些智库的研究,也会投入。

你的问题主要还是在科学技术、工程、数学、医学这些领域,这些领域都是我们投入重点。中国科学技术门类相对齐全,目前国际科技合作交流信息互通已经很充分了。像世界经济论坛,施瓦布讲的第四次工业革命,把物联网、人工智能、大数据作为重点,有的说把生物技术作为重点,有的说把材料作为重点,还有的说把怎样提高制造能力和水平作为重点。当然,中国科技要对世界科技作贡献,像气候变化、南北极、生态环境等方面,这是可持续发展议程,是 21 世纪联合国可持续发展议程的内容,也是中国科技的重点。

另外,还有一个方向就是对人才的投入。刚才我们讲的这些领域,所有的活动主体都是人,我们怎么能够让中国的科技战略、科技规划与每个人的追求相结合,每个人以科研作为自己的兴趣、作为自己报效国家、贡献人类社会的一个终身追求的职业。在这方面,也需要我们的财政投入和企业各方面的投入。所以,你讲方向也好、重点也好,我觉得大家都看到了,关键是各国怎么做,以及国际社会如何联手来做,这可能是重点。

中央广播电视总台国广记者:我的问题是关于科技创新与"一带一路"倡议的。我们都知道,"一带一路"相关国家的科技创新水平并不均衡,普遍都面临着这样或者那样的问题。而在推动"一带一路"倡议框架内国家创新驱动发展的道路上,中国做出了许多努力。2017 年习近平主席在"一带一路"国际合作高峰论坛上提出启动"一带一路"科技创新行动计划,请问这一行动计划取得了哪些进展? 下一步又会有哪些具体举措?

王志刚:2017 年"一带一路"高峰论坛时,习近平总书记提出"一带一路"是创新之路,倡议启动"一带一路"科技创新行动计划,具体内容包括,科技人文交流、共建联合实验室、科技园区合作和技术转移4项行动。这是总书记在高峰论坛发表主旨演讲时最具体的一个行动内容。我们按照总书记的要求,按照党中央、国务院的部署安排,大力推进与"一带一路"沿线国家的科技合作,使它真正成为科技合作之路、创新之路。

具体有一些数据,第一,在人文交流方面,去年我们组织了500多名"一带一路"相关国家的青年科学家来华开展短期科研,发展中国家技术培训班招收"一带一路"相关国家学员超过1200人次。我们走进一些大学、科研院所的实验室,经常能碰到一些国外的科学家。科学无国界,科技发展本身的渗透性、扩展性,使得我们必须要加强国际合作。国际合作的载体主要是人,人坐在一起、谈在一起,才能合作在一起,这是国际合作最本质的,也是最直接的体现。

第二,鼓励支持"一带一路"相关国家产学研机构共建联合实验室。这件事也在大力推进,有些实验室正在筹备过程中。

第三,与菲律宾、印尼等八个国家启动或者探讨建立科技园区合作关系,这一点也很受欢迎。中国的高新区在国外有不少合作,包括"一带一路"沿线国家,而且很受欢迎。一些发达国家也都有类似的高新技术园区,包括美国、法国、比利时、南非等等很多国家都有。

第四,与东盟、南亚、阿拉伯国家、中亚、中东欧构建了五个区域技术转移平台,组织南亚青年科学家创新中国行、东盟国家青年科学家创新中国行活动。我们和一些国家还有创新挑战赛等等活动。

从第一届高峰论坛到现在,我们把科技创新和"一带一路"倡议紧密结合在一起,真正作为其中一个重点、一个亮点,也作为支撑"一带一路"高质量发展、持续发展的一个重要动力。

下一步,科技部将按照中央要求,配合做好第二届高峰论坛的准备工作。

《中国日报》记者：今年的政府工作报告提出，要加强科研伦理和学风建设，惩戒学术不端。您在前不久的部长通道采访中也提到要加强学风、作风建设，倡导科学精神。请问科技部在今后工作中如何加强科研伦理和学风建设？

王志刚：这个问题很重要，因为任何主体及其活动都必须要有个好的环境，这个环境既是社会构建和营造的，更重要的是这些主体本身构建的。学风作风问题也好，还是伦理问题也好，都是如此。对这个问题，我想我们应该这样看。

第一，科技本身就是"双刃剑"，一项新技术、新成果带来的既有好的一面，也有需要关注和避免出现坏的一面。所以，前不久我在接受部长通道采访中说，要趋利避害。人类发展也是如此。比如，在远古时期，雷电引发山火，害处是把山林烧了，破坏了人类生存环境。但是，当有的人把山火带回家，用来加工食物，这样就使人有更多的营养，促使人类比其他动物脑容量更大一些，身体更强壮一些，这就是趋利避害。像核的利用，原子弹对人类肯定是有破坏性的，但是进行核能利用，转变成一种新的能源，就是有利的。今天的科技仍然有这样一种趋利避害的要求。比如人工智能、基因编辑等，它带来的是在工具方面、在能力方面的进步和延伸，或者新的一种贡献，但同时，生物识别，对你的声音、对你的脸都看得清清楚楚，会不会有隐私问题？基因编辑也是，有利于更多了解我们自身。对于疾病产生的原因以及抑制疾病的方法，实际上我们知道的还很少，随着技术发展，我们在逐步认识、逐步提高。比如说，2003 年出现的 SARS，让我们有点手忙脚乱，现在 H1N1、H1N9、埃博拉等病毒，一点也不比 SARS 威胁小，但是我们现在应对从容，这就是技术发展带来的进步。当然，就病毒本身来讲，我们既要研究它，又要防止它扩散，这又变成一个趋利避害的问题。

第二，刚才你提到的科研伦理和学风作风问题，非常重要。科学研究、技术创新和成果转化，特别是在应用领域发挥科技的扩散性、渗透性，还是有一些不确定性的，这就需要我们科研人员有强烈的责任感、科学精神、道德操守和科研伦理，当然还有遵守法律法规等方方面面的要求。一项科研活动该怎么做，一项科技成果应用该怎么做？科技部很关注，已经出台了一些规定，今后还要进一步研究出台相关制度规范进行引导、进行约束。要告诉和引导科学家从事科研活动应当遵守什么样的规范，转化成果要遵守什么样的规定，使我们科技人员更加理性、尊重规律、敬畏法律，对于那些为了个人名利罔顾法律的行为要加以约束。同时，也希望新闻界和媒体朋友在这方面多做宣传。进入创新型国家行列，很重要的一点是全民科学素质的提高。

河南报业全媒体《大河报》记者：习近平总书记出席 2018 年民营企业座谈会时强调，要大力支持民营企业发展壮大。请问王部长，在鼓励民营企业科技创新方面，科技部将采取哪些措施？此外，国家重大科技项目实施中，民营企业又该如何发力？请王部长给他们支个招。

王志刚：民营企业中间有很多高技术企业，中国现在市场主体上亿户，企业数大概三千多万户，这三千多万户中间，高新技术企业大概有 18 万多户。这 18 万多户高新技术企业中间，70% 是民营企业，我们知道很多民营企业在全国乃至全球，在其所在领域都是非常优秀的。如果我们不把民营企业科技创新这件事做好，我们 70% 的高新技术企业的工作没做好，就很难说科技部服务高新技术企业工作就做好了，这是我们必须做好的工作。

习近平总书记在民营企业座谈会上，对民营企业在科技创新方面也提出了很多殷切的期望。一个企业的发展有多方面的因素，有企业的文化，有企业的发展理念，有企业涉足的领域，有企业自身的一些禀赋，以及企业管理方面的体制机制制度方面的安排，另外还有企业领导人自己的素质、自己的风格，等等，包括企业的人文环境，都会对企业发展产生很大的影响。但是企业必然是以产品到社会上交换,最后形成自己的收入和利润,然后来循环发展,所以在这一点上,什么样的产品受市场欢迎?当然是科技含量高,有好的设计,有市场需求,并且价廉物美,成本永远是企业的一个重要考量。所以企业搞创新是自然而然的,也是可持续发展的要求,是想把这个企业办成百年老店必须要做的。人类因为对科学对技术的不断追求,才不断进步,企业也是如此。

鼓励民营企业这一块,我们和工商联很多年以前就找了一些民营企业家来共同商量。当时我就说了一句话,从科技部来讲,参与创新不问出身,国有、民营都一样,规则公平,机会公平,我们尽量有个好的环境、好的规则,提供平等的机会,这是我们要做的事情。另外,我们和工商联也发布了一个支持民营企业发展的指导意见,包括民营企业参加国家科技项目,并且在民企也建立了一些高水平的研发机构,包括国家重点实验室、国家工程技术研究中心等,这是不分国有、民营,只分这个企业有没有在科技创新方面有个很好的战略。所谓战略,就应该是长期坚持、一以贯之,不是技巧,不是战术,打一仗换个样子,是指导全面的、系统的,而不是局部的。所以,只要你愿意投身国家的创新驱动,投身科技,并且以科技作为自己企业战略发展的核心安排、制度安排、竞争力要素,吸引人才、管理各方面,围绕这方面来展开,科技部在项目、创新平台建设方面,我们都会一视同仁,给予支持。

中央广播电视总台央视记者:我们注意到,现在很多一线的青年科学家正面临着一些困扰,比如工作压力大、获取资源项目难、自主决策权力小。请问,科技部将如何从政策层面上给予他们更多的发展空间和支持?

王志刚:第一,我们经常讲一句话,青年是国家民族的希望,这句话同样适用于科技创新这个领域。一个国家科技创新能不能持续发展、不断提高,长江后浪推前浪,关键在于有没有一批年轻人愿意投身科技、投身创新,关键在于这批年轻人是不是敢于超越前辈。任何一个国家只要想做科技、想做创新,就必须看重年轻人。因为这是持续的事业,而科技本身就是需要一代又一代人做工作,需要接续不断。

第二,科技创新往往都是英雄出少年。很多科学大家,你们看他的历史,包括诺贝尔奖获得者,都是在很年轻的时候就作出了卓越的成就和贡献。因为青年时代是人的精力、学习能力、理解能力、吸收能力最强的时候,这在创新能力方面也是一样的。所以,我们要支持年轻人多出成果、早出成果。

你刚才提到青年科学家压力大,这些现象的确也还存在,年轻人刚进入社会,确实压力很大,包括生活的压力、科技资源申请的压力,等等。这个事情要从两个方面来理解,一个就是从国家层面上,政府、社会怎么样能够为青年科学家、科技人员潜心做科研、早出成果提供一些好的条件。另一方面,从人的成长磨炼角度来讲,每个人都要经过这个坎,今天我们的很多大科学家当年也曾经过这些坎,年轻人从自身来讲要以一种积极的心态来面对,主动作为、谦虚向学。

从科技部的角度来讲,我们需要更多地关注这些年轻科技人员,为他们创造条件,发现其中那些安安静静的、把科研创新作为自己毕生事业、职业选择的,以及通过科研体现自己一生价值所在、接受社会认可的年轻同志。对于这些人,我们要深入研究,怎么样给予更多更大的支持。我不太赞同年轻人太着急,人才流动很正常,而且必须流动,但是三天两头流动可能就有问题。所以,从国家层面应该积极创造环境,从科研人员层面,特别是一个优秀的科研人员,要受到社会尊重,不但要让人尊重知识,还要让人尊重科研人员的操守。在这些方面应该怎么做,需要大家共同思考。

在国家科技计划方面也对青年人给予了积极倾斜支持。比如,重点研发计划中设立了青年科学家项目,国家自然科学基金在优青、杰青方面也都做了安排,就是为青年人提供专门通道,就好像种子期、初创期企业没有长成要搞个孵化器似的。另外,在科技人才计划方面,也有对青年科技人员进行专门的支持。我在这里也积极向社会呼吁,大家能给青年人更多的成长空间,要积极鼓励扶持。作为老一代的科学家、成功的科学家,要有更高的姿态。青年人的成长,既需要单位培养,从某种意义上也需要师父带徒弟。导师和学生的关系、课题组长和科技人员之间的关系、总师和成员的关系,实际上也类似一个师父带徒弟的关系。作为总师,作为导师,作为组长,怎么能够积极帮助年轻人,同时又给年轻人提供成长机会、工作舞台?为什么过去很多年轻人很早就可以担任一些课题组长,担任一些主管设计师、主任设计师,而这种机会现在是不是少了一些?在这一点上,还需要科技界的前辈们做更多的工作。不要一喊老板就真是老板了,科技界的"老板"的说法,我总是觉得不好听,师生之间还是教学相长、学学相长的关系,共同保持良好的氛围。

最后,我们年轻的科技人员也要有雄心,要琢磨怎么能参与一些大的项目、参与不分年龄的竞争,这样使得我们不同年龄段的科技人员都互有所长、相互支撑、相互提携、相互尊重,最后形成一个科技界互帮互学的和谐环境,使每个科技人员都有机会在中国科技创新的大潮中有自己的位置、自己的机会、自己成长的道路,以自己的贡献服务创新型国家建设和科技强国建设。在这一点上,希望全社会多尊重青年人,多给青年人机会。

就加快建设创新型国家答记者问

就加强市场监管、
维护市场秩序答记者问

（3月11日）

国家市场监督管理总局局长张茅、国家知识产权局局长申长雨、
国家药品监督管理局局长焦红

主持人：各位记者朋友，大家上午好！欢迎参加十三届全国人大二次

3月11日，国家市场监督管理总局局长张茅（中）、国家知识产权局局长申长雨（左）、
国家药品监督管理局局长焦红（右）就加强市场监管、维护市场秩序答记者问

会议记者会。本场记者会的主题是加强市场监管、维护市场秩序。我们很高兴地邀请到国家市场监督管理总局局长张茅先生、国家药品监督管理局局长焦红女士、国家知识产权局局长申长雨先生,来围绕这一主题回答大家的提问。

首先,有请张茅局长。

张茅:新闻界的朋友们,大家好!今天是我们国家市场监管总局、国家药品监管局、国家知识产权局新组建以来,第一次参加记者会。感谢新闻界的朋友们多年来对市场监管工作的关心和支持。下面,我们来回答大家的问题。

新华社记者:我们都知道,国家市场监管总局是新组建的部门,于去年4月挂牌成立。我们想知道,这个新组建的部门到底会对进一步维护市场秩序、保障消费者权益发挥什么样的作用?起到什么样的意义呢?

张茅:国家市场监管总局是去年经过人代会通过的机构改革方案组建成立的,到现在真正运行还不到一年的时间。这次机构改革,主要是为了解决市场监管领域中存在的边界不清、多头交叉执法和监管空白等问题。在市场监管总局成立不到一年的时间,我们的工作取得了初步的成效。加大了商事制度改革力度,市场准入环境更加便捷;加大了市场监管力度,公平竞争环境正在不断改善;加大了消费维权力度,使得消费环境有所改善。同时,我们也在加强推动高质量发展、为企业提供服务等方面都做了大量工作。

但是,市场监管总局成立也面临着不少问题。首先,我们这个机构的边界非常宽,市场是一个很大的问题,关系到人民群众的切身利益。比如说,食品药品安全与群众的要求还有不小的差距;我们的队伍建设,全国70万人的队伍,国家、省、市、县到乡镇、街道,在政治素质、业务素质,特别是国家赋予我们的任务是综合监管和综合执法,但是各个领域的专业性又很强,所以如何把综合监管和专业监管相统一,在这方面我们还没有成熟的经验。所以，我们深感责任重大，任务艰巨。因为机构改革不仅仅是机构的加加减减，更重要的是政府职能的转变，这一项工作任务是一个需要长期解决的问题。我们要坚持以改革总揽全局，坚持市场化、法治化改革方向，深入"放管服"改革，创新监管方式，针对突出问题出实招、解难题，逐步做到让人民群众买得放心、用得放心、吃得放心。

澎湃新闻记者：我的问题关于校园食品安全。这个问题也是社会关注的焦点，对此，我们有哪些相关举措严防严控严管校园食品安全风险？另外，还有一个问题想追加给张茅局长，您曾经说过"天下无假"这个目标是一个很难实现的目标，近些年来我们也关注到，有很多平台，比如公益组织和电商平台机构，都在通过科技治理的方式去推动假货的科技监测。想问，对于咱们之后"天下少假"的目标是否有一些帮助呢？

张茅：这位记者朋友实际上提了两个问题，一个是关于食品安全，一个是关于打假的问题，这两个问题都是非常重要的问题。首先，食品安全关系到人民群众的身体健康，我们必须给予高度重视，要通过我们的工作，确保让人民群众放心满意。当前，食品安全确实存在着诸多问题，比如说农兽药残留超标、微生物和重金属污染、食品添加剂使用不规范，制假售假时有发生，环境污染对食品安全影响也逐渐显现。党中央、国务院高度重视食品安全，市场监管总局成立以来，就把这项工作作为我们工作的重中之重。按照习近平总书记提出的对食品安全要实行"四个最严"：

建立最严谨的标准。解决目前标准缺失、标准落后的问题，完善和提高标准水平，特别是要对标国际先进标准，强化标准的实施。

实施最严格的监管。从源头严防、过程严管、风险严控。比如说，大家都知道，我们现在的餐饮业提倡明厨亮灶，去年达到了20%，今年要再提高到30%以上，争取做到餐饮行业有1/3达到明厨亮灶，在校园食堂中已经达到了50%，今年准备朝着70%的目标努力。校园食品安全关乎祖国下一代的健康成长。我们要进一步落实校长第一责任人制度和属地管理责任。

对于食品安全还要实行最严厉的处罚。包括巨额惩罚制度、巨额补偿制度、重奖举报人制度。总之，要依法加大、提高违法成本，严厉打击违法犯罪。

坚持最严肃的问责。严格落实中央做出的新规定，关于《地方党政领导干部食品安全责任制规定》，进一步压实地方政府的责任。市场监管总局要加强对食品安全的指导、督查和协调。

关于假冒伪劣的问题，实际上和这个问题是紧密联系在一起的。过去我在多个场合说过打假的问题，有的记者还归纳过，说你在五次会议上四次提到打击假冒伪劣。假冒伪劣产品严重侵害群众利益，扰乱市场秩序，必须重点整治。去年，我们处理的假冒伪劣产品案件达 129 万件，应该说打击力度还是比较大的。我们当前和今后要做的工作要突出重点，把群众最关心、危害最大的食品药品、儿童用品、老年用品这些领域作为重点，加强监管。要采取最严格的监管、最严厉的处罚。我上次在"部长通道"也讲到了，就是要依法全部销毁查处的假冒伪劣产品。大家注意到有关报道，最近在石家庄销毁了 35 吨假冒伪劣产品，这是为了防止假冒伪劣产品再次流入市场。过去有个观念"假冒不伪劣"，我觉得得纠正这个观点。假冒就是侵犯了知识产权，就要严厉打击。要大幅度提高违法成本，使制假售假者倾家荡产，公开曝光造假者，让他在阳光之下无处藏身。同时，还要加强企业自律，形成社会的信用系统。通过我们的努力，不敢说"天下无假"，只能说逐步做到"天下少假"，让群众少一份担心，多一份放心。

新加坡《联合早报》记者：中国近年的疫苗问题频发，包括长春长生狂犬病问题疫苗、江苏过期脊灰疫苗等。在这次两会上，中国疾病预防控制中心主任高福说，中国疫苗已位居世界先进之列，这就让人觉得很矛盾。我的问题是，您怎么评估中国疫苗的水平？为什么民众对中国疫苗有这么多疑虑? 市场监管总局又能采取什么措施,让市场及消费者对中国疫苗建立信心?

焦红:刚才记者关注的是疫苗问题,疫苗确实受到社会高度关注,因为疫苗涉及人民群众的生命健康,它关系到公共卫生安全和国家安全。党中央、国务院高度重视疫苗监管工作,市场监管总局、国家药监局正在推进建立疫苗监管的长效机制。对我国疫苗,总体评价应该是安全的。我们的群众也好、媒体也好,应该对疫苗有信心。

为建立长效机制,我们正在采取以下举措:

第一,大家都知道,在全国人大法工委和司法部的关心支持下,我们会同卫健委等相关部门,起草了疫苗管理法(草案)。疫苗管理法(草案)进一步贯彻习近平总书记的"四个最严"要求。在《草案》中,明确提出疫苗是具有战略性和公益性的,支持产业发展和结构重组,有针对性地对疫苗实行最严格的监管。对疫苗的研制、生产、流通、预防接种全过程,提出更加严格的要求。对疫苗的违法违规行为要严厉查处,对监管的失职渎职行为,也要严肃问责。目前,疫苗管理法(草案)已经过全国人大常委会初次审议,并向社会公开征求意见。围绕进一步做好疫苗监管工作,我们也在修订《药品管理法》相关内容。目前,正在会同相关部门,进一步研究制定相关配套规章和制度,为法的实施做好准备工作。

第二,社会和公众也非常关心如何加强监管。目前重点落实两个责任:督促落实企业的主体责任和落实部门的监管责任。作为疫苗生产企业,应该建立完善的质量管理体系,建立产品安全追溯体系,落实疫苗产品风险报告制度,保证疫苗产品质量。作为监管部门,我们要进一步明晰监管部门的事权和监管责任,要进一步强化省级药品监督管理部门对生产企业的现场检查。国家药品监督管理局将在属地管理的基础上,强化巡查和抽查,一旦发现违法违规的,要严肃查处。

第三,疫苗也是具有专业性的,我们还要进一步加强疫苗监管的专业技术支撑。比如说,我们要进一步加强和完善疫苗批签发制度,更加强调疫苗的批签发与现场检查相结合,进一步提高疫苗批签发的能力和水平,也通过与现场检查的结合,进一步督促和指导企业提高对产品风险管控的能力。当然,作为监管部门,我们还是要进一步加强监管队伍建设,提高能力水平。我们要建立国家和省两级专职检查员队伍,加强检查员的管理和培训,最终目的是提高我们发现问题的能力和水平,保障公众的健康,让公众对我们的疫苗更加有信心。

《经济日报》融媒体中国经济网记者:我们注意到,去年年底国家市场监管总局发布了关于开展名牌评选认定活动清理工作的通知,请问国家市场监管总局对此工作是如何考虑的?

张茅:企业的品牌,是不是名牌,是不是知名和著名,是在市场竞争中形成的,是消费者选择的结果。而过去有一种观点认为,提高产品质量、创造名牌产品,要通过政府来进行评比和奖励,实际上是扭曲了政府和市场的关系,影响了市场的公平竞争,会对消费者产生误导,为此我们曾经付出了沉重的代价。有些情况,我想记者朋友们都了解。同时,也容易产生政府的寻租和腐败行为。本来是一个企业的产品,政府既然背书了,就要承担责任,就要被问责、被追责。所以,在原来机构改革之前,原工商总局就已经取消了所谓知名商标、著名商标的评比,这项工作还是在人大法工委的支持下,因为不少地方为此都立了法,要评选著名商标、知名商标。同时,我们还取消了对"重合同、守信用"企业的评比,现在我们对各地评选著名品牌、知名品牌进行清理,有些地方政府不搞了,而一些与政府没有脱钩的协会、所谓"红顶中介"还在进行这项工作,这也是我们所不允许的。所以,在这个问题上我们要正确处理政府与市场的关系,在政府的榜单上只有"黑榜"没有"红榜","红榜"是消费者的口碑,是企业应该做到的,"黑榜"就是你违法经营要受到惩处。所以,也希望记者朋友们向社会传递一个信息,要正确处理好政府与企业的关系,不要再为企业的行为背书站台。

《中国质量报》记者:*我的问题提给张茅局长。据了解,电梯的使用寿命是 15 年,根据我国城市化进程来推算,接下来一段时间可能会有大量的电梯将进入"生命的晚期"。请问张茅局长,市场监管部门将如何加强住宅小区电梯的监管?*

张茅:刚才这位记者提的问题很专业,关于电梯的正常使用寿命。确实电梯属于特种设备,目前我国在用的电梯有 628 万部,保有量、年销售量在世界都是最多的,所以保证电梯运行安全也是我们市场监管总局首要任务之一。电梯的使用寿命和后期的管理、维护保养关系密切,如果保养得当,可以正常使用 20 年、30 年,即使主要零部件超过使用寿命也可以通过更新改造继续使用,在法规上、制度上,更新改造后的电梯等于成了一部新的电梯了。当然了,使用 15 年以上的设备逐步老化,安全问题更受到各方面的关切。

我们市场监管部门一直把保安全,特别是老旧电梯的安全作为重点。一是提升安全标准的要求,对电梯的制造、安装、维修、保养等进行严格检查,特别是老旧电梯增加检查的频次,对存在的隐患及时整改。二是要推动畅通电梯更新改造的资金渠道,老旧电梯改造的资金渠道如何筹集,要打通这个渠道。三是落实安全责任制,使用、检测、维修保养部门,有的电梯是生产厂家在维护保养,有的是第三方在维护保养。特别是要创新电梯安全的风险分担机制,会同银监会、保险公司,积极推广电梯的责任保险制度。目前购买商业保险的电梯在 25% 左右,我们今年要达到 30% 以上。这就是运用市场分担风险的机制,来进一步加强对电梯安全的监管。

我希望经过我们的努力和社会各方面的支持,推动我们这种新的保障电梯安全的市场化做法,电梯购买保险率逐年得到提升,确保电梯的安全。

中国国际电视台 CGTN 记者:这个问题是提给国家知识产权局申长

雨局长的。我们都知道,去年在上海举办的首届中国国际进口博览会上,习近平总书记特别强调了,要提高知识产权审查质量和审查效率,国务院相关部门也就此项工作专门进行了部署,请问,目前这项工作开展得怎么样了?具体有哪些成效?

申长雨:关于提高知识产权审查质量和审查效率,正如你刚才讲的,在去年首届进口博览会上,习近平总书记作出了重要指示,国务院也作了相应的部署,市场监管总局和知识产权局认真贯彻落实习近平总书记的重要指示精神和党中央、国务院的决策部署,制订了明确的工作计划。例如,我们从去年开始,五年之内要将商标审查周期由过去八个月压减到四个月以内,要达到目前"经合组织"国家最快的水平;要将发明专利审查周期平均压减1/3,其中高价值专利审查周期压减一半以上,也要达到目前国际上最快的水平。

为了实现这一目标,国家知识产权局采取了一系列措施。第一,我们加强审查员队伍建设,通过加强审查力量,来提高审查能力和审查水平。第二,我们全面提高审查工作的信息化水平,加快建设智能审查系统,借助信息技术来提质增效。第三,我们进一步优化审查业务管理流程,采用短周期精细化管理,提高审查质量和效率。第四,我们还进一步创新审查工作的思路和模式。例如,引入集中审查和加快审查,来提高质量与效率。我们通过采取这一系列措施,取得了显著成效。去年年底,商标审查周期已经从过去的八个月压减到了六个月以内,高价值专利审查周期压减了10%。同时,我们的审查质量也在稳步提升,审查的社会满意度在不断提高。

今年,我们将进一步加大工作力度,确保在年底前将商标审查周期由过去已经压减到六个月的基础上,进一步压减到五个月之内,将高价值专利审查周期在去年已经压减10%的基础上,再压减15%以上,更好地满足社会的需求。

《光明日报》全媒体记者：我的问题是，市场监管部门将在进一步激发市场活力上采取哪些措施？

张茅：这是很大的一个问题，应该说概括了我们市场监管总局的大部分工作。在激发市场活力方面，我们要继续深入"放管服"改革，坚持公正监管的原则，对各种所有制企业一视同仁，进一步激发市场活力。按照市场化的方向进行监管，我们是国家市场监管总局，而不是国家计划监管总局。

在"放"的方面，我们要深入商事制度改革，使企业和产品的准入更加便捷，要继续推动企业进入以后更高的开业率、经营率、活跃度，使企业生命周期更长。在"管"的方面，要坚持竞争中性原则。目前，很多企业反映，我们所需要的第一位不是优惠政策，而是有个公平竞争的营商环境。要破除对民营企业的歧视，对中国企业和外国企业、国有企业和民营企业一视同仁。实际上，从历史上来看，早在革命根据地时期，就把发展私营工商业作为我们的基本经济方针。现在，虽然中央一再强调"两个毫不动摇"，但是在准入、融资、招投标等各方面，仍然存在着不平等、不一致对待的现象。所以，我们市场监管总局采取的措施，在市场准入方面一视同仁。实际上，这几年商事制度改革，受益最大的是民营企业。去年，新诞生的企业每天18400户，90%以上都是民营企业。在反垄断、反不正当竞争、公平竞争制度审查方面，在解决多头检查、重复检查方面，在不干涉民营企业经营方面，在进行价格监管、解决乱收费方面，都要为企业减轻负担提供公平竞争的环境。同时，我们还在计量、检测、标准、认证认可等方面为各类企业服好务，特别是中小企业、民营企业。总之，坚持竞争中立、公正监管，支持各类企业、各种所有制企业依法经营，创新发展。

《中国市场监管报》记者：请问张局长，国务院出台部门联合"双随机、一公开"监管意见之后，市场监管总局将如何进一步创新监管方式，以此确保我们的监管水平不断提升？

张茅："双随机、一公开"是创新市场监管方式的重要内容。大家知道，过去我们的传统监管方式是巡查方式，是企业年检方式，现在我们把年检改为年报，把巡查改为抽查，这个改革应该说取得了初步效果。去年，企业的年报率达到91%，超过过去年检时80%左右的数量，说明企业自我约束意识在增强。去年，我们随机抽查了5%的企业，其中经营异常名录的企业超过500万户，占到14%，真正纳入"黑名单"的是53万户。

国务院最近下发了联合"双随机、一公开"随机抽查的意见，17个部委联合"双随机、一公开"。这里面有三个关键词，第一个关键词是"联合"，不是今天你去查，明天我去查，重复检查，而是我们联合起来，减少检查的频次。第二个关键词就是"随机"，检查对象随机，检查人员随机。第三个关键词是"公开"，就是检查结果要公开，公示在国家企业信用信息公示系统上。"双随机、一公开"检查，今年工作要重点检查企业公示的情况是不是真实，比如你的入资情况，现在是实缴制改成认缴制，不需要会计师事务所来验资，但是我们随机检查的时候，就要检查你的入资情况，是否与你的年报一致。比如说企业注册资本两百万，今年我入了一百万，我公示了，就要检查你是不是入资了。还要检查你是不是受过其他的处罚，你的信用如何。再有，加强公示结果运用，进行联合惩戒，使守法企业一路畅通，违法企业处处受阻。

同时，我还特别想强调，在我们"双随机、一公开"检查中，不能有免检企业，不能说信用好的企业，就可以不查或者少查。随机的原则就是今天抽到你今天检查，明天抽到你，明天还要检查，不能有免检企业，不能有监管空白。这样就能促使企业提高自律的要求和意识，同时也降低政府监管成本。我想，通过"双随机、一公开"部门联合检查，对于建立公平竞争的市场环境、增强企业的信用意识，必将起到积极的作用，这也是激发市场活力的一种措施。

《南方都市报》、南方报业全媒体记者：现在网络消费量很大，但在网络交易中出现了很多虚假宣传、假海淘，甚至有涉嫌垄断的问题。请问张局长，我注意到去年市场监管总局也有专门的专项治理，在这个专项治理的过程中，市场监管总局获得了怎样的成效？下一步，我们会采取哪些政策来完善网络交易这种新业态的监管？

张茅：网络消费作为新的消费方式，给群众带来便利，特别是年轻人比较喜欢这种方式。同时，也反映出不少的问题。我国去年网上零售额超过了7万亿元，增长24%，占到全国商品零售总额的18%。过去每年记者朋友们都问我，对"双十一"怎么看？年轻人对"双十一"非常积极，很多的"剁手族"，购买商品非常便宜，还能送货上门。但同时大家反映，有假冒伪劣、送货不及时等问题。网络交易存在着一些特殊性，比如说时空分离，你采购的产品不在本地，"海淘"也不在国内，你在购物之前，接触不到实物，是根据广告宣传，另外就是运输传递当中也存在着问题，能不能及时地快递到家门口。所以，解决问题的难度和监管难度也很大。

市场监管总局在这方面要不断提高监管能力，坚持以网管网，充分发挥大数据等新技术的作用，发挥好第三方平台的主体作用，落实电子商务法、消费者权益保护法等内容。特别是在消费者权益保护法当中，规定了"七天无理由退货"的措施，当然一些商品排除在外，比如生鲜，比如你定制的商品，就不适用"七天无理由退货"了。我们了解到，消费者权益保护法实施以来，这方面总体情况还是不错的，特别是有些第三方交易的大平台落实情况比较好，比如说有一个平台，对于消费者极速退款人员已经扩大到了3亿多人。昨天我还碰到了一个年轻人，我问他无理由退货的情况，他告诉我，在一个大的平台上，他货还没退呢，只是提出了要求，就先收到了钱。我觉得，有些平台的做法还是不错的。

当然，有的企业还提出来"三十天无理由退货"，法律规定是七天，我这可以三十天。我觉得"七天无理由退货"实际上是双赢,消费者利益得到了保护,企业的信誉、声誉得到了提高。现在我们也在线下进行推广,不少商店也承诺做到多少天无理由退货。当然,对于存在的问题,比如假海淘的问题、涉及垄断的问题、假冒伪劣的问题,我们要加大惩处力度,线上线下用同一个标准,严格监管,严厉惩罚。同时,也鼓励电商经营者和平台自律守信,这样他们才能顺利发展。总之,电商作为一种新的业态,要在规范中发展,在发展中规范。

《瞭望》周刊记者:我们了解到,市场监管总局等13个部门联合部署开展了整治"保健"市场乱象百日行动。这项行动开展以来,也倍受社会各界的关注。想了解一下,到目前为止已经取得了什么样的成效? 在这项行动当中还面临哪些"硬骨头"需要啃,下一步的工作目标是什么?

张茅:"保健"市场,近一段时间来,社会关注度高,群众反映比较大。乱象比较多,危害大,必须加强整治。"保健"市场中有些概念确实也难以界定,市场上的保健品,有企业自己定位的保健品,也有在有关部门注册的保健品,包括保健食品、保健用品,这里面虚假宣传的成分确实不少,容易对老年人、儿童危害大。有的老年人相信保健品宣传的作用,我听到一些朋友讲,家里的老人相信这些宣传,当时买了保健品,子女回家就批评了,后来老人买了就不跟子女说了,自己买了就吃、就用。这项工作具有复杂性,取证难、认定难,宣传效果欺骗性较大,整治起来难度也比较大。

从今年1月8日开始,13部门联合整治,应该说取得了阶段性效果。到3月1日,一共立案4865件,案值达到51.7亿元。我们提出的是百日整治行动,但是这个整治工作不会局限于百日,必须长期进行,同时要加强科普宣传,要改革现在的保健品注册制度。更多地落实企业主体责任,实事求是,不能夸大。中国自古以来就有"食药同源"的传统,很多食品对某一方面都起到了保健作用。大家都知道,吃枣补血,吃芹菜降血压,这些说法有很多,很多食品都有传统意义上的保健作用,但是每个人的情况不同,这个作用要实事求是地介绍。特别是刚才说到,政府也不能在这方面为企业背书。我们将来改革的目标就是落实企业主体责任,扩大企业自我声明的范围。这个食品对身体有什么样的好处,由市场来检验,由消费者来检验,减少政府的鉴定。至于其他用品,这种宣传就很难辨别,比如说这个鞋垫,说是保健鞋垫,怎么个保健法?没有科学的评价标准。所以这种宣传,要从广告法等法律法规上进行严格限制。必须要依法宣传,不能夸大宣传。对于出现的问题、造成的危害,要依法进行惩处。同时,特别要加强科普宣传,提高消费者科学认知。要请我们的专家来讲解保健方法,正本清源,使"保健"市场的宣传能够真正名副其实,保障人民群众的健康。

《中国食品安全报》中国食品安全网融媒体记者:请问张茅局长一个问题,刚才您谈到了,我们出台了《地方党政领导干部食品安全责任制规定》,请问这样的规定出台具有什么样的意义?对地方党政领导干部又有哪些规定和要求呢?通过这个规定的出台,如何提升地方食品安全监管水平,从而密织我们国家食品安全监管网?

张茅:中央制定的《地方党政领导干部食品安全责任制规定》非常重要,也是我们第一部关于食品安全的党内法规,说明这个问题突出,中央高度重视,高度关心群众面临的问题,是以人民群众为中心的一个具体体现。这个规定体现了问题导向,刚才我讲到了,食品安全当中存在着不少群众不满意的问题,这些问题怎么解决,确实不是一个简单的事情,不是简单地靠一两个部门就能够解决的。我们说食品安全,从田间地头到餐桌有多个环节,要共同努力才能解决好。

中央出台的《地方党政领导干部食品安全责任制规定》,明确了地方党委的责任,政府的责任,都有详细的规定,我觉得这是发挥我们中国特色社会主义,加强党的领导的一个重要体现,就是发挥我们的体制优势。

对于一些重要的问题，群众反映强烈的问题，有党政地方的责任，有党政主要领导来负责任，工作的力度就更大。过去我们说，"千难万难，一把手重视就不难"，在工作当中，党政主要领导重视这个问题，我们解决起来条件就会更好一些，力度就会更大一些。同时，这里面也承担着沉重的责任，一个地区出现食品安全问题，首先负责任的是地方的党政领导，当然企业也有企业的责任，企业负主体责任，但是如果我们监管不到位，地方的市场监管部门要负责任。所以，这体现了我们党和国家下的决心，体现了我们体制的优势。

作为一个艰巨的任务，市场监管总局也要加强对地方的指导、督查和协调，因为有些食品安全问题是跨地区的、跨区域的、跨部门的，为了加强对这项工作的领导，国务院还成立了食品安全委员会，由国务院三位领导同志担任主任，这个委员会办公室就设在了市场监管总局，我们要加强协调，支持地方党政领导加强对食品安全工作的监管，减少由于食品安全引发的问题，让群众在食品安全方面更放心。

中国教育电视台记者：我的问题是提给申局长的。建立知识产权侵权惩罚性赔偿制度，目前取得了哪些成效？为进一步促进科技创新，将在哪些方面发力？

申长雨：建立知识产权惩罚性赔偿制度，是加强知识产权保护的一项重要举措。在新一轮专利法的修改中，一个重要的方面就是要加强知识产权保护，健全侵权惩罚性赔偿制度，大幅提高侵权违法成本，对故意侵权者规定了最高五倍的惩罚性赔偿，让侵权者付出沉重代价。目前，这项工作整体推进顺利。大家知道，我国专利法施行以来，已经先后做了三次修改，目前正在进行的是第四次修改。去年12月，国务院常务会议审议通过了专利法修正草案，目前全国人大进行了第一次审议，专利法的修改有望今年年内完成。

这次专利法的修改，对于科技成果的转化、促进发明创造，意义重大。

它将对发明者起到激励作用,有利于创新成果的保护,更好地促进创新成果的转化运用。

　　主持人:本场记者会到此结束,谢谢各位嘉宾,谢谢记者朋友们。

就加强市场监管,维护市场秩序答记者问

就打好污染防治攻坚战答记者问

（3月11日）

生态环境部部长李干杰

主持人：各位记者朋友，大家下午好！欢迎参加十三届全国人大二次会议记者会，本场记者会的主题是打好污染防治攻坚战。今天，我们很高兴地邀请到生态环境部部长李干杰先生，来回答大家提出的与这一主题有关的问题。

3月11日，生态环境部部长李干杰就打好污染防治攻坚战答记者问

首先,有请李部长。

李干杰:谢谢主持人。各位记者朋友,大家下午好!在3月3日的"部长通道"上,我与记者朋友们相约今天下午再次见面,很高兴能够如约而行,有机会继续就生态环境保护工作向大家介绍相关情况,回答大家的提问,同大家交流。

3月5日,李克强总理在政府工作报告中把生态文明建设和生态环境保护工作作为重要内容之一,进行了总结和部署。一方面,总理肯定了过去一年的成绩,讲污染防治攻坚战开局顺利、开局良好,PM2.5浓度继续下降,生态文明建设成效显著;另一方面,总理也对今年的工作提出了明确具体的要求,强调要聚焦蓝天保卫战等重点任务,持续推进污染防治,加强生态系统保护修复,壮大绿色环保产业,大力推动绿色发展,统筹兼顾、标本兼治、精准发力、务求实效,使生态环境质量继续得到改善。

今年是建国70周年,在这样一个历史时点上,我们深感肩负的重任和使命。下一步,我们将在以习近平同志为核心的党中央的坚强领导下,坚持以习近平新时代中国特色社会主义思想为指导,认真抓好政府工作报告中确定的目标任务的落实,全力推动生态环境保护和生态文明建设取得新的更大成效。

我就先讲这些。下面,我非常愿意回答大家的提问。

人民日报社记者:习近平总书记在内蒙古代表团审议时强调,要保持生态文明建设的战略定力,探索以生态优先、绿色发展为导向的高质量发展新路子。请问,探索新路子,生态环境部将如何抓好落实呢?

李干杰:大家都知道,习近平总书记对生态文明建设特别重视。党的十八大以来,习近平总书记围绕生态文明建设和生态环境保护发表了一系列重要讲话,作出了一系列重要指示批示,提出了一系列新理念、新思想、新战略和新要求,系统形成了习近平生态文明思想,指导推动我国生态环境保护和生态文明建设发生了历史性、转折性、全局性变化,取得了历史性成就。

3月5日下午，习近平总书记在参加内蒙古代表团审议时，又就生态文明建设再次发表了重要讲话。我本人非常荣幸，我是列席参加了这次内蒙古代表团的审议，在现场亲耳聆听了习近平总书记重要讲话，确实是深受教育、深受启发，也倍感鼓舞和振奋。习近平总书记的重要讲话，我体会主要是包括两大方面的内容：

第一，强调生态文明建设的极端重要性。习近平总书记讲了"四个一""三个体现"，即在"五位一体"总体布局中生态文明建设是其中一位；在新时代坚持和发展中国特色社会主义基本方略中坚持人与自然和谐共生是其中一条基本方略；在新发展理念中绿色是其中一大理念；在三大攻坚战中污染防治是其中一大攻坚战。这"四个一"体现了我们党对生态文明建设规律的把握，体现了生态文明建设在新时代党和国家事业发展中的地位，体现了党对建设生态文明的部署和要求。

第二，习近平总书记就当前推进生态文明建设和生态环境保护工作，强调了"四个要"。尤其是"第一个要"，就是要保持加强生态文明建设的战略定力。习近平总书记讲，保护生态环境与发展经济从根本上是有机统一、相辅相成的。道理大家都明白，难就难在能否做到知行合一。不能道理是道理、干事归干事，说起来重要、做起来次要，抓一阵松一阵，上面督察得紧就抓一下，风头过去了又放一边。更不能因为经济发展遇到一点困难，就开始动铺摊子上项目、以牺牲环境换取经济增长的念头，甚至想方设法突破生态保护红线。习近平总书记讲，在我国经济由高速增长阶段转向高质量发展阶段过程中，污染防治和环境治理是需要跨越的一道重要关口。我们必须咬紧牙关，爬过这个坡，迈过这道坎。要保持加强生态环境保护建设的定力，不动摇、不松劲、不开口子，否则不仅会前功尽弃，也会为今后发展埋下更大的隐患。习近平总书记的重要讲话非常有针对性、指导性，也有很强的政治性和思想性。我们一定要深刻地领会好、贯彻落实好。

作为生态环境部,我们后续打算从以下四个方面来抓好贯彻落实。

第一,深入学习、宣传、领悟、贯彻好习近平生态文明思想。习近平生态文明思想对我们而言,我体会既是重要的价值观,又是重要的方法论,是我们解决问题、推动工作的定盘星、指南针、金钥匙,我们在实践中有非常多的体会。因此,后续首要工作就是要进一步深入学习好、宣传好、领悟好、贯彻好习近平生态文明思想。

第二,要坚决打好污染防治攻坚战。我3号的时候在"部长通道"上已经向大家报告,我们的思路和举措就是"4567",这里我不再重复展开了。

第三,夯实三大基础。这三大基础分别是要大力推动形成绿色生产方式和生活方式,要大力加强生态系统的保护和修复,还要大力推进生态环境治理体系和治理能力现代化。这三大基础既是我们打好打胜污染防治攻坚战的保障,也是生态文明建设的重要内容。

第四,要积极开展试点示范。开展生态文明示范创建,开展"绿水青山就是金山银山"实践创新基地建设。通过这些试点示范,努力探索以生态优先、绿色发展为导向的高质量发展新路子。另外,通过试点示范能够探索积累一些经验,形成一种在全国可推广可复制的模式。

中央广播电视总台国广记者:从今年3月3日全国政协开幕会召开到今天,北京好像没有几个蓝天。去年,国务院印发了《打赢蓝天保卫战三年行动计划》。请问部长,蓝天保卫战进展如何?哪些地区是今年蓝天保卫战的重点监督目标地区?今年还将有哪些新举措?另外,蓝天碧水不能只出现在统计中,更要百姓认可。今年在生态环境保护领域,针对形式主义、官僚主义方面还将有哪些硬措施出台?

李干杰:蓝天保卫战在七大标志性战役里排在首位,也是大家最为关注的。今天天气不错,这也让我回答这个问题的时候,有更多底气。蓝天

保卫战开展以来,应该说总体上进展和成效还是不错的。具体体现在四个方面:

一是顶层设计已完成。《打赢蓝天保卫战三年行动计划》去年7月发布之后,又陆续制定发布了《柴油货车污染治理攻坚战行动计划》、京津冀及周边地区、长三角、汾渭平原2018—2019年秋冬季大气污染治理攻坚行动方案。另外,各地也结合自己的实际推出了各自的行动计划、行动方案。

二是治理格局基本成形。国务院设立了京津冀及周边地区大气污染防治领导小组和汾渭平原大气污染防治协调小组,同时还进一步完善了先前就已经建立的长三角大气污染防治协作机制。结合这次机构改革,还在生态环境部挂牌设立了京津冀及周边地区大气环境管理局,这个局是负责京津冀及周边地区的"六统一"——统一规划、统一标准、统一环评、统一执法、统一监测和统一应急。同时,也承担了京津冀及周边地区大气污染防治领导小组的日常工作。

三是重点任务有力推进。火电行业超低排放改造已经达到8.1亿千瓦,比例占到80%,"煤改气""煤改电",也就是北方地区清洁取暖顺利推进,试点城市由12个增加到35个,在前一年完成将近400万户的基础上,2018年又完成了480余万户。另外,煤炭等大宗物资运输,公路改铁路也推进得不错,铁路运输量同比增加了9.1%。所以,这些重点工作、重点任务都在有力有序有效地推进之中。

四是成效逐步显现。2018年,全国338个地级以上城市优良天数比例提高了1.3个百分点,达到了79.3%,PM$_{2.5}$浓度同比下降了9.3%。三个重点区域改善得更多一些,京津冀及周边地区是11.8%,长三角是10.2%,汾渭平原是10.8%,北京是12.1%。总体讲,一年多来,蓝天保卫战的进展和成效还是不错的。

但是,确确实实还是感到压力很大,形势不容乐观,甚至还可以说相当严峻,任重道远。当前的问题和困难,我总结了一下有"五个性",是非常明显和突出的。第一,是思想认识的摇摆性。抓一阵松一阵,有外在压力的时候就抓一下,风头一过就放一边。第二,是治理任务的艰巨性。攻坚越来越难,骨头越啃越硬,好做的事做得差不多了,后面要做的就是更加难的事,更加艰巨的事。第三,是工作推进的不平衡性。区域与区域之间、城市与城市之间、行业与行业之间,有的快一些,有的慢一些,有的好一些,有的差一些。第四,是工作基础的不适应性。这与打大仗、硬仗、苦仗相比,我们的各个方面,包括硬件、软件、人力、装备、思想、能力、作风都还有相当的差距。第五,是自然因素气象条件影响的不确定性。正是因为这"五个性",使得我们当前的形势还是非常严峻的,我们要有清醒的认识。

后续生态环境部怎么抓法,蓝天保卫战行动计划、路线图、时间表、任务书都已经确定,关键是抓落实。蓝天保卫战总的思路要求非常明确,就是"四个四"。一是扭住"四个重点",重点区域、重点时段、重点行业、重点因子。二是优化"四大结构",产业结构、能源结构、运输结构、用地结构。三是强化"四项支撑",督察执法、科技创新、联防联控和宣传引导。四是实现"四个明显",让 PM2.5 浓度明显下降,重污染天数明显减少,大气环境质量明显改善,要让人民群众的蓝天幸福感明显增强。对我们来讲,就是落实落实再落实。同时,我们也相信,只要狠抓落实,就一定会见到成效,我们的蓝天就一定会越来越多。

《北京青年报》北京头条客户端记者:我们注意到,中央环保督察开始以来,有一些地方政府因为担心被问责,他们开始出现了不分青红皂白紧急停产停业这种"一刀切"的方式来应对环保督察。政府工作报告当中也指出,对需要达标整改的企业,要给予合理的过渡期,避免处置措施简单粗暴、一关了之。请问,生态环境部如何落实上述政府工作报告的要求,有哪些举措来避免"一刀切"的现象再次发生?

李干杰：谢谢您的提问,这个问题很重要。首先,我想讲明三点。

第一,企业是污染防治的主体,依法履行环保责任,依法运行达标排放,这是应尽职责。生态环境部门作为监管部门,依法履行监管职责,依法监督,对违法行为依法进行查处,这也是应尽职责,这一点不能混淆,不能含糊。

第二,所谓"一刀切"指的是一些地方、一些部门平常不作为、不担当,到了中央生态环境保护督察、强化监督、年终考核开展的时候,就急急忙忙临时抱佛脚,采取一些敷衍的办法、应付的办法,也包括对一些需要达标改造的企业不给予合理的过渡期、整改时间,平时不闻不问,到了检查的时候,紧急要求停工停产停业,采取一些简单粗暴的做法。

第三,对于"一刀切",我们的态度一直是非常鲜明的,坚决反对,坚决制止,严格禁止。"一刀切"是我们生态环境领域形式主义和官僚主义的典型表现,它既影响和损害了我们的形象和公信力,也损害了合法合规企业的基本权益。尽管这个问题,坦率地说,在全国而言并不是普遍的,也不是主流,但是它确实在一些地方、一些时候是存在的、发生过的,并且产生了十分不好的影响,所以我们坚决反对,坚决制止。

两年来,在这方面,我们实际上做了这样四项工作:

第一是号召。不管大会小会,什么场合、什么活动,我们都是旗帜鲜明地坚决反对,要求大家不要这么做,因为这对于我们打好污染防治攻坚战没好处,没有什么裨益;相反,影响很不好,一粒老鼠屎搞坏一锅汤。

第二是规范。下发相关文件,明确对禁止"一刀切"提出要求。

第三是查处。我们在开展环保督察、开展强化监督过程中,坚持"双查",既查不作为、慢作为,又查乱作为、滥作为。不作为、慢作为就是该做的事、能做的事、容易做的事不做,滥作为、乱作为就是平常不做事,到时候就乱做,典型的"一刀切"。大家注意到,我们对外公布的一些典型案例中,两方面的案例都有。并且我们每查出一个案例,接到举报第一时间核查,第一时间纠正,查处以后也对媒体、对社会公开曝光,以起到警示作用。

第四是带头。在我们开展中央生态环境保护督察和强化监督过程中,我们发现企业有问题,交办给地方政府,由地方政府环保部门跟企业商量,也给予企业相应的整改时间,需要半个月就是半个月,需要一个月也可以,更长时间也可以,三个月也好甚至半年。包括我们在排污许可证制度改革过程中也是如此,对于那些未批先建的、还不能做到达标排放的,也是先发许可证,在许可证里明确有个整改期限,整改期限也根据情况,有的短有的长。整改期限到了,如果还没做好,才采取相应的处罚措施。应该说,我们做了这四项工作以后,"号召"、"规范"、"查处"、"带头",对于遏制和制止"一刀切"的现象还是发挥了很好的作用。

下一步,我们在继续做好这四项工作的同时,还有两个方面的工作:第一,规范好环境行政执法行为,进一步在这方面做好工作,尤其是规范好自由裁量权的适用和监督工作。第二,我们还要增强服务意识和水平,既监督又帮扶,真真正正设身处地帮企业排忧解难,解决他们在生产过程中环保方面存在的一些问题和困难,增进这方面的意识。总而言之,对"一刀切"我们是坚决反对、坚决制止的,后续在履行好职责、做好监管的同时,我们也会更多地想方设法帮助企业解决好他们面临的问题,推动企业实现绿色发展、高质量发展。

《湖北日报》全媒体记者:我从长江边来,我们想为长江而问。习近平总书记曾说,长江病了,而且病得还不轻。贯彻绿色发展理念,湖北为长江大保护做了许多工作。请问部长,保护长江母亲河下一步有何考虑和安排?建立健全长江经济带上下游生态补偿机制有什么举措?

李干杰:推动长江经济带共抓大保护、不搞大开发,是党中央作出的一项重大决策,也是事关国家发展全局的一项重大战略。这几年,我们生态环境部会同沿江 11 个省市和相关部门,主要做了以下几个方面的

工作:

第一,制定规划计划。先后制定了《长江经济带生态环境保护规划》和《长江保护修复攻坚战三年行动计划》,为抓好长江保护提供了基础和指南。

第二,夯实地方责任。我们在对长江经济带 11 个省市开展中央生态环保督察、例行督察全覆盖的基础上,去年又对其中 8 个省开展了中央生态环保督察"回头看",通过督察进一步夯实了地方的责任,传递了压力。

第三,推动绿色发展。指导支持 11 个省市初步划定了生态保护红线,同时还开展了"三线一单"实施方案的编制试点工作。所谓"三线一单",指的是生态保护红线、环境质量底线、资源利用上线和环境准入清单。

第四,解决突出问题。这两年我们抓住重点,推动相关工作,还是取得了积极的成效。一是饮用水水源地的保护。经过两年的时间,长江沿线县级以上城市饮用水水源地一共 1474 个,存在的问题基本上都得到了整治,完成率达到 99.9%。二是黑臭水体的整治。这个大家也很关心,到目前为止,长江沿线省会以上城市的 12 家黑臭水体整治已经超过了90%,其他地级城市现在也在积极推进过程中。三是把长江沿线的固体废物、危险废物非法倾倒、非法转移问题当成重点来进行专项整治,也取得了很好的效果。去年我们排查出 1308 处,最后是 1304 处得到了很好的整改,完成了任务。四是开展"绿盾"行动。将长江流域作为重点,也推动解决了一批在自然保护区、其他各类保护地中存在的一些突出生态环境影响和破坏问题。五是夯实基础,推动建立健全相关监测体系。另外,还组织开展了长江生态环境保护修复的联合研究,向沿线 58 个地市派出专家组进行现场跟踪研究和对当地的技术指导,也取得了很好的成效。

但我们必须要说,长江当下在生态环境保护方面存在的问题很多,面临的挑战还是很大的。去年8月到11月,我们生态环境部会同相关方面组织了一支专门力量,到11个省市40几个地市进行了暗查、暗访、暗拍,发现了不少问题,统计下来有160多个。这些问题说实在的触目惊心,让人警醒,充分说明我们的长江确实如习近平总书记讲的长江病了,而且病得还不轻,形势还是非常严峻。

下一步,我们要把长江经济带生态环境保护规划,尤其是长江保护修复攻坚战行动计划里面确定的目标任务狠抓落实,尽快能够见到成效。对生态环境部来讲,我们2019年主要抓八个方面的工作,有四个方面是前两年已经开展的,前面我已经给大家报告了成效。一是饮用水水源地的保护,二是城市黑臭水体整治,三是"绿盾"相关行动,四是进一步深化"清废行动",进一步排查和整治沿江的固体废弃物非法转移和倾倒的问题。

除了这四项以外,还有四项新的工作:一是劣Ⅴ类水体专项整治。长江整个流域540个国控点,还有12个是劣Ⅴ类水体,我们要把这12个当成重点,来推动进行整治。二是入江、入河排污口的排查整治。三是"三磷污染"的专项整治。"三磷"指的是磷矿、磷化工企业、磷石膏库,这个对长江的污染影响也是比较大的。四是11个省市的省级以上工业园区污水处理设施的专项整治。要把这新的四项工作一并做好。

您刚才的提问还有个生态补偿的问题。我们治理环境,一方面需要运用好行政和法治的手段,另一方面也要运用好市场经济和技术手段。生态补偿恰恰就是一个非常好的经济手段、市场手段,这些年我们也是一直在推动落实,从当年新安江的上下游补偿,到后来的汀江、韩江、九洲江、滦河等都取得了非常好的成效。长江的生态补偿现在也在积极推动中,财政部会同生态环境部、发改委和其他相关部门在积极推动这项工作,我们联合下发了文件,也召开了会议进行部署。去年,中央财政资金拿出50亿元用于推动支持长江流域生态补偿工作,也取得了很好的成效。下一步,我们会进一步扩大、深化、运用好生态补偿机制。

《日本经济新闻》记者:这几年中国加大了环境监管力度,效果也比较明显,而目前中国经济下行压力加大,国内有一些声音提出,为了应对这个压力,环境监管力度是不是有所放宽了?您对此有哪些评论?

李干杰:这个问题实际上在今年两会首场新闻发布会上,就是 3 月 2 日第一场新闻发布会上,我记得就有记者提出了一个类似的问题,只不过您讲的是"有一种声音",他讲的是关于环保"有两种声音",一种声音讲环保搞"一刀切",影响了经济发展,刚才有记者也提到了。第二种声音就是由于经济下行压力比较大,有些地方放宽了、放松了。首场新闻发布会上,全国政协新闻发言人郭卫民先生就此做了解答,我觉得那个解答非常好,我也完全赞成。这里我想补充说明强调三点。

第一,这两种声音反映的现象、情况确实在一些地方是存在的,是发生过的。但是,就全国而言,它不是主流,不是一个普遍现象。

第二,对这两种现象、两种倾向、两种问题,我们生态环境部都是坚决反对的,发现了也是坚决制止,严肃查处。关于"一刀切",刚才我已经说过了,很明确,见一起查处一起,绝不含糊。关于第二种现象,我们当然也是坚决反对,因为它完全不符合中央的要求。刚才我也跟大家分享了习近平总书记在内蒙古代表团审议时的重要讲话,讲得非常清楚,不能因为经济发展遇到一点困难,就开始动铺摊子上项目、以牺牲环境换取经济增长的念头,甚至想方设法突破生态保护红线。这是很清楚的,所以我们坚决反对放松、放宽环境监管,我们也在中央生态环境保护督察中把这个当作重点。如果发现哪些地方该做的事、能做的事,你不做,为了一时的利益,让保护为发展让路,那我们就盯住不放,该追责的要求严肃追责。

第三,后续我们还会继续把这些工作做好,保持污染防治攻坚战现在的力度和势头,确保能够见到实实在在的成效,尽快补齐生态环境短板,让全面建成小康社会能够得到人民认可,经得起历史的检验。

至于污染防治攻坚战的打法,我在"部长通道"上也向各位进行了汇报,"4567"。我们一定继续把这"4567"贯彻好,争取能够见到更好的成效。

英国路透社记者:我们关注到,目前很多地方企业还有地方政府呼吁想得到中央更多的治污方面的支持。作为生态环境部,您是否有信心在地方经济下滑的形势下,地方企业和政府能否达到他们的治污目标? 生态环境部会推出哪些具体措施来支持地方政府和企业参与污染治理?

李干杰:确实,在当前的形势下,我们的污染防治攻坚战一方面取得了进展和成效,另一方面面临的困难挑战还不小不少。但是与此同时,我们也一定要看到,我们面临的好机遇、好条件也不小不少,甚至是更大更多。最起码,可以说我们面临的好机遇和条件有五个方面:一是党中央、国务院高度重视生态环境保护,尤其是习近平总书记亲力亲为、率先垂范,为我们提供了重要的方向指引和根本政治保障。同时,我们各地各部门、社会各界保护生态环境、推进生态文明建设的意识也大幅提升。今非昔比,齐抓共管的局面,应该说已经基本形成。二是高质量发展有利于生态环境保护,有利于从源头上根本解决污染的问题。三是宏观经济和财政政策支持生态环境保护。改革开放40年来,我们形成的物资、技术,包括人才基础,这都有利于支持、支撑我们打好污染防治攻坚战,加强生态环境保护。资金方面,大家注意到,前几天在财政部新闻记者会上,财政部领导宣布,污染防治攻坚战中央财政的支持今年将达到600亿元,同比增加35.9%。四是党的十八大以来,生态环境领域推出了很多改革举措,这些改革举措释放的红利惠及我们生态环境保护。在这里,我就不一一列举了。五是这些年通过反复探索、积累,我们形成了推动工作的一些好做法、好的工作策略和方法,这些正确的策略和方法能够切实推进好生态环境保护。从这个意义上来讲,我们尽管压力不小、挑战很大,但是机遇大于挑战,我们应该充满信心。

下一步,关于如何支持地方和企业,我们也正在研究,准备采取一些新的举措,把过去的一些老措施继续坚持好、实施好,同时再采取一些新的改进措施、强化措施。

在对地方的支持和帮扶方面,一是继续加大资金政策方面的支持力度。二是加强在技术方面进行帮扶。刚才我说了,长江经济带沿线58个地市我们都派了专家组。实际上在此之前,大气方面,京津冀及周边地区的"2+26"个城市,还有汾渭平原的11个城市都派了专家组下去支持,帮助地方解决他们在生态环境保护工作推进过程中遇到的困难和问题。三是继续加强中央生态环境保护督察和强化监督工作。加强这些督察和监督,一方面督促,另一方面也是帮扶。比如说我们强化监督工作组下到各地以后,帮助地方进一步发现问题、解决问题,取得了很好的成效。

在支持企业方面,我们也是准备采取三方面的措施。一是进一步深化"放管服"改革。我们印发了关于进一步深化"放管服"改革的意见,提出了15条重要举措,我们将逐一抓好落实。二是主动为企业治污提供技术上的支持和帮助。有什么困难,我们帮他们找到一个合理解决的办法。三是进一步完善环境经济政策。通过环境经济政策的进一步建立完善,使企业绿色发展有更大的内在动力。从这几个方面帮助企业解决好环境问题,实现绿色发展。

中国网记者:明年我国将承办联合国生物多样性保护大会,其实去年的大会成果不多,但是中国依然取得了很好的成绩,有成绩就有经验,中国可以给国际社会提供哪些宝贵的经验? 明年大会上是否可以提供中国解决方案? 大会的筹备情况也请介绍一下。

李干杰:"生物多样性是生命,生物多样性是我们的生命。"2010年,当时是联合国确定的国际生物多样性年,我刚才讲的这句话就是当时的主题。当时我在环保部分管这块工作,所以我印象非常深刻。这也说明了生物多样性保护这项工作的重要性和必要性。

中国是世界上生物多样性最为丰富的国家之一。长期以来,我们对生物多样性保护工作非常重视,也取得了好的成效。2011 年,就成立了中国生物多样性保护国家委员会,制订印发了《中国生物多样性保护战略与行动计划》,这个战略计划是管 20 年的,2011 年到 2030 年。还深入开展了"联合国生物多样性十年中国行动(2011—2020 年)"。经过努力,应该说进展和成效还是非常明显的,也得到了国际社会的认可。从某种意义上讲,之所以《生物多样性公约》第十五次缔约方大会能够在中国召开,这也充分说明了国际社会对中国生物多样性保护进展和成效的肯定。

这些进展和成效,具体体现在这样几个方面:第一,我们把生物多样性保护纳入了各类规划,并且在其中都是摆在重要位置来推动。第二,生物多样性就地和迁地保护都取得了很好的进展。我国各级各类自然保护区已经达到了 2750 处,其中国家级的是 474 个。各类陆域自然保护地面积达到了 170 多万平方公里。应该说,通过这些保护措施,很好地保护了很多自然生态系统和大多数重要的野生动植物种群,并且通过这些保护措施,使得一些珍稀濒危的动植物种群得到了恢复,大熊猫就是其中最典型的。第三,启动实施了生物多样性保护重大工程。第四,我们长期把这个作为监督执法的一个重要方面,查处了许多违法违规问题。第五,科学研究、人才培养力度不断加大,同时我们还着力于开展国际交流与合作,也取得了很好的成效。

但是,生物多样性保护的形势和污染防治一样,也不容乐观,生物多样性下降的总趋势还没有得到根本遏制。另外,生物多样性保护与经济开发活动之间的一些矛盾一定程度上也存在。下一步,我们要继续认真落实好《中国生物多样性保护战略与行动计划》明确的任务要求,包括要实施好生态保护修复的一些重大工程,进一步构建完善生物多样性保护网络,进一步提高我们保护和监管的能力,做好生物多样性的调查、观测、评估。同时,要进一步扩大公众、企业参与的渠道,提高他们的参与度,力争把我们中国的生物多样性保护工作做得更好,取得更多的成效,也为全球生物多样性保护做出我们的贡献。

《生物多样性公约》第 15 次缔约方大会明年召开。这次大会很重要,重要任务之一就是要确定 2030 年全球生物多样性保护的目标,同时还要确定未来十年生物多样性保护的全球战略。我们作为东道国,责任非常大,任务也很重,目前正在积极地协同、会同地方和相关部门抓紧筹备。筹备方案已经经过中国生物多样性保护国家委员会的审议,目前相关工作已经启动。我们将尽全力履行好东道国的义务,尽力把这届大会办成一届顺利、圆满、成功的大会。

贵州广播电视台动静新闻记者:今年全国两会,我们感受到了北京热烈的氛围,也感觉到了一点空气污染。请问,旨在解决大气重污染成因与治理攻关的"总理基金项目"搞清楚污染来源了吗? 现在基金项目的进展怎么样了?

李干杰:刚才在上场之前,我还说这个问题一定会问到,因为大家对蓝天保卫战非常关心,对大气重污染的成因非常关心,当然也对大气重污染成因与治理攻关项目的进展情况非常关心。

大气重污染成因与治理攻关项目是前年正式设立的,相关工作是从前年 9 月份正式展开,截止到目前,一年半左右的时间,预期是到今年年底全部结束。这个项目应该说是党中央、国务院高度重视,集中了全国将近两千名一线专家,其中包括很多院士来参与研究。我刚才跟大家讲,我们在大气方面,向地方派了若干专家组到现场,既帮助地方,又支持他们的科研,其中就包括大气攻关项目,我们许多专家都参与了相关工作。经过一年半的努力,应该说总体上进展和成效还是不错的,取得了阶段性成果,也包括大家最为关注的大气重污染成因,现在应该说有了个基本的说法,但最后还是要等到项目结束以后,由我们专家、由我们攻关项目正式向社会发布。

就我的理解,大气重污染成因及来源主要是这样三个大的方面:

第一,污染排放。污染排放是主因和内因,并且经过专家研究,已经更加明确、具体。在污染排放中间有四大来源是主要的,这四大来源占比要达到90%以上,当然城市与城市稍微有点差别。一是工业,二是燃煤,三是机动车,四是扬尘。另外,在PM2.5组分里面也基本搞清楚了,主要的组分也是四大类,硝酸盐、硫酸盐、铵盐和有机物,这个比重占比达到70%以上。所以,来源搞清楚了,组分搞清楚了,也就是主要矛盾清楚了,主攻方向清楚了。你要治理这样四大来源,针对主要的组分开展工作。

第二,气象条件。气象条件尽管是外因,但是这个外因的影响对大气重污染而言还是非常明显、非常大的。专家的评估结果,我们气象条件的影响,年度与年度之间,上下10%。也就是说,同样的污染排放,不同年份气象条件有的可能拉高10%,有的可能拉低10%,个别城市可能还会达到15%。大家可以想见,连续两三年之间,前年如果气象条件好,今年如果气象条件差,实际上由于气象条件本身的影响是比较大的,上下波动也是比较大的。另外,容易造成重污染的不利气象条件也搞清楚了,风速低于两米、湿度大于60%,近地面逆温、混合层高度低于500米,这样的天气极容易形成重污染天气。也正是如此,在预测到有这样气象条件的时候,一定要进行重污染天气的预警应急,要采取应急措施,把污染排放降下来,这样才能使得重污染过程不那么重,可以减轻一些。

第三,区域传输。这个基本上也搞清楚了,在一个传输通道内,比如说京津冀及周边,"2+26"城市这个范围内,大概相互之间的影响平均是20%—30%的样子,重污染气象天气发生的时候,会提高15%—20%,也就是说可能达到35%—50%,个别城市可能会到60%—70%,也就是说相互之间的影响还是比较明显的。从这个意义上来讲,必须要实施联防联控,大家要一起行动,因为相互之间是影响的。

所以,从成因角度、来源角度讲,我想给大家做这样一个我理解的归纳。三大影响因素，污染排放、气象条件和区域传输，基本上搞清楚了。也正因为如此，我们现在关键是要优化四大结构，关键是要做好重污染天气条件下的预警应急工作，关键要实施联防联控。过去这些年，我们也是这样做的，实践证明还是有成效的，研究结果进一步印证说明了这一点，也使得我们有信心继续按照这个路子、按照这个方向、按照这个方法做下去，相信一定会见到更大的成效。

我这里特别想说的是，影响气象条件的因素这三个方面，所以在天气好的情况下，不要自满松懈，你以为一段时间很好就自满松懈，放松要求，搞不好会反复。遇到重污染过程、重污染天气又来的时候，也不要丧失信心，不要否定我们的改善成果，更不要轻易地调整和否定治污路线。要有定力，要科学客观，自信坚定，不要反复摇摆，不要五心不定。

《光明日报》全媒体记者：请问李部长，在当前欧洲无力、美国无心的情况下，中国在应对气候变化方面持有何种观点和立场？都采取了哪些行动？预计会面临什么样的挑战？

李干杰：气候变化是国际社会普遍关心的一个重大全球性挑战，中国的态度和立场非常明确，并且是一贯的，不管外面怎么变化，我们的态度和立场一直是明确的、坚定的。正如习近平总书记多次讲的，应对气候变化不是别人要我们做，而是我们自己要做，是我国可持续发展的内在要求，是推动构建人类命运共同体的责任担当。我们也不仅仅是说说，关键行动上我们也是这样做的。我们作为最大的发展中国家，始终是百分之百地履行自己的义务，始终是百分之百地信守对外作出的承诺，并且也取得了好的进展和成效。有两个方面：

第一，积极参与全球气候治理。我们一直是全球气候变化多边进程的积极参与者和坚定维护者。《巴黎协定》的达成和生效，中国发挥了重要作用，尤其是习近平总书记本人。在此基础上，2018 年我们又为卡托维兹大会的成功发挥了积极作用，推动这次大会达成了一揽子全面、平衡、有力度的成果。在双边方面，我们也围绕气候变化积极开展深入交流与合作，也取得了很好的成效。这是一方面，始终积极参与全球气候变化的治理进程。

第二，认真实施积极应对气候变化的国家战略。采取调整产业结构、优化能源结构、提高能效等一系列政策措施，使得我们温室气体的排放得到了比较好的控制，可以说是扭转了一段时期我们碳排放快速增长的局面。2018 年相对于 2005 年，单位 GDP 碳排放下降了约 45.8%，已经提前完成了我们作出的到 2020 年下降 40%—45% 的目标；非化石能源占一次能源消费比重达到了 14.3%。其他一些工作进展也是比较顺利，比较好。另外，在国内层面，我们积极推动建立中国的碳市场，在前些年试点的基础上，2017 年 12 月份已经正式启动了全国碳排放交易体系，相信碳排放交易市场体系的建立会为我们减排温室气体、应对气候变化发挥很好的作用。

我们的立场是一贯的，态度是一贯的，行动也是很坚定、很深入的，取得了进展。但是这方面问题确实也不少，挑战也很大，我们现在的产业和能源结构还是偏重，化石能源占比还是比较高。尽管这些年有比较明显的下降，比如煤炭占比，2012 年的时候是 68.5%，去年降到了 59%。大家知道我们的量很大，每降一个百分点，都意味着很大的贡献，但是 59% 还是高。其他方面的工作，在抓落实方面也还有空间，也还有不足，也还有问题。

下一步，我们准备主要从以下五个方面来着手，坚定不移地实施好积极应对气候变化的国家战略。第一，加强工作协调和政策协同，支持各类低碳技术的研发和推广。同时，加快建立和完善我们重点行业温室气体排放标准体系。第二，加强碳市场管理制度建设、基础设施建设和能力建设，有效控制温室气体排放。第三，主动适应气候变化的影响，推进绿色低碳转型发展，同时倡导简约适度、绿色低碳的生活方式。第四，继续深度参与和引领全球气候治理,把握好全球低碳发展的新机遇。第五,培育经济发展新动能,更好发挥低碳发展对经济转型的引领作用、对生态文明建设的促进作用、对环境污染治理的协同作用,持续为应对全球气候变化做出新的贡献。

《法制日报》全媒体记者:近期,我们关注到环保数据造假问题一直是社会公众关注的问题,环保数据造假无疑是最严重的治理之难。请问部长,我们以后将采取什么样的举措来杜绝环保数据造假这个问题?

李干杰:这个问题很敏感,大家也很关心。您刚才讲的环保数据造假,我体会您讲的是监测数据造假。在实践中,过去最突出的也是这方面的问题。对监测数据造假,我们是深恶痛绝!我本人一再讲,我们现在生态环境的管理、生态环境的治理就像一座大厦,这座大厦,你要让它屹立不倒,最关键的是中间这个柱子一定要坚实可靠,而我们的监测就是这个大柱子。如果这个大柱子撑不住,这个大厦就撑不住,它一定会倒塌。换句话说,环境监测数据的质量也是我们环保工作的生命线,不能出毛病,不能有问题。这几年,我们着力推动监测网络建设,按照中央的要求,这也是中央确定的一项重要改革任务,解决环境监测质量的真实、准确、可靠的问题。我们对环境监测数据提了三个字的要求,"真"、"准"、"全",也就是真实、准确、全面。

应该说,经过这几年的努力,有了根本性的转变。之前我不敢说,但今天我可以负责任地告诉大家,我们的监测数据是真实、准确、全面的。如果说全面,现在还有点差距,因为现在大气监测国控点 1436 个,大家认为可能还要设得再密一点,水的国控点是 1940 个,可能有些地方还没有设。但是数据是真实、准确的,我们心里是有底的。一方面,通过体制机制的改革创新,保证了这一点。另一方面,跟前后两方面的信息情况是相匹配的。前面跟我们掌握的治理工程的推进、实物量的完成是匹配的,后面跟我们听到的、社会反映的、老百姓的感受是一致的,不像过去是"两张皮",我们说环境质量好了,老百姓不认账,过去这种情况确确实实存在。

对于监测数据造假的问题,我们是怎么办的呢? 采取了什么样的措施来使得今天的情况有大的转变和好转呢? 三句话:

第一,做到让其不敢。发现问题立马查处、严肃查处,并且不是一般的追责问责,不是蜻蜓点水。比方说最典型的,已经向社会发布的两个典型案例,一个是西安的监测数据造假案,一个是山西临汾监测数据造假案,不仅仅是有行政处罚,关键还有刑事处罚。临汾一个案子,进去了16个人,这在过去大家想都想不到,为了一个监测数据,有16个人受到刑事处罚。

第二,做到让其不能。通过体制机制的改革创新,另外人防加技防,做到不能。过去,我们国控点监测都是由地方负责的,名义上是国控点,但实际上是地方进行运行维护的,是考核谁,谁监测。我们现在体制创新,谁考核,谁监测。我们考核国控点,就是我们监测,我们请第三方进行监测,而不再由地方进行监测,并且我们对第三方有严格的一套管理制度。另外,我刚才讲到,人防之外还有技防,采取了一系列措施,确保对监测的干扰能够避免,一旦发现问题,马上就能知道。比如国控监测点位,不仅仅是监测设备本身,也包括其他一些视频设备,全是跟我们监测总站联网的,一有动静,这边马上知道,还有其他一系列的技术手段。

第三,做到让其不愿。当然让其不愿坦率说还有差距,因为考核的压力大,他完成不了的时候就容易动歪脑筋。我们反复强调,做宣传,同时发现问题严肃查处、倒逼,还有对于确确实实做得好的,我们在一些政策和其他方面,也给予奖励、鼓励和支持,宣传引导大家认识到它的重要性,把监测工作做好。

下一步,我们还会继续把这个不敢、不能、不愿三件事做好,进一步创新体制机制,进一步完善我们的规章制度。同时,最重要的是加强质量管控,发现问题严肃查处,确保我们监测这个顶梁柱、这条生命线能够不出毛病,确确实实发挥好它的作用,我们也还有这个信心。

《检察日报》全媒体中心记者：近日,最高检和生态环境部等九部委联合印发了《关于在检察公益诉讼中加强协作配合 依法打好污染防治攻坚战的意见》,今年年初最高检内设机构改革,其中第八检察庭作为承办公益诉讼检察业务的专门机构,也更好地为履行检察公益诉讼职责提供了组织保障。请问李部长,下一步,在合力打好污染防治攻坚战中,最高检需要在哪些方面与生态环境部等部门加强协作配合,怎样更好地发挥公益诉讼职能?

李干杰：党的十八大以来,我国生态环境保护工作进展成效明显,取得了历史性成就,发生了历史性变革。原因很多,其中一个重要的原因就是小环保变成了大环保。过去一讲环保,就是环保部门一家单打独斗,小马拉大车。现在情况完全变了,大家都积极参与,都积极工作,发挥好各自的优势,共同齐心努力来打污染防治攻坚战。

刚才您讲的最高检就是个典型的例子。我们特别赞赏也特别感谢最高检,包括全国检察系统把生态环境保护作为一个重要的领域,来开展相关工作,发挥积极的作用。你刚才提到,包括设立了一个专门的公益诉讼机构。据介绍,公益诉讼这一块,环保占的比重是最大的,在全国公益诉讼方面,检察机关办的大概占了四成以上,对提高人们的认识、解决相应问题,发挥了很好的作用。我们也特别期待和希望能够继续发挥好公益诉讼的作用,从生态环境部的角度来讲,我们也一定会尽全力配合、支持检察机关做好相关工作。

实际上,我们跟最高检之间也建立了合作机制,包括人员交流。春节之后,我们就已经开始相互派人员到对方单位挂职。生态环境部派了一位同志到最高检,最高检也派了一位同志到我们这儿来。过去我们挂职是上下挂职比较多,部门之间还很少,恰恰我们现在跟最高检之间已经开始了这样一个机制。另外,共同把这个工作做好,对双方都是非常重要的,也都是我们应尽职责。后续还有很多其他的工作,我们都会进一步扩大和深化。相信在污染防治攻坚战、在整个生态环境保护工作中,检察机关的作用和贡献一定会越来越大。

《中国环境报》记者:李部长您好,我的问题是,渤海综合治理是污染防治攻坚战七大标志性战役之一,去年机构改革后,生态环境部刚刚承担了海洋生态环境保护的职责,请问您对渤海的相关情况了解吗? 生态环境部在科技监管机制、队伍建设等方面能否跟得上渤海综合治理攻坚战的要求呢? 今年改善渤海的生态环境质量又有什么计划?

李干杰:首先问我对渤海了解吗? 可以说,又了解,又不够了解,这是实话。了解,对渤海当然是了解一些,不仅仅是一般性的了解,过去虽然生态环境部在海洋环境保护方面的了解不如海洋局那样全面深入,但是毕竟我们也是负责全国生态环境保护的,所以对渤海的情况多多少少也是掌握一些。这次机构改革,海洋环境保护职能整合到新的生态环境部之后,说实在的,确确实实是一项新的任务,也是个新的挑战,我们要把这个工作做好,我们需要下更大的功夫、更大的力气,去研究、推动。目前,从人力、能力方面,也还有不小的差距,现在我们也在相关方面大力支持下,尽快推动相关能力建设起来、运行起来。

正如你刚才讲的,渤海综合治理攻坚战是污染防治七大标志性战役之一,方方面面非常关注。怎么打? 能不能打好? 渤海,大家知道了,它的地位作用非常重要,它既是环渤海三省一市经济社会发展的一个重要支撑,同时也是我们海洋生态环境安全的一个重要屏障,对应对气候变化来讲,它还是全球应对气候变化的重要缓冲区。前些年,在地方和相关部门的共同努力之下,渤海的生态环境保护工作也是有进展和成效的,这也反映到了它的生态环境质量改善方面。但是确实问题也不少,包括陆源污染物排放量长期以来居高不下,包括海洋资源开发强度也一直很高,我们一些重点港湾、海水水质也一直有反复,不太稳定,更没有得到根本性的改善。所以整个的形势同样也是比较严峻的。

下一步渤海综合治理攻坚战怎么打法,实际上去年11月,我们会同发展改革委和自然资源部,经报国务院批准、印发的《渤海综合治理攻坚战行动计划》已经明确了任务书、时间表、路线图,甚至是施工图。这个行动计划总体的思路和举措,包括两句话,第一句话,围绕"一个目标"。第二句话,实施"三管齐下"。"一个目标"就是以建设"清洁、健康、安全渤海"作为战略目标,坚持以改善渤海生态环境质量为核心,以解决现在存在的突出环境问题为主攻方向,综合施策,确保渤海的生态环境不再恶化,三年综合治理能见到实效。"三管齐下"就是"减排污、扩容量、防风险",实际上讲的是要污染防治、生态保护、风险防范"三位一体"一并推进、协同推进、协同增效。

在污染防治方面,主要是查排口、控超标、清散乱。查排口就是排查入海排污口,治超标就是治理那些超标的企业,清散乱就是清理整顿散乱污的企业。在生态保护方面,守红线、治岸线、修湿地。守红线就是一定要划定和守住渤海的生态保护红线,治岸线就是治理岸线开发的问题,修湿地就是修复沿海这些湿地。在风险防范方面,是查源头、消隐患、强应急。查好风险的源头,尽力排除、消除这些隐患,同时还要把我们的应急准备做得更加充分、更加具体,一旦有事,确保能够喊得响、拉得出、打得赢。希望不出事,如果真出了事,能够第一时间做出响应,把污染、把事件的后果减小到最低程度。所以这个行动计划是比较明确的,围绕"一个目标",实施"三管齐下"。

下一步,落实好这个行动计划,我们主要做两件事。第一件事,指导推动沿海三省一市抓紧结合自身实际来制定各自的实施方案,并且把相关目标任务分解落实到相关地市和相关区县,把目标任务传递下去、分解下去,让大家赶紧行动起来。

247

第二件事,在地方工作的基础上,直接组织开展环渤海入海排污口的排查和整治工作。因为我们认为,在整个渤海综合治理工作中,入海排污口的排查整治是"当头炮"、"牛鼻子"。这个"牛鼻子"抓住了,行动计划的实施就有了比较大的把握。排污口的排查和整治四件事,"查、测、溯、治"。"查"就是排查,有一算一,全部把它排查出来,实行清单式管理,拉条挂账。"测"就是监测,看看这些排污口究竟是达标还是不达标,究竟什么情况。"溯"就是溯源,把污染源找到。"治"就是整治。这项工作,生态环境部直接操盘,直接组织开展,力图把这项工作能够尽快推动落地见效,大幅减少陆源污染向渤海的排放。只要陆源污染向渤海的排放能够明显得到控制和降低,渤海的海水水质、生态环境的改善就很有希望,就一定能够做得到。

所以,我们目前在去年工作的基础上,正在狠抓这两件事,一是让地方赶紧编制行动计划,二是积极推进入海排污口"查、测、溯、治"这四项工作。大家可以关注,我们现在通过《中国环境报》、通过我们的媒体,向外也发布了相关信息。我们还是很有信心,通过这个标志性战役,《渤海综合治理攻坚战行动计划》的实施,能够为改善渤海的生态环境发挥重要作用。

主持人:谢谢李部长,记者会到此结束,感谢各位记者参加,再见。

就打好污染防治攻坚战答记者问

就攻坚"基本解决执行难"答记者问

（3月12日）

最高人民法院审判委员会副部级专职委员刘贵祥、福建省高级人民法院院长吴偕林、江西省高级人民法院院长葛晓燕

主持人：各位记者朋友，大家下午好，欢迎参加十三届全国人大二次

3月12日，最高人民法院审判委员会副部级专职委员刘贵祥（中）、福建省高级人民法院院长吴偕林（右二）、江西省高级人民法院院长葛晓燕（左二）就攻坚"基本解决执行难"答记者问

会议记者会。本场记者会的主题是攻坚"基本解决执行难"。我们很高兴地邀请到最高人民法院审判委员会副部级专职委员刘贵祥先生、福建省高级人民法院院长吴偕林先生、江西省高级人民法院院长葛晓燕女士，来围绕这一主题，共同回答大家的提问。

首先，我们有请刘贵祥专委。

刘贵祥：各位媒体记者朋友，大家下午好！参加人大记者会对最高法院来说是第一次，所以我们非常珍惜。也非常高兴有这个机会，与媒体记者朋友就今天这个专题进行交流，回答记者朋友们提出的问题。

今天记者会的主题是攻坚"基本解决执行难"。那么什么是执行呢？执行就是通过国家的强制力，使生效的法律文书所确定的权益得到实现。比如说，判决书判决要还钱，那么使这个钱能还到申请执行人的手里，这就是强制执行。执行难的问题来源于裁判文书不能得到有效及时执行。执行难的问题由来已久，在我国 20 世纪 80 年代末，随着市场经济的发展，各种案件井喷式增长，案件大量增加，一些执行案件不能得到及时有效执行，人民群众把它称作"执行难"。

我刚才说了，执行难的问题由来已久，这些年来长期存在，一直没有得到很好的解决，严重影响了人民群众合法权益的实现，同时也严重影响了人民群众对司法的信心和信任，影响了我们的司法公信力。因此，解决执行难，社会高度关注，人民群众殷切期望。党的十八届四中全会的《决定》明确提出"切实解决执行难"，最高人民法院坚决贯彻落实《决定》作出的重大部署。2016 年 3 月，提出了用两到三年的时间基本解决执行难问题，破除公平正义的最后一道藩篱。到现在，三年的时间已经到了，大考已至，我们是不是可以交出一张满意的答卷呢？今天，我愿意就这个问题与记者朋友进行坦率、真诚、深入的交流。谢谢大家。

人民日报社记者：第一个问题想提给刘贵祥专委。今天上午，周强院长在最高人民法院工作报告中指出，用两到三年基本解决执行难这一阶段性目标已经如期实现了。请问经过这场攻坚战,现在的执行工作和三年前相比有了哪些变化?

刘贵祥:好,我来回答这个问题。这三年来,各级人民法院在以习近平同志为核心的党中央坚强领导下,坚持标本兼治,"一性两化"的基本工作思路,奋勇拼搏,攻坚克难,改革创新,确实使我们的执行工作发生了重大变化,甚至是发生了历史性变化。我想,看得见、摸得着的有以下几个方面:

第一方面,我们针对执行难的成因复杂,执行程序中各种矛盾交织叠加的特点,构建了综合治理的工作格局,也就是党委领导、政法委协调、人大监督、政府支持、法院主办、部门配合、社会各界参与的综合治理执行难这个大的工作格局,形成强大的社会合力,齐抓共管,奠定了解决执行难的前所未有的社会基础。

第二方面,我们清理了一大批历史性积案。刚才我说到,执行难由来已久,其中一个表现就是有大量的案件沉淀下来,没有及时解决,有些案件一直到 2016 年,有的可能很多年了。我们采取措施,对过去历史性的多少年前的案件进行全面核查,登入到信息化案件系统中,然后再进行筛查,凡是有瑕疵的、不符合结案标准的,重新查控财产,重新以维护当事人合法权益为着力点,予以进一步化解和解决。在这个过程中,我们啃下了许多难啃的骨头案。通过对历史性案件的清理,我们还了执行程序中历史性旧账,卸下了历史包袱,为下一步解决执行难打下了一个坚实的基础。

第三方面,大力推进执行模式的重大变革,破解执行中的"四大难题"。我们常说执行难有四大难,这是历史上形成的。

首先是查人找物难,因为人民法院在执行案件过程中担负着为当事人查人找物的职责,这一点跟国外很多国家的做法是不一样的,国外很多国家只是当事人告诉法院、告诉执行机构说有哪些财产,执行机构就去给你采取措施就行了。但是我们要担负着查人找物的职责,过去是"登门临柜"的这种形式下,一家银行一家银行地跑,一家房地产部门一家房地产部门跑,千里奔袭,"登门临柜",可见它的效率是很低的。这么大量的案件,我们用信息化手段,建立了覆盖全国、覆盖基本的财产形式,四级法院干警都能统一适用的、网络化的财产查控系统,将各种财产形式一网打尽,从而破解了查人找物难题。

二是打击规避执行、逃避执行的难题。隐匿转移财产,用无所不用其极的手段来规避执行,这是我们面临的一大难题。因此我们推进了信用惩戒体系,出台失信名单制度,构建联合信用惩戒机制,形成了"一处失信、处处受限、人人喊打"的局面。

三是管理上的难题。长期以来由于案件大量积累,在案件办理过程中,"体外循环""抽屉案"是个现象,管不到人、管不到案。所以,我们建立了一竿子插到底的全国四级法院统一的执行办案平台和流程节点管理平台,把所有从立案开始一直到办结,所有案件办理的节点都在四级法院的监控之下。过去执行不规范的现象,通过这种办法有了非常大的变化和改进。

最后是财产变现难题。在执行过程中,如果执行人员通过查,查到的是存款,这对执行人来说是非常幸福的事,因为存款划拨到法院的账户,再支付给申请执行人,既省时又省力,又不会出现太多的麻烦。但是,实践情况是复杂的,我们遇见的起码有 40% 到 50%,甚至有的地区是 60%,查到的是各种形式的财产,比如房地产、证券、股票、车辆,甚至生猪、牛羊,我们需要把它变现成现金支付给当事人。过去传统的拍卖,就是委托拍卖,现场敲槌的这种拍卖,受时间所限,再加上受众范围所限,所以成交率低、溢价率低。更重要的一点,也是让我们广受指责的现象,就是权力寻租、暗箱操作、不法的利益链条。我们推出的网络化拍卖和网络化的评估系统,使我们的拍卖成交率、溢价率大幅度提高,特别是为当事人节省了大量的佣金,因为这种网拍是不收佣金的。我们这几年仅给当事人节约佣金就达 205 亿元,我说的这是非常精确的数据,因为网拍的每一件案子,整个拍卖过程都在我们最高法院指挥中心掌握得一清二楚,一点往里面塞假的可能性都不存在。从开始网拍之后,我们在拍卖环节的投诉率微乎其微,违法违纪目前几乎是零。

这四大难题的破解,我认为是这两到三年基本解决执行难的一个重大变化,基本的变化、模式性的变化。

第四方面,我们在规范化方面发生了重大变化。过去人民群众深恶痛绝的"消极执行""拖延执行""选择执行""乱执行"问题,还有执行作风不端、执行纪律不严这些现象,使我们必须下决心予以解决。解决这一问题,我们两手抓,一手是打造信息化数据铁笼,所有的都在监控之列。第二个是制度铁笼,我们这几年制定了 50 多个执行方面的司法解释和规范性文件,严格约束我们执行权的运行,控制执行权的滥用,划定"高压线",整肃执行纪律,整肃执行作风。这几年,光从执行岗位上由于各种违法违纪调离了 50 多人,处置了几百人。我们下大力气清除害群之马,赢得人民群众的信任。

第五方面,解决了人民群众反映强烈的一些突出问题。其中一个突出问题,就是历史性的执行案款沉积的比较多,管理也比较混乱,好多不能及时发放到当事人手里。因此,我们联合最高人民检察院,用了 9 个月的时间,对所有的执行案款全面清理,历史性案款 960 亿全部清理发放,借此基础上建立了"一案一账号"的长效机制。我可以负责任地说,执行案款管理混乱的局面,廉政风险存在的问题,我认为会一去不复返。还有涉民生案件、涉拖欠中小企业和民营企业账款的这类案件,我们建立了一套加大执行力度的机制,执行效果是非常明显的。

由这些变化我们可以看到一个实际效果方面的变化,我可以在这里说几个数据,我们法定期限内有财产可供执行的,实际执结率90.4%。这三年我们执行案款,也就是装到当事人口袋里的真金白银4.4万亿,同比增加了71.2%。还有,由于执行环境的变化,当事人自动履行率也在提高,2016年、2017年、2018年,这三年合在一起,对人民法院裁判文书自动履行率提高了10个百分点左右。还有一个现象,大家知道,世界银行有个营商环境的评估,其中有个指标叫"合同执行指标",我们国家在评估中位列全球第六。由此我们也能够看到,我们在强制执行方面的一些变化。

中央广播电视总台央广记者: 我们观察到,有些地方法院是举全院之力攻坚执行,可以说是属于非常时期的非常之举。我的问题是,请问刘专委这样的状态可否持续?攻坚之后,会不会又回到原来的状态?

刘贵祥: 我简要回答一下这个问题。您的这个问题非常好,我相信也是很多老百姓心存疑问的问题。也有很多人当着我的面问,这三年采取的措施,几乎是各级法院举全院之力,这种情况能够长期持续下去?会不会又回到了过去?历史上有百万案件大清查、无执行积案的专项行动,但是其结果是清了又积,积了又清。那么这次经过两三年的攻坚,每年又会有新产生的六七百万件的案件,会不会又是新的案件堆积下来回到原点?对这个问题,我非常自信地告诉各位,肯定不会。为什么呢?我想,首先一点,我刚才已经说了,我们这次是对几十年所有的、不放心的案件进行了一次统盘清查,纳入到案件管理系统,永远在监控之下。把这些案件消化,使我们卸下了沉重的历史包袱。过去案件的积累,使我们负重前行,举步艰难,卸了下这些包袱,使执行工作进入到一个良性循环的状态,这个底数清了,我们心里有数了。

第二,这次"两到三年基本解决执行难",坚持的是标本兼治,也就是说我们在攻坚"山头"的时候、削平"山头"的时候,同时在做艰苦的"铺路架桥"的工作。举个例子,我刚才说到全国法院都在广泛使用的"网拍"系统,得到了人民群众的充分认可,这是一套各级法院嵌入到我们工作平台里面的一个工作系统,这能够回到过去的状态吗? 我们编织了一个网络化查控系统,坐在北京的办公室可以查新疆一个农村信用社的存款,可以查中俄边界一个信用社的存款,这样一个网络体系,能够回到过去的状态吗? 我们的信用惩戒得到人民群众和社会的广泛认可,除了"老赖"之外,所有人都说好,这个能够回到过去的状态吗? 我们一边削"山头",清理积案,一边搞长效机制建设。虽然长效机制建设还任重道远,但是已经初步形成了框架,会越来越好。所以,从这个意义上说,也是不可逆转的,不可能回到原来。更重要的一点,我们对下一步的工作有统盘的考虑和打算,我就不在这里细说了。

《中国日报》记者:我们注意到,现在街头的电子屏幕、老赖地图等经常曝光一些老赖信息,产生了巨大反响。请问,这种做法是否有法律依据? 法院在实际执行工作中,如何处理好曝光和隐私保护之间的关系?

葛晓燕:你刚才说的"老赖",在法律意义上叫作"失信被执行人",是指有履行能力但是逃避执行、规避执行、抗拒执行的被执行人。被执行人一旦被纳入到"失信被执行人名单",法院将依法对他进行信用惩戒,这在法律上是有明确依据的。《中华人民共和国民事诉讼法》第255条对此作了明确的规定,最高人民法院对这个规定又作了司法解释。因此,公布失信被执行人的有关信息,这是符合法律规定的。

大家都知道,隐私权是人的一项基本权利,受到法律的保护,人民法院对此高度重视,在执行工作中也严格依法保护。但是,公布失信被执行人的相关信息和隐私保护之间并不矛盾。

首先,我们并不是对所有的失信被执行人都进行公开曝光,我们只是选择其中情节严重的失信被执行人,予以公开曝光,以敦促他们尽快履行法定义务,在社会上形成守信光荣、失信可耻的社会风尚。

第二,对于公开的内容来讲,严格限定在法律的范围之内。法律和司法解释没有规定可以公开的信息,人民法院一律不得公开。对失信被执

255

行人的工作单位、联系方式等内容,就不会公开。

第三,即使对依法可以公开的失信被执行人的信息,人民法院在公开的时候,也采取一些技术性处理,例如对他的身份证信息上有关出生年月数字给予隐去,这样做的目的也就是尽可能地保护隐私。

实践证明,失信被执行人公开曝光他们的相关信息,对于推进我们社会诚信建设和解决执行难起到了非常好的推进作用。比如说在江西,2015 年 12 月 4 日,江西高院和江西日报社,以及江西 18 家金融媒体共同打造了"法媒银"失信被执行人曝光台,这个曝光台具有公开曝光、联合惩戒、在线举报、自我监督等多项功能。一旦失信被执行人一处失信,往往就处处受限。然而,只要失信被执行人一旦履行了法定义务,这个平台立即对他的失信名单信息给予屏蔽,相关的联合惩戒措施也同时解除。这个平台同时也是我们法院系统自我监督的一个平台,当事人可以通过这个平台查询到自己关注案件的办理进展,还可以在线举报、反映执行人员的违法违纪行为,法院都及时予以处理。三年来,这个"法媒银"平台在推进"法治江西、诚信江西"建设方面,在帮助我们攻坚执行难方面,都发挥了非常好的作用,得到了社会各界的充分认可。中宣部、最高人民法院以及银保监会三个部门联合发文,向全国予以推广。

当然,任何一项制度都是在不断实践中去完善的,失信被执行人名单制度也是一样,我们今后会不断地完善这项制度,使其在助推法治进步和社会诚信体系建设方面发挥更大的作用,做出更大的贡献。

《光明日报》全媒体记者:今天上午最高人民法院工作报告指出,基本解决执行难虽然实现预期目标,但是有些方面、有些地区执行难问题仍然存在,甚至还较为突出。请问接下来人民法院将如何加以解决?

刘贵祥:我来简要回答一下这个问题。在今天上午最高人民法院的工作报告中有这样一个表述,"基本解决执行难这一阶段性目标如期实现",同时报告中还有另外一个表述,"我们深知,人民法院执行工作与党中央提出的切实解决执行难目标和人民群众期待相比还有差距"。在有些地区、有些方面执行难依然存在,甚至还比较突出。从坚持问题导向这个角度,我刚才说了,要和媒体记者进行坦率的交流,因此也不应该回避问题。

实际上我们对存在的问题和短板还是心中有数的。一方面,从我们的信息化建设上来说,像查控系统,虽然我刚才说了,能够"一网打尽",但是实践中存在着"鱼不在水里",也就是我们说的隐匿财产、转移财产,他根本不进行财产信息登记,或者用别人的名字登记,这个时候有网就是捞不着鱼,这是个短板。另外,这个查控系统在我们攻坚战的时候,千军万马涌到这条道上来,发生堵塞、运行不畅、信息部分不准确的现象是我们必须克服的。

第二方面,我们的联合信用惩戒,大家都说非常好,但是其他限制措施能不能都做到像我们限制坐飞机、坐高铁这样,能够自动识别、自动拦截、自动惩戒呢?目前没有全部都做到。也就是我们还有很多联合信用惩戒部门没有进行这方面的网络化对接,以至于实施效果不是都很理想。

第三方面,我们的执行人员、我们法院内部依然在有些地方还存在选择性执行、消极执行、乱执行的现象,还存在作风不正甚至违法违纪的现象,严重影响司法公信力,影响人民群众对司法的信任和信心。此外,我们还有许多历史性的案件没有彻底消化干净,等等。在这些问题存在的情况下,我们必须咬定"切实解决执行难"这个目标不放松、不懈怠、不动摇,必须持续发力,必须持续真抓实干,迎难而上,久久为功。

为此,我们对下一步做了全面的部署和考虑:第一,我们已经制定了下一步推进解决执行难五年的工作纲要,从执行体制改革、执行模式改革到整个信息化升级换代等方面做了一个全面的部署。第二,有关方面目前正在着手制订从源头治理执行难的一些方案和意见。第三,人民法院将采取措施,进一步提高我们执行队伍的综合素养,改变目前我们执行队伍的综合素养不能完全适应执行需要的情况。此外,推进完善强制执行的立法体系。目前,强制执行法已经被列入立法计划,最高法院正在按照人大常委会的要求,紧锣密鼓地起草强制执行法,争取在今年年底向全国人大提交。还有和强制执行密切相关的企业破产制度的完善,探索制定个人破产制度,等等。

总的来说,我们对下一步整个执行工作的推进有一个全盘的考虑,而且会更加发力,绝不会减弱现在的工作力度,努力向切实解决执行难迈进。

中国国际电视台 CGTN 记者:我的问题同样问给刘专委。您刚才具体介绍了一下我们这两年在解决执行难问题上取得了一些成效,您刚才也说到啃了很多硬骨头。我在跟身边很多朋友交流的时候,他们有个感受,法院花了那么多力气解决执行难,可还是有些案件得不到执行,您认为到底问题出在哪里?我们怎么样才能把书面上的成效和人民群众的感受切实结合在一起呢?

刘贵祥:您提的这个问题,应该说是我们的一个痛点。我作为多年从事执行工作的一员,有一些案件不能实际得到执行,把真金白银装到当事人口袋里,这对我们来说有时候感觉是很失败的。我把实践中面临的两种情况介绍一下。第一类情况,存在一些有财产可供执行,但是还没有得到及时执行的情况,这种情况多数是由于执行面临情况的复杂性。比如说,当我们执行一个房产的时候,马上要采取拍卖措施了,这时候出来一个人说这是我的房子,我们把他叫做案外人,案外人提出异议,提出异议之后,做了裁定,如果他不服,提起异议之诉,这样一审二审,9 个月就过去了。

再比如,财产要处置,我刚才说了拍卖,我们的网拍虽然很好,但是有些财产市场不需要,也会流拍,流拍之后,可以以物抵债。问题是我们很多人申请执行人不要这个财产,不同意以物抵债,这样财产就处置不了,案件就搁置到这儿了。还有,当我们涉及执行一个被执行人的时候,他有好多债主,都要这笔钱,这就出现了执行分配问题。一个当事人认为你执行分配得不公,用通俗的话说,就会提异议和异议之诉。所谓执行程序,要救济当事人的合法权利,有个程序救济,你又不能没有这个程序,但是这个程序救济有的时候需要时间。所以,我们在设核心指标的时候,两到三年基本解决执行难的核心指标是说,有财产可供执行案件,在法定期限内达到90%执结。为什么不能达到百分之百呢? 客观的情况,确实难以达到百分之百。当然,我们也毋庸讳言,有的没执行的,尤其这几年,存在着极个别的现象,有我们自己消极执行的情况,有的也确实存在案件多,一个人手里握着几千件案子,顾不过来,有时候他就选简单的、容易办的先办了,有这样的情况。但是现在在逐渐消化,这种情况将越来越少,可以说是微乎其微了。

最重要的一个情况,影响观感和大家的直接感受,就是我们说的"执行不能"的案件。老百姓为什么说他是"老赖"呢? 是有钱,欠钱而不还钱的时候。我说的情况是,欠钱但是没钱,因此还不了钱。这种情形,我们把它叫做"执行不能"。实际上,在我们的执行程序中,有相当大量的被执行人,让法院穷尽一切执行措施,找不到他的财产。我说过一句话,"上穷碧落下黄泉,两处茫茫皆不见",在这类案件上,我们下的功夫、投入的司法资源,甚至比执行完毕的还要多,可是劳而无功。对我们来说,这肯定是比较痛苦的事,但是这是一种客观存在的现象。

从企业的角度来说,大家都知道有个"僵尸企业",而且"僵尸企业"肯定不是少数。"僵尸企业"进入到我们的执行程序中,已经债台高筑,什么履行能力都没有,这就变成"僵尸案件"了。还有涉及个人债务的,个人债务在我们执行案件中占了70%,像大量的交通事故纠纷、人身伤害纠纷、刑事附带民事诉讼纠纷,还有非法集资、民间借贷这一类纠纷,被执行人往往一开始履行能力就很弱,出现风险之后,更是没有偿还能力,家徒四壁。我曾经遇见这样一个交通事故的案子,他家里比较困难,借钱去租人的车搞运输,想赚点钱,结果发生了交通事故,把人撞残疾了,判了六十多万块钱,这对他来说是雪上加霜。当我们对他采取执行措施的时候,他家里连一个值得去卖的电视都没有。这种情况,显然是执行不了的。所以,这也是一种客观存在的现象。

总的来说,"执行不能"这种情况,它是一种商业风险,有时候甚至是一种商业陷阱,一开始就让人套路了,有时候是法律风险。那么对这种情况,我们一定要让法院把它真金白银地执行到位,大家说这可能不可能?有时候一次就是几十个亿,国家不可能拿这笔钱。这种案件还是有很多的,大家可以想象出不少这样的例子出来。但是问题是,对这部分案件,每年都有相当大的量,每年滚雪球一样滚下来,我们年年都得面对这批案子,压力很大。所以,我们法律上采取一种办法,叫作"终结本次执行",实际就是做暂时结案处理。所谓的暂时结案处理,是因为查不到他任何财产,我们就发一个"终结本次执行"的裁定,然后把它放到我们的"终本库"里,对社会公开。一旦进入到"终本库",我们有网络化查控系统,每半年过滤一次,一旦过滤出财产,立即恢复执行。当然,当事人发现财产线索让我们去核查的,也可以恢复执行。还有,凡是纳入到"终本库"的,别看这个案件说是"终结本次执行"了,但是在我们网上一直挂着,限制他高消费,并没有不管。

当然,我们对那些当事人生活困难"执行不能"的案件,采取了司法救助的办法。类似我刚才举的例子,我们进行了相应的司法救助,以解决他的燃眉之急,解决他的一时之困。当然,在这类案件里面,大家最担心的一个问题是,法院能不能做到把有财产的案子和无财产案子真正甄别到位?不要把无财产可供执行、终结本次执行当做一个筐,把有财产的人也往里装,这不是损害当事人的合法权益吗。我们专门出台一个司法解释,还有我们的监控系统,对这个问题是采取了严密的措施进行防范。也就是说,法院忠实履职是最基本的要求。对这个问题,我回答到这里,考虑到这是特殊情况,解释得稍多了一点。

澎湃新闻记者:我有个问题想要请教,关于反腐败行动当中的涉案财产处理问题。我们关注到,十八大以来,中央持续加大了反腐力度,有不少贪官落马,这些贪官当中也有很多"巨贪",请问这些"巨贪"背后的这么多钱怎么处理?另外,这些贪官也会被处以罚金或者没收财产,这一块案款是怎么执行的?

刘贵祥:好,我简要回答一下这个问题。党的十八大以来,各级人民法院在以习近平同志为核心的党中央的坚强领导下,坚决贯彻落实中央反腐斗争的决策部署,充分发挥我们的司法审判职能,依法、高效、有序地审理了一批涉职务犯罪案件。在发挥司法职能、惩治贪腐犯罪的同时,加大了对贪腐分子的经济处罚力度,追缴他的非法所得,提高他的违法犯罪成本。

大家可能也注意到了,2015年8月,全国人大常委会通过了《中华人民共和国刑法修正案(九)》,《中华人民共和国刑法修正案(九)》有个重要内容是,对贪污贿赂犯罪增加了"罚金刑",最高人民法院和最高人民检察院为了确保"罚金刑"适用的有效性和严肃性,专门出台了一个司法解释,在这个司法解释中,依托于主刑,分层次地规定了适用"罚金刑"应该把握的标准,从这个标准上可以看出来,对贪腐犯罪的"罚金刑"适用标准要远远高于一般犯罪"罚金刑"的适用标准。同时,这个司法解释中还明确规定,对于没有追缴到案的犯罪分子的非法所得,要一追到底,不设时限,随时发现随时追缴。

党的十八大以来,人民法院共依法审结省部级以上领导干部职务犯罪案件117件117人。其中29人被判处没收全部个人财产,其余88人被判处罚金、没收部分个人财产。财产刑全部执行到位。绝大多数犯罪分子的贪污所得被全部追缴。

《法制日报》全媒体记者：我们的问题是，对于农民工讨薪、交通肇事赔偿、赡养费、抚养费等涉民生执行案件，执行效果如何？

吴偕林：由我来回答这位记者的提问。我们一直讲"民生无小事"，涉民生案件的执行，事关以人民为中心的发展思想的贯彻落实，也事关我们人民法院司法为民宗旨的践行，既是人民法院执行工作的重点，也是执行攻坚的一个难点。最高人民法院历来高度重视，多年来从理念、机制、方式、保障等方面，全面加强涉民生案件的执行工作，并对全国法院给予指导、提出要求。

以我们福建法院为例，这几年我们始终坚持把涉民生案件的执行，包括刚才这位记者提到的农民工工资问题、赡养费、抚养费问题等，始终作为我们执行工作的重心，放在心上，抓在手上，扛在肩上。我们在工作当中坚持把常规执行与集中执行相结合，把强制执行与善意执行相结合，把面向一般主体执行与突出特殊主体执行相结合，同时也把传统执行手段与现代执行方式相结合，通过这四个方面的结合，取得多重的效果。应该说，从这几年的实践来看，取得了较好的成效。我跟大家通报一下有关情况。

第一，从"三优先"快速兑现真金白银方面入手。我们专门开辟绿色通道，对涉及农民工工资、交通事故赔偿等民生案件的执行实行"三优先"，即"优先立案、优先执行、优先发放"执行款。比如说 2018 年，我们全省法院执结涉民生案件 3.3 万余件，执行到位金额达到 12.67 亿元，其中涉及农民工工资的案件达到 3.65 亿元，惠及 1.8 万余人。

第二，强化善意执行，为群众救困解难。特别是涉及农民工案件的执行，往往是与企业相关联的，所以我们把这种涉民生案件的执行与企业的发展联动考虑，努力让民生保障权益得到最大化。比如说，福建莆田中院曾经执行过一个"正鼎地产"的系列执行案件，通过善意执行，让一个"烂尾楼盘"变成了"黄金楼盘"。如果按照一般烂尾楼盘来处置，可能就要简单拍卖,那价值不是最大化,可能是最小化。通过善意执行,让"烂尾楼"变成了"黄金楼",盘活了40亿元的楼盘,而且发放了农民工工资1亿多元,还解决了3452户业主产权证办证风险问题。如果这个楼盘拍卖,那这3452户已经付款的业主将血本无归。通过这样的善意执行,为他们救困解难。

第三,开展"暖心"行动,并把它作为常态化的化解工作机制。我们每年都会部署"春夏秋冬"四季战役,还有我们去年开展的"亮剑八闽"百日攻坚决胜战役当中,都把涉民生案件的执行纳入集中专项行动中,开展集中统一执行。比如今年1月9日,我们开展了涉民生案件的集中统一行动,这一天,全省法院清空了19处房产,司法拘留了73名被执行人,同时也发放了执行案款3987.3万元,发放了司法救助款445.88万元。

第四,"三个一律",形成执行威慑,确保民生案件的执行。"三个一律",即有财产线索的一律依法核查;符合条件的一律纳入失信名单或者限制高消费名单;拒不执行法律义务情节严重的,一律依法严惩。我给大家通报一下执行情况,今年元旦、春节期间,我们开展了一个"暖冬"执行行动,这些行动当中,一共采取了控查措施205人次,司法拘留145人,移送追究刑事责任5人,限制出入境60人,还对一些被执行人罚款20万元。通过"三个一律"的举措,形成了"一处失信、处处受限"的震慑效应,也推动营造了全民守法、人人守信的社会氛围。

第五,加强探索"执行+保险"救助,兜牢基本民生底线。去年开始探索建立全省"执行+保险"救助工作机制,除了传统的执行救助以外,借助保险的力量,来拓宽救助的资金来源。三年以来,我们通过司法执行救助,或者说加上保险救助,一共发放了执行救助款8174.75万元,发放给4911人。

民生就是民心。民生案件的执行,就是要民生优先,只争朝夕,行稳致远。下一步,我们还要继续强化涉民生案件的执行,坚定守护好民生保障的法治防线,坚持兜牢基本的民生底线,让更多的真金白银落入人民群众的口袋,也让人民群众在执行工作当中不断有满满的获得感和暖暖的幸福感。

广西广播电视台记者:我注意到,前两天,广西玉林中院一名执行干警在上班期间突发疾病,不幸去世。请问,法院在保护干警的人身安全和身心健康方面有什么举措?

刘贵祥:好,我回答一下这个问题。在今天上午最高人民法院工作报告中提到了,这三年,我们牺牲在执行工作岗位的干警是46人,如果再加上刚才您提到的玉林这位同志,应该说到现在为止牺牲在执行工作岗位上的是47人。这几年,我们一线的广大执行干警确实是艰苦奋战,无私奉献,不怕牺牲,做出了巨大而艰苦的努力。我非常熟悉的黑龙江高院执行局局长,50岁出头,连续加班,在办公室刚安排部署完外地执行的工作之后,说躺着歇一会儿,就没有起来。这些同志的离去,我们是非常悲痛和非常沉痛的。

我们都知道,执行案件量非常大,全国平均是一年一位干警要执结150件案子,像北京、广东这些发达地区,一个人一年要完成1000件左右案件。面临着这些堆积如山的案件,又面临着当事人期待的目光和期盼,他们不得不加班加点。再加上我们对案件有一些目标要求,这确实是个现实的问题。但是,关心干警、爱护干警,也是最高法院和各级法院一直非常高度重视的。比如说,今年有的地方在攻坚战中不休假,有很多地方也是自觉的不休假,所以最高法院马上发通知,要求一定要给这些同志调休、倒休,不能这样连续疲劳作战,还要注意大家的身心健康。比如,我们特别强调对干警定期进行体检,要求活跃我们的文体活动形式,减轻干警的心理压力。当然还有一些其他方面的举措,比如,我们加大了对一些辅助性工作的外包,加大聘用制雇员的力度,尽可能减轻法官的负荷,减轻法官的工作压力。我们目前大力推进执行信息化、执行智能化,实际上是想通过提高工作效率,通过人工智能,用机器来代替法官做一些辅助性工作,减轻执行法官的压力。

当然,更重要的是,刚才已经提到了,我们的执行工作经过攻坚战之后,已经进入到良性循环的状态,按照正常的工作秩序在运行。我相信,我们法官的身心健康问题也会得到进一步重视和好转。当然,这47位干警中有几位是在执行过程中被暴力抗法牺牲的,还有几位是凌晨到执行现场去,因为在山区发生了一些交通事故。总而言之,我们会进一步采取切实有效的措施,关心我们干警的人身安全和身心健康。

中央广播电视总台国广记者:刚才刘专委提到了有关"老赖"的话题,我的问题也是和这个有关。社会上有很多"老赖"欠钱不还,一方面他们转移或者隐匿资产,另一方面他们还会享受高消费的生活,甚至有时候过得比债权人都还要好。我的问题是,法院在制裁这种恶劣现象方面会有哪些措施?

刘贵祥:对刚才说到的这种教科书式的"老赖",老百姓都是深恶痛绝的,那么我们采取什么样的措施,能够有效地打击这样典型的教科书式的"老赖"呢? 首先,这是我们在实践中已经做的也是应该这样做的,就是依法用足用活我们的强制执行手段,强制执行动用的是国家强制力。因此这几年,我们通过打击拒执罪,判了1.3万人。为了很好地发挥刑法第313条拒执罪的功能作用,除了过去公诉的情况,双轨制也搞了,可以自诉,充分发挥当事人维护自己权益的作用。另外,对不履行法律义务、符合条件的,司法拘留了50.6万人;还有限制出境措施,这三年有3.4万人。

第二,刚才已经说过,联合信用惩戒,纳入失信名单,这几年从实行失信名单制度以来,纳入失信名单的有一千多万人。当然借此我也解释一下,大家说怎么会这么多? 以前每年有几百万件案件,这么多年累计这么多。还有,有的失信被执行人是因为多个案件被多个法院多次纳入到失信名单，我们进行了一个测算，实际上，目前还在网上挂着的是800多万，但是涉及的市场主体不到500万，大概是这样的情况。但是不管怎么说，信用惩戒，限制其高消费，这毫无疑问是个非常有效的办法。

第三，我们已经有所作为但是还需要进一步加强的措施，就是"立、审、执"的衔接机制，解决一些利用关联公司和股东关系隐匿转移财产、逃避执行的情况，姊妹公司之间互相转移财产，股东花着企业法人的钱就像花自己的钱一样，这种情况下，我们有的时候找到庙了，和尚跑了。怎么通过"立、审、执"的有效衔接解决这个问题，这是我们面临的一个挑战。公司法第20条有滥用法人人格，承担连带责任的制度，我们要充分发挥这种功能作用，穿透他的独立人格，使他承担连带责任。另外，我们还要充分有效利用多种查控手段，比如说对企业的审计，这种手段虽然麻烦点，也要用。我们发现一个企业只贷款，这两三年贷了十几个亿，可是它的账上从来没放过一分钱。另外还有悬赏公告，发动群众举报等方式。总而言之，充分利用各种手段，查找他的财产线索，以达到有效地打击规避执行、逃避执行行为的效果。

《经济日报》融媒体记者：我们知道，对一些企业的执行工作有时候会面临一些两难的境地，有的企业陷入了债务危机，这个时候法院如果加大执行力度的话，会造成这个企业的破产。请问刘专委，怎么处理善意的执行与加大执行力度之间的矛盾？

刘贵祥：刚才您问的这个问题，对于执行工作来说，我认为这是个更高层次、更高境界需要把握的问题。这实际上是怎么在执行过程中把加大执行力度和文明执行、善意执行、追求一个最好的社会效果有机结合的问题。一方面，对刚才说到的这种"老赖"，我们是绝不能手软，也绝不姑息。因为这关系到整个社会诚信基本的要求、基本的道德风尚。另外一方面，我们在执行案件过程中，正如刚才这位记者所提到的，往往遇到这样的情况。一个企业有技术力量，有相当强的技术工人，有非常好的发展前景,但是由于市场等各种因素,一时出现了资金链断裂,出现债务危机。当一个企业出现债务危机的时候,会引起债权人的恐慌心理,往往见到的景象是,各地法院和有关司法部门蜂拥而至,纷纷采取查封等手段,"左叼一口、右咬一口",企业不死也得死。那么,怎么处理这些问题呢?确实对执行人员来说,要有比较高的综合素养,要有比较高的把握政策界限的能力和水平。所以说,我们从意识上要树立公权力的所谓审慎性和谦抑性,审时度势进行把握。我想说这样几点:

第一,出现这样的情况,人民法院在处理这类案件时,尽可能采取执行和解的办法,与双方当事人沟通。当事人现在可以通过保险,对保全措施进行担保。这个成本是比较低的,你提供类似这样的担保,然后拿出个还款计划,度过一时的债务危机,让这个企业能够活下来,既能促进就业、保住就业,又能促进经济发展,何乐而不为呢?

第二,要有效利用执行和破产制度的衔接,我们国家有企业破产重整和破产和解制度。对于一个有发展前景的企业,当你申请破产重整,而且能够得到债权人和有关股东的一致意愿的情况下,会进入到破产重整和破产和解的程序,那么整个执行程序会中止下来,进行新的债务组合和对企业的拯救。所以,破产重整和破产和解是治病救人,是拯救这个企业,使它起死回生。为什么有的国家把破产法叫做"企业更生法",就是这样。当然,有很多企业畏惧提破产这个事,好像一提破产是个很不好的事,实际上有时候通过重整和和解是解决债务危机的一个很好的办法。

第三,对法院来说,在采取查封、控制措施的时候,一定要有限度,要把握好界限。我们现在有明确的要求,绝不能明显的超标的查封。二是能够活封的不要死封。机器设备、农用工具、生产性车辆,你用其他的方法完全可以达到查控的效果,何必非得给它捆到那儿不让它动呢?还有,如果有多种财产形式,你只能采取最经济的、对生产经营影响最小的执行方式去采取处置措施。还有,不能把民事纠纷当做刑事犯罪去处置。我们在保护民营企业的一系列措施上,都有明确规定。

总的来说,我们在整个执行程序中,法官要有一个很强的理念,怎么为我们党和国家大局服务,这个要有充分的考量,采取的一些措施不能不管三七二十一,要追求最好的法律效果、社会效果。

中国网记者:我的问题是,我们关注到在媒体报道中提到"失信被执行人的孩子不能上学",我们想知道是否确有这样的事情发生?

刘贵祥:对失信被执行人采取信用惩戒措施,刚才两位院长也都有所介绍,限制的措施非常多,我们说30多大类,100多小类,其中,限制其上高收费的贵族学校,这是在限制之列的。所谓高收费的贵族学校有两个要点,第一,收费比一般正常的学校收费要高,这就属于高消费了。第二,被执行人来支付这笔费用,如果不是限制高消费的被执行人支付的,当然也不在限制之列。所以,我们不能把正常的义务教育和高学历教育都列为限制之列。

我也注意到去年下半年报道说,南方一个被执行人的孩子考上大学了,要限制他上大学,后来他就交了钱了。实际上这是个误读,我们专门了解了一下这个情况,因为我刚才说了公权力的谦抑性和审慎性,你不能滥用。实际情况是这样,他父亲被纳入失信名单,欠人二十多万块钱,他的孩子考了大学,考得非常不错,他朋友跟他聊天的时候说,你得注意啊,弄不好还限制你孩子上大学呢,你欠人家的钱没还呢。这样他就自己主动跑到法院,把这二十多万元给还了。所以,不管是教育部门也好,还是法院也好,都没有对这种情况采取所谓的限制措施。我们一定要把握界限。我还注意到一些境外媒体还在说"搞株连",我们中国的司法是非常文明的,我们的法律制度也是非常文明的,当然不能"搞株连"了,要把握好政策界限。

新华社记者:我们知道,执行难是个老大难,而这次能实现执行难基本解决,这一大的转变背后的原因是什么呢?

刘贵祥:这几年我们全力以赴地攻坚执行难,在这三年的大战役中,我有个非常深刻的体会,如果说这几年能够实现"两到三年基本解决执行难"这个阶段性目标,我们的执行工作确实发生了一个非常大的变化,我认为:

首先在于,以习近平同志为核心的党中央推进全面依法治国,全面从严治党,为我们基本解决执行难提供了一个前所未有的政治环境和法治环境,如果没有这个大的环境,我没办法想象,会有60多个部门都能够在很短时间内形成联合惩戒的合力,我们把3900多家,几乎所有的银行都纳入我们查控系统里面。实际上提出来搞信息化查控联动,在若干年前,在我没有当执行局长之前,早都在做这个事,但取得的效果没有这次这么明显,首先我认为这是个大的环境原因。

第二个方面,党中央一直在大力推进社会治理体系和治理能力现代化,还在大力推进社会诚信体系建设,刚才我们说了,执行问题是个程序问题,是个信用问题。所以说,大力推进社会治理体系和治理能力现代化、推进社会诚信体系建设为我们提供了前所未有的历史机遇,我们抓住了这个历史机遇。

第三个方面,我体会非常深刻的是,各级人大对整个执行工作的监督,政府法治意识越来越强,对执行工作的支持,政协、社会各部门、各界的支持,可以说为我们形成社会合力打下了一个前所未有的社会基础。

第四个方面,现代化的信息科技给我们推进执行模式的重大变革,破解执行程序中过去一直没有得到解决的四大执行难题,提供了技术支撑。坦率地说,在2016年之前,实际上我们从2014年就开始着手探索建立信息化的执行系统,如果没有前面这个基础、这个经验,是不敢提出"两到三年基本解决执行难"的问题的,这个做到一定程度,增强了我们的信心。所以,没有这种现代科技的支撑,没法想象基本解决执行难。

第五个方面,我也借这个机会说,刚才也提到了,我们一线的广大干警奋勇拼搏,不怕牺牲,无私奉献,为实现"两到三年基本解决执行难"付出了巨大的努力和心血,这与他们的付出是分不开的。

最后,我还想借这个机会特别说一句,我们在整个解决执行难的攻坚过程中,广大媒体记者朋友加强宣传,深入一线、深入基层,宣传我们一线干警可歌可泣的事迹,宣传我们执行工作中的一些好的做法,当然也揭示我们存在的问题,对我们进行监督。我记得,这几年一直在进行的"全媒体网上直播",我知道观看它的人将近4亿人次,可以说为我们营造了良好的舆论环境。所以借这个机会,我也向咱们各媒体的记者朋友表示衷心的感谢,感谢你们对我们人民法院工作的支持和监督,感谢你们对执行工作的支持和监督。

主持人:本场记者会到此结束,谢谢三位嘉宾,谢谢大家。

就攻坚"基本解决执行难"答记者问

全国政协十三届二次会议

记 者 会

全国政协十三届二次会议新闻发布会

（3月2日）

全国政协十三届二次会议新闻发言人郭卫民

舒启明：女士们、先生们，大家下午好！全国政协十三届二次会议新闻发布会现在开始。我代表大会秘书处，对所有中外记者表示欢迎。

新闻发布会时间大约70分钟。请十三届全国政协委员、全国政协十

3月2日，全国政协十三届二次会议新闻发布会在人民大会堂一层新闻发布厅召开，大会新闻发言人郭卫民向中外媒体介绍本次大会有关情况并回答记者提问

273

三届二次会议副秘书长、新闻发言人郭卫民先生先介绍本次大会主要安排，然后再回答大家的提问。

郭卫民：女士们、先生们，各位记者朋友，大家下午好。很高兴作为全国政协十三届二次会议的新闻发言人在这里与各位新老朋友们见面。欢迎各位出席今天的新闻发布会。在回答大家提问前，我受全国政协大会秘书处的委托，先简要通报一下本次大会的议程安排。

全国政协十三届二次会议将于明天下午 3 时在人民大会堂开幕，3 月 13 日上午闭幕。大会的主要议程是听取和审议全国政协常委会工作报告和关于提案工作情况的报告；列席十三届全国人大二次会议，听取并讨论政府工作报告、最高人民法院工作报告、最高人民检察院工作报告及其他有关报告，讨论外商投资法草案；审议通过政协十三届二次会议政治决议等决议和报告。

本次大会期间，将安排 3 次大会发言、10 次小组讨论、1 次界别联组讨论；将安排 3 场记者会、3 场"委员通道"集中采访活动。根据记者申请采访的情况，视情况组织集体采访或专题采访活动。现在大会的筹备工作已全部就绪。政协大会的开幕会、闭幕会和大会发言将对中外记者开放。对媒体开放的小组讨论和界别联组讨论，将通过全国政协网站等提前公布，请大家留意。

下面，我愿就本次大会相关的问题回答大家的提问。

人民日报社记者：去年是十三届全国政协亮相履职的第一年，大家对新一届政协充满了期待，请问在过去的一年里，全国政协工作有哪些重点和亮点，有没有创新的举措？

郭卫民：正如你所说，去年是十三届全国政协的起步之年，在这一年里，在以习近平同志为核心的党中央的坚强领导下，人民政协坚持在继承中发展，在发展中创新，发挥专门协商机构的作用，在建言资政和凝聚共识上双向发力，应该说交出了一份出色的成绩单。

　　一是把习近平新时代中国特色社会主义思想作为统揽各项工作的总纲,认真组织学习贯彻习近平新时代中国特色社会主义思想和中共十九大精神,创立习近平新时代中国特色社会主义思想学习座谈会制度、主席会议集体学习制度、务虚会制度,形成以党组理论学习中心组为引领的学习制度体系。重点学习习近平总书记关于加强和改进人民政协工作的重要思想。全国政协系统集中开展了学习研讨活动,全国和地方各级政协委员全员参与,并召开全国政协系统理论研讨会,集中进行研讨交流,取得了很好的成效。

　　二是把党建作为引领政协事业发展的根本保证。在全国政协历史上第一次召开了政协系统党的建设工作座谈会,认真学习贯彻中共中央办公厅印发的《关于加强新时代人民政协党的建设工作的若干意见》,提出贯彻落实8项重点任务,开展以解读《意见》精神为主题的宣讲活动,推进人民政协党的组织和党的工作有效覆盖。

　　三是大力推进工作创新。把提质增效贯穿履职的全过程,切实提高提案工作质量,强化社情民意信息舆情的汇集和民意表达功能。加强和改进调查研究工作,进一步发挥专委会基础性作用,开展灵活有效的对口协商,改进双周协商会增加互动交流,开拓网络议政远程协商,创立了委员移动的履职平台等。

　　四是加强制度建设和长远规划。以新修订的政协章程为基础,完成了全体会议、常务委员会、委员履职工作规则等12项重要的规章制度的修订工作,进一步健全人民政协的制度体系;注重加强对地方政协工作的指导,及时推广典型经验,研究共性问题;注重科学谋划布局,在推动落实年度协商计划的同时,从党的建设、思想政治建设、履职能力建设和机关自身建设等方面夯实人民政协长远发展根基。

　　一年来,人民政协认真履行政治协商、民主监督、参政议政职能。在加强履职的同时,把建言资政和凝聚共识双向发力相结合,积极地履职,凝聚起对党和国家大政方针的共识和贯彻落实的强大动力。明天,汪洋主席将作全国政协常委会工作报告,会有详细的论述,欢迎大家关注。

彭博社记者: 过去几个月,我们看到中美关系的竞争面日益凸显、合作面有所减弱,贸易就是一个最好的例子。我们看到现在双方就达成贸易协议取得了一定进展,但也有人认为贸易协议不一定能够缓解紧张局势。请问发言人,中方愿意达成何种贸易协议? 中方希望美方做出哪些让步?

郭卫民: 你的提问主要涉及两个方面,一是这次中美贸易磋商的情况,二是未来中美关系的走向,我作一个简要的介绍。这次中美经贸磋商备受国内外广泛关注,政协委员也密切关注这次贸易磋商的进展情况,我们对双方已经取得的积极进展表示欢迎。

这次中美经贸磋商是在两国元首阿根廷会晤达成的重要共识引领下,中美双方就共同关心的问题进行谈判。在技术转让、知识产权保护、非关税壁垒、服务业、农业以及汇率等方面的具体问题上取得了实质性的进展。双方将按照两国元首确定的原则和方向加强沟通,共同做好下一步工作。中美尽快达成互利共赢的协议,不仅有利于中美双方,对世界经济也将是一个好消息。

关于中美关系,中美作为联合国安理会常任理事国和世界前两大经济体,在维护世界和平稳定、促进全球发展繁荣方面拥有广泛的共同利益,肩负着特殊的重要的责任。同时,由于历史文化、社会制度、发展阶段的不同,中美之间难免存在一些分歧。但双方的共同利益远大于分歧,合作需求远大于分歧摩擦。事实充分证明,中美合则两立、斗则俱伤,合作是双方最好的选择。

当前,中美关系正处在一个重要关键阶段,保持中美关系健康稳定地发展,符合两国和两国人民的根本利益,也是国际社会的普遍期待,需要双方共同做出努力。双方应按照两国元首确定的原则和方向,在互惠互利的基础上拓展合作,在相互尊重的基础上管控分歧,共同推进以协调、合作、稳定为基调的中美关系,让中美合作更多更好地造福两国,惠及世界。

《中国日报》记者:今年是人民政协成立70周年,能不能请您介绍一下政协有没有计划举办相关的庆祝活动?另外,70年来,政协在发挥作用方面有哪些变化?

郭卫民:谢谢你的提问。今年是新中国成立70周年,也是人民政协成立70周年。全国政协将按照中央的统一部署做好相关工作,组织好相关的庆祝活动。现在可以向大家介绍的活动有:将举行庆祝人民政协成立70周年的有关会议;加强理论研究,总结人民政协成立70年来的实践经验;加大宣传力度,讲好政协故事,征集人民政协70年来的有关文史资料、出版系列出版物、拍摄专题片、举办展览等。

总结人民政协70年来的历史经验,还是很有意义的。1949年9月,人民政协第一届全体会议召开,中国共产党及各民主党派、人民团体、人民解放军、各地区、各民族、国外华侨和其他爱国民主人士的代表参加了大会。会议代表全国各族人民意志,代行了全国人民代表大会的职责,通过了具有临时宪法性质的《中国人民政治协商会议共同纲领》等重要文件,作出关于中华人民共和国的国都、国旗、国歌、纪年等重要决议,选举中国人民政治协商会议全国委员会和中华人民共和国中央人民政府委员会,宣告中华人民共和国的成立。1954年第一届全国人民代表大会召开后,人民政协作为多党合作和政治协商机构,作为统一战线组织,继续在国家的政治生活和社会生活以及对外友好活动中开展了大量的工作。

伴随着党和国家事业的发展,人民政协制度不断健全完善。1982年,人民政协的性质和作用被载入宪法。2004年,政协章程将人民政协的性质定位进一步明确为"是中国人民爱国统一战线的组织,是中国共产党领导的多党合作和政治协商的重要机构,是我国政治生活中发挥社会主义民主的重要形式"。

党的十八大以来,习近平总书记就推进人民政协事业发展,作出一系列重要指示。党中央对加强人民政协工作作出重要部署,坚持人民政协的性质定位,强调政协是社会主义协商民主的重要渠道和专门的协商机构,是国家治理体系的重要组成部分,是具有中国特色的制度安排,赋予人民政协更加重要的职责和使命,推动人民政协朝着更加成熟、更加定型的方向不断发展。人民政协紧紧围绕党和国家中心工作,在履行政治协商、民主监督、参政议政职能方面,发挥出了越来越重要的作用。

中央广播电视总台中央电视台记者:我们注意到去年政协有一个非常有意思的现象,委员们协商议政有了一个新的渠道,就是网络议政。也就是说他们拿起手机,登录专门的 APP 就可以建言献策。这样的变化让全国政协在"互联网+"的道路上不断奔跑。我们想问您的是这种网络议政的方式效果好吗? 有什么宝贵的经验可以分享? 2019 年有什么新的部署?

郭卫民:央视记者观察得很细致,看到了我们政协委员现在履职的一种新的方式。确实像你所说,我们政协委员大多下载了这个移动履职的 APP,只要我们有时间,就可以打开这个 APP,里面除了各种信息外,还有各个重要主题的讨论群,比如说关于党和国家重要工作的,关于医疗卫生、环境保护的,可以随时参与讨论。

正像你所说的,这是本届政协工作的一个创新点,也是全国政协贯彻落实习近平总书记重要讲话精神,开拓我们协商民主的渠道和平台的一项重要举措。去年 8 月,移动履职平台开通后,汪洋主席和其他副主席也都经常上线,一起来参加大家的讨论、发表意见。我有一个数字,开通以来,在全国移动履职平台上一共进行了 16 次组群的讨论,1400 余名委员参加,发言 4000 多次。我们政协办公厅汇集整理出了 10 个方面的 106 条建议。今年春节前后,平台上热议的群组是"做好今年的工作,委员有话说"。很多委员纷纷围绕这个话题展开讨论。前几天,全国政协组织了一次远程讨论会,在政协会场的主会场,汪洋主席主持,政协的副主席、不少政协委员参加,和全国的 6 个分会场连线。在这个过程中还播放了一些委员远程讨论的视频,大家一起来建言献策,气氛非常热烈。我也参加了这次讨论。

去年全国政协这样的讨论开展了两次:一次是优化营商环境、促进民营经济高质量发展;一次是推进快递行业的绿色发展。应该说,网络议政和远程协商确实效果很好,它的参与面广、互动性强,委员讨论也比较深入,可以把委员和各相关部门更好地联系起来。有委员说,互联网新媒体使我们的履职打破了空间和时间的障碍,不像以前只有开会时大家才能讨论,现在随时可以就一些重要的议题展开讨论,而且它还增强了委员们的责任感和参与感。也有委员说,现在我们委员可能身处各地,虽然距离遥远,但协商民主就在眼前,就在身边。围绕作报告和提案工作情况的报告,大家开展讨论,这样就会形成会上会下、线上线下同步讨论,非常生动。

刚才你还问到今年的情况,今年,全国政协围绕网络议政和远程协商已经做出了一系列安排,会有新的探索、新的实践,也会有新的进展。我们也欢迎记者朋友们关注,到时候你们一起来采访和报道。

新华社记者:民营经济发展广受社会关注,我们都知道政协委员中有很多优秀的民营企业家,请问政协在促进民营经济发展、优化营商环境方面做了哪些工作?

郭卫民:正像新华社记者所说的那样,民营经济是社会十分关注的一个问题,也是去年全国政协工作的一个重点,政协委员对这个问题也非常关注。

民营经济是社会主义市场经济的重要组成部分,在稳定增长、促进创新和增加就业、改善民生等方面发挥着不可替代的重要作用。正如习近平总书记指出的,中国经济发展能够创造中国奇迹,民营经济功不可没。

政协有不少来自民企的委员。他们认为,随着这些利好措施的逐步落实,大家确实感受到了中央支持民营企业发展的决心。大家表示,希望各地各部门能够进一步把中央的政策措施真正落地、落实、落细。只要政策支持到位,再加上用心经营,相信民营企业会有很好的发展前景。

全国政协对民营企业的发展非常关注。去年,通过召开专题协商会、组织网络议政和远程协商,开展专题调研等方式,提出了许多有价值的意见和建议,报送党中央、国务院和有关部门,对推动民营经济的发展发挥了十分重要的作用。

哈萨克斯坦国际通讯社记者:*我的问题是关于"一带一路"的。近年来,在"一带一路"建设推进过程中出现了一些质疑的声音,比如有舆论认为中国在制造"债务陷阱"、搞"地区霸权",您如何看待这些问题?*

郭卫民:中国提出"一带一路"建设倡议以来,得到了各方的积极响应。到去年年底,有100多个国家和国际组织都积极支持和参与了"一带一路"建设,一大批重点项目落地见效,促进了当地的经济发展,受到了越来越多沿线国家的欢迎,也赢得了国际上的赞誉。

你是哈萨克斯坦记者。中国和哈萨克斯坦围绕"一带一路"建设对接两国的发展战略,已经开展了一系列的项目合作,取得了很好的成效。

你刚才说到的"债务陷阱"问题,我们也注意到了这种说法。一些发展中国家的债务成因是很复杂的,是历史上形成的。中国的投资在这些国家债务中所占的比例比较小。我们的项目,主要是基础设施项目,对其长远发展会很有利。"一带一路"建设给这些国家带来的是发展和希望,把它说成是"债务陷阱",是没有道理的。

中国提出的"一带一路"倡议,倡导的是和平合作、开放包容、互学互鉴、互利共赢的"丝路精神",我们坚持的是共商、共建、共享原则,赢得了越来越多的国家领导人和当地民众的称赞和认同,与所谓"地区霸权"毫不相干。随着"一带一路"建设,中国的朋友越来越多。两千年前的古丝绸之路曾留下了许多东西方商贸往来、文明交融的美好故事,当今时代的"一带一路"建设也一定会谱写出人类文明交流的绚丽篇章。

今年4月,第二届"一带一路"国际合作高峰论坛将在北京举办。站在新的历史起点上,中国将同相关国家一道,共同推进"一带一路"建设迈上新台阶。

全国政协对推进"一带一路"建设非常重视,围绕"一带一路"建设深入开展调研议政活动,提出了许多有价值的意见建议。通过对外交往活动,为深化务实合作、促进民心相通作出积极贡献。

《人民政协报》和人民政协网记者:我们知道到2020年中国要实现全面建成小康社会的目标,现在脱贫攻坚也是社会上高度关注的话题。请问在去年的脱贫攻坚战中政协做了哪些工作?发挥了什么样的作用?

郭卫民:脱贫攻坚是党中央着眼于全面建成小康社会的一项重大战略部署,也是全国政协的一项重点工作。这些年来,全国政协从不同角度持续推进这项工作,应该说也取得了积极的成效。我注意到你刚才问的是去年一年做的工作,我们也做了一些梳理。

去年围绕解决深度贫困地区的脱贫问题,召开了专题议政性常委会会议。会前由6位副主席分别带队,4个专门委员会参与,利用两个月时间分赴6省区34个贫困县实地调研。委员们在调研报告和在常委会议讨论发言中提出了许多很好的建议,也通过信息专报等形式报送中央领导和有关部门。

全国政协委员们也都十分关注脱贫攻坚工作。去年提出的提案有233件,内容涉及产业扶贫、教育扶贫和扶贫搬迁等方面。目前,这些提案都已基本上办复了,很多意见建议得到了有关部门的重视和采纳,为打赢脱贫攻坚战发挥了积极作用。

部分专门委员会也围绕脱贫攻坚,开展了形式多样的工作。我们的专门委员会相对来说有它的专业性,但是你会发现在脱贫攻坚问题上很多专门委员会都开展了很多工作。比如说,提案委员会通过召开提案协商办理座谈会,5名香港全国政协委员联名提出的"发挥香港各界人士在国家脱贫攻坚战中作用"多件提案,对于筹组香港各界扶贫会、确定把四川革命老区南江县列为扶贫点等发挥了重要作用。

党的十八大以来,党中央就脱贫攻坚作出一系列重大部署,以前所未有的力度推进,创造了我国减贫史上的奇迹。8000多万人口稳定脱贫,每年减贫人口在1000万以上,成绩有目共睹。目前脱贫攻坚还存在一些薄弱环节,如深度贫困地区的脱贫难度还比较大,稳定脱贫长效机制有待健全等。围绕这些问题,今年全国政协将以多种形式来开展工作,为打赢脱贫攻坚战献计出力。

讲到脱贫攻坚,我们了解到很多感人的事迹。全国政协调研组到云南怒江傈僳族自治州调研时,为了去看望偏远山村的贫困户,那个地方山高天寒,平时很少有人去。委员们沿着一尺多宽的崎岖山路爬坡,道路泥泞,旁边都是陡坡。天下着小雨,委员们虽然穿着雨披,但是全身都淋透了。这样爬了一个多小时后才到达村民家中。村民们握着政协委员们的手,非常感动。对政协委员来讲,他们在这样的调研中也了解到了大量的第一手材料,同时也受到了教育。这样的感人故事还有很多,这里不展开讲了。

香港凤凰卫视记者:我们知道最近几年内地明显加大了整顿环境污染的力度,作为普通民众来说,包括在北京都能感觉到雾霾的天数减少了,有明显的好转。但是我也听到有两种反映,一个反映是在一些地方,为了环保指标采取"一刀切",影响了经济发展。而另外一些地方为了确保经济发展,可以说无形当中悄悄地放松了对环境治理的力度。我不知道发言人有没有关注到这样的情况,您如何看待?

郭卫民:正如你提问中所说,在环境治理过程中确实出现了一些不同的说法。这两年大家普遍感受到了环境治理带来的成效,就以大气污染治理为例,蓝天明显增多了,北京市民感受会比较强烈。我用一组数字来说明,去年全国 338 个地级及以上城市 $PM_{2.5}$ 的平均浓度是每立方米 39 微克,同比下降了 9.3%,比 2015 年下降 22%。此外,在水污染治理、土壤污染治理、生态保护和修复等方面,也都取得了重要进展。应该说,取得这些重要的进展是很不容易的,是党的十八大以来我们加快推进生态文明顶层设计和制度体系建设,加大环境执法力度的结果,也是我们各地、各部门共同努力的成效。

你刚才提到有些地方出现"一刀切"的问题,主要是有一些地方可能环境有一些问题,或者还不完全达标,为了应付督察,简单化地采取"一刀切",一关了之。主管部门态度鲜明,专门制订了禁止"一刀切"的文件及配套督察方案,要求坚持严格监管与优化服务并重;在开展环保督察"回头看"时,既查不作为,也查乱作为。同时,还正在进一步深化和推进环评"放管服"改革,大幅简政放权,对重大工程主动与有关部门搞好对接,对企业需求及时给予指导。

去年下半年以来,也确实有少数地方环境治理出现松懈,对此主管部门及时采取了有针对性的措施,加大了督察的力度,强化生态环境刚性约束,保持有效治理污染、持续改善环境质量的良好态势。

环境治理的任务还很艰巨。大家可能也注意到,这两天又有一点雾霾的天气形成了,我参加发布会前也和一些政协委员聊到这个话题。大家说这个雾霾天气可能会有反复,但是环境治理必须坚定地往前走。大家认为环境治理和经济发展并不矛盾,环境治理有利于创造更加健康和公平的发展环境,有利于促进产业结构转型升级、推动经济高质量发展。我们要认真贯彻落实好习近平总书记的要求和中央的部署,坚守阵地、巩固成果、咬紧牙关、爬坡过坎,坚决打好污染防治攻坚战。我相信大家一定都赞成。

中国新闻社记者:我们知道近期中共中央、国务院印发了《粤港澳大湾区发展规划纲要》,备受各界关注。请问全国政协在《纲要》的准备过程中都做了哪些事情,下一步为了贯彻落实这个《纲要》还将开展哪些工作?

郭卫民:《粤港澳大湾区发展规划纲要》是党中央、国务院的一项重大战略部署,对于打造好粤港澳大湾区,建设充满活力的世界级城市群非常重要,对于推动形成国家全面开放的新格局,发挥大湾区在国家经济发展和对外开放中的支撑引领作用,保持香港和澳门长期繁荣稳定也具有重要意义。《粤港澳大湾区发展规划纲要》出台,我想也是大家所期盼的一件事情。

全国政协高度关注粤港澳大湾区的建设,积极推进有关工作。去年两会期间,政协委员递交了很多关于粤港澳大湾区建设的提案,其中有158项提案被立案。围绕推动粤港澳大湾区的建设,由全国政协港澳台侨委员会组成了调研组,到粤港澳三地开展深入调研。全国政协还举办了专题双周协商座谈会,全国政协的领导、委员,包括香港、澳门的委员,还有专家学者大家一起开展了深入的讨论、协商,提出了一系列的意见和建议。这些工作对于《纲要》的制定和完善,起到了积极重要的作用。

下一步,全国政协有一系列工作要积极地开展和推进。全国政协将充分发挥自身的优势,积极推动《粤港澳大湾区发展规划纲要》的贯彻和落实。今年两会期间,政协委员将以大湾区建设为主题开展小组讨论。全国政协今年还将围绕建设国际科技创新中心、促进大湾区内部青少年交流、创新体系机制等主题,通过召开双周协商座谈会、对口协商座谈会,组织委员开展专题调研、网络议政活动等,通过各种形式来建言献策,凝聚共识,支持推动大湾区建设不断扎实地向前推进。

上海《新民晚报》记者:我们在采访中发现本届政协第一次双周协商会讨论的议题是"推进人工智能发展",请问这个议题是怎么选定的?政协在推进人工智能发展方面做了哪些工作?

郭卫民:新民晚报很关注全国政协的工作,你们注意到了全国政协第一次双周协商会讨论的是人工智能的主题。大家都知道,随着互联网、大数据、超级计算、脑科学等一系列新理论新技术的发展,人工智能展现出了广泛的应用前景。党的十九大报告提出,"推动互联网、大数据、人工智能和实体经济深度融合"。2017年7月,国务院专门颁发了《新一代人工智能发展规划》。

为了适应新形势、新需求,为了更好地落实好这个规划,全国政协把第一次双周协商座谈会的主题定为"人工智能的发展与对策"。为了开好这个双周协商座谈会,全国政协专门召开主席会议进行研究部署,确定由一位副主席带队到人工智能的一些领军企业开展调研,跟专家学者、企业负责人、政协委员一起深入地开展调研,讨论形成调研报告,提出一些意见和建议。

双周协商座谈会由汪洋主席主持,数位副主席、委员和参加这些调研的同事以及专家学者围绕发展人工智能的宏观态势、科技创新、人才队伍、伦理法规等交流探讨,国家发改委、科技部、工信部、中科院、中国科协等部门负责人认真回应委员关切,并作互动发言。会后,我们形成信息专报,专门报送了中央领导同志,并将委员们提出的意见和建议也向参会的政府主管部门进行通报,请他们进行研究。这些部门都非常重视,都作了反馈。应该说取得了很好的成效。

关于人工智能,全国政协还会持续跟进,进一步推进人工智能和实体经济相结合,推动人工智能整体发展水平不断提升。

南方报业全媒体《南方都市报》记者:去年有一部国产电影叫《我不是药神》火了,您看了吗?看病就医是千家万户关注的问题,我们也一直在推进"医改",请问有哪些新亮点?政协在推进"医改"方面做了哪些工作?

郭卫民:我挺喜欢看电影,虽然看得不多,但是《我不是药神》这部电影我看了,给我留下很深的印象。这部电影去年有一段时间引起了社会热议,引发了社会对抗癌药降价这个话题的讨论,也引起了中央领导和有关部门的重视。从去年5月1日起,我国实施了进口抗癌药的零关税,还就抗癌药医保准入问题与药企进行了专项谈判,把17种临床急需、疗效好的抗癌药纳入了医保范围,这些抗癌药的平均降价都达到了56.7%。同时,把一些临床急需的癌症防治用药纳入了国家基本药物目录,进一步满足群众的用药需求。

药品政策是国家医药卫生体制改革的一项重要内容。大家可能注意到了,今年2月,药品集中采购的试点工作在北京等11个城市正式推出。医疗改革是一个世界性的难题,目前我国深化"医改"工作正在扎实推进,取得了积极进展。像分级诊疗、现代医院管理、全民医保、药品供应保障、综合监管等五项基本医疗卫生制度的改革都取得了重大阶段性进展,医疗卫生服务能力和水平有了较大的提升。我也和一些同事交流过,大家现在都对"互联网+医疗健康"这方面的感受比较深。通过网络视频,现在北京、上海一些大医院的专家可以为我们中西部偏远地区的病人进行诊疗。另外,在城乡的许多医院,开通了预约门诊、移动支付、在线查询等服务,为大家提供了方便。

全国政协一直以来高度重视卫生健康工作和医疗卫生体制改革问题。2018年,委员们围绕"加强基层医疗卫生服务体系和全科医生队伍建设"等题目开展了调研和对口协商,全国政协也专门举办了专题双周协商座谈会,围绕"医改"所涉及的一些重大问题深入分析研讨,提出了一些切实可行的意见和建议。

当前我国"医改"已经进入"攻坚期"和"深水区",我国卫生健康服务水平与广大人民群众的需求还有较大的差距。全国政协将持续关注"医改",围绕着改革的难点、社会的热点、群众关注的重点,积极开展工作,共同推进"医改"工作不断扎实地往前推进,取得新的进展。

新加坡《联合早报》记者:中共中央总书记习近平在《告台湾同胞书》发表40周年记者会上说到,要倡议台湾各界推举代表性人士开展"两制"台湾的民主协商,请问这项倡议至今获得了什么样的反响? 您又觉得全国政协能够扮演什么样的角色呢?

郭卫民:习近平总书记的重要讲话全面阐述了立足新时代、在民族复兴伟大征程中推进祖国和平统一的政策主张,具有重大指导意义。总书记的讲话在两岸、在海内外引起了积极的反响。

民主协商是一种更加普遍、广泛、充分的民主,对于促进两岸社会各界交流,聚同化异、凝聚共识,帮助台湾社会各界参与两岸关系和平发展和祖国和平统一,能够发挥重要作用。我们倡导民主协商是寄希望于台湾人民、尊重台湾主流民意的体现。

岛内各党派、各阶层都有表达统一的愿望和权利。民进党当局打着民意的幌子,拒绝"九二共识"、政治谈判,无视民众对统一的诉求。因此,广泛的民主协商可以为台湾民众提供更畅通的意见表达渠道,不仅不影响、不取代两岸协商谈判,还可以为两岸协商谈判提供坚实的民意支撑。在坚持"九二共识"、反对"台独"的政治基础上,民主协商的形式可以灵活多样。

你刚才问到政协可以做些什么工作。政协是协商民主的重要渠道和专门协商机构,可以在两岸民主协商中发挥重要作用。全国政协将贯彻好习近平总书记重要讲话精神,紧紧围绕开展民主协商、达成制度性安排等问题,发挥自身特色,积极作为。我们会继续深化与台湾各党派、团体和人士的交往交流,与广大台湾同胞一起,共同推动两岸关系和平发展、推进祖国和平统一进程。

美国全国广播公司记者:上一任政协发言人王国庆先生在去年的发布会上引用了马丁·路德·金关于增进了解的名言,并表示中国有力量把自己的声音传出去。但是现在我们看到关于窃取技术、贸易不公平、违反人权、过度海洋主张等问题，国际上批评的声音越来越大，您认为中国的声音有没有传播得更远、更广？未来在对外传播方面主要有哪些挑战？

郭卫民：首先我想强调一下，我不赞同你有的提法和判断。其中有些问题涉及我们的主权和安全利益，而且我认为中国的政策和主张得到了世界上大多数国家的支持。你问的主要是关于中国的形象和对外传播，我作一下介绍。

中国的改革开放，尤其是党的十八大以来，我国的建设发展取得了很大的成就，国际社会"点赞"中国的发展成就、发展道路。中国奉行的和平发展、合作共赢、构建新型国际关系、构建人类命运共同体这些理念和主张得到了广泛的认同。我们推进的"一带一路"建设赢得了越来越多的朋友。

放眼望去，无论是我们周边国家，还是世界各重要地区，我们的好朋友越来越多。同时也不可否认，对中国的发展也有一些议论，有一些不同声音，也有人把中国的发展看成是威胁，散播"中国威胁论"。这其中，既有对中国了解不够而产生的误读、误解，也有一些对中国别有用心地抹黑丑化，还有我们与外界沟通不够的原因。

随着中国的发展，随着国际社会聚焦中国、进一步关注中国，大家都希望听到中国的声音。这些年来，就像你说的，我们也在积极开展对外传播，对于帮助国际社会更好地了解中国，促进中外之间的友好交流合作，发挥了积极重要的作用。当然，由于话语体系、思维方式、文化背景和社会制度的不同，我们也面临一些挑战。怎么样进一步加强对外传播，我们也在总结，也在不断地改进创新，努力讲好中国故事。随着中国的进一步发展，随着中国与各国交流交往的不断深入，随着传播手段和技术的创新应用以及传播能力的不断提升，相信我们的声音会传播得越来越远，相信世界各国对中国的了解会越来越深入、越来越全面。

NBC 的记者在中国从事报道工作有十多年了,是一名老记者,应该对中国很了解。多年来,外国媒体对于促进中外交流发挥着重要的作用。我们欢迎更多外国记者到中国采访和报道,希望外国媒体能够持续地关注中国的发展和变化。同时我们也希望外国媒体能够更全面、更客观地了解和报道好中国。我们愿意为外国记者朋友在中国的采访报道提供帮助和便利。

中央广播电视总台央广记者:近期有媒体曝光了一些像学术不端和制假售假,以及高档酒店的卫生问题,从一方面也反映了社会诚信缺失,不知道发言人您怎么看?另外,现在正在推进的社会信用体系建设会解决这些问题吗?

郭卫民:媒体提出的这个问题,我想也是社会现在比较关注的问题,最近媒体有关这方面有一系列的报道。社会诚信体系建设很重要,是完善社会主义市场经济体制,推进国家治理体系和治理能力现代化的一项重要任务。你刚才提到的学术不端、制假售假,还有酒店卫生以及疫苗调包也就是把便宜的疫苗充当贵的疫苗等问题,都涉及诚信缺失问题,甚至有些问题已经涉嫌违法犯罪。这些现象在一些地方屡禁不止,大家对此深恶痛绝。建立社会诚信体系,是我们一项急需进一步加强和改进的工作。

2014 年国务院出台了《社会信用体系建设规划纲要(2014—2020年)》。近年来,各有关部门积极落实《纲要》要求,加快推进社会信用体系建设,取得了积极的进展。比如,不断完善了标准体系,形成了法人和其他组织统一的社会信用代码,相当于机构的"身份证",这张"身份证"终身跟随,可以很方便地查询其信用记录。

已经建成了全国信用信息共享平台,实现了中央部门、省区市和市场机构信息披露和信息公示的互联互通。还比如开设了"信用中国"网站,我不知道记者朋友们是不是在这个网站上查询过,这个网站对公众开放,对法院"执行难"、欠税不还等严重失信行为发挥了很大的震慑作用。在税务、工商、法院执行、安全生产、食品药品安全等领域建立了一系列的联合激励和惩戒机制。

从2013年10月到2018年12月底,累计限制失信人购买机票1746万人次,限制购买动车、高铁票547万人次。这套体系的建设发挥了很大作用。大家注意到,前一段时间我们在处理一些"霸座"现象时就使用了这个系统,"霸座"的人就坐不了高铁和飞机了。

对社会诚信体系建设,全国政协也非常关注,全国政协委员通过提交提案等方式提出了很多意见和建议。委员们认为,社会诚信体系的建设是一项长期的、复杂的、系统的工程,需要全社会共同努力。大家认为要进一步加强诚信教育,健全行业规范,完善褒扬惩戒机制,努力营造一个全社会诚实守信的社会环境,让失信者寸步难行,让守信者一路绿灯。我们大家一起来努力,也希望媒体们一起来做好报道。

《澳门日报》记者:今年是澳门回归祖国20周年,会举行哪些庆祝活动? 请问您如何评价澳门回归以来的发展情况?

郭卫民:今年是澳门回归祖国20周年,中央层面和澳门特区政府都将举行一系列的活动,以隆重庆祝这件盛事、喜事。澳门当地的庆祝活动由特区政府和社会团体来主办,将陆续举办。中央层面的活动现在正在积极筹备和组织过程中。

澳门回归祖国20年来,"一国两制"、"澳人治澳"、高度自治的方针在澳门得到了全面的贯彻和落实,在中央政府的大力支持和特区政府、社会各界的共同努力下,澳门取得了令人瞩目的发展成就,社会安定、经济发展、居民安居乐业,多元文化得到了很好的发展。澳门积极拓展对外交往,着力打造世界旅游休闲中心、中葡商贸合作服务平台。近年来,在参与和助力"一带一路"的建设过程中,澳门不仅成为中葡友好的一个合作桥梁,也为中国和葡语国家开展合作搭建了重要平台。

香港大公文汇传媒集团记者：去年学诚和权健的束昱辉因为涉嫌违纪违法，在社会上引起了广泛议论，全国政协对委员资格作出了撤销的处理。请问发言人，您能不能告诉我们去年全年全国政协一共撤销了多少政协委员的资格。第二个问题，全国政协对加强委员资格的把关是怎么做的？对委员的行为如何加强监督？最后我也想知道，今年和未来全国政协对委员的履职有没有一些新要求？

郭卫民：你刚才问到了学诚和束昱辉的处理，我可以告诉你，到2019年3月1日，全国政协共撤销委员资格3名，分别是广东省委原常委、统战部原部长曾志权，公安部原副部长、党委委员孟宏伟，权健集团有限公司董事长束昱辉，就是刚才你说到的。责令辞去委员2名，一个是中国佛教协会原会长学诚，另一个是君正集团的董事局主席杜江涛。

你问到关于委员的资格、责任、义务。去年修订的政协章程中是有明确规定的。其中，第37条规定，对严重损害国家和人民利益的，因严重违纪违法被给予组织处理、处分或被判刑以及涉嫌违纪违法正在接受调查处理的，在身份上弄虚作假的等，不得提名或继续提名为委员人选；第38条规定，对违反社会道德或存在与委员身份不符行为的，应当及时约谈或函询，经提醒仍不改正的，应当责令其辞去委员；第39条规定，对违纪违法的委员，中国人民政治协商会议全国委员会常务委员会或地方委员会常务委员会应当依照法律和有关规定作出相应处理。

另外，全国政协委员履职工作的规则也有相关的规定，对刚才提到的这些委员的处理是严格地按照政协章程和有关规定做出的。

你问到了委员的履职问题，这也是我很想做介绍的。大家知道，政协委员是人民政协履职的主体，十三届全国政协十分重视委员履职工作，出台了一系列新举措、新要求，制定了相关规定。现在要求政协常委每年要提交书面履职报告，每位政协委员要建立履职档案；同时抓好委员的学习培训，通过开展新任委员的"初任学习"和面向全体委员的"专题学习"，确保每位委员届内至少参加一次集中学习研讨活动。

加强了和委员的联络,每次政协常委会议都会邀请 50 名委员列席会议,这次我也列席了政协的常委会。双周协商座谈会也专设了分会场,请委员一起来参加。另外我刚才也介绍了,我们开通了网络议政和远程协商,委员履职现在和以前不一样了,打开手机一看,委员们都在网上、手机上讨论一些热点、重点话题,很好地提升了委员的履职参与度。2018 年 3 月全国政协十三届一次会议以来,我们政协委员的履职呈现出崭新的面貌。

全国政协十三届二次会议新闻发布会

就打好防范化解重大风险、脱贫攻坚、污染防治三大攻坚战答记者问

（3月5日）

全国政协委员李伟、秦博勇、陈雨露、王培安、刘炳江

委员嘉宾

李伟　全国政协常委、人口资源环境委员会主任（中共），国务院发展研究中心主任、党组副书记，国资委原副主任，原银监会副主席

秦博勇（女）　全国政协常委（民建）、民建中央副主席、审计署副审计长

陈雨露　全国政协经济委员会副主任（经济界）、中国人民银行副行长

　　3月5日，全国政协委员李伟（中）、秦博勇（右二）、陈雨露（左二）、王培安（右一）、刘炳江（左一）就打好防范化解重大风险、脱贫攻坚、污染防治三大攻坚战答记者问

王培安　全国政协人口资源环境委员会副主任(福利保障界),中国计划生育协会党组书记、常务副会长,原国家卫生计生委副主任

刘炳江　全国政协人口资源环境委员会委员(民建)、生态环境部大气环境管理司司长

主持人

舒启明　全国政协副秘书长、大会秘书处新闻组组长

舒启明:记者朋友们,全国政协十三届二次会议第一场记者会现在开始。我代表大会秘书处对所有的记者朋友表示欢迎。根据安排,大会期间将举行三场记者会,今天是第一场,主题是政协委员谈打好防范化解重大风险、脱贫攻坚、污染防治三大攻坚战,我们一共邀请到五位全国政协委员,我先作个介绍:李伟委员,他是全国政协常委、政协人口资源环境委员会主任、国务院发展研究中心主任、国资委原副主任、原银监会副主席;秦博勇委员,她是全国政协常委、民建中央副主席、审计署副审计长;陈雨露委员,他是全国政协经济委员会副主任、中国人民银行副行长;王培安委员,他是全国政协人口资源环境委员会副主任、中国计划生育协会党组书记、常务副会长,原国家卫生计生委副主任;这位是刘炳江委员,他是全国政协人口资源环境委员会委员、民建中央常委、生态环境部大气环境管理司司长。

记者会大约60分钟,提问前请通报一下所在新闻机构的名称,并说明问题提给哪位委员,建议每位记者朋友只提一个问题。现在开始提问。

《光明日报》全媒体记者:我的问题提给李伟常委。我们知道2018年年底的中央经济工作会议指出,三大攻坚战初战告捷,2019年要针对突出问题打好重点战役。请问李伟常委,就污染防治攻坚战而言,您认为2019年的着力点在哪里?

李伟:非常感谢《光明日报》记者对我的提问,因为你提的这个问题

是本届政协二次会议第一场记者会的第一个问题,我很荣幸能回答第一个问题。

大家知道 2018 年 5 月的全国生态环境保护大会、去年年底的中央经济工作会议和今天上午李克强总理的政府工作报告,对污染防治攻坚战指明了方向,作了全面的部署,明确了任务,也提出了具体的要求。如何进一步贯彻好、落实好习近平生态文明思想和中央的各项部署和要求,尤其是刚才你提到的要针对当前污染防治存在的突出问题,怎么把握好2019 年污染防治攻坚的着力点,这个问题提得很好。

前天上午,生态环保部的李干杰部长在部长通道当中提出了"4567""22 条",讲得非常全面,也非常有针对性,所以我结合自己近年来在人资环委工作的情况以及发展中心的工作实践,仅从三个方面谈点认识和建议。

第一,如果讲着力点的话,要着力统筹推进大气、水、土壤防治的各项行动。大家知道党的十八大以后我们国家把生态文明建设作为统筹推进"五位一体"总体布局和加快推进"四个全面"战略布局的重要内容,积极推动国家的生态环境保护已经并继续发生着历史性、转折性、全局性的变化,成绩可圈可点。污染防治攻坚战对当前中国来说,我感到不同的地区或者不同的时间段,可以也应该有重点、有区别,但是从当前中国大气、水、土壤污染的现状和程度看,强化防治刻不容缓,而且是全方位的立体战。

所谓"全方位的立体战",如果形象地说就是要上天、要入地、要下河、要登山、要入海、要上岛,这是一个形象的比喻。所以说要着重强调统筹推进。污染防治攻坚战的三大保卫战毫无疑问要有分工,但更需要统筹。

具体而言,大气污染的防治要着重对京津冀周边地区、长三角、汾渭平原等重点地区的秋冬季大气污染进行综合治理,这是一个重点。我们在京的同志们都已经体会到了,前年、去年京津冀及周边地区大气污染治理取得了非常大的成绩,各项指标该上升的上升、该下降的下降。但今年1月、2月包括3月的数据让我深刻地体会到秋冬季的大气污染综合治理还是重中之重,它的艰巨性和反复性还是非常突出的。

另外是水污染的治理,要侧重水源地的监控治理、黑臭类水体的治理,以及饮用水安全的治理。另外,长江经济带的生态环境保护也应该作为一个着力点。

在土壤治理方面,一个着力点就是要扎实做好土壤环境的监测、调查和统计工作,真正摸清底数,这有利于因地施策、科学施策。土壤污染地区的差异性很大,土壤污染各种成分都有,不摸清底数就很难对症下药。还有就是要加大对与大气、水、土壤污染等紧密相关的问题的治理力度,比如垃圾围城、农村环境,以及中国农村种植方面农药和化肥过度投放的突出问题。

第二,着力营造政府依法监管、企业合规排放、大众绿色消费,各尽其责、良性共进的外部环境。首先,政府要强化法治理念,尤其在体制机制上要加强法规建设,以提高政府监督的能力和效果,要通过依法、透明、专业、可问责的政府监管来促进企业遵守环保法规。同时,大家反映还有一个比较普遍的问题,即怎么能够保障企业的公平竞争。其次,要着力为企业履行环保责任,建立和完善一套科学可行的减排机制和标准。再次,对国家来讲,非常重要的一环就是要着力引导广大民众自觉树立绿色家庭、绿色学校、绿色社区、绿色出行、绿色消费的新理念,还要动员和鼓励广大人民群众能够积极参与各类环保公益活动,逐步形成简约适度、绿色低碳的生活方式。这是第二个着重点。

第三,污染防治攻坚战要尽力而为,但也要量力而行。特别要关注在污染攻坚战的实施过程当中,有一些措施可能会对一些特定群体和少数企业产生短时间的影响,所以为了保障民生,要维护社会稳定,对这部分特殊群体和企业要做好生活保障以及其他方面的工作。

在污染防治攻坚战的实施过程中要严格规范涉及公众利益的政府行为。要广泛听取广大群众的意见,尽可能耐心细致地多做政策宣传和言情说理的工作,目的就是能够争取得到人民群众更广泛的支持。

《农民日报》全媒体记者:请问秦博勇常委,我注意到您持续关注脱贫攻坚问题,去年您参加了解决深度贫困地区脱贫问题的调研,并在专题议政性常委会上作了发言。请问您在脱贫一线调研有什么样的感受?如何建立长效机制让政协委员能够持续发力,助推脱贫攻坚?

秦博勇:感谢《农民日报》的记者提问。确实,我去年5月参加了全国政协副主席卢展工带队的、由政协社法委组织的到云南怒江傈僳族自治州深度贫困地区进行的实地调研。这次调研让我深受教育,感触很多,收获也很多。我们看到了国家深度贫困地区脱贫攻坚工作开展以来发生的翻天覆地的变化,感受到国家脱贫攻坚力度之大、规模之广、影响之深,都是前所未有的。脱贫攻坚工作取得了决定性的进展,谱写了人类反贫困历史上的新篇章。我们通过这样的深度调研,也更加坚定了打赢脱贫攻坚战的信心和决心。

我们调研的地方是泸水市金满村,这个村坐落在高黎贡山的半山腰上,这儿的村民祖祖辈辈住着一种房子,木棍当柱子,篱笆做墙,木板做房顶,这样的叫"千脚楼"。楼上住人,楼下养猪和鸡。这个地方是"一方水土养不活一方人"的深度贫困地区。实施脱贫攻坚计划以来,我们看到了当地的贫困群众已经从山顶的"千脚楼"搬到了山脚下崭新的住宅楼,当地政府给贫困群众提供了公益岗位,解决了就业问题。可以说他们既"挪了穷窝",又"拔了穷根",生产生活条件发生了巨大变化。

另外,参加这种深度贫困地区的调研,为我们建言资政也奠定了坚实的基础。卢展工副主席带队,我们采取了"一竿子插到底"的方式,直接深入到基层,进村、入户,看了实情、看了实景、听了实话,摸到了真实情况,掌握了第一手资料,这样的深度调研为我们建言资政奠定了坚实的基础。

举个例子,我们到达泸水的那天,天是下着雨的,大家都穿上雨衣、穿上雨鞋,走在泥泞蜿蜒的山路上,一侧是大山,另外一侧就是悬崖,悬崖下边就是奔腾的河水。我们基本上是手脚并用,走了一个多小时才到达半山腰,到达群众的家中。当地群众看到我们头发淋湿了、衣服也淋湿了,非常感动。而我看到脱贫攻坚一线的基层干部,以奋斗的精神、务实的作风在扎扎实实推进基层脱贫攻坚工作并取得实效,我也被感染着、感动着。

刚才您问到的委员参与扶贫攻坚工作的长效机制,我认为全国政协已经建立起了这样的长效机制,让委员们能够在长效机制中持续地关注这项工作。有议政性的专题常委会,有双周座谈会,有网络议政,这样的形式实现了建言资政和凝聚共识的双向发力。应该说舞台已经搭建起来了,机制也建立起来了,我们作为政协委员,应该更多的是做好扎扎实实的调研工作,积极建言资政,为脱贫攻坚工作出力,推动我们全面建成小康社会,为实现"两个百年"奋斗目标贡献力量。

中央广播电视总台央视记者:我的问题提给刘炳江委员。刘委员您好,蓝天保卫战三年行动计划已从去年开始实施,今年是打赢蓝天保卫战的攻坚之年,我看到您在前不久召开的生态环境部例行发布会上表示,既然是打赢蓝天保卫战,那就要"军中无戏言""完不成任务必将被问责"。所以请问您,目前这项工作的进展如何? 另外,"十三五"环境空气质量的约束性指标完成情况怎么样?

刘炳江:看来雾霾问题始终是个热点。当前进展怎么样,我先向大家报告一笔账。去年一年来,全国共化解钢铁产能3000多万吨,全国8.1万千瓦的燃煤基本达到了天然气的排放水平,建成了世界上最大的清洁煤发电基地,淘汰了1.3万台工业炉窑,全国的煤炭占一次能源消费的比例首次跌破 60%,达到了 59%,而且关掉了 2.3 万台的燃煤小锅炉。

北方地区清洁取暖,中央财政试点已经达到 35 个,去年一年北方清洁取暖,煤炭被清洁能源替代达 480 万户以上。"公转铁"取得了实质性的进展,铁路货运量增长 9.1%,这是几十年来增量最大的一次,老旧汽车淘汰了 200 多万辆等,还有很多数据。这些措施有力地支持了 2018 年全国空气质量持续改善,全国 PM2.5 浓度同比下降了 10.4%,优良天数增长了 2.6 个百分点,北京达到了 51 微克每立方米。监测的这些数据和人民群众的感受也是一致的,大家不停地晒蓝天。

这些措施的实施更加坚定了我们的信念。从工作层面来说,我是非常有信心的,2020 年约束性指标能够完成,信心来自两方面:一方面,2017 年是"大气十条"收官之年,最难的就是北京 PM2.5 达到每立方米 60 微克这个目标能不能完成,很多专家学者甚至新闻媒体的朋友、国内外都说不可能完成,因为世界大气治理史上没有哪一个城市的 PM2.5 一年能下降十几微克,从来没有过先例。所以大家也非常紧张,这个标志性的成果能不能完成。

那时有一个大问题,就是秋冬季攻坚方案,16 个部委和省级部委会签,10 天之内就会签完毕,这是一个奇迹。大家看起来都是众志成城,心中都恨这个霾。这一仗打的,北京降到了 60 微克以下。"大气十条"第一期的收官之年增强了我们的信心,也使我们探索出了一条打好打赢这个仗的路子,我们有法子。

第二是在我们背后有两千多名全国一流的研究大气、气象领域的科学家,国家拿出了近 6 个亿的基金来支持做这项研究,所以雾霾的原因也基本搞清楚了。大家可以看到,每天每次信息向大家公布,雾霾什么时候来,多大范围,什么时候走,都可以及时公布。而且,这两千多名科学家在"2+26"城市和 11 个汾渭平原的城市,这 39 个城市都是驻场、驻市蹲点,制定"一市一策"来进行治理。因为有他们在背后,科学治霾、精准施策我们是有信心的。

关于问责的事,大气污染防治法明确要求,地方人民政府负责,蓝天保卫战也要求实行量化问责的规定,凡是完不成重点任务,或者完不成质量改善目标的肯定要问责。现在我们问责是有法有据的,大家感觉到1月甚至到2月全国的PM2.5不降反升,而且重点地区升得还挺厉害。当然这里面有厄尔尼诺现象导致的气候异常,有一些客观的原因,但是我想说的是,许多地方政府现在说什么"苦了这么多年该歇歇了""打仗还要修整一下呢",还说"我这儿该干的都干了"。蓝天保卫战要求打赢,打赢就是没有退路,非常明确。还是那句话,军中无戏言,言必信,行必果,完不成任务必问责,请拭目以待。

《财新周刊》、财新《中国改革》杂志记者:我的问题想提给陈雨露委员。陈委员您好,去年全国政协常委会第三次会议专门就"强化综合支撑、提高污染防治保卫水平"进行过专题讨论,多位常委和委员围绕绿色金融发展建言献策。作为金融领域的政协委员,请您介绍一下我国绿色金融业务的开展情况,以及取得的成果。

陈雨露:十八大以来,习近平总书记提出的"绿水青山就是金山银山"的新发展理念已经深入人心,金融支持污染防治攻坚战和生态文明建设是义不容辞的责任。金融部门可以发挥市场机制的优势,在广泛地筹集资金、提供风险管理的工具、提高资金使用的效率这三个方面来为国家绿色产业的发展和传统产业的绿色转型升级提供有力的支持。

2016年以来,国家加快了构建绿色金融体系的步伐,到目前为止已经取得了明显的成效。2016年我国正式公布了《关于构建绿色金融体系的指导意见》,这个《意见》的发布也标志着我们国家成为了世界上第一个由政府推动构建绿色金融体系的国家。另外,这几年绿色金融产业发展得也非常迅速,到2018年年末,我们国家最主要的21家银行绿色贷款的余额已经达到了8万多亿元,比2017年同比增长了16%,速度非常快。

另外我们国家境内绿色债券存量规模已经接近 6000 亿,这个规模也已经位居世界前列。此外,在国际范围内,中国的绿色金融也拥有着相当的国际话语权和引领力。在中国政府的积极推动之下,绿色金融发展的倡议和政协建议列入了 2016 年中国 G20 杭州峰会的公报,列入了 2017 年德国汉堡行动计划,也列入了 2018 年的阿根廷布宜诺斯艾利斯峰会的重要议题。这大大地增强了绿色金融国际主流化的进程。今天上午李克强总理在政府工作报告当中也明确地指出要加快发展绿色金融。

下一步,我们觉得绿色金融的发展有三项核心的工作要做:第一项核心工作是要构建我们国家统一的绿色金融标准体系。这个标准体系要求国内统一、国际接轨,清晰、可执行。应当说现在构建国家标准体系已经有了相当的基础,一是我们原有的各种与绿色金融有关的标准有很多合理的地方是可以充分吸收的。二是国外有些国家在绿色金融标准制定方面有不少的经验可以借鉴,特别是我们国家经国务院批准,有五大绿色金融改革创新试验区,经过过去将近两年的努力,也有许多的实践经验可以总结和凝练。

第二项工作,充分发挥好政府的作用,要完善绿色金融发展的制度环境。比方说人民银行已经把绿色债券和绿色信贷纳入了 MPA(宏观审慎评估考核制度体系),通过这些指标的纳入来激励和引导我们国家的银行和其他金融机构发展绿色金融。

第三项工作,我们在绿色金融的国际化进程方面还需要持续地推动。去年中国人民银行、法国法兰西银行还有其他几个国家共同牵头发起了一个全球央行和监管机构的绿色金融网络。为什么要建这个网络? 就是想在全球范围内搭建一个推动绿色金融向前发展的常态化平台,我们要发挥好这个平台的作用,因为中国央行在其中发挥着核心作用。总的来说就是希望通过我国绿色金融的高质量发展来助推我国国民经济的高质量发展。

《大众日报》记者:我的问题是有关脱贫攻坚的,想要提问给王培安委员。2019 年是脱贫攻坚的关键一年,要实现"两不愁、三保障"的既定目标,医疗保障可以说是其中最难啃的一块硬骨头。今天我们注意到政府工作报告也提到要着重解决实现"两不愁、三保障"过程中所面临的突出问题。请问王委员,您认为从健康扶贫的角度怎样才能够让贫困群众看得起病、看得上病?

王培安:健康扶贫是打赢脱贫攻坚战的关键。2018 年全国有 1386 万农村贫困人口实现脱贫,健康扶贫发挥了重要的作用。全国有 190.5 万户因病致贫、因病返贫的贫困户脱了贫,占贫困户总户数的 40.1%。目前,全国农村贫困人口还有 1660 万,其中因病致贫、因病返贫的占 40% 以上,而且越往后剩下的贫困人口中老弱病残占比将越高。因病致贫不同于就业、住房、因学等致贫因素,难以做到一次性消除。

2017 年两会期间习近平总书记参加政协委员联组会的时候指出,健康扶贫属于精准扶贫的一个方面,因病致贫、因病返贫是扶贫"硬骨头"的主攻方向,这个事是长期化的,不会随着 2020 年我们宣布消灭绝对贫困以后就会消失的,很多地方要通过一些综合的办法来解决,比如采取一些靶向的治疗。习近平总书记的重要论述深刻阐明了健康扶贫对于打赢脱贫攻坚战的重要作用,进一步指明了健康扶贫工作的前进方向。今天上午李克强总理在政府工作报告当中也指出要打好精准脱贫攻坚战,进一步减轻大病患者、困难群众的医疗负担,加强重大疾病的防治。

做好健康扶贫工作要把党中央、国务院的部署落到实处,我认为首先是要解决贫困人口看得起病的问题。目前的三重保障,基本医保、大病保险和医疗救助向贫困人口适当倾斜以后,贫困人口报销门诊率只能达到 50%—60%,住院率只能达到 70% 左右。所以说要建立针对贫困人口的健康扶贫的补充保险,这个措施这几年正在推行,但是需要进一步健全和完善。一个方面,随着医疗条件的改善,人民健康意识的增强,健康的需求会越来越大。要立足长远,制定统一的兜底医疗的保障政策,加强制度的衔接,对基本医保、大病保险、医疗救助、报销后的个人支付医疗费用再次给予补助,使综合报销比例达到90%左右,让贫困人口看得起病。

其次就是要解决看得上病的问题。一是突出重点,精准到人、精准到病,实施分类救治,全面落实健康扶贫的"三个一批"的措施,做好21种大病的专项救治,通过"四定",定定点医院、定诊疗方案、定付费标准、定报销比例,确保医疗质量、控制医疗费用,逐步扩大集中救治的病种范围。二是强化贫困地区的人才队伍建设,加强基层医疗卫生人才的综合培养,通过"互联网+医疗健康"、医联体建设,亟须组织好三级医院组团式支援、贫困地区县级医院等形式,提高基层的服务能力。三是要加快补齐贫困地区卫生健康服务的短板,实施贫困地区县乡村三级医疗卫生机构的标准化建设,健全服务体系,提高服务的可及性。四是实施好基本医保县域内贫困人口先诊疗后付费,各类医疗保险在定点医疗机构实现一站式及时结算,让贫困人口看得上病,方便看病。

再次就是解决少生病的问题,关键在于坚持预防为主,推动以治病为中心向以健康为中心的转变,深入开展爱国卫生运动,全面开展"三减三降"专项行动,改善人居环境,加大重点传染病、地方病的综合防控的力度,加强健康教育和健康促进,改变贫困地区的卫生习惯,培养健康的生活方式,让贫困人口看得起病、看得好病、少生病。

《法制日报》、法制网记者: 提问秦博勇常委。去年围绕脱贫攻坚问题,全国政协专门到贫困地区进行调研,很多政协委员的提案也关注到这一问题。请问政协委员在调研过程中有没有发现基层在扶贫资金的使用上存在一些什么样的问题?请问在您看来应当如何确保扶贫资金能够得到安全和高效的使用?

秦博勇: 谢谢你提的这个问题。在脱贫攻坚过程当中我们持续地关注了基层脱贫攻坚的资金安全问题,以习近平同志为核心的党中央高度重视脱贫攻坚工作,总书记对管好、用好脱贫资金提出了明确的要求,就是要"阳光扶贫",要"廉洁扶贫"。在调研当中我们也关注到了相应的情况,因此我们也建议有关部门在管理使用扶贫资金的时候要重点关注扶贫资金的精准、安全和绩效。

关于扶贫资金的精准,我们建议还是要"好钢用在刀刃上",扶贫资金的每一分钱都要用到贫困群众身上,特别是要关注产业扶贫、教育扶贫、生态扶贫、移民搬迁和社保兜底的这些政策在基层落实的精准情况,确保能够精准脱贫。另外,我们也建议关注扶贫资金的安全。阳光是最好的防腐剂,总书记对扶贫资金也要求要资金安全、要阳光、要进行监管。我觉得扶贫资金的安全是非常重要的,特别是在安排扶贫资金的使用、确定扶贫的一些项目,包括研究确定扶贫事项当中,要公开透明地进行,让群众能够监督这些资金的使用情况,真正保证资金的安全。

再一个我们建议关注资金的绩效,刚才讲到了扶贫资金来之不易,每一分钱都要精打细算,要用好、用活、用出成效,特别是要让每一笔扶贫资金的效益最大化。在基层既要解决输血的问题,也要解决造血的问题,特别是要在产业扶贫当中建立利益连接机制,真正把贫困户的利益连接起来,既要扶贫,又要扶志,激发群众的内生动力。同时我们也要帮助群众种上"摇钱树",养上"下蛋鸡",真正的实现脱贫成果的巩固,全面建成小康社会。

澎湃新闻记者:我的问题提给李伟常委。散煤治理是打赢蓝天保卫战的一项举措,但是这两年全国在推进"煤改气""煤改电"的过程中也一度出现了"气荒"问题,所以想请问您,要减少环境污染,在城市或者区域的发展过程中应该如何稳步推进能源结构的调整和优化?

李伟:这个问题提得很好。我理解这个问题的核心在于后半段,就是能源结构调整和城市区域的发展问题。大家都知道,去年年底我们国家的城镇化率已经达到了59.58%,这是按6个月以上的常住人口计算,而实际上按城市城镇所承载的流动人口计算,远远大于这个比例。能源的消耗和污染的排放,可以说主要集中在城市以及与城市密切相连的工业企业,从这个角度来说,我感到如果把城市和区域的污染防治治理作为我们污染防治攻坚战的主战场并不为过,特别是涉及能源结构的问题。当然了,近些年来我们不断加大城市污染治理力度,正在倒逼能源结构加快调整优化,加快提升能源效率,促进减排的提升。

党的十八大以来,在能源结构方面,煤炭占总的能源消费比重下降了超过 8 个百分点,而清洁可再生能源的比重提升了 6 个百分点。我们现在能源结构最突出的问题就是煤炭的比重太大,在 2011 年的时候最高达到了 70% 以上,现在下降到了 59% 左右,但这还是很高。所以把城市区域的发展和能源结构的调整优化结合起来考虑和部署,这非常重要。

从我的工作体会来讲,下一步可以在以下几个方面加大能源结构调整的力度,也加大优化的措施。一是针对大中城市和重点地区,重点在是工业领域加快实施"双替代"(天然气代煤、电代煤),这个非常关键。另外,区域性的怎么考虑稳步推进呢? 煤炭消费总量控制,当然在逐步推行。为什么把这一点作为能源结构调整的第一条呢? 现在我们的煤炭消费总量,从实物量来讲,接近 40 亿吨,38.2 亿吨这样大量煤的消耗、消费,包括取暖,包括其他各种形式的用煤,造成了碳排放和主要污染物下降的速度很慢,碳排放的峰值预计要到 2030 年,我们使用煤炭的峰值已经过了,但是污染的空气排放最主要的碳排放要到 2030 年左右才能达到峰值,其中煤炭在这里面占了很大比重。所以"双替代"对城市尤其是工业领域是重中之重。

二是在城市大力推进节能建筑、建筑节能。在这方面国外有很多经验我们可以借鉴,现在科技的发展我们也可以进一步充分利用。在这方面我们的潜力还非常大。另外,在城市取暖、散煤替代方面还有一个捷径,就是燃煤电厂各种形式的余热取暖和热能利用,这里面也有很大的潜力。另外,有条件的地方可以加大地热能的开发和利用,尤其是供暖、制冷。

我在工作当中接触了河北的两个县,他们开发得比较早,开发的效果也比较好。一个是雄安,早在它成为雄安新区之前,在2009年就由中国石化新星公司引进,进行地热能的开发。去年年底它的地热能的供暖面积已经达到了870万平方米住宅,包括办公楼。什么概念呢?它替代了标煤22.6万吨,每年减少碳排放接近60万吨。

雄安新区的目标提出来以后,按照规划,地热能的利用将会大幅度提升。还有就是河北省的大名县,也就是宋朝著名的大名府,这是我们国务院发展研究中心的定点扶贫项目。不到三年的时间,到去年年底,它的地热能的供暖面积已经达到了287万平方米,替代标煤6.67万吨,减少二氧化碳的排放达到了17.4万吨,城区里面的取暖90%覆盖了,现在都用地热能,潜力非常大。

三是要优化重点区域运输的结构,积极推进京津冀等重点地区公路转化为铁路,建设低碳高效的交通运输体系。这是什么概念呢?公路转铁路,现在中国的货运主要是靠公路,2017年的时候大体是472亿吨的货运量,78%是公路,14%多一点是水陆,铁路只有7.8%。而公路运输靠汽车,载重汽车主要消耗汽油,甚至很多是柴油,汽油柴油对空气污染的程度大家可想而知。将来我国运输货运的发展方向,或者能源结构调整的方向就是更多地利用水运或者铁路,这是一个重中之重。

另外,特别要强调的是现在城市群逐步在发展,特别是京津冀协同发展,特别讲到世界级城市群,长三角也是一个世界级城市群,其他一些地区中心城市逐渐向城市群发展。而在城市群发展的过程当中,公共交通的发展是我们应对污染防治攻坚的重要的方面。还有清洁能源车辆,这两点是重中之重。

四是考虑进一步改革完善电力供应体制,收入水平比较高的一些地区、城市能力比较强的城市可以加大水电、风电、光伏在能源使用上的比重。可再生能源,尤其是风电和光伏是受自然条件的制约因素多一些,发电生产不一定很稳定,所以要把这项措施和电力体制的改革完善进一步结合起来,步骤上可以是先试点,条件成熟以后再逐步推进。第四条的核心在于多发挥可再生清洁能源的作用。

《经济日报》融媒体记者:我的问题提给经济界别的陈雨露委员。请问陈委员,2018年年底的中央经济工作会议提出,打好防范化解重大风险攻坚战,要坚持结构性去杠杆的基本思路,但是随着中国经济下行压力加大,您认为去杠杆是否会让位于稳增长? 如何处理好两者的关系?

陈雨露:谢谢《经济日报》记者的提问,你提了一个非常尖锐的问题。如何处理好防风险和稳增长的关系,也是这次会议代表委员们讨论比较多的话题。防范重大风险是三大攻坚战之首,所以习近平总书记最近明确地指出防范化解金融风险,特别是防止发生系统性的金融风险是金融工作一个根本性的任务。大家知道,去杠杆的政策是防范化解金融风险的一个重要的途径,因为历次的国际金融危机的教训之一,就是一个国家宏观杠杆率如果过高,或者是在短期内宏观杠杆率上升得过快,往往是爆发系统性金融危机的重要原因。

2016年以来我们国家去杠杆的政策已经取得了初步的成效。前些年我们国家的宏观杠杆率每年平均上升十多个百分点,所以风险积累得非常大、非常快。2016年到2018年,我们的宏观杠杆率每年平均上升只有5.8个百分点,也就是说速度下降了一半。其中2018年宏观杠杆率不仅没有上升,还下降了1.5个百分点。所以说稳杠杆的目标已经初步实现。

当前我们进行的是结构性去杠杆,希望企业尤其是国有企业,以及地方政府的杠杆率能够尽快降下来,把债务尽早降下来。我理解,结构性去杠杆和稳增长之间有很多统一的一面,并不是完全对立。比方说结构性去杠杆最终的目标也是要稳金融,而金融稳经济才能稳。

另外,结构性去杠杆也需要一个稳定的宏观经济金融环境,也就是说当经济下行的压力比较大的时候,在宏观调控上需要强调财政政策、货币政策的逆周期的调节作用,来保证经济运行在合理的区间,这样结构性去杠杆也才能向前推进。比方说去年,我们经济下行压力比较大的时候,人民银行先后五次降低了存款准备金率,为实体经济提供了大量的中长期的流动性,为稳增长也起到了很大的作用。

此外,结构性去杠杆的过程中,我们知道"僵尸企业"出清是要坚定执行的。因为"僵尸企业"出清一方面可以释放沉淀的资源,另一方面也可以腾出更多的金融资源用到更高效率的行业和企业当中去,这是有利于实体经济的高效率增长的。另外,我们推进的市场化、法治化的"债转股",把企业的债务转化为股本投资,一方面可以降低宏观杠杆率,另一方面也可以让企业轻装上阵,完善公司治理结构,这对于稳增长也是很有好处的。

去年7月,人民银行专门定向降准释放了5000亿元的资金来支持市场化的"债转股",所以对这部分企业稳增长也起了很大作用。也就是说,只要我们遵循好坚定、可控、有序、适度的要求,防范化解金融风险,处理好防风险和稳增长的关系是可以做到的。

最后我想强调一点,要保持我们国家宏观杠杆率长期持续的稳定,需要金融和实体经济两个方面共同发力。一方面需要推动金融供给侧结构性改革,特别是要努力地突破我们面临的体制和机制的障碍,建立一个又规范、又透明、又开放、又有活力、又有韧性的多层次的资本市场,特别是要大大地加强股权融资支持实体经济的力度,这对于长期保持宏观杠杆率的稳定是至关重要的深化改革之点。另一方面,我们还继续坚定推进实体经济的供给侧结构性改革,这需要大家共同努力,坚定地去债务出清、产能出清、"僵尸企业"出清,坚定地激发企业创新的活力,坚定地支持新经济、新产业、新业态、新模式,早日实现中国经济的高质量发展。只有这样防范化解系统性金融风险,防止发生系统性金融风险,长期保持宏观杠杆率的稳定才有根本性的保障。

北京广播电视台融媒体中心记者:因为一直持续关注环保工作,所以想向刘炳江委员提问。这两年我们特别关注到北京市在治霾方面力度越来越大,而且成效也非常的显著,老百姓在微博、微信当中刷蓝天的次数越来越多。针对现在大气污染治理工作已经进入到爬坡过坎的攻坚阶段,北京市和其他的省市都提出了治霾要"一微克一微克抠"这样的新要求,请问刘委员,您认为未来还有哪些污染源需要重点进行治理? 另外,大气污染治理工作还需要在哪些方面持续发力,从而让老百姓收获到更多的蓝天?

刘炳江:你说得对,大气污染治理尤其是以北京为例,确实进入了攻坚期,要"啃硬骨头"。我报一组数据,京津冀及周边地区的面积占国土面积的 7.2%,这 7.2% 的国土面积上布局的是什么产业呢? 1/3 的平板玻璃在这个地方,39% 的电解铝在这个地方,43% 的粗钢在这个地方,49% 的焦炭、60% 的原料药等都在这个地方。高耗能、高排放的企业这么密集,导致了这个区域的大气污染物的排放量是全国平均的 4 倍左右。所以大家说一没有风霾就来,确实是这个样子,因为排放量远远超过大气环境容量,你说不调结构能行吗? 但是调哪一个结构都是比较难的。

对北京而言,"一微克一微克抠"真是到了时候,因为从"大气十条"到现在,2013 年北京煤炭还是 2000 多万吨,到了 2018 年不到 300 万吨了。疏解非首都功能已经把一千多家企业搬迁了,北京靠调结构,能源结构和产业结构,2013 年大约 90 微克,去年降到了 51 微克。大家都生活在北京,北京 2013 年重污染天气 58 天,去年一年 15 天,这说明我们治理的路子是对的。

作为职业治理大气污染的人,我提两组数据,大家可以关注一下。北京生态环境局发布了 2018 年北京 PM2.5的源解释,通过细小颗粒的测试,能够测出来源来自哪里。北京全年 51 微克之中,2/3 来自北京市,1/3 来自外界传输,这是全年。但重污染期间,像刚刚经历的这次空气重污染天气,55%—70% 来自外地,因为气象条件不一样,这两个数非常具有说服力。

所以对于北京市而言,现在本地污染中 45% 来自移动源,机动车这一类。所以主要矛盾已经不是产业结构,已经不是煤炭治理了,已经转移到移动源治理上来。现在大家可以看到北京的公交车,电动化的公交车越来越多,这是到 2020 年前的要求,公交车改成电动车。重型载货车,凡是北京的重型载货车逢来必查,去年可能查了 218 万辆,其中冒黑烟超标的 15%,氮氧化物超标的 30%,任务还很艰巨,这是对北京而言。

北京以外的区域着重还是四个结构的问题。在产业结构上,河北省这几年起码要淘汰掉 4000 万吨的钢铁,剩下的钢铁,重点地区不仅仅是河北,全面实行钢铁的超低排放。而且量大面广的工业窑炉,要么用清洁能源替代,要么深度治理,要么就淘汰掉。在能源结构方面,刚才李伟主任也说了全国的数据,全国十大煤炭消费省里四个都在这儿。所以在这个地区的重中之重是农村的散煤替代,因为农村烧的散煤对大气污染物的排放量相当于电厂排放的 17 倍,散煤进行能源替代是对经济、社会、环境最优的一个手段,拉动 GDP,农民告别烟烧火燎的年代,对于空气 PM2.5浓度下降,这是重中之重要干的事。

第三个,刚才李伟委员也给大家说了"公转铁"的事,全国的公路货运量占比可能是 75% 左右,这个区域 84%,因为大宗物料产品都在这个地区,铁路货运跟不上就导致这么一个结果。现在我们是拉单挂账,在钢铁、燃煤电厂、焦炭,甚至电解铝、有色金属上都拉单挂账,建设铁路的货运线,禁止再用公路大货车运输。

对于土地使用的情况,太行山沿线是矿山最密集的地方,现在要求复绿,建筑施工、水利施工和道路施工扬尘控制住,技术路线都非常清楚,每年的任务量非常清楚,而且最关键的一招就是重污染天气大家联防联控,一声令下大家齐步走,什么时候收、什么时候放,有统一的命令,今年最大的任务就是制定这个名单。大家有时候会感觉到,连续三天的重污染预警,第一天、第二天、第三天,到第四天才重污染,说明应对得非常有效。

所以减排措施千万条,列的单子千万条,措施千万条,但是减排是第一条。我们和大家一样都渴望蓝天白云,目标已明确,措施已经分配下去,只有大家一起"撸起袖子加油干"。

英国《泰晤士报》记者:想问王培安委员关于中国生育政策的问题。请问中国是否在考虑取消计划生育,有没有时间表? 在有新政策之前,政府对计划外生育,比如三孩、未婚生育等持何种官方立场? 你觉得中国的人口结构变化对国民经济全球竞争力、养老体系有怎样的影响? 中国对于人口老龄化问题能够做什么?

王培安:首先谢谢《泰晤士报》记者对中国发展问题的关注。我认为当前中国人口发展要重点关注三个问题:一是要处理好人口的规模和结构的关系,努力实现适度的生育水平。一方面人口众多一直是我国的一项基本国情,近14亿的人口总量对于尚不发达的经济社会运行基础和有限的资源环境负载能力还是过于庞大,人口规模如能适当少一些,人均资源占有量就会更加宽裕,人均环境保有量也将更加宽松。另一方面,从结构上看,年轻人口减少、老龄化程度逐渐加深,我国老龄化呈现规模大、速度快、时间长、不平衡、边富边老等显著的特征。人口多了不好,但也不是越少越好。习近平总书记在党的十九大报告中指出要加强人口发展战略研究,人口均衡发展的具体目标如何确定? 实现适度生育水平的图景又是什么? 建议相关部门和机构对这些问题加强研究。

二是要大力提高劳动者素质和技能。虽然我国劳动年龄人口开始持续减少,但总量仍很庞大。人力资源基础仍然雄厚。按照国际口径,15

311

岁到 64 岁的劳动年龄人口我们国家还有 9.9 亿,到 2030 年还有 9.5 亿,2050 年还有 8.2 亿。

大家不知道有没有注意,欧美发达国家年轻劳动人口目前约为 7.3 亿,而且他们的劳动参与率还比我们低,但是经济总量是我国的 4 倍,劳动生产率是我国的 6 倍。随着科技进步和人工智能的发展,机器人对普通劳动力的替代率将不断提高,也就是说不光现在劳动力比较充裕,就是再过三十年、五十年,我国劳动力的数量仍然是比较充裕的。我国劳动力总量过剩和结构性短缺并存,我们当前不缺劳动力的数量,缺的是具有高素质、高技能的劳动力大军。

在低生育水平下,中国不能再依靠劳动力的低成本优势参与国际竞争,必须转向主要依靠劳动力的质量驱动经济发展,不断提高劳动者的素质和技能,提高全要素的生产率,变人口大国为人力资本强国。

三是要下大力气把十八届五中全会确定的"全面两孩政策"落到实处。当前,广大群众面临不愿生、不敢生的问题,生出来孩子没人带、养不起,这是两个主要的问题。今天上午李克强总理在政府工作报告当中指出,婴幼儿照护事关千家万户,要针对实施"全面两孩政策"后的新情况,加快发展多种形式的婴幼儿照护服务,支持社会力量兴办托育服务机构,加强儿童的安全保障。

我们了解到,影响群众生育行为的主要不是生育政策,而是经济社会因素,"全面两孩政策"已经满足了绝大多数家庭的需求,我们要按照党的十九大报告的要求,大力促进生育政策和相关经济社会政策配套衔接。补短板,积极发展托育服务,重点满足 3 岁以下不同城市的托儿服务需求。抓重点,落实育龄夫妻依法享有的各项福利待遇和计划生育的免费服务,落实个税减免扣除。强弱项,完善家庭发展的政策体系,支持女性职业发展,构建生育友好的社会环境。

习近平总书记在党的十八届五中全会指出要完善人口发展战略。党的十九大强调要加强人口发展战略。人口问题的本质是经济问题、发展问题，人口是经济社会系统中最基础、最活跃的因素。在此，我呼吁政府的相关部门、研究机构要高度重视加强人口发展战略研究，密切跟踪监测，科学评估"全面两孩政策"的实施效果，为中央决策提供基础的数据支撑。

舒启明：明天下午将在这里举行第二场记者会，主题是政协委员谈优化营商环境、促进民营经济高质量发展，欢迎记者朋友们参加。

记者会到此结束，谢谢大家，谢谢！

就打好防范化解重大风险、脱贫攻坚、污染防治三大攻坚战答记者问

就优化营商环境、促进民营经济高质量发展答记者问

（3月6日）

全国政协委员刘世锦、南存辉、叶青、周鸿祎、周群飞

委员嘉宾

刘世锦　全国政协经济委员会副主任（经济界）、国务院发展研究中心原副主任

南存辉　全国政协常委、经济委员会委员（工商联），全国工商联副主席，正泰集团董事长

　　3月6日，全国政协委员刘世锦（中）、南存辉（右二）、叶青（左二）、周鸿祎（右一）、周群飞（左一）就优化营商环境、促进民营经济高质量发展答记者问

叶青　全国政协常委、经济委员会委员(工商联),全国工商联副主席,北京叶氏企业集团有限公司董事长

周鸿祎　全国政协经济委员会委员(九三学社)、九三学社中央委员、360集团董事长兼首席执行官

周群飞(女)　全国政协社会和法制委员会委员(科技界)、全国工商联执行委员会常委、蓝思科技股份有限公司董事长

主持人

丛兵　全国政协教科卫体委员会驻会副主任、大会秘书处新闻组组长

主持人:记者朋友们,大家下午好!全国政协十三届二次会议第二场记者会现在开始。本场记者会的主题是政协委员谈优化营商环境、促进民营经济高质量发展。首先,我来介绍一下出席记者会的5位全国政协委员,他们是:全国政协经济委员会副主任、国务院发展研究中心原副主任刘世锦;全国政协常委、全国工商联副主席,正泰集团董事长南存辉;全国政协常委、全国工商联副主席,北京叶氏企业集团有限公司董事长叶青;全国政协委员、九三学社中央委员、360集团董事长兼首席执行官周鸿祎;全国政协委员、全国工商联执行委员会常委、蓝思科技股份有限公司董事长周群飞。本场记者会大约1小时。大家提问时,请先通报所在新闻机构的名称,并说明问题提给哪位委员。为了让更多记者朋友有提问的机会,建议每次只提一个问题。现在开始提问。

中央广播电视总台央视记者:中央高度重视民营经济和企业家的产权保护,也听到另外一种声音说,现在有些相关政策落实不是很到位。请问刘世锦委员,在进一步支持民营经济发展、提振企业家信心、稳定企业家预期方面出台了哪些实实在在的措施?

刘世锦:民营企业发展过程中的信心和预期问题,一段时间曾经引起

社会上较多关注。这个问题确实是关于民营企业长期稳定发展的一个基础性的问题。我想可以从三个方面增强民营企业的信心和预期。

第一,要对支持民营企业发展的大政方针有信心。民营企业是伴随着我们国家改革开放发展壮大起来的,党和政府对民营企业的方针政策,也就是支持民营发展的政策是明确的、一贯的,也是与时俱进的。两个毫不动摇,这是我们的基本经济制度。其中一条讲的就是包括民营企业为主的非公有制经济。习近平总书记在去年11月召开的民营企业座谈会上再次强调指出,支持民营企业发展是党中央的一贯方针,这一点丝毫不会动摇。

经过40年的发展,民营企业在国家经济社会中的地位和作用,现在有一个通俗说法叫"56789",也就是说民营企业创造了50%的税收、60%的GDP、70%的技术创新、80%的就业、90%的企业数量和新增就业。可以说民营经济现在已经和国家的经济社会发展休戚与共、息息相关,结成了命运共同体。应该说,民营经济好了,中国经济就好;民营经济不好,中国经济也好不了。所以支持民营经济发展的大政方针不能变,也不应该变,也变不了。如果我们对中国经济发展的前景有信心,就应该对民营经济发展的前景有信心,对支持民营经济发展的大政方针也有信心。

第二,发展民营经济我们要靠政策,更要靠法治。中央召开民营企业座谈会以后,各地各部门行动很快,也出台了很多政策,应该说民营企业生存和发展的环境正在发生积极的变化。但是我也听到有些民营企业反映,他们说我们所要求的其实并不是什么额外的优惠、特殊的照顾,更不是吃偏饭,我们要的是平等发展的条件、公平竞争的环境。政策支持很重要,但是更重要的是不因短期政策变化而变化的稳定的法治环境。为什么这么讲?最近一些年,民营企业发展中遇到一些问题,比如"新官不理旧账",昨天政府工作报告说到这个现象。有些地方政府对民营企业欠账不还,还有一些地方搞污染治理,本来按照环保的标准,但是他按照某种企业类型,搞简单的"一刀切",说关就关。这样一些现象说明,我们有些同志头脑中还是缺少产权保护这根弦,缺乏契约精神,缺乏法治观念。所以简单来说,我认为稳定民营企业的预期最重要有两条:一条是平等发展公平竞争;另一条是长期稳定的法治环境。

第三,要切实解决形式上平等、实际上不平等的潜规则问题。比如民营企业市场准入搞一些项目,也包括贷款,有些部门和有些同志经常想的是,还是给国企好,保险,出了问题后有人兜着,亏损也是从这个兜装到另外一个兜;给民营企业,有风险。前一段时间搞金融领域降杠杆,国有企业因为它是政府信用支撑,本来地方政府和国有企业杠杆率比较高的,应该说他们要减杠杆,我们看到有些地方的情况是,民营企业由于没有政府信用的支撑,反而日子更难过。另外,民营经济中的中小企业融资难融资贵,一个最基本的问题就是我们的金融体系,特别是银行系统,过去给国有企业、大型企业,也是给传统业务服务。对民营企业中小企业创新活动,我们现在这些金融机构不论它的理念、机制、能力,包括金融工具,这些都不适应。所以要解决这些问题,我想还是要深化改革。刚才讲的金融领域,一方面对现有金融企业改革,更重要的是宽准入,发展一批给民营中小企业提供专业化服务的金融机构和金融产品。

通过改革之后,一定要让民营企业有一种获得感。他们感觉到不仅是名义上,而且是实际上,在平稳发展、公平竞争上实实在在得到了好处。

《中国改革报》、改革网记者:我向南存辉委员提问。首先祝贺您获得"改革先锋"的荣誉称号。习近平总书记在去年民营企业座谈会中指出,民营经济是推进供给侧结构性改革、推动高质量发展、建设现代化经济体系的重要主体。您作为改革开放40年民营企业发展壮大的见证者,对于高质量发展您是怎么想、怎么做的?

南存辉:民营企业是在40年的改革开放政策和有关部门的支持下从无到有、从小到大成长起来的。刚才刘主任讲了,已经形成了"56789"的格局,在经济方面成为主力军,原来是补充生力军,现在无论是在税收、GDP、创新成果、就业等方面,都发挥了重大作用。40年来,现在已经到了高质量发展的新时代,在这个时候,我们各行各业,包括民营企业在内,都面临着消费升级,面临着专业升级阶段的到来。这个时候,有一部分产品没有竞争力,或者本身也存在一些创新动力激情消失的问题。所以在去年一段时间,民营企业出现了一些困难,也有一部分民营企业遇到了政策转型过程中带来的一些问题。

去年11月1日,总书记亲自召集了民营企业座谈会,在座谈会上指出,一段时间有人讲了一些混淆视听的言论,包括新公私合营等。总书记在会上强调"两个毫不动摇""三个不会变""六个举措",要求大家对于任何否定、怀疑、动摇我国基本经济制度的言行都不要听、不要信。在总书记讲话之后,国务院密集出台政策,大家都看到了。昨天的政府工作报告当中提到减税降费。其实对于民营企业来讲,我们这是真真切切感受到党和政府对民营企业发展的态度、信心、举措一直没有变,有变化只会越变越好。凡是那些创新能够跟上时代步伐、能够升级的企业,日子都蛮好过的。

总理这次在政府工作报告当中提出,对制造业增值税从16%降到13%,这为包括民营企业在内的所有制造业是一个巨大的利好消息。对于民营企业来讲,一定会进一步引导大家去走高科技、高质量的转型升级道路,特别是通过减税降费,增加了企业的现金流和利润,这样使资本市场也会更加关注制造业,进而带来对民营企业,特别是对制造业,会有一个非常好的预期,促进大家继续在创新上进行投入,进而推动高质量发展。

这位记者问到民营企业的高质量发展,我相信在党和政府这一轮的"放水养鱼"政策引导下,民营企业的高质量发展一定会有一个非常好的预期。我们一直以来就是做制造,30多年来围绕着工业电器、电力设备、新能源,围绕这条主线,扎扎实实地搞制造、搞创新。通过新一轮的政策支持,通过我们自己努力,嫁接到现在新的技术创新上来。通过数字化、网络化、智能化,不断提升自己的企业经营能力,进一步推动高质量发展。

《金融时报》中国金融新闻网记者:请问叶青委员,一些企业家反映融资难融资贵,在很大程度上推高了民营企业的经营成本。请问,您的亲身体会是怎样的? 这个难题应该如何破解?

叶青:民营企业融资难融资贵是普遍现象,但就我们企业来讲并不难,所以民营企业并不全都融资难融资贵,对有些民营企业,融资还是可以的。那么,问题出在哪里呢? 就是企业自身有一定的问题,我们自身的产品,包括我们做的行业是不是符合现在金融企业愿意给我们融资的标准。

还有一点,我们面对的融资难融资贵等问题怎么解决。现在很多民企,有些融资还可以融到,但都是短期的,这不利于企业发展。所以我建议,金融机构,包括银行,应该增加金融产品,比如中长期贷款,这样有利于稳定信心、把企业做扎实。

还有就是对于一些小微企业,它不知道去哪里贷款,一有问题就想到典当行、小额贷款公司,其实银行有这些产品。所以建议银行适当地对小微企业进行贷款辅导,告诉他们如何可以贷到款,很多时候也是信息不对称带来的问题。

还有就是大型国有银行的业务是全国性的,但我国地大区域广,有些地区民企比较集中,比如温州基本上都是民营企业,而东北,很大一部分是国企。但是作为大的国有银行,制定金融政策是一样的,这两个地区要用一个政策去要求可能贷款就不容易,应该因地而异,把产品做细,这样融资难融资贵逐步都可以解决。

天津海河传媒中心记者:请问周鸿祎委员,有境外机构认为中国已经成为全球数字经济的中心,民营经济现在又在数字经济中占据非常重要的作用。您认为未来我国如何支持数字经济的发展,促使它和传统产业融合发展?

周鸿祎:这两天我在认真学习政府工作报告,报告里面已经回答了这个问题,提到"互联网+""智能+",提到转型升级、高端制造业,所以我认为数字经济与传统产业相结合已经成为基本国策。我是做技术的,从技术角度解读三点。

第一,策略方向要对。过去一提到数字经济,我们往往想到互联网公司,好像互联网公司才是数字经济的代表。但是我觉得未来,实业、传统制造业将会是数字经济的代表,这也是我们互联网行业里经常提到的互联网的下半场,是一个深度融合。

这里面一个关键问题是传统行业如何数字化,既不是过去说传统行业实现了电脑化就叫数字化了,也不是我做一个 APP 就叫无线互联网化了。经过这几年的发展,互联网孕育了特别大的机会,有几种技术在互联网的培育下都比较成熟,而这些技术综合运用在一起,恰恰能够帮助很多传统行业,特别是传统制造业解决业务数字化的问题。

我总结了一个字母歌,叫 IMABCDE。I 就是你有物联网的技术,才能把传统制造业、传统实业的生产过程中、业务过程中所有的数据采集上来。M 是移动通信,包括政府工作报告里要求降低资费,这都是为中国实业进一步采用移动通信技术打下好的基础,通过移动通信把海量数据采集上来,放到 C 上,就是云端。到了云端之后,自然真正形成了 B 和 D,就是大数据。所以有了数据的基础,今天的人工智能并不是真正的智能,我叫它数据智能或者机器学习。有了数据的基础,企业运用人工智能才有数据的来源,用人工智能 A 作出一些推理反过来指导企业,优化它的生产过程、业务过程,这里面就可以产生政府工作报告里所说的"产生新的业态、新的模式和新的产品与服务"。这个方向是中国传统企业、制造业做大做强转型升级的过程,所以不能孤立地用某一单个技术,只能是大数据或者只能是云计算。还有 E，边缘计算，就是它会改变整个未来网络的结构。

第二，互联网在上半场发展时，互联网公司都号称颠覆了一些传统行业，感觉互联网永远是颠覆者、破坏者。但是在和传统制造业相结合的下半场，数字化的主角是传统企业，互联网公司和它之间应该是一个全力合作的关系，所以国家应该尽量推动互联网公司和传统企业合作，而不是谁取代谁、谁颠覆谁的关系。对于互联网公司来说，传统行业水很深。对传统行业来说，没有必要发明"轮子"，互联网公司已经在过去的技术上做了很多沉淀和积累，可以直接拿来为我所用。

第三，我的主业是安全。安全是融合的关键，如果不解决安全的问题，对数字产业就会形成灭顶之灾，就是这个系统越自动化、信息化、智能化，安全问题就会越大。过去不联网的都联网了，过去不能控制的都被控制了。只要是人写的系统就会有漏洞，有漏洞就会被人利用、被人攻击，一旦出现问题，越是先进的系统带来的问题就会越多。所以习近平总书记几次强调，信息化和安全必须双轮驱动，必须两翼齐飞，一定要并重。我今年的一个提案是建设国家级的网络安全大脑，要为实业转型互联网、物联网商业模式保驾护航。所以安全是整个数字经济发展最有力的保障。

广东广播电视台记者：我们知道，制造业是实体经济的主体，是立国之本、兴国之器、强国之基，国家也高度重视，并且大力推进先进制造业的发展。请问周群飞委员，对于支持先进制造业领域的民营企业发展，您有什么样的期待和建议？

周群飞：制造业领域的民营企业占比已经达 90%，民间投资超过 85%，制造领域的民营企业是实实在在的主力军。先进制造业又是制造业体系当中的高端环节。顾名思义，先进制造业必须是集自动化、数据化、网络化于一体，投资门槛高，科技含量也高，人才需求也高。刚才周委员讲到我们传统制造业要跟网络联系在一起,但这一切都牵扯到资金的投入。

大家都在讲融资难、融资成本高,确实也存在这样的问题。刚才叶青委员说了也存在企业自身的问题。我们希望政府可以给我们这些民营企业融资有更好的平台,然后把流程缩短一点。因为数字化以后,数据传输很及时、很快,基础的设备都是要接端口,投入非常大。全世界都在讲先进制造,如果中国动作慢了一点我们就慢了很远。我们所在的行业都是信息产业,信息变化非常快,一旦接不上,下一拨就被淘汰了。我觉得做好先进制造业要"内外并举",我们自己企业要注重研发,研发需要招纳人才,我们希望政府对外引进人才,在民营企业发展方面要给予帮助。

另外,我们要重视教育。有时候我们要到市场上去找人才,找不到怎么办?只能自己慢慢培养。另外,我们融资平台要明朗化,让大家觉得小微企业也好,大型企业也好,对接很完整,无缝链接,让制造业向先进制造业转型的时候及时得到纾困,及时可以得到大力的投入。

对于民营企业的科技资源,我们也觉得相对缺乏。很多民营企业对科技创新的保护意识也没那么强烈。我们希望推动民营企业参与知识产权保护,提高民营企业在行业中的话语权。

人民日报社记者:请问刘世锦委员,当前民营企业在市场准入方面还存在体制性、政策性障碍,如何消除市场准入障碍,为民营企业提供一个公平的竞争环境?

刘世锦:近几年在放宽民营企业准入方面,还是出台了不少政策,采取一些措施,取得了一定程度的进展。但是我们讲过很多年的"弹簧门""玻璃门""旋转门"的问题仍然不同程度地存在。有些地方这个门也打开了,民营企业也进去了,但是感觉不到舒服,比如话语权不多、决策权不多,然后又出来了。所以下一步,民营企业到底怎么准入,我想提几条建议。

第一，强调落实，也就是政策执行力的问题。在这个问题上，大的战略部署、顶层设计现在都有了，比如说行政性垄断行业的改革问题、放宽准入鼓励竞争等，党的十八届三中全会、五中全会、十九大文件里都讲得很清楚，具体政策现在也出台不少。大家注意到，最近国务院刚颁布了市场准入的负面清单，特别强调外资内资、国资民资一律平等。所以当务之急就是把这些大政方针、具体政策落实到位。在这方面还要强调，民营企业发展过程中所遇到的名义上平等、实际上不平等的潜规则问题要解决。支持民营企业发展是中央的大政方针，如果不能平等地对待民营企业，从讲政治角度来说是不合格的。

第二，要有好的案例引路。我们常说，一个行动能胜过一打纲领。同样，一个好的案例可以胜过一大批的原则和说法。请大家关注联通混改这个案例，联通搞了混合所有制改革以后，他们推出了低价格的产品，产品出来以后就像一条鲶鱼，把电信市场就搅动起来了，其他电信运营商也得跟进。最近一段时间，手机的资费水平已经下降了，幅度还不小，我们已经分享到了电信行业混合所有制改革的红利。放宽准入的改革是可以进行的，而且可以大见成效。其他行业也可以推动进行这样的改革。

第三，对外开放更要对内开放，特别是对民营企业开放。我们过去开放的时候，有些同志经常有一个顾虑，中国在某个行业不行，缺少竞争力，或者说中国的企业不行。但是我们问一个问题，你是不是让有本事的中国人、让有竞争力的中国企业都进去了？让他们都到那儿去干了？大量的事实可以证明，一个行业，只要让有本事的中国人、中国企业去干了，很少有哪个行业说中国的企业是没有竞争力的。

我想说，对外开放的下一步，我们要提高水平，但是在对外开放的同时应该是对内开放的，特别是对民营企业开放。我想在这个问题上，一定要对中国的企业和企业家有信心。当然，反过来，对于民营企业来讲，我们经常有一句俗话说，机会是留给有准备的人的。市场的大门打开了，就看你准备得怎么样,如果你准备不足、能力不足,要么进不去,要么进去以后有些人还会再出来。所以,我们一方面要推动进一步的放宽准入;另一方面,从民营企业角度来讲,练好内功,提升自己的素质,这个也是当务之急,也是非常重要的。

中国国际电视台记者:我的问题是提给南存辉委员,我们知道现在越来越多的中国企业都走向非洲和世界其他地区,中国企业在非洲的经营能够为当地的发展发挥什么样的作用?同时非洲各国政府为中国企业在哪些方面提供必要的支持和保障?

南存辉:非洲是"一带一路"重要的节点,"一带一路"的建设应该会为中非合作发展带来巨大的发展机遇。据调查显示,现在在非洲大陆,大约有1万多家中国的企业,其中90%属于民营企业。中国的企业在非洲大陆开展公路、铁路、机场、港口等基础设施的建设,这为非洲相应的国家经济发展提供了一些必要的支持和帮助,解决了发展的瓶颈问题。中国有一句话叫"要致富先修路"。我们企业在非洲很多国家投资太阳能光伏电站,为当地电力建设,特别是绿色能源发展提供了很多支持。所以中国的企业在非洲大陆作出的努力是多方面的。比如刚才讲到,不仅改善基础设施,还包括创造就业、提供税收、改善居民的生活条件、增进文化交流和民间交融。

同时,我们带去的这些发展理念特别重要。因为现在是一个全球化的经济竞争时代,中国的企业,包括中国的民营企业在内,经过四十年的发展,我们的竞争能力,包括我们的产品技术水平,都具备了全球化的竞争能力。非洲也好,欧洲也好,其实国际化竞争,意味着标准的国际化,具备了国际化标准,在哪里都有市场。中国产品走向非洲的时候,同样我们会把最先进的技术、最先进的发展理念和管理水平带到非洲去,比如我们在埃及有自己的产业园区、物流园区,在那里的技术、装备、管理水平都是世界一流的。我们在埃及95%以上的员工是当地的,就是本土化融为一体,给他们培训、培养,提升他们的国际化管理水平和能力。

中国的企业现在在非洲的发展,为当地基础建设、经济、税收,乃至整个经济社会提升带来很多帮助。我们在非洲发展的时候也看到了,中非经贸合作总的来讲比较顺利,但是我们也希望当地政府进一步改善营商环境,比如在推动对外贸易和投资的自由化、打破壁垒方面多做一些努力。还有就是在推动税收和外汇政策的创新方面多做一些工作,比如推进外资企业税收优惠政策,另外,企业在埃及赚钱,汇出来很困难。

另外,保持政府政策的延续性。同时为我们在非洲设工厂的企业,企业负责人也好,企业员工外派也好,提供一些签证外事方面的便利和援助。我相信中非合作发展会越来越顺利,对各国都有好处。

新华网记者:我的问题提给周群飞委员,您曾经说过,并不希望自己的企业是规模最大的,但是希望它是最具创新能力的。我们知道,创新往往伴随着一定的风险,您能否谈谈如何做到鼓励创新和风险防控并重?

周群飞:创新与风险本来就是一体两面的关系。从创新的内涵来看,创新始终伴随着风险。就像在 20 年前,我们把玻璃用到其他领域,也会担心失败。但我们不能因为担心失败就不去创新。对企业来讲,我相信不是每一个创新成果都能产业化,十个创新里面有五个就已经很成功了。如果大家害怕有风险,不去创新,那我们消费者也用不到很好的产品。

这个风险,一方面是技术风险。创新以后,技术能否非常成功地转入量产?普及率有多高?如何保障它不被窃取?我一直在主推发明专利授权时间要缩短,现在是两三年才拿下来,如果是防止窃取,我们先需要拿到一个合法的授权,这样才可以对自己有一个保障,才会让企业放心大胆去创新。这是技术方面的创新。

第二,市场方面的创新。衡量一个新的技术成果,最重要的一环是能否经过市场的检验,也就是消费者对这个产品的喜好程度、接受程度。我们经常会看到市面上有很多新的、让我们很惊艳的产品,这一定是科研人员和研发人员经过很长时间、各种实践探索、长年累月做各种 DOE 才得到的一个结果。

第三，融资风险。特别是民营企业，我们的研发经费都是属于自有资金，虽然有很多新型的融资方式，比如发债、股权转让等，但最早投入的资金都是企业承担的，所以一般企业不愿意做研发投入。我们公司一直以来研发费用投入的比例比较高，基本在 6% 左右。

第四，管理上的风险。企业的发展战略目标要结合外界的动态变化，及时调整战略规划。有时候我们企业规划未来要做一些什么样的研发，但是外部环境不接受这样的产品。我也强调，不能闭门造车，要走出去，结合客户的意见，客户要什么，我们就去做什么。

作为企业代表，我认为应该从以下几个方面入手。第一，注重技术创新与市场需求的有效衔接。企业一定要考虑自身所在行业领域的市场需求。我们前段时间看到 5G 折叠屏很开心，但它能否成为受欢迎的产品，还要接受消费者的检验。如果一窝蜂去研发，感觉市场需求很大，大家用一个低价去竞争，可能难以保证企业的投资回报。

第二，推进产学研各项主体创新。有的大学、研究院里有很多新技术，我在科技组，很多委员经常讨论，有些技术我们企业已经有了，但是院校不知道，所以这个衔接要做好，要互相融合。政府也可以给企业和学校之间搭好平台，定期把科研成果挂到网上，企业需要什么技术，可以很轻松地得到这个技术，当然不是去窃取，我们尊重知识产权，企业可以付出成本，共享这个成果。

第三，优化拓宽融资渠道。昨天政府工作报告里包含了这些方面，我作为企业代表，非常开心、非常受鼓舞。政府工作报告里的所有内容，我们企业都能用好，只要政府贯彻好，民营企业在这样好的营商环境里会发展得更好。

《工人日报》记者：请问叶青委员，在政府部门大力推动优化营商环境,支持民营企业高质量发展的同时,民营企业自身还面临着哪些发展障碍? 又该如何突破?

叶青:近年来,中央和地方各级政府连续出台了政策,加大对民营企业的支持力度,大力优化营商环境,我们民营企业高质量发展的外部环境有了很大提升。但其实营商环境的改善,不单单是政府一方面,而是多方面的。社会以及企业自身也有义务改善我们的营商环境。

改革开放 40 年以来,民营企业有了快速发展,但是到了今天,民营企业自身也存在这样那样的错误和问题。我们如何提升自身? 习近平总书记在民营企业座谈会上已经指明了方向。我认为,就是要聚焦实业、做精主业、做强做优,就是我们民营企业要把自身的企业做好。只有这样,你作出了高质量的企业、高质量的产品,赢得了社会的信任,有了信誉度,你才能赢得更好的营商环境。包括政府出台了很多优惠政策,我们明显享受到了这些优惠政策,享受到了好的营商环境,如果企业自身不讲诚信,你的外部环境不好,政府也不敢主动给你提供服务,只有你自身是一个诚信的企业、高质量的企业、健康的企业,政府的相关部门才会为你服务。

比如我们所在的园区,北京市相关部门经常到我们园区为这些发展好的、有实力的、健康的民营企业服务,帮助他们解决这样那样的问题。所以民营企业要想赢得好的营商环境,自身也要作出努力,也要下功夫,也要强化我们自身的管理水平,同时要克服短期行为,要做长远的发展规划,做百年老店。只有做一个健康的企业,做成了百年老店,我们赢得了社会、政府对我们的信任,企业会赢得更好的营商环境。所以营商环境是一个和谐的环境,政府要改善,我们自身也要努力。

《中国青年报》记者:请问周鸿祎委员,近年来习近平总书记在讲话中多次提到"企业家精神"、"企业家作用"、"企业家才能",反映出对企业家群体的高度重视。请您谈一谈如何弘扬优秀企业家精神? 如何助力民营企业高质量发展? 同时您对青年企业家和创业者有什么建议?

周鸿祎：习近平总书记指出，要弘扬企业家精神，我非常赞同。因为在经济火热、大家都赚钱的时候，其实分不出来谁是企业家、谁是生意人、谁是商人，反正大家都赚钱。但是在经济面临挑战、困难的时候，我觉得企业家精神对国家经济的发展、企业的发展就会显得特别重要。对于企业家精神，大家理解不一样，我说一下自己体会的三个关键词。

第一，信念。我觉得企业家和生意人最大的差别在于，生意人是什么挣钱就干什么，哪个地方有风口就去找风口；但是企业家一定有自己的信念。企业家最终也会挣到钱，但他的信念一定是创造独一无二的产品和服务，给用户、社会、国家创造价值，通过自己的产品和服务能够改变世界。一个企业家有了信念，才能有一个长期打算，否则就会有两个结果：要么是短期挣到钱就不干了，要么是碰到困难就退缩了。有了信念，遇到困难的时候才能不怕困难，才能把困难当成磨刀石，否则就会在生意不好做的时候，怨天尤人，抱怨政府，抱怨环境，而不去反思自己的问题。特别重要的是，作为一个企业家，如果自己没有信念，怎么凝聚一支队伍？怎么让队伍跟着你走得很远？不仅在顺境的时候跟着你，而且在面临逆境的时候，整个团队依然能够继续奋发图强。所以我觉得没有信念的企业家，他今天可以炒房子，明天可以炒股票，后天可以炒比特币，但这肯定不是我们所理解的最终能够给中国经济带来推动的企业家精神。

第二，坚韧。这两年谈起企业，包括媒体也喜欢渲染一些快速成功的故事，好像三年就"独角兽"了，四年就上市了，五年就挣十个亿了。但是实际上，对于真正做企业的企业家来说，应该知道做企业是一件非常苦的事情，而且做企业一定是一个长期征程，是长期艰苦卓绝的战斗。你去看看中国互联网企业家里，像马化腾、马云、丁磊我们这一批都干了二十年了，像南总、刘永好这一批企业家都干了三四十年了。可能有些企业三年五年就能成功，但那是特例，不是普遍规律。所以真正的企业家精神是要有一个长期作战的准备，有一个长期发展的计划。

第三,创新。我认为作为企业家来说,很多事情你决定不了,我也不是经济学家,也不知道大形势究竟怎么样。每个人都去呼吁,什么都伸手向国家要,这次政府工作报告里国家已经给了许多税负减免和好的政策,那企业家最重要的是要干什么呢? 就是干创新。遇到经济周期的时候,与其抱怨外部环境,不如把关注点回归初心,放到用户和市场上。因为最终能决定一个企业生存和发展的是用户和市场,而不是政府的扶持。政府的扶持可能起到一定的作用,但唯一创新的方法就是挖掘用户的新需求,满足人民对美好生活的不断向往。行业里老有人说,人口红利没有了,互联网上半场如何如何。我就跟很多人说,如果你的产品不创新,你的产品很陈旧了,当然你产品就没有人用了,当然你就感觉红利没有了。

反过来,中国有 14 亿人,有 14 亿用户,是不是每个人的需求都被彻底满足了? 如果你通过创新满足用户的需求,做出新的黑科技产品,可能就会有巨大的市场机会。你创新出产品,就会卖得很好,会感觉到消费升级。比如折叠屏,如果你不创新,就会觉得手机市场饱和了,没机会了,但是如果有人做出新的体验创新,通过折叠屏,就可能会像苹果当年一样,创造新的市场增长。所以企业家要坚持创新,坚持以用户为本,坚持不断用产品来说话、不断催生市场。就凭国内消费人口的巨大刚需和人民对生活不断改善的需求,我对中国经济充满信心。

再举个例子,这两年有一些关于人口红利的文章很喧嚣,说中国进入老龄化社会了,经济就怎么怎么样了。这次政府工作报告里提到,中国超过 60 岁的老人有 2.5 亿,反过来看,这是不是意味着巨大的机会? 按照中国的传统文化,不可能把自己爹妈都送到养老院去,所以中国老人基本是居家养老、社区养老。但你又很忙,不能花时间照顾自己的父母,这里面是不是就有巨大的机会?

前段时间我们公司创新了可视门铃。父母在家,如果有人上门送快递、陌生人来到家里,所有视频都可以传到你的手机上,这样,不能跟父母住在一起的子女就会特别安心。这就是创造出来的一种新需求。所以真正的企业家精神，一定是在创新上体现出来。最后一句话，这句话当年对我影响很深，"再好的时代也有人破产，再难的时代也有人赚钱"。人口红利到底在不在，完全取决于企业家精神，就是你能不能创新。

三沙卫视记者：请问南存辉委员，我们注意到，近年来您一直在关注混合所有制改革，而且在两会上也提交了相关的提案。随着国企混改向纵深推进，如何在混改中保护中小股东的权益，让混改真正成为民营企业的机会？

南存辉：混合所有制改革是一件非常重大的事情，它的影响对于下一步的经济发展是极为巨大的。从国情出发，我们国家国有资产、国有企业，特别是央企，在整个国民经济发展过程中起到了"压舱石"的作用，作用非常巨大。比如我们国家一些战略性的项目投资、长期的投资，央企就发挥了特别巨大的作用。比如高铁这样的项目，刚开始时，让民企去投，我们投不起，也不敢投，三四十年才能得到回报，大家没有底。央企投了，国企投了，现在好了，在浙江、上海、长三角有两条高铁 PPP 项目，就是民营企业牵头，用 PPP 的模式做，央企让出了股权。

对于混改，有人对这方面有误解。政府工作报告里面讲到，一个多亿的市场主体里，有九千多万是民营企业，数量巨大，但是块头比较小。民营企业好处在哪里？机制灵活。很多民企有担心，觉得自己块头很小，和央企、国企一混合，那我的声音怎么发出来？如何保护小股东的利益？其实最重要的是什么呢？是如何赋予它现代企业制度，用科学管理的方法，比如建立起董事会决策、总经理负责、监事会监督的制度，这样各负其责。

国企、央企有报告制度，一个项目的投资，市场这边火烧眉毛了，非常着急，那边还要打报告请示。如果能把民企机制灵活的作用和国企央企"压舱石"的作用结合起来，我相信会为下一步可持续发展、高质量发展带来非常大的推动。在这方面请媒体呼吁。

十八大以来,明确要推动混合所有制改革。通过媒体呼吁,政府要认真考虑这件事情。只有建立起规范的、法治化的环境,使公司法的制度要求落地,以后管国企、央企的思路也能变革创新,从什么都管,能不能变成由市场机制决定,这样更能保护国有资产不流失,使国有资产保值增值,进而带动民间资本,推动民间力量积极进入。

我们有一句话,进化无止境,创新无止境,改革永远在路上。去年有一句话比较流行:颠覆创新,凡墙皆是门。假如因循守旧,凡门皆是墙。对于国企和民企混改这一块,我认为是非常重大而且有意义的事情,我们希望通过今天这个平台和窗口也传递出去一种声音,让政府各部门高度重视,造福于民,造福于社会。

主持人:今天的记者会到此结束,谢谢各位记者朋友,谢谢。

就优化营商环境、促进民营经济高质量发展答记者问

就新时代政协履职答记者问

（3 月 10 日）

全国政协委员赖明、吴为山、潘建伟、霍启刚、石红

委员嘉宾

赖明　全国政协常委、副秘书长（兼）、提案委员会副主任、九三学社中央副主席

吴为山　全国政协常委、文化文史和学习委员会委员、中国美术馆馆长、中国美术家协会副主席

潘建伟　全国政协委员、九三学社中央副主席、中国科学技术大学常

3 月 10 日，全国政协委员赖明（中）、吴为山（右二）、潘建伟（左二）、霍启刚（右一）、石红（左一）就新时代政协履职答记者问

务副校长、中科院院士

霍启刚　全国政协委员、中国香港体育协会暨奥林匹克委员会副会长、霍英东集团副总裁

石红(女)　全国政协委员、湖南省湘西土家族苗族自治州政协副主席

主持人

刘佳义　全国政协委员、文化文史和学习委员会副主任、大会秘书处新闻组组长

刘佳义:记者朋友们,大家早上好!全国政协十三届二次会议第三场记者会现在开始。首先,我代表大会秘书处,对参加今天记者会的中外记者朋友们,表示欢迎!

本场记者会,我们邀请了5位全国政协委员和记者朋友们分享他们履职的故事。他们是:全国政协常委、提案委员会副主任、九三学社中央副主席赖明;全国政协常委、文化文史和学习委员会委员、中国美术馆馆长、中国美术家协会副主席吴为山;全国政协教科卫体委员会委员、九三学社中央副主席、中国科技大学常务副校长、中科院院士潘建伟;全国政协港澳台侨委员会委员、霍英东集团副总裁霍启刚;全国政协委员、湖南省湘西土家族苗族自治州政协副主席石红。

本场记者会的主题是政协委员谈新时代政协履职。根据安排,我先向大家简要介绍一下。

十三届政协成立以来,政协履职有很多新的特点,可以概括为三句话,叫做"发扬民主和增进团结相互贯通,建言资政和凝聚共识双向发力,坚持继承与改进创新有机结合"。

第一句话中的发扬民主,主要是指协商民主。政协是专门协商机构,全国政协的协商格局,形象的说法叫做"1420"。去年全国政协共召开了

1 次全体会议、2 次专题议政性常委会、2 次专题协商会,这就是我们讲的
"14"。"20"是指每年大概要召开的双周协商座谈会次数,"20"是个大致
的说法,去年我们开了 19 次。今年全国政协的协商计划也是"1420",前
面是一样的,后面的"20"有一些变化,安排了 16 次双周协商座谈会,4 次
网络议政和远程协商。

增进团结。人民政协是大团结、大联合组织,它所承担的任务是要协
调"五大关系",即政党关系、民族关系、宗教关系、阶层关系、海内外同胞
关系。这也是邓小平同志在改革开放之初出任全国政协主席时给政协规
定的任务:即最大限度调动一切积极因素,团结一切可以团结的力量,为
国家的现代化服务。

第二句话叫做建言资政和凝聚共识双向发力。全国政协每年大概要
组织近 100 项调研活动,要给中央报送几十个调研报告,去年全国政协的
提案立案的是 4567 件,经济方面的提案占 41%,民生方面的提案占 29%,
如果加上生态方面的提案,比例就可能更高。当然,这里有个问题,过去
政协履职比较注重建言献策,在工作制度和机制上面的设计都是按这点
设计的,所以存在着单向发力的情况。新一届政协改变了这个状况,要求
建言献策的过程也是学习教育和凝聚共识的过程,所以我们叫做"双向
发力"。

第三句话叫做坚持继承与改进创新有机结合。新一届政协既继承了
历届政协的优良传统,又展现了新时代人民政协的新气象。新一届政协
履职工作有 10 个首次。

一、首次开展全国政协系统学习习近平总书记关于加强和改进人民
政协工作的重要思想学习研讨活动,加强思想理论武装。

二、首次召开全国政协系统党的建设工作座谈会,加强组织建设。

三、首次提出要在建言献策和凝聚共识上双向发力。

四、首次提出政协组织的政治责任是:把中共中央的决策部署和对人

民政协工作的要求落实下去、把海内外中华儿女实现中华民族伟大复兴中国梦的智慧和力量凝聚起来。

五、首次提出新时代人民政协的新方位新使命是:推进人民政协制度更加成熟定型、发挥好专门协商机构的作用。

六、首次提出政协履职工作的中心环节是:加强思想政治引领、广泛凝聚共识。

七、首次提出把决胜全面建成小康社会作为工作的动力源和前进方向标,政协委员要当好这一伟大事业的参与者、实践者、推动者。

八、首次提出网络议政、远程协商是政协履职的努力方向。

九、首次提出建立委员履职档案、政协常委提交履职报告的制度。

十、首次提出政协委员要懂政协、会协商、善议政、守纪律、讲规矩、重品行。今年是人民政协70年华诞,全国政协各级政协委员有67万,这些委员一定会努力工作,用新的成绩庆祝共和国和人民政协的生日。

本场记者会时长大约60分钟。大家提问时,请先通报所在新闻机构的名称,并说明问题提给哪一位委员。为了让更多的记者提问,建议每次只提一个问题。

现在开始提问。

中央广播电视总台央视记者:我注意到主持人刚才提到的政协工作的三个新特点以及几个首次,其中都提到了政协委员要在建言资政和凝聚共识方面双向发力,我的问题是,这个双向发力给政协委员在新时代的履职尽责提出了哪些新的要求?

赖明:我们都知道,当前国际形势非常复杂严峻,国内改革发展稳定任务异常艰巨。正如习近平总书记所指出的,我们现在所处的是一个"船到中流浪更急、人到半山路更陡"的时候,是个"愈进愈难、愈进愈险而又不进则退、非进不可的时候",这样就需要我们更好地凝聚力量,团结奋斗。面对新形势,新一届全国政协和汪洋主席提出,人民政协要进一步加强思想政治引领,实现建言资政和凝聚共识双向发力。因此,我们委员的履职要紧扣双向发力,特别是要在凝心聚力上下功夫。具体讲有三个方面:

第一,我们要做好双向发力,必须要真正学懂弄通习近平新时代中国特色社会主义思想。举一个例子,大家都知道,总书记提出,"既要绿水青山也要金山银山,宁要绿水青山不要金山银山,而且绿水青山就是金山银山",这句话是三重意思,总体上我们既要生态保护,也要经济发展,但是如果经济发展与生态保护发生冲突,那么我们必须坚决守住生态保护的红线。但是,从长远看,从全局看,从综合看,我们保护好了生态环境,就会促进经济社会发展,它的完整含义应该是这样的。

但是大家注意到,频频曝光的祁连山和秦岭别墅这些环境破坏问题,其实表明我们一些地方对习近平总书记的"两山"理论是没有领会透的。另外,也有些地方出现了为保护而保护,一关了之、一禁了之的现象。我们在调研当中也注意到,在西部某省的一个湖泊景区就有这种情况,为了保护好这个湖泊,当地政府利用湖泊周边草地建设湿地,有效保护了湖泊生态。同时,牧民的收入就得到了很好的增长,2016 年,这个湖泊周边的200 多户贫困户户均收入达到 1.13 万元,而且这 200 多户牧民绝大多数是贫困户,应该讲对改善牧民的生活起到了很大的作用。但是,2018 年 4月,这个湖泊景区就关掉了,关掉以后农牧民就没有收入了,他还要养家糊口,又到湖泊周边过度放牧,因为他们放牧非常松散。这样就给我们带来一个问题,就是怎样把我们的经济发展和生态保护有机地结合起来,这里面既是个科学问题,也是个认识问题,更重要的是要从长远来认真、深刻地领会总书记的"两山"理论。

第二,要做好释疑增信。比如习近平总书记强调长江经济带要共抓大保护,不搞大开发,而有的地方认为,不搞大开发就是不要大的发展。我们可以想一想,在这样一个覆盖全国 11 个省、面积约 200 万平方公里、人口和生产总值都占到全国的 40% 左右的地区不能很好地发展会出现什么样的情况？所以我们在调研过程当中也与基层的干部群众一起交流，与他们一起学习理解"共抓大保护、不搞大开发"的核心要义，切实贯彻新发展理念，积极追求高质量发展。

第三，要凝聚人心。人民政协是爱国统一战线的组织，具有代表性强、联系面广、包容性大的特点，聚焦党和国家的中心工作，顺应人民群众美好生活需要，通过人民政协正确发声，可以很好地起到凝聚人心的作用。比如大家可能注意到，前几年九三学社的一位委员杨佳作了一个叫"点赞正能量、厚爱正能量、弘扬正能量"的大会发言，潘建伟委员作了一个叫"敢于担当，从我做起，为建设科技强国建功立业"的大会发言，都起到了很好的效果。我的说明完毕。

《团结报》团结网记者：我的问题是提给潘建伟委员的。潘委员您好，作为一名科学家，您承担着繁重的科研任务，我们也知道，您还担任全国政协委员、九三学社中央副主席，实际上做好每一项工作都需要投入大量的时间和精力。我的问题是，您是如何分配时间和精力统筹兼顾好委员履职、民主党派工作和科研工作的？

潘建伟：我自己所从事的是量子信息科学，我们这个领域发展到了今天，已经进入到一个深化和快速发展的阶段，所以我们现在特别需要的是多学科的交叉融合和各项关键技术的攻关，这样就需要在国家层面进行顶层设计和系统性布局，同时我们也需要相关研究机构、国家相关部委和企业的支持与协作。

作为一名政协委员，又是民主党派的成员，结合我自身的工作进行建言资政，而且对于国家在量子信息科技领域战略布局的建议，本身就是我的一个工作，所以把三者就可以比较好地结合在一起。具体说来，在国家高度重视和大家的努力下，我国目前在量子信息领域是有一定的国际竞争力和较强实力的，甚至在部分方向上还处于国际领先地位。当然，我们也不能太乐观,我国有些相关领域的优势目前也受到欧美一些发达国家的强烈冲击。我们跟传统的国际科技强国相比有个弱点,就是以往的科研组织模式是以短期的科研项目为主的,所以在满足国家战略紧迫需求,科技资源的整合力度和支持的强度还是有所不足的。同时,跟美国不一样,他们的科技金融特别发达,所以我国的企业对于前沿科技的投入热情与那些国家相比有一定的差距。在这样的背景下,在中国要做好科技创新,其实需要党和国家的高瞻远瞩,进行整体性布局。所以其实我国在量子信息等领域要进行部署重大科技项目、构建国家实验室等战略决策。

所以现在我们需要做的,就是将国家的战略部署落到实处,特别是要明确相关运行机制。在去年全国政协的一次双周协商座谈会上,受九三学社的委托,我作了一个"加强国家实验室建设,打造高水平创新团队"的发言,对国家实验室建设提出了一些自己的思考。我们当时建议,考虑到目前欧盟、美国、英国这些发达国家在量子信息科技领域的国家战略都已经启动了。所以,目前的国际竞争是非常激烈的,我们需要尽快实质性地启动国家实验室建设以及相关领域的科技创新2030的项目。同时,对国家实验室的建设和管理,我们也建议依托相关领域最具优势的创新单元开展国家实验室建设和运行管理,并且具体负责相关重大科研任务的统筹部署和实施。通过全国政协这个大平台,能够对国家决策提供一些有参考价值的建议,推进国家战略的顺利实施。这就是我觉得把这三者结合在一起是我们正在做的事情。

中国国际广播电台记者:我的问题提给吴为山委员。请问,您的创作植根于中国文化,同时也受到很多外国人的喜爱,您是怎样向世界讲好中国故事的?

吴为山:作为一个外国记者提出这个问题,说明中国文化的影响力是广泛的。应该讲,中国文化的优秀不仅仅在中国有影响,它也是世界人民的需要,因为中国文化里所包含的这种普遍的情怀和智慧,以及创造力,是为全人类共享的。我的作品之所以能受到外国人的喜欢,最重要的是我所依赖的、所根植的中国文化受到世界人民的喜欢。

我是个雕塑家,30多年来,我是以中国文化名人、中国历史上的杰出人物为素材来进行创作,到目前已经创作了五百多件,这些作品都在世界各地,也在中国大地上展示。这些人物饱含着中国文化精神,他们的脸上刻着中华民族历史的沧桑,也表现出中华民族在人类发展过程当中最优良的道德品质,同时也体现了今天改革开放以来中国人民的精神面貌,所以这些作品是受到世界欢迎的。在去年马克思诞辰200周年的时候,我塑造的马克思雕像,在德国特里尔,也就是马克思的故乡,矗立在那里,有近万人参观,揭幕仪式上有150多家媒体去参观、去报道,这说明中国把马克思主义与中国社会实践相结合,得到世界的关注。当时也有人提议要把马克思雕像做成一个儿童时期的马克思像,我说我要坚持把马克思塑成所有中国人民乃至世界人民所熟悉的形象,那就是长长的胡须和头发,体现着他伟大的智慧,是个伟大的思想家。

当然,我在这些年当中也创作了老子、孔子、杜甫、李白等等这些中华历史人物的雕像,在世界许多国家矗立,特别是前不久乌拉圭的副总统访问中国,他专门到我的工作室来邀请我把孔子、老子的雕像,把他们提到的雕像立到乌拉圭首都的广场,而且跟我讲,雕像立在那里的时候,要把这个地方命名为"中国花园"。因为在前年,巴西把中国的孔子像立到了那里,并把库里提巴市的市政广场进行了改造,命名为"中国广场",说明中国文化走出去,不仅仅是中国文化的需要,更是世界的需要,中华文化的优秀会在中华民族伟大的艺术创造当中来体现,通过美的形式来体现。

香港《经济导报》记者:请问霍启刚委员,您如何看待粤港澳大湾区给香港青年带来的发展机遇和空间?

霍启刚:在这里看到香港的记者,特别亲切。我觉得,今年的两会,尤其是香港的委员、广东的委员讨论最多的可能就是大湾区的建设,来参加两会之前,大湾区规划纲要也刚刚公布。这里分享一下,那天韩正副总理接见我们香港代表团的时候提了一个数据,说大湾区的新闻出来以后,他们进行了大数据的收集,看了全球的报道回响,98.7%的报道都是正面看待大湾区建设的。我觉得这对大湾区来讲是个非常好的开头,也是对香港青年的一个非常大的机遇。

现在我们履行政协任务,要有数据的支撑,这里跟各位记者朋友分享一下,我也作了一些调研,看了一些报道,以下有一些具体的研究,我觉得有参考价值。比如粤港澳大湾区发展的指数,尤其是针对香港年轻人的,是去年10月份公布的一个报告。

第一个问题,问一下年轻人,你听过大湾区吗?听过的、知道的有56%,其实比2017年上升了不少。你问他们是哪里听到的,主要的渠道是什么?是电视,政府的宣传、社交媒体等等。这说明一点,大家是知道大湾区的,但是也说明一个问题,他们的理解还是比较片面,可能停留在表面的层次上。

第二个问题,香港年轻人对大湾区发展的理念觉得怎么样,大家认不认同这个大湾区的发展?认同和一般认同的高达83%,不认同的仅有12%。但是再仔细往下看,会发现两个问题,一般认同的只有57%,说明其实认同感有待提升。更细一点,教育程度越高、收入水平越高的年轻人,认同感越高,这可以说明,其实提升教育在以后大湾区的建设里面是可以起到非常大的作用的。

第三个问题,大湾区的发展会给香港年轻人带来机遇吗?也就是这位记者问的问题,一般是认同的,认同的占44%,一般认同的占42%,占了其中绝大部分。我觉得这是一个非常好的消息,这不光是我说,青年人也觉得给他们带来了一些机遇。

但是也反映了什么呢?其实还有很大的进步空间,我们可以从政策、措施着手,增加香港年轻人把握大湾区的机遇,也是真正让他们看得见、摸得着的东西。最近的八条措施已经出来了,真的是出于民心,也真的是年轻人的需求。那天韩正副总理也透露,八条措施出来以后,接下来一年里面也有几十条会陆续出来,也是出自民心的要求。

第四个问题,我们特别要留意,大家对大湾区有信心,觉得有机遇,但是你会不会愿意在大湾区里面求学、居住、创业、就业呢? 其实这个值得我们关注。求学、就业、创业、居住,愿意的暂时不太多,分别只有 16%、23%、20%、21%的数字,不愿意的还是居多。这就说明一点,可能现在对于大湾区长期发展还是有顾虑的,表明我们在后面还有很多工作去做。当然,这是纲要和八条措施出来之前,现在可能会较高,但是还是值得我们重视的。

简单讲,他们都知道大湾区的发展,一般也是认同大湾区的,同意大湾区潜在的就业创业机会较多,有利于提升他们的竞争力,有发展的机遇,还有大湾区的成本比较低,市场空间比较广,一般是认同的。但是他们不想去的原因主要是什么呢? 主要是他们对内地的环境不熟悉,他们缺少人脉网络,他们可能跟家人朋友分离得比较远,担心在内地生活不习惯等等。我觉得,这些不习惯还是来自不透彻的了解,所以围绕着今天这个主题,作为一个政协委员怎么履职好,其实看了这些数据以后,也有不少启发。我一直在想,在未来的规划里面,大湾区的规划一直到 2035 年,还有很长的时间,那么怎么做好自己的本分,帮助推动大湾区的发展呢? 这里我提三个主要的方向:

第一,建设才刚刚开始,我们不用着急,要把基本功做好,要把基础建设好。建立青年人对国家、对大湾区的信心,这个可以从香港开始做。去年我们遇到多少年少遇的挑战,来之前,很多委员都有个疑问,现在情况这么复杂,中国未来怎么走呢? 我们的信心何来呢? 其实报告里面提到很多经济、民生,尤其是青年人发展的教育、培训等等创新策略,给了我们非常好的信心,以后稳步发展,未来是带来希望的。

　　第二,来自制度的信心,中国特色社会主义制度,能打硬仗,没有什么困难是不能克服的。这两个消息,我们希望可以通过香港所有的政协委员带给年轻人,真的要讲好中国故事,尤其是讲好大湾区的故事,这是最基本的。他们有信心,才愿意去闯,这是很简单的道理。我觉得,有危就有机,大湾区对他们来讲就是个机遇。韩正副总理多次强调,大湾区的规划是以人为本,尤其是先听了港澳人士特别是青年人的声音,以他们为中心。所以我们要让他们知道,这个国家是愿意为他们投资的。这种故事使他们树立信心,是我们回去要做的。

　　另外,要改变他们的心态,这个很重要,大湾区是习近平主席亲自谋划、亲自部署、亲自推动的国家战略,这一点很重要,我这里再次强调,要跟他们说的是"一国两制"实践的创新。其实中央用了很长时间谋划大湾区的建设,也是分了两步走,先听了香港、澳门年轻人的意见,彰显了中央对香港、澳门年轻人在大湾区规划里面的地位。前几天我们也听到中联办王志明主任说的一个观点,他说"主场色彩、主角地位十分明显",这个我非常认同。我这里想分享一下,香港记者可能知道,香港去大湾区,我很不想以后用"北上"的词去形容大湾区,这给人的感觉就好像很远。你知道香港人经常开玩笑,深圳往北的都是北方,都是那样一个观念,我们必须改变这个观念,不是"北上"的观念,只不过是一个家的扩大,一个家的延伸。可能以前是两居室的,现在买了一个叠层的别墅,家变大了,没有离开家,没有出门,就是房间多了而已,这个观念必须巩固。

　　举一个例子,比如说尖沙咀坐公交到大埔,现在有高铁了,从尖沙咀去福田深圳就二十分钟,一个小时通过港珠澳大桥去到珠海了。所以哪来的北上? 其实我们要跟他们强调"一小时生活圈",要打破"过境、过关"这种心理的障碍和隔阂。前几个礼拜,我看到梁振英副主席组织的一个"快闪"青年活动,很有效,就是速来速去,去深圳看了然后就回去,让他们感觉到"一小时生活圈"绝对可以达到。

第三,真的要加深交流,而且要更精准、更高效地举办更多交流的活动。给大家分享一个数据,每年经过香港特区政府资助的各项不同年龄的交流计划一共 6 万人次左右,其中实习生也有大概 3800—4000 名的年轻人到全国各地不同的地方去交流。但是实话实说,这个也不能逃避,有几点是必须注意的。一是我们看到这种交流活动有了瓶颈的状态,交流的方式可能不够创新,要想一些更吸引年轻人的环节。二是交流的效果可能不够量化,不够明显。三是单向的居多,就是香港去内地的比较多,双向的比较少。我们现在讲大湾区的建设,其实都是人才的流动,是双向的,不是光香港、澳门的青年人去内地,我觉得这个很重要。四是这个交流实习还是暂时会集中于所谓的一线城市,广州、深圳、上海、北京等等居多,从大湾区来讲,江门、肇庆、惠州等等也是大湾区很关键的城市,香港年轻人了解还不深,我自己也觉得这是大湾区发展的挑战,不光是"+2",九个城市里面也有不同的发展步伐,所以怎么让香港年轻人增进整体了解,这也是一个挑战。

韩正副总理说的一句话我非常认同,就是真的要主动去联系青年人,当他们是朋友,当他们是子女一般的看待。这是什么意思呢?我的理解是,真的要去了解他们每天生活的兴趣,他们喜欢什么,他们关心什么话题,怎么帮助他们解决他们的需要,真的像朋友、子女一样去关心他们,交流也要用这种心态去做,更符合青年人的兴趣,更能帮助他们成长,不能为交流而交流。最后还是要获得感更实在一些。全国政协主席汪洋在报告中提到,从做了什么,到做了多少,最后看一下交流有什么效果。

政协头条记者:请问石红委员,您长期工作在贫困地区的第一线,您认为政协委员在打赢扶贫攻坚战中能够发挥怎样的作用?

石红:谢谢这位记者,感谢你对基层委员和贫困工作的关心关注。首先,我要告诉大家一个好消息,习近平总书记去过的十八洞村火了,精准脱贫后的十八洞村如今已成了全国的热门景点。2013 年 11 月 3 日,

343

习近平总书记在十八洞村首次提出了精准扶贫的重要论述。五年多来，湘西自治州始终牢记习总书记的殷切嘱托，探索出以十八洞村为样板的可复制、可推广的扶贫经验。截至 2018 年，全州已累计减贫 55.4 万人，贫困发生率由 31.9% 下降到了 5% 以下。其中，十八洞村 136 户 533 名贫困人口已于 2017 年 2 月全部脱贫，全村的人均纯收入从 2013 年的 1668 元增加到了 2018 年的 12128 元。集革命老区、民族地区、贫困地区于一体的湘西自治州，已实现了县县通高速、村村通公路，在全国 30 个少数民族自治州中还率先成功创建了国家森林城市，人民群众的获得感、幸福感、安全感也显著提升。

这些成绩的取得是习总书记等党和国家领导人亲切关怀自治州的结果，是党的民族政策光辉照耀的结果，也是全国各族人民帮助支持自治州的结果。其中也凝聚了各级政协人和三万多名省、州、县政协委员服务大局、助力精准扶贫的智慧和力量。

作为一名基层的政协委员，按照我们湖南省政协"三个一"助力精准扶贫的要求和自治州的统一部署，我也义不容辞地投入到了精准脱贫的战役中。过去的一年，我几乎每个月都要下到我所联系的双龙镇去走访和调研精准扶贫工作，双龙镇的 27 个村我全部走遍，有的村一个月就要走三次，十八洞村也是我所联系的 27 个村之一。同时，我还要走访我的几个贫困户，其中一户的户主叫施光成，今年 51 岁，所在的补毫村也在十八洞村的隔壁，我与他结对帮扶的时间是 2016 年，当时与他相依为命的母亲已 90 多岁，家里致贫的原因是缺钱缺劳力。了解了他家的情况后，我告诉他，只要你有信心，有志气脱贫，我就会帮助你解决困难。我还问他，你喜欢什么，想干什么，我能够帮助你什么，他说，我想种西瓜。我说好，有志气，我支持你。于是，2017 年在我的支持下，他种了三亩西瓜。在克服了水灾以及劳动力短缺的种种困难后，西瓜长势较好，即将成熟时，我记得那年是 7 月中旬一个晚上，他急迫地拨打了我的电话，"石主席,我的西瓜将近有六千斤都要成熟,我一个人没办法卖,你要帮我卖西瓜。"接到他的电话以后,我真的是急,连夜利用一些政协委员和我联系工商联的优势,拨打了一些商会会员和民营企业老板的电话,我说我的扶贫户的西瓜快要成熟了,又大又甜,你们给我献献爱心,也算是做了一次好事,买的是爱心瓜、扶贫瓜。在我的帮助下,那年这六千斤的西瓜一周之内就全部卖光了,而且当年的收入就有六千多元。有了第一年的成功,去年他的信心更足了,不但种植了五亩西瓜,同时还种植了五亩蔬菜,当年收入就两万多元,不但自己脱了贫,同时他还带动了本村和周边的一些贫困户一起种西瓜和种蔬菜。可以说,自治州的精准脱贫工作,我是有力的参与者、见证者、经历者。

我想,只要认真落实习总书记实事求是、因地制宜、分类指导、精准扶贫的重要指示,在精准上下功夫,在务实上求实效,尤其是最近习总书记在参加甘肃代表团的讨论时还提出了,脱贫以后还要坚持政策不脱、帮扶不脱、责任不脱,我想,我们就一定能走出一条可复制、可推广的精准扶贫路子。

中国国际电视台 CGTN 记者:潘建伟委员您好,2016 年 8 月,"墨子号"量子科学实验卫星发射升空,现在已经将近 3 年的时间了。请问这段时间我们有哪些新的发现? 未来又有哪些新的计划? 另外,我们听到一些对于您量子通信研究的质疑,大众对于量子通信的认知还相对模糊,请您解释一下量子通信对大众的意义和它的价值。

潘建伟:"墨子号"作为一颗科学实验卫星,主要有两方面的目的,一个方面是实用型的,实现了超远距离星地之间的量子保密通信,同时也有一个基础科学的研究目标,在空间尺度开展严格意义下的爱因斯坦所指出的"量子力学非定域性"的验证。"墨子号"发出以后,因为这个性能指标比我们预想的要好很多,所以本来计划两年内完成的科学试验任务,其实我们在两三个月之内就完成了。所以,在过去的三年当中,我们有很多的时间能够对它的性能做一些相关的改进,目前取得了比较大的进展。另一方面,因为是科学实验卫星,它本来不是为了实用的,但是我们已经把星地之间密钥的成码量在过去两年当中大概提高了40倍,所以现在嘀嗒一秒钟,大概能够传送40万个密钥,这样的话已经能够满足一些初步的应用部门的安全通信需求。

除此之外,因为我们有了这么多时间之后,我们在过去两年做了一个比较有趣的实验,大家都知道,量子力学和广义相对论目前还没有很好地结合起来,有一些专门提出来检验怎么把它们协调起来的更广泛的模型。目前我们做的实验表明,有些理论方案本身是不正确的,这本身是个比较大的进展。

至于未来的打算,我们希望能够把这个成果推向实用化。但是目前的"墨子号"只能在晚上工作,因为白天太阳光太强了,就干不了。所以我们在未来希望能够研制一颗中高轨的卫星,让它能够在24小时全天时工作,这样确保它能够在更长时间里产生密钥,能够满足业务化运行的信息安全的传输需要。

你刚才问到民众对量子信息科技有些疑问,这主要是因为量子力学与我们每天的生活经验是有很大不同的,包括在座的,我估计可能极少数的人在大学期间是学过量子力学的,哪怕大家受过高等教育,基本上对20世纪初建立的非常先进的理论都没有很好的理解。所以,公众常常对量子科技会有两方面的疑问:第一方面,他觉得量子力学怎么会这么奇怪?它本身的科学性和正确性到底如何?第二方面,在量子信息技术推向实用的过程中,大家经常会担心,这项技术是否已经成熟?其实我们今天每个人用的手机、电脑等等都是量子力学的基本成果,所以它本身的科学性已经经过近百年的证实,已经很好地建立了,只不过我们在大学里没有学过,对它不太了解,所以对它有疑虑。

它的创新成果,从它的产生到广泛应用,通常会经过三个阶段:第一阶段，公众接触到一个全新领域的时候，比如最早的照相机，你的图像跑到相机里面去，大家觉得魂都被吸到相机里面去了，都不太敢用相机，所以大家觉得这个东西不靠谱。所以早期对于量子信息，有些人认为这个东西是伪科学。但是它发展比较成熟之后，大家对它的科学性不怀疑了，又觉得这个技术不怎么成熟，现在还没有走向广泛应用。可能一方面由于我们中国在做很多技术的时候，主要是长期的跟踪、模仿，所以我们对自己的领先技术出来之后，自信心还是不够的。但是现在确实有党和国家的支持，我们国家已经有很多创新性的成果是走在世界前沿的，所以有一种自信。在广泛应用之后，像手机，山寨版都能造了，大家又会觉得手机不再神秘了，不再是新的了，大家觉得没有什么稀奇，不再新的时候，创新的过程才真正完成了。所以量子技术正处于第二阶段到第三阶段转换的过程当中，正因为这样，才需要进行大量的科普工作。比如去年的时候，我们科协里的一些政协委员对这个也不怎么了解，全国政协给我一个机会，在第二次会议期间我做了一个科普讲座，效果还是不错的，尽管委员都来自不同领域，都表现出了对量子科技浓厚的兴趣，这让我感到非常鼓舞。

你刚才说量子科学对公众有什么意义，我觉得信息安全不仅对国家是非常重要的，对个人来说也是非常重要的，比如你每天银行的转款，你的银行账户信息，密码都是不能泄露的。将来如果有无人驾驶的时候，远程控制汽车系统，要尽可能防止被黑客攻击，不然车辆行驶的安全就得不到保证。所以，量子通信作为在原理上可以提供的一种无条件安全的通信手段，其实是可以在未来大幅度提升信息安全水平的。所以，目前我们在国家的支持之下，正在努力扩大量子信息技术的覆盖范围，通过降低成本，争取早点让大众都能够得到它所带来的好处。

《人民日报》记者：我的问题是提给赖明委员的。赖委员你好，去年全国政协印发了关于提高提案质量的意见，强调提案工作要突出质量导向。您是提案委员会的副主任,请问在您看来应该如何进一步提高提案的质量?

赖明:政协会议期间,大会听取审议的报告有两个,一个是常委会的工作报告,一个是提案工作报告,这样我们就知道,提案工作在政协工作当中具有非常重要的地位。习近平总书记多次就提高提案质量和提高提案办理质量作出重要指示,刚才主持人佳义也讲到,这一届政协首次就提高提案质量提出了意见。

我们认为,一个提案的质量高不高,首先必须要围绕党和国家的中心工作,围绕老百姓的关切来提提案,这是最根本的。刚才主持人佳义也介绍了,全国政协十三届一次会议提出的提案绝大多数是围绕党和国家的中心工作和老百姓关心的问题,他刚才举了这个数据,两项数据一加超过70%。所以,提案的质量高不高,首先要看你围绕着什么东西来做。第二点,要提高提案的质量,必须要深入进行调研,深入基层认真了解基层的情况,提出意见建议。比如打赢打好三大攻坚战的任务是非常艰巨的,情况也是非常复杂的,如果你不深入基层去了解情况,很多东西可能就不会有深入了解。举一个小例子,这是我们在调研当中碰到的情况。大家都知道,现在的贫困人口有相当大一部分,全国平均数据是40%,个别地方达到70%,他的贫困是因病致贫、因病返贫。因此,怎么样解决好这部分人的致贫、脱贫问题就显得非常重要。我们很多地方在这个过程中创造了很多很好的做法,比如建立了三重、四重甚至五重、个别地方达到六重的医疗保险,应该讲对我们遏制因病致贫、因病返贫起到了非常好的作用。但是也在一些地方出现了偏差,我们注意到,有的地方因为政策太优惠,贫困户住进医院以后不出来了,因为他住在里面不但不掏钱,每天还有点补贴,这一搞,这个政策就过了,明显和我们"两不愁三保障"这个脱贫目标相脱节,因此这是不符合我们现在国情的,我们及时向中央提出了建议。

第三种情况，提高提案质量，一定要从广泛凝聚智慧和力量上着眼。比如说去年5名来自香港的全国政协委员联名提出"发挥香港各界人士在国家脱贫攻坚作用"的提案，这个提案受到全国政协和国务院扶贫办的高度重视，全国政协提案委组织调研组赴四川调研，并召开现场提案办理会，促成以港区全国人大代表、全国政协委员、内地省市级政协委员、香港工商企业家为主体的香港各界扶贫促进会的成立，在四川省南江县开展精准扶贫。这个案例说明，我们提案的质量好不好，还跟提案的办理好不好密切相关。围绕提案的办理，多方共同努力，不仅助推了脱贫攻坚，而且有效凝聚了共识，汇聚了力量。

还有一点，提高提案的质量，要把基层群众的意见建议反映出来。比如在全国政协十二届四次会议上有一件重点提案，关于健全儿童医疗服务体系的建议，这个提案在当时还是略微有点超前的，今年关于这方面的提案比较多了，是由一名在社区卫生服务中心工作的九三学社社员撰写的，经过层层筛选，作为九三学社的提案提交。这名社员在基层工作，对儿童医疗服务和服务体系当中存在的问题感受非常深切，并参与了大量的调研，因此她提的很多建议就很有针对性，取得了良好的效果。

我就回答这些。

《中国体育报》全媒体记者：我的问题是提给霍启刚委员。您好，去年全国政协十三届一次会议闭幕会上，汪洋主席向全体委员提出，希望大家做好委员作业，作为新任全国政协委员，您的作业完成得怎么样了？另外我们知道，您的父亲、祖父、家族几代人都是新中国体育的参与者、推动者，您本人也和体育有着不解之缘，在履职过程中是否会格外看重体育的作用？做体育和当委员如何更好地结合在一起？

霍启刚：我看这个问题是一分为二，是A和B的问题。首先，您让我自我评价今年工作做得好不好，这个我就不能自己评价了，要留给政协给我评价，看一年的工作怎么样。我简短地回应一下这一年来，从我自己本身,有哪方面的工作我比较关注,也跟大家说说。

第一,刚才赖明常委等等都说了很多,怎么做好自己的委员工作,我觉得离不开提升自己的履职能力,我毕竟是个新委员,去年第一次踏入政协的舞台,所以从自己来讲,还有很多上升的空间、学习的空间。我很相信一点,你要站得更高,才能看得更远,所以除了认真学习习近平总书记的讲话,我还出席委员培训,去考察调研,出席双周座谈会等等,这样我自己对国家整体的发展布局策略就有了更完善、更整体的理解。有了全面的理解,才能发挥自己独特的作用。所以自我提升非常重要。

第二,我也是港澳委员之一,大家可能知道,港澳委员也有另外一个要求,要发挥自己港澳委员双重的积极作用。我想讲一个故事,其中一个作用,在港澳能做的,尤其是我们做青年界别的工作,希望青年人对于国家的认同感、对国家的理解加深,这个工作一直在做。

去年7月,我带了一个团,150个香港青年人,从深圳出发,到武汉、北京,了解国家发展的策略和国家给予的机遇。我觉得很开心,一路坐高铁,张明敏在唱歌,也有朋友在火车上面过生日。我想说的是,大家的气氛非常好,其实了解国家的过程也可以给他们一些新鲜感,有无比的乐趣。所以,希望以后我们在开展两地交流的活动时,必须更活泼一些,必须更有趣味,必须更符合他们的想法和他们的要求。

第三,一个独特的经验,真的要讲好中国故事。我去年有幸随港澳台侨委员会去土耳其、德国和卢森堡做考察,也有幸在吴老师的雕塑面前拍了照,在德国的时候,这是真心难忘。我去之前不理解我去那儿该做什么,但是去了我就明白了,其实我们是代表了国家,代表了政协,做桥梁的角色,送上祖国的问候,说说我们国家的情况,还有未来发展的一些故事。所以,我很高兴,这次在报告上面提到要落实侨务政策,保障海外侨胞和他们的合法权益。这三个故事也是我履职之中比较有亮点的一些故事。

你是体育报的,我也讲讲体育的一些理念,时间有限,但是我觉得,不同时间有不同的使命，最早我的爷爷霍英东先生，大家谈得最多的是参加奥运重返世界大家庭，那时候也是利用奥运这个渠道去接触世界，使世界接触中国，是那样一个使命。到我父亲这一代，可能使命就不一样，是展示国力，形成金牌大国，举办奥运。我记得 2008 年的时候我非常感动，确实有那么一个国家站起来的感觉。但是到了我这一代，第一，我觉得体育肯定是我的使命，一定要薪火相传，一定要参与其中，但是手法一定不一样。我觉得，新时代使命也是不一样的。体育强中国就强，推动我国体育事业不断发展，是中华民族伟大复兴事业的重要组成部分。所以我的理解就是全民体育、全民参与、全民健康。所以就体育这个板块来讲，我们可以推动更多的中国自己的体育 IP 品牌。第二，我们必须做更多的"体育+"的概念，以后体育不光是体育了，是体育+文化，体育+旅游，体育+教育，体育+科技，这些方面我们希望可以集思广益，使中国的体育联结其他领域，让世界体育更上一层楼。

我就说这么多，谢谢。

刘佳义：今天的记者会到此结束，谢谢大家。

就新时代政协履职答记者问

视频索引

组　　稿:张振明

责任编辑:郑　治　忽晓萌

封面设计:肖　辉　汪　阳

版式设计:汪　阳

责任校对:马　婕

图书在版编目(CIP)数据

2019 全国两会记者会实录/新华社中央新闻采访中心 编 . —北京:
　人民出版社,2019. 3
ISBN 978 - 7 - 01 - 020546 - 5

Ⅰ.①2… Ⅱ.①新… Ⅲ.①新闻报道-作品集-中国-当代②全国人民
　代表大会-文件- 2019 -学习参考资料③中国人民政治协商会议-
　文件- 2019 学习参考资料 Ⅳ.①I253. 1②D622③D627

中国版本图书馆 CIP 数据核字(2019)第 048621 号

2019 全国两会记者会实录

2019 QUANGUO LIANGHUI JIZHEHUI SHILU

(视频书)

新华社中央新闻采访中心　编

人民出版社 出版发行

(100706　北京市东城区隆福寺街 99 号)

中煤(北京)印务有限公司印刷　新华书店经销

2019 年 3 月第 1 版　2019 年 3 月北京第 1 次印刷
开本:710 毫米×1000 毫米 1/16　印张:24
字数:260 千字　印数:00,001-20,000 册

ISBN 978 - 7 - 01 - 020546 - 5　定价:62. 00 元

邮购地址 100706　北京市东城区隆福寺街 99 号

人民东方图书销售中心　电话 (010)65250042　65289539